현대시의
사유
구조

현대시의 사유 구조

박주택

민음사

책머리에

우리의 근대 문학은 외국 문학의 복합적 사조를 한꺼번에 수용하여 여러 문학적 경향이 병존하는 특수성을 지니고 있다. 이에 따라 문학적 경향은 혼돈과 무질서의 형국을 띠고 발전해 왔다고 해도 과언이 아니다. 최초의 순문예지 《창조》로부터 최근의 잡지들에 이르기까지 이러한 상황은 여전히 지속되고 있는 것처럼 보인다. 여기에 문학의 분단을 초래한 분단 상황은 전통, 민족, 역사 등과 같은 민족 문학의 구성 요소들을 각기 다른 제도 속에 배태시키며 그 가치를 상이하게 구성하는 바람에 문학은 그 자생적 토양이 만들어지기도 전에 원론적인 문제에 매달릴 수밖에 없었다. 1990년대 이후 등장한 무수한 담론이 우리 문학에 다양성을 제공했다는 평가에도 불구하고 현실과 삶의 문제를 올바르게 제시하지 못하고 있다는 비판이 상존하는 것도 바로 여기에 있다. 근대와 탈근대가 혼효되고 있는 가운데 '전환기의 문학'이 갖는 '문학의 장르적 운명'을 다시 한 번 곱씹게 만드는 것도 '문학의 본질적 위기'에 관한 문제에 다름 아닐 터이다. 이러한 가운데 외국 문학의 대타적 인식으로 동양 담론 혹은 한국 문학 담론에 대한 관심과 연구는 우리 문학이 직면하고 있는 자기 인식적인 면을 검토하는 한편 우리 문학의 전망 부재 현상을 새롭게 해결할 것으로 기대된다.

이러한 의미에서 시와 역사를 살피고 역사 속에 내면화된 정신을 살피는 것은 시의 방법론적 변화만큼 중요한 일이다. 역사는 시가 지향하고 있는 가치적인 측면을 포함하며 시간 속에서 이미지를 구성한다. 비록 그 이미지는 논리를 띠고 있지만 여전히 두려운 힘이다. 시간의 연속적인 흐름 속에서 계기를 발견하고 그 계기들을 해석하는 것이 인간과 삶과 인과적 관계에 의해 발생하고 소멸하는 까닭이다. 그렇다고 해서 시가 시간과 역사 안에 머무는 것만은 아니다. 오히려 시는 도전으로서 혹은 생성의 원인으로서 전개된다. 문학의 윤리는 보편적인 제도로서의 인간의 윤리와 구별된다. 인간의 윤리가 지속 안에서 기술적이고 경험적인 기능들과 결합하고 있다면 문학의 윤리는 초시간적이고도 무시간적으로 인간과 역사의 윤리를 뛰어넘는다. 근대시가 주목할 만하게 보여준 점도 바로 이 지점이다. 원인적으로, 다층적으로 근대시는 '국가'와 '민족'의 범주 안에서 끊임없이 '의미의 문제'에 매달리며 '구원'의 시네마를 계속해 왔다. 그것은 발생적이기보다는 무의식적이었다. 식민지 제국 안에서 인간의 윤리가 역사의 윤리에 의해 배태된 왜곡된 윤리에 불과했던 것을 상기할 때 더욱 그렇다. 현대시 역시 담론들과 연계하면서 주체를 구출하고자 한 것은 문학의 성소(聖所)를 위한 것임에서 비롯한다. 비록 이 과정에서 타자성이 자리 잡고 있다고는 하나 그것은 문학의 윤리를 향한 극복의 과정이었다.

문학을 지탱하는 사유 구조를 살핀다는 것은 결코 쉬운 일은 아니다. 사유가 구조화될 리 만무이며 구조화된다 하더라도 그것은 환원론적일 수밖에 없다는 이유에서이다. 이는 근대시의 정신 구조를 '식민 제국주의' 혹은 '식민지 근대'라는 준거 틀 안에서 검토할 때 더욱 확연해진다. 자존을 지키고자 하는 윤리적 충동과 민족과 국가 회복이라는 공동체적 신념은 '현실의 구속성'과 '존재의 자율성' 사이에 주체의 동일성을 요구한다. 이때 필수적으로 동반되는 것이 단절인데 이 단절은 현실을 분리된 현실로 보고 현실 너머의 세계에 시선을 둔다. 이 같은 관점에서 근대시의 사유 구조는 '잃어버린 낙원 찾기'를 위한 도정이라 할 수 있다. 고향을 잃고 헤매는 유민이건 국가를 잃고 떠도는 혼백이건 그 근간에는 기억과 기대에 의거한 '정신적 유형'에 대한 방향(direction)이 착색되어 있다. '희망의 원리'를 수반하는 이 좌표적 정의(coordinative definitions)는 흐르는 시간과 매개하며 낙관적 차원으로 전이된다. 우리가 근대시를 읽으면서 어떤 보편을 발견하는 것도 흔적(engrams)으로서의 공통 심리가 있기 때문이다. 세계와 가치에 대한 정향이 기억과 기대의 생성으로 고안된다는 점에서는 현대시도 마찬가지다.

이 책의 1부는 항구적 타자로 존재했던 '자연'과 '여성'을 서정시의 가장 중요한 소재와 기율로 복원한 것에 착목하여 이들 시가 과연 오늘날 사회적 맥락 안에서 의미를 생산하며 그 가능성으로 기능하는가를 진단했다. 주체의 깊이 있는 성찰을 통해 타자와 교섭할 때 인간을 위한 시학으로 생착할 수 있다는 것에서였다. 또한 탈근대 담론의 주요한 글쓰기 방식인 상호 텍스트성과 패스티시를 살펴봄으로써 이들의 기획이 기법적인 형식에 치우쳐 자칫 정신적 측면을 해칠 수 있다는 것을 지적했다. 아울러 정지용 시에 나타난 영향의 흔적과 식민지 근대 주체의 현실 극복 과정을 탐색해 보았다. 마지막으로는 고행과 자기 정화의 과정을 거쳐 환생(apophrades)에 이른 정지용의 시가 낭만적 아이러니에 의해 현실의 비애와 고통에 직면하며 위의(威儀)의 문학을 세울 수 있었다는 것에 주목했다.

2부는 '대중 교화'를 바탕으로 민족의 정체성을 구성하려는 카프(KAPF)와 '민중 정서'를 기반으로 원초적 생명력을 회복하고자 했던 백석의 의지가 동궤하다는 점에서 백석 시와 카프 그리고 민족과 전통의 문제를 제기했던 '국민문학파'와의 상관성을 연구했다. 또한 백석 시에 나타난 자연 이미지가 어떤 방식으로 내적 갈등과 만나는지를 살펴보며 동양적인 허정(虛靜)의 세계로 낙원의 원상(原象)을 체현한다는 점을 고찰했다. 다음으로는 이육사 시가 근대가 이식되는 지배 구조 속에서 저항적 실천을 생성하며 근대 주체의 낙원 의지를 실현하고자 했다는 점에 착목했다. 끝으로 박용래 시에 나타난 응시와 욕망을 연구하여 그의 시가 삶과 죽음을 변증법적으로 연결해 주려는 욕망을 지향하고 있음을 라캉의 방법론을 원용하여 살펴보았다.

3부는 북한 시문학과 현대시를 살핀 부분으로 1980년대 이후 1990년대까지 북한 시가 김정일 송가시를 비롯하여 조국 통일의 시, 노동 의식 고취 시, 연애시 등 다양한 세계를 펼쳐 보이고 있다고 평가해 보았다. 또한 2000년대 이후 북한 시가 다양한 주제나 다양한 종류의 성과작을 창작해야 한다는 문예 창작 방법에도 불구하고 인간 내면에 대한 서정이나 일상에 대한 깊이 있는 성찰이 이루어지지 않은 점을 진단했다. 현대시에 나타난 시간을 살펴본 부분에서는 이윤학, 정끝별, 최승호, 남진우의 시가 의지 실현의 장소인 시간을 기원으로 삼고 있다는 점에 관심을 가졌다. 또한 남성성을 시에 착목한 이육사, 유치환, 조정권, 이성복, 김기택의 시를 살펴보며 개별 주체의 특성을 아우르려고 노력했다. 황동규론에서는 그의 시가 경험과 실재 사이의 관계를 고민하며 인식 너머의 것을 전각하는 것을 살펴보았다. 끝으로 최동호 시가 한국적인 신성함을 추구하며 문명과 문화의 시대성을 자각한다는 점에 초점을 맞추어 보았다.

4부는 개별 시인론을 중심으로 먼저 송재학 시가 주체의 영역 안에 끈질기게 윤리적 규범을 뿌리내리고 있음을, 윤의섭 시가 대상에서 근원적 본질을 선택하여 그것을 상상력의 빛으로 외부에 투사하고 있음을 살폈다. 고통과 절망, 황폐와 죽음과 같은 비극적인 이미지들을 절애에까지 몰고 가는 이윤학 시와 결 고운 언어로 한국적 성정에 영혼을 불어넣으며 경험과 감각적 속성들을 시화하는 고두현의 시 그리고 오규원, 문정희, 최승자, 함기석, 권혁웅, 이수명의 시들이 내용이나 형식은 다르지만 자신을 둘러싼 현실을 각자 독특한 개성으로 표현하며 본질에 천착하고 있는 것에 주목했다.

이번 평론집을 묶으면서 「낙원의 원상과 영혼의 동경」, 「주체의 시, 서정의 시」, 「주체사상과 최근 시의 시적 변화」 등을 비롯하여 몇몇 글들은 체제적 측면에서 일부 손보아 재수록했다. 분량도 분량이지만 몇몇 글들은 최근에도 시의성이 있다는 판단에서이다. 신체－집－우주의 동일시는 엘리아데의 지적처럼 결국은 하나의 상황, 개개인이 받아들이는 존재 조건의 체계다. 신체의 죽음은 우주의 죽음이자 집의 죽음이다. 그러나 죽음은 강한 생존을 떠올리며 탄생과 마찬가지로 손상되지 않은 생명력을 희망한다. 정지용에게 그것은 '문'과 '바다'를 통해 기원의 시간으로 재생되고 있으며 백석은 '갈매나무'를 통해 수직적 상상으로 우주에 가 닿고자 했으며 이육사는 '별'과 '무지개'를 통해 세계의 중심에 가 닿고자 했다.

황동규가 이곳의 세계에서 초월적 세계인 저 너머를 생성하고자 하는 것 역시 고통받는 주체를 해방하여 영원성과 합일하고자 하는 것에 다름 아니었으며 최동호가 비현실적 세계에 속하는 도깨비를 통해 다른 세계로의 합일을 희구하는 것 역시 강한 생명력에서 비롯한다. 송재학과 윤의섭의 시가 부정을 향하고는 있지만 재생을 지향하고 있고 최승자와 이윤학의 시가 자학을 향하고는 있지만 생의 에로스에 시선을 두는 점에서 동일한 사유 구조를 갖는다. 이는 문정희가 육체 속에 깃든 성지(聖地)를 발견하려 하거나 고두현이 남해 바다를 미적 시간으로 인식하여 고통을 극복하려 하거나 권혁웅이 삶을 순환으로 인식하여 폐허를 이기려 하거나 오규원, 함기석, 이수명의 시가 무시간적 세계와 초시간적 세계에 천착하고 있는 역시 마찬가지다.

이번 평론집이 나오기까지 감사할 사람이 너무 많다. 먼저 기영에게 고맙다는 말을 전하며, 원고의 퇴고를 맡아 준 이지영 양과 이규진 군을 비롯한 연구실 지도 학생들에게 고맙다는 말을 전한다. 그리고 부족한 원고에 힘을 실어 준 민음사 장은수 대표를 비롯하여, 오랜 기간 동안 원고를 꼼꼼히 검토해 주고, 격려를 아끼지 않은 편집부에 깊은 감사를 드린다.

2012년 8월 염천에
박주택

차례

3부

4부

[redacted]

1부

[redacted]

[redacted]

[redacted]

[redacted]

[redacted]

[redacted]

현대시 담론에 관한 비판과 전망

1 머리말

시는 삶이 어떠한가를 보여 주며 인간이 어떻게 살아야 하는가를 미학적으로 제시해 준다. 우리는 시를 통해 예지를 얻을 수 있고, 자신을 선한 목적에 놓아둘 수도 있다. 신념을 잃고 절망할 때 생의 가치마저 잃고 세상에 던져져 있을 때 시는 우리를 깊은 영원 속에 던져 놓는다. 위안과 진무(鎭撫)로서의 시. 그리고 역사 속 지표로서의 시. 이것이 시의 맨얼굴이다. 이런 까닭에 시는 삶과 현실을 바르게 그려 내는 한편 시 자체의 위대함을 요구받는다. 생에 대한 통찰과 예지 그리고 성숙한 시. 이것이 시가 목적으로 삼는 발견이자 자각이다. 이 발견과 자각은 새로움에 기반한다. 그러나 새로움은 시간을 통과해 가면서 서서히 쇠락해 간다. 마치 현재가 과거가 되듯 새로움은 또 다른 새로움에 밀려 그 빛을 잃어 간다. 빛을 잃은 그 자리에 남는 것은 반성과 성찰이다. 삶과 현실에 대한 성찰, 시의 육체와 안일에 대한 성찰 그리고 시를 생산하게 하는 담론들에 대한 성찰.

시가 역사와 만나는 것은 바로 이 지점이다. 시는 역사의 자식이자 역사의 자웅 동체이다. 역사가 사실과 경험에 정초하여 담론을 생산하는 어미라면, 시는 역사의 피를 이어받아 역사의 의미를 담아내는 자식이다. 그러나 부모와 자식이 그렇듯이 시간을 통해 연대기적으로 인간의 행위를 조직하는 역사는 형이상학적 목표로 삼고 있는 시와 일정한 거리를 유지한다. 시는 어미인 역사에게 그것이 생성된 법칙에 가치와 방향을 제시한다. 이 때문에 시는 역사보다도 훨씬 의식적인 목표를 갖는다. 역사의 기억을 의미 있게 되살리고 삶과 존재에 대해 질문을 던져 총체적 가치를 만들어 낸다. 그렇더라도 시는 역사의 범주 안에 머문다. 시가 현실의 외관(外觀)을 장식하고 있는 역사의 내관(內觀)에 존재하면서, 역사와 상호 소통적 차이를 꿈꾸며 역사를 현상과 본질로 재구성한다. 본질을 둘러싸고 있는 현상의 외피를 벗겨 내고 역사 속의 인간 존재를 새롭게 성찰하는 것이 시의 몫이다. 이 때문에 시는 훨씬 가치 정향적이다. 그러면서 시는 인식과 자각과 같은 본질적 주관에 의해 통일된 문맥을 포섭하며 예술적 고안에 의해 채택된 기호 체계를 미적 소통체로 열어 놓는다.

이 책에서 논의할 1990년대부터 오늘에 이르는 시는 민중시로 대표되던 1980년대의 시와는 확연하게 구분되는 특징을 지닌다. 그것은 1980년대를 감싸고 있던 현실과 역사의 테제인 민족, 민중, 분단, 통일과 같은 거대 서사가 결절되면서, 다원주의, 해체주의, 탈권위주의와 같은 탈근대 담론이 대두되기 시작한 것과 맥을 같이한다. 여성, 자연, 감성, 허구, 환상, 타자, 육체 등에 대한 관심은 이러한 징후의 지배 코드로서, 이는 언어, 이성, 절대, 진리, 존재의 형이상학과 같은 권력적 층위들을 내파한다. 이에 따라 시는 해체와 상호 텍스트성, 키치와 패러디 등과 같은 새로운 서정의 모습이 1990년대 문학의 기반을 이루기도 한다. 새로운 담론과 서정에서 출발한 1990년대 시의 맥을 잇고 있는 2000년대 시는 민중시로 구획되는 1980년대의 양상을 벗어나 다양한 시적 전개를 맞이한다. 자본, 문명, 과학, 기술 등이 자연을 파괴하여 인간의 생존을 위협하고 있다는 인식 아래 환경과 생태에 천착하는 환경 생태시, 여성 스스로의 독립적 확신과 정체성을 찾고자 지배 이데올로기에 대해 끊임없는 자각과 모색을 보여 주고 있는 여성시, 몸이 지니고 있는 존엄성에 관심을 기울이며 영혼과의 일체성을 탐색하는 육체시, 새로운 서정으로 현실의 문제를 담아내고자 진지하고도 실험적인 글쓰기를 다양하게 시도하고 있는 신서정시, 문화적 인접 매체와의 결합을 꾀하고 있는 혼종시, 인간 내면의 가치와 정신의 고도를 예지적으로 보여 주고 있는 정신주의시 등이 바로 그것이다.

그러나, 1990년대의 담론에서 출발한 2000년대 시는 1990년대의 모습에서 떨어져 있기보다는 오히려 구속되어 있는 것처럼도 보인다. 신자유주의, 후기 자본주의, 미디어의 발달 등과 같은 1990년대적 현상들이 지속을 거듭하고 있고, 시를 구성하고 있는 담론들 역시 별다른 변화가 없기 때문이다. 담론이 역사적 현실과 관계하는 대화 집합체이며 전략의 가능성을 조건으로 정치적, 철학적, 사회적, 문화적 신념과 의견을 범주화할 때 시는 이러한 맥락 안에서 의미를 생산하고 조직한다. 즉 시는 동시대를 구축하고 있는 담론의 맥락들과 관계하면서 시적 영역 안에 미적으로 구축한다. 이러한 의미에서 2000년대 시가 1990년대에 비해 크게 달라지지 않았다는 것은 확실히 시대적 변화의 동인이 그만큼 적었다는 것이다.

이 글은 오늘의 시가 1990년대에 비해 크게 달라지지 않았다는 인식 아래 생태 환경시와 여성시를 중심으로 살펴보고자 한다. 또한 비판과 대안이라는 하나의 관점을 채택하여 현대시의 시적 공간을 확보하는 데에도 관심을 가질 것이다.

2 '주체' 범람과 수평 언어

1990년대의 문학은 뚜렷한 두 가지 주제가 압도적이었다. 죽음과 욕망이 그것이다. 죽음은 이념의 몰락, 전망의 상실, 문학의 위기 등 전 시대의 핵심적 주제들의 소멸을 상징하는 단어였으며, 욕망은 새로운 시대에 전개될 온갖 충동의 해방을 압축하는 단어였다.[1] 2000년대 문학은 이 같은 주제에 잇대어 있으면서 시적 형식과 내용들을 지속한다. 그러나 2000년대 시는 소재, 영감, 표현, 리듬 등의 고갈을 야기하며 파열된 연대의 시적 기록을 보여 준다. 한국 시가 이처럼 '고갈'에 이르는 과정은 '대상(민주화)'의 과잉이 '주체'의 범람으로 바뀌고 다시 주체의 범람이 주체의 균질적 산포 혹은 폭발적 균질화로 진행되어 간 것과 상관을 이룬다.[2] 정과리의 이 같은 주장은 오늘의 문학을 '고갈'의 문학으로 인식하고, 우리 시에 미만해 있는 적체적 상상력이 창조적 상상력으로 변환해야 할 것을 강조하는 발언이라 하겠다.

2000년대 시를 파열된 연대의 기록이라 정의하며, 그 발생적 동인으로 주체의 '범람'을 지적하고 있는 정과리와 마찬가지로 유성호 역시 우리 시에 미만해 있는 '과잉'의 이미지를 경계한다. 감성, 감각, 개체, 기호, 산포 등으로 중심을 이동한 시들에서, 활력과 에너지 그리고 다양한

---

1 정과리, 「문학과 환경」, 『문학이라는 것의 욕망』(역락, 2005), 278~279쪽.

2 정과리, 「파열된 연대의 시적 기록」, 위의 책, 170~172쪽.

수준의 언어적 성과를 긍정할 수밖에 없는 뚜렷한 흔적들을 경험한 바가 있는데도, 우리는 역사의식의 현저한 감쇄, 가벼움을 선호함에 따른 진지한 사유의 빈곤, 현재적 감각을 중시함에 따른 전통적 맥락의 경시, 상식을 거스르는 실험성으로 빚어지는 난해성 과잉 등을 목격할 수 있다는 것이다.[3] 이는 오늘의 시가 '서정성과 다원성'이라는 긍정적 함의를 보여주고 있음에도 불구하고, 보다 새로운 기획과 생산 방식이 필요하다는 것을 역설해 준다. 철학적 사유의 빈곤과 매몰된 일상성, 담론으로의 지나친 경사와 시정신의 부재, 다양한 언어와 무의식에 대한 탐험 부족 등[4]은 우리 시가 지니고 있는 맹점으로 결국 사유, 제도, 규범, 담론, 정신, 언어 등과 같은 시적 환유물들을 냉정히 검토해야 할 시기에 이른 것이다.

2000년대 시는 분명 근대적 이성의 권력 의지로부터 억압되었던 가능성들을 해방시킨 공적을 남겼다. 그러나, 전투성의 강건함을 자랑하는 여성시나 환경 파괴의 현실에 대한 비탄의 포즈론에 머무는 생명주의 문학, 그리고 전위적 실험의 계열에 해당하는 시편들이 전복의 순발력, 수평적인 발랄함의 탄성, 과도한 비관주의, 자기 연민의 도취, 조형적 언어감각의 탐닉 등에서 크게 벗어나지 못했음[5]은 오늘의 시가 본질로 환원시키지 못하고 있음을 시사해 준다.

마이어호프는 문학을 특징짓는 시간의 측면들을 (1) 주관적 상대성, 혹은 불균등 분포 (2) 연속적 흐름, 혹은 지속 (3) 경험과 기억에서의 인과적 순서의 역동적 융합, 혹은 상호 침투 (4) 자기 동일성과의 관계에서의 기억의 지속과 시간적 구조 (5) 영원 (6) 무상, 혹은 죽음을 향한 시간적 방향 등 여섯 가지로 준별한다. 그는 시간의 측면들이 모든 시대의 문

---

3 유성호, 「서정시의 모반, 그 반어적 가능성」, 『침묵의 파편』(창작과 비평사, 2002), 19쪽.

4 박주택, 「정신의 높이와 깊이」, 《서정시학》, 2006 여름, 58쪽.

5 홍용희, 「근원의 발견과 풍요를 위하여」, 『아름다운 결핍의 신화』(천년의 시작, 2005), 143쪽.

학을 특징짓고 있고, 인간의 삶과 경험의 문맥 안에서 의의 있는 것들을 다루고 있다고 주장한다.[6] 시는 시간적 변화의 지속이나 역사 과정으로부터 검출된 인과적인 자각, 경험과 기억 등을 재구성하여, 보다 인간을 위한 시간과 역사가 되기를 기원한다. 시간과 역사가 실패와 좌절을 극복하며 영원을 향해 달리든지, 실패와 좌절에 빠져 무상과 죽음이라는 폐쇄를 향해 달리든지 시는 그것을 확장하고 심원화하고자 노력한다. 시는 시간으로서의 기억과 현실과 역사로서의 경험을 담아내며 삶을 보다 풍요롭게 만든다. 역사의 자장 안에서 자신만의 영역을 확보하며 진화를 꿈꾸며 새로운 미래를 향해 자신의 영혼을 열어 놓는다. 시간과 역사 속에 안주하며 미래를 망각한 채 과거나 현재에 갇힐 때 시는 자신의 자리에서 서서히 낡아 간다. 새로움이 또 다른 새로움에 밀려 온전히 빛을 잃어 가듯 시는 남루에 갇혀 잊힌다. 마찬가지로 2000년대 시가 새로운 출구를 찾지 못하고 자신의 처지를 망각하고 있을 때 시의 주변을 맴돌 뿐이라는 것은 자명한 일이다.

3 환경 생태시의 협애한 세계관과 연쇄성

환경에 관한 문제는 비단 지역적인 문제나 어제 오늘만의 문제는 아니다. 한국 사회가 산업화 시대로 진입하기 시작한 1970년대를 거치면서 1980~1990년대에 이르러 이미 환경의 문제는 생존을 심각하게 위협하면서 자연으로부터 인간의 소외라는 비극을 야기했다. 자연과 생태의 문제는 서양 근대의 토대를 이루고 있는 인간 중심주의와 과학 중심주의

---

6 한스 마이어호프, 이종철 옮김, 『문학 속의 시간』(문예출판사, 2003), 119쪽.

의 낙관적 신념에서 비롯한다. 이에 따라 인간과 자연, 생산과 소비, 지배와 피지배의 문제는 서로 대립적인 것이 아니라 조화와 균형, 질서와 순환의 원리라는 것을 인식하고, 그 실천적 모색을 노장과 불교 등의 동양 정신에서 찾으려는 노력을 지속해 왔다.

산업화의 폐해를 계몽의 관점에서 다루기 시작한 환경에 대한 시적 인식은 1980년대 도시시, 일상시, 문명 비판시 등에서 이제 환경의 문제가 실천과 당위에 이르렀음을 환기한다. 이 같은 인식은 1990년대 들어 더욱 쟁점화되어 김지하, 신경림, 정현종, 최승호 등의 시에서 엄정한 생명 윤리를 요구하고, 고형렬, 고재종, 나희덕, 배한봉의 시편 등에서 보이는 우주 공동체적 상생 의식은 환경의 문제가 전 지역, 전 지구 전 시간의 문제라는 위기 의식을 보여 준다. 1970년대부터 제기된 문학 속의 환경과 생태의 문제는 2000년대에 이르러 더욱더 심화되고 다양한 양상을 띠기 시작한다. 이는 자연에 대한 담론적 관심과 리얼리즘 시인들의 시적 세계관이 환경의 문제로 옮겨 간 것과도 무관하지 않아 보인다.

그러나 '서정의 확장'과 '관심의 환기'라는 긍정적 평가에도 불구하고 '자연'을 현실의 억압과 분리된 존재로 가정하여 삶의 고통과 번민이 휘발되는 장소, 낭만적인 환상과 욕망에 의해 재구성되는 장소, 여행자의 시선으로 포착하는 '풍경'으로서의 장소, 현실과 삶의 고통을 상쇄해 주고 치유해 주는 완충제로서 자연을 발견하고자 했다는 점은 자연에 대해 인식 부족을 드러내 주는 것이었다.[7] 문학이 역사의 요청을 내부로 끌어들여 시대와 삶의 문제를 파헤치는 것은 당연하다. 또한 동시대적 담론과 연관지으면서 시의 영역을 확장하는 것도 당연히 문학의 몫이다. 그러나 자연을 주제로 한 많은 시편들에서 우리는 단순하고 획일적인 자

---

7 김수이, 「자연의 매트릭스에 갇힌 서정시」, 『서정은 진화한다』(창비, 2006), 16~30쪽.

연의 미학을 유포하는 결과를 목격한다. 인간 존재의 심연을 투영하고, 내면의 격렬한 고뇌를 반영하며, 세계의 불가해한 본질을 투사하는 '외화(外化)된 실재(the real)'로서의 미학, 세계에 대한 철저한 해석과 예술적 실천으로서의 미학은 등록되어 있지 않다.[8] 이 같은 결과가 위험스러운 것은 환경과 생태 자체를 소재적 차원에서 접근하거나, 휴머니즘 차원에서 '속류 생태주의'를 양산하기 때문이다.[9] 이러한 의미에서 다음과 같은 시는 생태시의 올바른 방향을 제시하고 있어 주목을 요한다.

절벽 위 돌무더기가 만든 작은 틈새
스치듯 꽃뱀 한 마리 지나갔다
현기증 나는 벼랑을 등지고 엉거주춤 서서
가파른 몸이 차오르던 통로와 우연히 마주친 것인데
그때 내가 본 것은 화사한 꽃무늬뿐이었을까
바닥 없는 적요 속으로 피어올랐던 꽃뱀의 시간이
눈앞에서 순식간에 제 사족을 지워버렸다
아직도 한순간을 지탱하는 잔상이라면
연필 한 자루로 이어놓으려던 파문 빨리 거둬들이자
잘린 무늬들 그 허술한 기억 속에는
아무리 메워도 메워지지 않는
말의 블랙홀이 있다 마주친 순간에는 꽃잎이던
허기진 낙화의 심상이여!
꽃뱀 스쳐간 절벽 위 캄캄한 구멍은

8 김수이, 앞의 책, 21쪽.

9 이재복, 「문명의 야만, 야만의 문명」, 『비만한 이성』(청동거울, 2004), 102~103쪽.

하늘의 별자리처럼 아뜩해서
내려가도 내려가도 바닥에 발이 닿지 않는다
끝내 지워버리지 못하는 두려운 시간만이
허물처럼 뿌옇게 비껴 있다

—김명인, 「꽃뱀」 전문(『파문』, 문학과지성사, 2005)

서정의 형식은 전통적인 서정시의 어법, 혹은 심화된 어법을 주름으로 지니고 있으며, 주체의 자기 동일성을 존재 방식으로 삼는다. 따라서 자연, 생명, 환경과의 관계를 통해 자기 성찰을 시도하고, 삶의 지혜나 깨달음을 언어 감각으로 드러낸다. 동일성의 시학을 토대로 한 서정의 형식은, 세계와의 갈등 속에서 화해를 모색하며 서정을 깊이 있게 확장한다. 이처럼 위의 시는 생명의 대유물인 '꽃뱀'을 중심 화소로 삼아 삶을 노래한다. 화자는 꽃뱀에게서 허기진 낙화의 심상과 내려가도 발이 바닥에 닿지 않는 내면을 발견하고자 한다. 화자에게 꽃뱀은 징그러움이나 관능의 대상이 아니다. 그것은 물자체로, 자연을 편견이나 자기중심적으로 바라보지 않는 데에서 발생한다. 이 인식은 자연 만물이 자신들의 고유한 본성에 입각해 있음을 자득하고 '지금 여기 있는 그대로'의 세계를 감득할 때 발생된다. '나'의 본성과 '자연'의 본성을 합치하는 것은 자연을 감독하고자 하는 인간주의적 기획과는 거리가 있다. 자연에 입각한 세계관을 받아들인다는 것은 주체가 설정한 인식론적인 틀 속에 세계를 끌어들이는 것이 아니라, 삶의 문맥들을 그대로 인정하고 그것을 가감 없이 끌어들인다는 것이다. 이럴 때 타자와 소통할 수 있고 생명의 질서를 회복할 수 있다.[10]

---

10 이동철 · 최진식 · 신정근 엮음, 박원재, 「자연」, 『21세기 동양 철학』(을유문화사, 2005),

물자체이자 생명 그 자체인 꽃뱀에게서 발견되는 바닥 없는 적요, 그것은 화자 내면에서 삶과 죽음에 대한 의식과 겹쳐 생명의 잔상과 비의 그리고 순수한 기억 속에서 무늬처럼 어룽거린다. 생명은 어느 개체에만 국한되지 않는다. 그것은 범생명적이며 범윤리적이다. 나를 벗어나 타자에게 이를 때 나의 정체성은 서로에 의해 완성된다. 나는 나이기를 고집하는 동시에 변화하는 가운데 있다. 이 둘은 모순되지만 동시적이다. 따라서 생명 그 자체를 알기 위해서는 나에게 국한된 생명성을 헐겁게 하는 것이다. 자신만의 생명성을 헐겁게 하지 않는 한, 생명 그 자체는 온전히 나타나지 않는다.[11] 자신만의 생명성을 버리고 있는 그대로를 받아들이며 자신을 노래한다는 것, 그것은 자신을 비우거나 헐겁게 하지 않는 한 온전하게 타자의 생명을 받아들이기 힘들다. 비움과 헐거움, 그것은 변화 속에 다른 것들과 상호 의존적 관계에 있다. 이 관계는 자아와 타자가 소통하고 있다는 증거이자 생명의 한자리에서 일어나고 있는 일이다.[12]

이처럼 「꽃뱀」은 대상과의 순수한 교호 속에 헐거워진 나의 빈터 속으로 존재 그 자체로 들어오는 물자체와 공동 존재로서의 일체성을 꿈꾸며 대상을 '있는 자연(自然, nature)'으로 받아들여 회감(回感)한다.

환경 생태시는 근대 기획의 담론을 비판하면서 등장한다. 그러나 생명 가치에 대한 관계적 세계관을 반영하고 있다는 긍정에도 불구하고, 유기체적 자연관이나 생태 중심주의의 대안적 관점을 시 속에 제대로 생착시키지 못하고 있는 점, 자연과 인간을 분리해 자연을 존숭의 대상으로 삼아 또 하나의 이원론적 사유를 노정하고 있는 점, 근원, 모성, 대지, 생산 등의 원형적 이미지를 반복하며 시의 미적 영역을 협애화하고 있는

210~214쪽.

11 이동철 · 최진식 · 신정근 엮음, 박재현, 「생명 윤리」, 앞의 책, 339~341쪽.

12 위의 책, 같은 곳.

점, 환경과 생태의 문제가 인간, 국가, 인종, 자본 등과 얽힌 문제인데도 환경과 생태의 문제를 소박한 주제적 차원에 머무르게 하고 있다거나 하는 점들은 모두 부정성과 대결하는 자세가 투철하지 못한 것에서 연유한다 하겠다.

4 여성시의 쇄말적 세계관과 주변성

여성시는 다원주의, 해체주의 등 포스트 모더니즘의 근대, 탈근대 논의와 남성 중심주의, 이성 중심주의 세계관의 대타적 인식과 함께 등장한다. 포스트모더니즘 등의 사상적 조류와 맥을 같이하면서 중심부적 이동에서 말미암은 여성시는 여성의 종속을 종식하고자 하는 노력으로부터 출발하여 민족, 국가, 인종, 종교 등 균형을 불가능하게 만드는 관계 구조를 개선하고자 한다. 대상을 타자화하는 중심주의를 해체하고 해방과 억압, 자유와 구속 등이 지니고 있는 이원론을 불식하고자 하는 여성시는 억압에 대한 남성의 조작, 성 차별 문화, 가부장적 사회의 억압과 착취 등에 대해 여성의 권리를 총체적으로 인식하게 하는 데 공헌한다. 이로부터 비롯된 여성적 글쓰기는 지배적 문화에 의해 전유되는 글쓰기에 저항하며 위계적 사고에 특권을 부여하는 것과 대립하며 차이의 다원성을 회복하고자 한다. 강림하지 않은 여성 신(神)에 대해 기원을 계속하고 있는 여성적 글쓰기는 인간의 정체성 구성과 관련하여 평등이라는 믿음을 의지로 삼는다.

1990년대 이후 여성의 정체성이 시적 표현으로 드러나는 방식은, 여성성을 찾기 위한 위반의 방식과, 모성성의 회복을 희원하는 방식으로 나눌 수 있다. 위반의 방식이란 남성들이 만든 여자다움의 신화를 깨고

기존의 이데올로기와 사회적 통념, 언어적 문법 체계에 저항하는 것을 의미한다. 이에 비해 모성성의 회복은 남성 중심의 사회 체계나 물질문명의 병폐 등에 짓눌려 왜곡되고 망가진 근원적 모성의 세계를 되살리는 것을 의미한다.[13] 하지만 이러한 성과에도 불구하고 만족할 만한 성취를 이루지 못한 것은 문학 내부의 공동체적 부재에 대한 적극적인 검토와 이해, 의미 검출과 대안 제시와 같은 치열한 부정의 변증법 등이 함께 모색되지 못한 까닭이다. 이 과정을 통해 보다 근원적이고 상상적인 중심을 발견할 수 있을 것이다.

그렇다면 여성의 미래는 과연 어떤 것이어야 할까? 먼저, 하향 평준화된 유행 감각으로서의 여성적 소재들이나 반여성적인 순정적 온정주의를 경계하여야 한다. 다음으로는 정치적 폭력의 문제, 계급 문제, 지역 문제, 제국주의와 식민주의 문제 등에 대한 인식을 가져야 한다. 그리고 여성(적인 것)에 대한 과도한 숭배가 가져올 상투성의 위험에 대해서도 생각해 보아야 할 것이다. 또한 여성 시인들이 집중적으로 보여 주는 연민이나 상처 혹은 내면의 무늬들이 주로 구체성보다는 원형성에, 오래된 깊이보다는 순간성에 실려 있는 만큼 구체성과 심층성의 회복 역시 깊이 천착해야 할 과제들이다.[14]

할 수만 있다면 어머니, 나를 꽃 피워 주세요
당신의 몸 깊은 곳 오래도록 유전해 온
검고 끈적한 이 핏방울
이 몸으로 인해 더러운 전쟁이 그치지 않아요

---

13 오형엽, 「전환기적 모색, 근대와 탈근대의 경계에서」, 『1990년대 문학, 어떻게 볼 것인가』(민음사, 1999), 147쪽.

14 유성호, 「타자로서의 여성, 그 '다른 목소리'」, 앞의 책, 49~50쪽.

탐욕이 탐욕을 불러요 탐욕하는 자의 눈앞에
무용한 꽃이 되게 해 주세요
무력한 꽃이 되게 해 주세요
온몸으로 꽃이어서 꽃의 운하여서
힘이 아닌 아름다움을 탐할 수 있었으면
찢겨져 매혈의 치욕을 감당해야 하는
어머니, 당신의 혈관으로 화염이 번져요
차라리 나를 향해 저주의 말을 뱉으세요
포화 속 겁에 질린 어린아이들의 발 앞에
검은 유골 단지를 내려놓을게요
목을 쳐 주세요 흩뿌리는 꽃잎으로
벌거벗은 아이들의 상한 발을 덮을 수 있도록
꽃잎이 마르기 전 온몸의 기름을 짜
어머니, 낭자한 당신의 치욕을 씻길게요

—김선우, 「피어라, 석유!」 전문(『도화 아래 잠들다』, 창비, 2005)

자아와 자의식은 타자 관점의 내면화에 의존한다. '나'는 타자가 자신을 어떻게 보는가를 상상할 수 있는 한에서 나가 되고, 자신을 바라보는 타자의 시선에 의해 호명된다. 즉, 자아의 발달은 자아가 마주치는 타자에 달려 있다. 이런 까닭에 여성은 타자인 남성과 분리해서 생각할 수 없다. 여성이 남성의 기율과 제도 속에 반영되는 한 여성은 남성의 시선에 의해 왜곡되고 변형된다. 정체성은 새로운 경험을 갖게 되거나 기억을 상기할 때마다 새롭게 변화한다. 따라서 정체성은 근본적인 것이 아니라 구성의 산물이다. 다시 말해 정체성은 스스로 구성되는 것이 아니라 지배의 과정과 상호 작용 속에서 반응하고 굳어진다.

「피어라, 석유!」는 어머니를 모티프로 삼아 자신의 정체성을 찾는 도정의 시다. 어머니(여성)는 아버지(남성)와 대립의 관계이자 상호 소통적 관계이다. 아버지가 교리, 신화, 윤리적 가르침들을 포함하는 남근의 표상이라면, 어머니는 희생, 헌신, 인내와 굴종을 표상하는 제의의 표상이다. 화자는 검고 끈적한 피가 어머니 몸에 오래도록 유전해 왔다고 말한다. 검고 끈적한 피의 유전은 역사의 유전이다. 같은 이유로 화자의 피 역시 검고 끈적하다. 그러한 몸은 건강성과 원초성을 상실한 몸이다. 몸은 현존으로서 경험되는 것보다 역사와 문화 속에서 현존된다. 따라서 검고 끈적한 피는 타자(남성, 아버지)에 의해 구성된 여성의 환유물이다. 화자가 "이 몸으로 인해 더러운 전쟁이 그치지 않아요"라고 말할 때 그것은 '여성의 몸은 남성들의 전쟁터'라는 말을 떠올리게 만든다. 욕망하는 기계로서의 남성과 욕망의 해방구로서의 여성 그리고 최후의 식민지로서의 여성. 김선우의 시는 욕망이 개인적인 것이 아니라 역사적이고 사회 문화적이라는 것을 보여 준다. 화자는 "탐욕이 탐욕을 불러요 탐욕하는 자의 눈 앞에/ 무용한 꽃이 되게 해 주세요/ 무력한 꽃이 되게 해 주세요"라고 말한다. 자신의 숨은 힘을 반어의 저장고 속으로 감춰 넣고 자신의 독립적 신념을 승인하며 "나를 향해 저주의 말을 뱉"고 "목을 쳐" 달라고 속삭인다.

어머니 ― 화자 ― 아이로 연계되는 시간적 구조를 지니면서 유전의 순환 구조로 되어 있는 이 시에서 꽃이 꽃으로서 존재하지 않듯이, 여성은 존재 혹은 부재에 의해 정의된다. "온몸의 기름을 짜/ 어머니, 낭자한 당신의 치욕을 씻길게요"에서처럼 석유(모든 부정적 존재를 불태우거나 휘발시킬 수 있는)를 통해 새로운 몸과 정신을 환생시키고자 한다. 새로운 몸과 정신에 대해 발견하고자 하는 이 의지는 "수련 열리다/ 닫히다/ 열리다/ 닫히다/ 닷새를 진분홍 꽃잎 열고 닫은 후/ 초록 연잎 위에 아주 누워 일어나지 않는다/ 선정에 든 와불 같다// 수련의 하루를 당신의 십 년이라 고 할까/ 엄마는 쉰 살부터 더는 꽃이 비치지 않았다 했다// 피고 지던 팽팽한/ 적의(赤衣)의 화두마저 걷어버린/ 당신의 중심에 고인 허공// 나는 꽃을 거둔 수련에게 속삭인다/ 폐경이라니, 엄마,/ 완경이야, 완경!”(같은 책,「완경(完經)」)에서처럼 존재의 완성을 향해 간다.

여성시는 주체와 타자, 지배와 피지배, 억압과 순종이라는 질서의 계급적 대립을 시 속에 담아낸다. 타자를 낳음으로써 끝없이 중심을 해체하며 타자와의 사랑을 노래한다.[15] 그러나 여성시는 여전히 여성의 문제를 대중화, 보편화하는 데 있어 그 과정과 실천이 시 속에 심층적으로 드러나 있지 않은 점, 남성의 또 다른 대타적 인식과 동등한 자리에 놓이는 인종, 국가, 계급 등과 같은 거시적 문제를 소홀히 하고 있는 점, 환상과 실재가 구분되지 않는 언어를 사용함으로써 미학적 정합성을 이루지 못하고 있는 점, 여성이 겪을 수 있는 극히 사소한 문제를 과대하거나 일반화하거나 하는 점 등은 앞으로 여성시가 극복해야 할 실천적 과제라 하겠다.

5 맺음말

담론은 다양한 사회적 실천들과 제도들이 사회적 체험 세계에 관해 말하는 형식에 의해 구성되고 자리 잡는다. 사회적 맥락 안에서 의미를 생산하고 조직하는 수단으로 작용하여 사회 체계에 대한 인간 체험을 체계적으로 조직하는 지식의 양식들을 의미화하는 담론은 논쟁이나 주장

---

15 문혜원, 「구멍이 숭숭 뚫린 시 안으로 들어가기」, 『돌멩이와 장미, 그 사이에서 피어나는 말들』(하늘연못, 2001), 44~45쪽.

과 같은 비체계적인 언술이나 편견의 집합체라는 부정에도 불구하고 시대와 역사를 관류하는 가능성들이다. 2000년대를 둘러싸고 있는 시적 담론 역시 이와 같은 성격과 같이하면서 동시대적 조건 속에서 생산되고 분배된다.[16]

1990년대 이후 서정시가 이룬 커다란 성과는 시적 주체의 목소리나 상상력이 다양하게 개화했다는 활력보다는, 개개의 작품들 안에 내재해 있는 탈이념적 혹은 탈근대적 열정과 그것의 섬세한 형상화에 있다. 그 결과, 빠른 속도로 경험해야 했던 '근대'의 자기 전개 과정에 대한 근본적인 반성과 성찰을 수행하였고, 나아가 그를 대체할 수 있는 대안적 사유와 방법에 대해서도 진지하고도 다양한 축적을 진행해 왔다. 많은 시인들이 근대적 사유의 항구적 타자로 존재했던 '자연'과 '여성'을 서정시의 가장 중요한 소재와 기율의 원천으로 복원한 것도 바로 그러한 이유에서이다.[17] 시는 고도로 세분화된 형식과 내용을 창조해야 하는 전략성을 강조한다. 이 전략성은 표현 기법과 내용들이 임계점에 달했다는 한계 의식과 경험과 사고가 복잡해지고 다원화되었다는 것에서 출발한다. 이 점에서 오늘날의 시 쓰기는 역사적, 사회적, 정치적, 문화적 조건

---

16 정보화 사회가 인터넷, 광폭 액정 TV, 디지털 VCR, 개인 휴대 단말기, PDA, 팩스 폰, 말하는 컴퓨터 등 각종 전자 기기를 결합한 멀티미디어 시대를 도래시킴에 따라 사고와 행동 양식, 문화적 형식, 자본의 흐름 등을 시 속에 담으려고 노력하는 것도 담론의 성격과 밀접한 상관을 이룬다. 글쓰기의 형식과 내용까지도 결정짓는 매체 문화의 변화에 따른 담론의 변화는 시인들의 매체 문화에 대한 능동적인 자각과 창의적인 감수성을 요구한다. 1990년대 이후 근대의 성찰적 기획으로 떠오른 육체 담론 역시 미디어와 시를 결합하고자 하는 노력과 마찬가지로 시 속에서 형식화되고 문맥화된다. 육체는 사회적 욕망이자 자연성의 욕망이다. 폭력과 전쟁, 옷과 장신구, 섹스와 다이어트, 번식과 건강, 자본과 상품 등 광범위한 가치와 매개하며 삶의 직접성을 이루는 육체는 시 속에서 건강한 시원으로 존재하거나, 문명과 전쟁, 자본과 지식 등에 숨어 있는 정신과의 완전한 결합을 꿈꾼다. 육체는 세계 안에 있기보다 세계 그곳에 있으며 육체의 실존은 객관적 존재로서의 실존이 아니라 내가 곧 그것인, 체현된 존재로서의 존재이다. 이런 의미에서, 육체의 잠재력과 본질적인 실체를 생명의 시각으로 형상화하는 시적 노력은 앞으로도 계속해야 하리라고 판단된다.

17 유성호, 「디지털 시대, 서정시의 운명」, 『한국 시의 과잉과 결핍』(역락, 2005), 46~47쪽.

들과 시적 질서와 진화, 새로움을 향한 치열한 노력과 의지 그리고 이를 바라보는 독자들의 반응까지를 세심하게 살펴보아야 하는 종합적 통찰력과의 싸움이다.[18]

시가 사회 문화적 실천과 전략들을 담고 있는 담론의 자장 안에서, 자신만의 미학적 전략을 갖는다고 할 때 생태 환경시와 여성시는 역사적 맥락 안에서 그 의미와 방향을 담아낸다. '고갈'로서의 시는 서정의 갱신과 전환기적 모색을 요구한다. 깊이 있는 사유를 시 속에 끌어들여 인간과 세계에 대한 심원한 의미를 파헤치고자 하면서 감각적인 순발력에 빠져 있는 것을 시적 본질로 환원시키고자 한다. 더욱이 시는 역사와 시간의 과정으로부터 검출된 의미를 미학적으로 재구성하여 보다 인간다움을 방향의 근간으로 삼아 도전과 좌절, 열정과 승리와 같은 인간 역사의 노정을 미래로 열어 놓고 경험과 사유들을 영역 안에 풀어 놓는다. 시가 역사와 현실의 요청을 내부로 끌어들여 자신만의 세계를 구축할 때 '외화(外化)된 실재(the real)'로서의 미학은 완성될 터이다.

이런 의미에서 앞서 언급한 것처럼 환경 생태 담론이 지니고 있는 전략적 가치를 일궈 내지 못하거나, 반복적인 주제적 언술로 계몽적 시선을 견지하는 것은 경계해야 한다. 문명과 대립되는 지점에 자연을 놓고 자연을 숭엄하고 아름다운 대상으로 상상하는 태도 역시 경계해야 한다. 주체의 철저한 성찰을 통해 타자의 본질과 교섭할 때 생명적 이미지들은 인간을 위한 미래의 미학으로 생착할 수 있을 것이다. 여성시 역시 여성들의 가치와 정체성을 확보하며 여성이 어떻게 살아야 할 것인가를 총체적으로 인식해야 한다. 여성시는 환경 생태시가 그러한 것처럼 실천과 완성을 향해 노력해야 한다. 유행 담론으로서의 여성적 소재, 단순한 명

---

18 박주택, 「객체 분리의 불안과 무의식적 글쓰기」, 『반성과 성찰』(하늘연못, 2004), 234쪽.

제에 정초(定礎)하는 주제 의식, 반여성적인 것에 순종하는 순종적 온정주의, 핍진성이 결여된 언술적 표현 등은 마땅히 지양해야 할 대상들이다. 시의 몫은 개인과 사회의 현실적 존재를 미래로 새롭게 구축하는 일이다. 삶과 역사에 대해 깊이 있는 성찰을 하고 시의 성숙과 진화를 위해 스스로가 위대함에 이르러야 함을 소구하는 노력을 기울일 때 우리 시는 새롭게 역사의 내관(內觀)에 존재할 것이다.

상호 텍스트성과 패스티시 비판

1 머리말

시인은 자신의 경험과 사유를 바탕으로 시를 생산한다. 그러나 시는 그것으로 완성되지 않는다. 독자의 시선과 입김을 만나 비로소 완성된다. 시의 총체성은 시인 · 텍스트 · 독자가 정신적인 교류를 지속할 때 텅 빔에서 깨어나, 생산의 주체를 통해서뿐만 아니라 그것을 소비하는 주체를 통해 온전한 역사를 획득한다.[1] 시는 축적된 기억을 순간적으로 보여준다는 점에서 주관적이고 중층적인 장르다. 또한 고유한 내적 법칙과 기호의 충돌로 이루어진 총체성의 집합으로 랑그와 파롤의 단호한 이율배반인 동시에 창조성 그 자체이다.[2] 시가 미적 경험의 생산적 측면 못지

1 야우스는 미적 쾌락의 경험을 생산적 미적 경험, 수용적 미적 경험, 소통적 미적 경험으로 범주화하며 텍스트와 독자 사이의 상호 작용을 강조한다. 로버트 C. 홀럽, 최상규 옮김, 『수용 미학의 이론』(예림기획, 1999), 83~127쪽 참조.

2 앙리 메쇼닉, 조재룡 옮김, 『시학을 위하여』(새물결, 2004), 37~38쪽.

않게 수용의 소통적 측면이 강조되는 것도 이러한 애매성과 미정성(未定性) 때문이다. 따라서 시인의 창조적 인식과 독자의 기대 지평이 혼융되었을 때 시는 자신의 존재를 현현(顯現)하며 세계의 문을 연다.

시 교육 역시 상호 소통적 측면을 고려해야 한다. 심미적 세계를 여는 상상력과 손을 잡게 하여 텍스트를 채우는 한편 그 과정 속에서 부딪치는 것들을 통해 의식 경험을 확대할 수 있어야 한다. 의식 경험의 확대는 텍스트를 '감지하는 이해'와 '성찰하는 해석'이 지평을 향해 나아갈 때 가능하다. '감지하는 이해'가 고정되고 억압된 자신의 의식을 부단히 형성해 가는 진행 지평이라면, '성찰하는 해석'은 그러한 성찰과 확인을 가리키는 후행 지평이다. '감지하는 이해'와 '성찰하는 해석'이 상동을 이룰 때, 시는 세계관과 신념을 확충하는 계기가 되며 지적, 정서적, 인격적 확충을 기할 수 있다.[3] 시 교육이 '읽기'와 '반응' 그리고 '쓰기'에 중심을 두고 포괄적으로 논의하는 까닭도 바로 여기에 있다.[4]

그런데 시는 '시의 고유한 영역'과 '시의 외적인 영역'이 서로 길항하거나 교합하는 과정과 결과를 포괄할 때 보다 구체적이고 유의미한 효과를 창출한다. '시의 고유한 영역'은 시문학사, 시 문학 이론, 시 창작의 검토와 실제, 시 텍스트 생산자와 수용자의 관계 형성, 시관의 형성과 가치 창출 등을 포함하여 궁극적으로는 인간에게 끼칠 수 있는 영향까지를 범주 안에 포함한다. 이 영역은 미적, 인지적, 실천적 제 측면을 제고하며 자아의 발견과 공동체적 인식을 실현하는 데 이바지한다. '시의 외적인 영역'은 시를 형성하고 있는 사회 문화적 현실을 가리키는 것으로 자본과 역사적 조건, 인접 예술, 미디어 매체 등이 시 속에 어떻게 반영되고

---

3 구인환 외, 『문학교육론』(삼지원, 1998), 174~180쪽.

4 윤여탁, 『시교육론 Ⅱ』(서울대 출판부, 2003), 20~21쪽.

활용되는가를 발견하고자 한다. 이 영역은 시가 사회 문화와 교섭하며 내면화하는 과정을 보여 줌으로써 시가 바람직한 역사와 문화를 이끌어야 한다는 가치론적 측면을 제고한다.

이와 같이 시는 '시의 고유한 영역'과 '시의 외적인 영역'을 체험하고 육화하는 내면화 과정으로, 이는 시 속에 내재된 정보 파악 능력, 시적 문법이나 시적 관습의 파악, 시를 둘러싸고 있는 사회적 문화적 조건 습득 등의 구성을 통해 구체화된다.[5]

이 글은 시가 타자의 세계를 탐색하여 자기화 과정에 이르는 도정으로 '미학적 세계'뿐만 아니라 '인간학'에 밀접하게 상관하고 있다는 점에 중점을 두고 상호 텍스트성(intertextuality)과 패스티시(pastiche)를 중심으로 실천적 언어 활동인 글쓰기(écriture)[6]에 대해 살펴보고자 한다.

2 연구사 검토 및 문제 제기

일찍이 『논어』가 인격 수양을 강조하며 작시 계급의 고절을 강조하고 있다[7]는 점은 시가 존엄을 수호하며 삶을 가치 있게 하는 인문적 지각을 지니고 있음을 시사해 준다. 또한 유협이 『문심조룡』에서 시를 정신과 수사의 통일체로 보고 조화를 겸비한 군자의 이상으로 삼은 것[8]도 바로 이러한 뜻에서다. 시는 '사고→언어', '언어→사고'의 전환 과정이

---

5 유성호, 『현대 시 교육론』(도서출판 역락, 2006), 30~32쪽.

6 글쓰기는 언어 활동 속에서 의미와 형식의 생산 또한 언어 활동의 근본적인 역사적 실천이자 문학성의 조건으로서 독서의 연속이다. 앙리 메쇼닉, 앞의 책, 193쪽 참조.

7 김은전, 「시의 본질과 문학 교육」, 김은전 외, 『현대시 교육의 쟁점과 전망』(도서출판 월인, 2001), 12~23쪽.

8 유협, 김민나 편역, 『문심조룡(文心雕龍)』(살림, 2005), 226쪽.

기 때문에 시를 '인간'과 관련하여 생각하는 일은 중요하고도 시급한 일이다.[9] '인간학'과 유리된 시란 언어 속에 갇힌 진공 상자와도 같아 그 속에는 세계와 교합하는 숨결이 살지 못한다. 시는 열림과 소통이라는 정신의 지경을 개척하는 예지의 장소이자 존재의 궤적인 까닭이다.

텍스트 내에 다른 텍스트를 침투시켜 텍스트의 통일체를 분쇄하며, 조정하고 변형하는 상호 텍스트성[10]은 모방(pastiche)과 패러디(parody)의 형태로 나타난다.[11] 언어적 혼동을 이루며 텍스트를 확장하는 상호 텍스트성은 그 자장 안에 '반복과 차이', '모방과 위반'이라는 '무정부적 복수성의 시학'을 펼쳐 보인다.

탈근대의 시학으로 떠오른 상호 텍스트성에 관한 연구를 살펴보면 다음과 같다. 이승훈은 상호 텍스트성이 나타날 수밖에 없는 조건들 가운데 제도나 억압으로부터 벗어나려는 심리적 태도와 경계를 해체하고자 하는 전환적 전망 의식이 숨어 있다고 보고 새로운 기법에 대한 미학적 검토가 필요함을 역설한다.[12] 김욱동은 크리스테바가 제창한 상호 텍스트성이 바흐친, 토도로프, 블룸, 주네트, 바르트, 푸코 등과 깊은 관련을 맺고 있다는 전제 아래 움베르토 에코의 『장미의 이름』이 다른 텍스트들로 짜여진 직물이라는 것을 밝히며 이 작품이 셰익스피어, 토마스 만, 제임스 조이스, 엘리엇 등의 텍스트와 결합되어 있다고 진단한다. 또한 그는 상호 텍스트성을 '주체의 죽음', '저자의 죽음'과 연관되어 있는 정치적 변혁의 가능성을 상정하는 역동적인 힘으로 파악한다.[13] '다수의 시'

---

9 김창원, 『시 교육과 텍스트 해석』(서울대 출판부, 2005), 20쪽.

10 쥘리아 크리스테바, 김인환 옮김, 『시적 언어의 혁명』(동문선, 2000), 240쪽.

11 김욱동, 『문학을 위한 변명』(문예출판사, 2002), 129~150쪽.

12 이승훈, 『해체시론』(새미, 1998), 65~75쪽.

13 김욱동, 『포스트모더니즘』(민음사, 2004), 179~225쪽.

로 확장되는 블룸의 영향 관계 이론에 주목하며 상호 텍스트성과 해체시론과의 상관성을 밝히고 있는 윤호병은 상호 텍스트성이 시/시인과 시/시인의 대화, 선 텍스트와 후 텍스트의 관계, 텍스트와 사회적 텍스트와 상호 연관되어 있음을,[14] 손진은은 상호 텍스트성이 등장하게 된 계보학을 검토하며 김소월, 박목월, 김종삼의 「왕십리」가 오랜 시간의 편차에도 동일한 제목으로 쓰였다는 점에 착안하여 김소월의 「왕십리」가 박목월과 김종삼의 시에 영향을 미치고 있음을 주목한다.[15] 문혜원 역시 전후 초현실주의 시인인 조향 시에 나타난 자기 반영적 메타시적 성격과 인접 예술과의 접합 관계에 주목한다.[16]

김준오는 패러디가 후기 산업 사회의 재생산 방식에 대응하는 문학적 양식으로 과거 원전들의 고유성과 관습적 규범들을 고의로 파괴하는 '문화적 전략'이며 '문제적 복제 형식'이라 주장하며 오규원, 황지우, 장정일 시에 나타난 자본주의적 징후를 분석한다.[17] 구모룡은 패러디가 위기와 고갈을 반영하고 있다고 진단하며 그 이면에 숨어 있는 환멸, 불안, 상실 등을 지적해 낸 뒤 패러디가 전통 시학이 지닌 본질주의와 형이상학을 해체하고 열림의 시학을 지향한다고 주장한다.[18] 이형권은 김춘수 시에 나타난 패러디의 양상을 다양하고도 심도 있게 분석하며 김춘수의 시가 그림, 음악, 영화, 설화 등을 수용하여 기대 지평의 전경화된 '미학적 목적'을 충족시키는 실험적이고도 기교적인 면모를 갖추고 있다고 역설한다.[19] 패러디 시학에 대해 천착한 정끝별은 패러디가 용사(用事),

---

14 윤호병, 『아이콘의 언어』(문예출판사, 2001), 204쪽.

15 손진은, 「시 「왕십리(往十里)」의 상호 텍스트성 연구」, 《어문학》 76호, 2002, 363~387쪽.

16 문혜원, 「조향 시의 상호 텍스트성 연구」, 《국어국문학》, 2002, 305~329쪽.

17 김준오, 『도시시와 해체시』(문학과비평사, 1992), 155~175쪽.

18 구모룡, 『패러디 시학의 이데올로기』(한국문학논총, 1996), 57~178쪽.

19 이형권, 「김춘수 시의 작품 패러디 연구」, 《한국언어문학》, 1998, 131~151쪽.

희작(戱作), 희문(戱文), 희시(戱詩) 등의 개념을 포함하는 고전 시학에서부터 발생하고 있다고 보고 이상, 서정주, 김수영, 김지하 시 등에 나타난 패러디 양상을 다양하게 분석한다.[20] 고현철 역시 신경림 시에 나타난 민요와 무가 양상에 대해 언급하며 시의 지형도에 그려져 있는 패러디의 기능에 주목한다.[21]

이상에서 살펴본 바와 같이 텍스트와 텍스트의 접합을 통해 규범화된 예술 형식에 새로움을 불어넣고 있는 상호 텍스트성은 전통 시관이나 낭만주의 시관이 지배하고 있던 '독창성의 미학'을 전복하며 새로운 미적 혁명을 이루며 '전환적 전망'을 보여 준다. 그럼에도 불구하고 시가 지니고 있는 진실성과 윤리성, 독창성과 위의성과 같은 시 본래의 특성과는 거리가 멀다는 점에서 본질로서의 시정신을 되새겨 보는 일은 참다운 성찰의 계기가 될 것이다.[22]

3 탈근대의 미학과 전복(顚覆)의 시학

옥타비오 파스가 "텍스트 속으로 흘러 들어오는 영감, 무의식, 우연성, 계시 등은 언제나 타성(他性)의 목소리로 그것은 상이한 언어의 결정체"[23]라고 말할 때 그것은 텍스트가 다른 텍스트의 해석이며 재생이라는 것을 말해 준다. 이 같은 정의를 지니고 있는 상호 텍스트성은 바흐친의

---

20 정끝널, 『패러디 시학』(문학세계사, 1997), 19~62쪽.

21 고현철, 「신경림 시의 장르 패러디 연구」, 《한국문학논총》 44집, 2006, 337~360쪽.

22 박주택, 「문제는 다시 시정신이다」, 《현대시》, 2005. 1, 44~55쪽.

23 옥타비오 파스, 윤호병 옮김, 『진흙 속의 아이들』(현대미학사, 1995), 190~191쪽.

다성 이론에 힘입은 바 크며[24] 전위(avant-garde)적인 이데올로기를 띤 채 편집과 인용이 극대화된다.[25] 따라서 상호 텍스트성은 텍스트 언어들의 교환과 중화를 통해 언어적 혼동을 이루며 텍스트를 배가시키는 특성을 갖는다.

> 어떠한 텍스트일지라도 과거 인용문의 새로운 뒤섞임이다. 하나의 코드, 공식, 운율적인 모델들, 사회적 언어의 조각 등이 그 텍스트 안으로 들어오고 그 안에서 재분배된다. 왜냐하면 텍스트 둘레와 그 앞에는 언제나 언어가 있기 때문이다. 상호 텍스트성은 어떠한 텍스트의 조건일지라도, 원천이나 영향력의 문제로 환원될 수 없다. 상호 텍스트성은 좀처럼 기원의 위치를 밝혀낼 수 없는 익명적 공식들의 일반적인 장이다. 그것은 무의식 혹은 자동적 인용들이 인용 부호 없이 주어진 것이다.[26]

이 같은 바르트의 견해는 텍스트가 관계의 집합이자 해석에 의해 재구성되는 복잡한 문제와 상관됨을 일깨워 준다. 상호 텍스트성은 전통적인 문학 규범 혹은 정전(canon) 텍스트들의 이데올로기를 전복하기 위해 이중의 목소리(double-voice)를 갖는다는 점에서 분명 대화적(dialogic)이다. 바르트가 텍스트를 '하나의 모델'로 통합시키는 해석과 비평에 비판을

---

24 토도로프, 김동윤 · 김경온 옮김, 『비평의 비평』(한국문화사, 1999), 118쪽.

25 김준오, 『도시시와 해체시』(문학과비평사, 1992), 162~169쪽.

26 Roland Barthes, *Theory of the text*(London, 1981), 39쪽. 바르트는 텍스트를 '독자 지향(readerly)의 텍스트'와 '작가 지향의(writerly) 텍스트'로 분류한다. 전자가 읽는 텍스트로 단순히 글을 읽고 수동적 소비자로 남겨 두는 텍스트라면 후자는 쓰는 텍스트로 독자를 더 이상 소비자로 남겨 두지 않고 텍스트의 생산자로 만든다. 또한 바르트는 텍스트가 단일 의미로 환원될 수 없는 복수성과 다원성을 지니고 있다고 주장하며 '작가 지향의 쓰는 텍스트'란 독자가 자신을 기능시켜 기의의 마술과 글쓰기의 즐거움을 가까이할 수 있도록 해 준다고 주장한다. 알 웹스터, 라종혁 옮김, 『문학 이론 연구 입문』(도서출판 동인, 1999), 163~192쪽 참조.

가한 것도 이처럼 시가 완결된 것이 아니라 '완성을 향해 가는 의미체'라는 것을 염두에 두었기 때문이다. '텍스트를 통합시키는 대신 부서뜨리고 분리시키'는 열림의 시학인 상호 텍스트성은 텍스트의 닫힘과 정지를 깨기 위해 시적 법칙을 새롭게 열어 둔다.[27] 그것은 텍스트가 '분명한 의미가 은폐되어 있는 장막'이 아니라 '사회적 언어의 조각들이 텍스트 안에서 재분배되는 익명적 공식들의 일반적인 장'이기 때문이다.

이에 따라 텍스트를 시인의 상상력과 창조성의 산물로 보는 '시인 중심관'과는 달리 상호 텍스트성은 시인을 텍스트의 생산자로 보지 않으며 반드시 텍스트와 동일시하지도 않는다. 시인은 텍스트에 기여하는 하나의 허구일 뿐 언술 주체는 언어라는 것이다. 텍스트를 여러 담론들로 구성된 네트워크로 파악하고 다층성과 다양성(multiplicity)을 지닌 의미체로 파악하는 상호 텍스트성은 독서에 있어서도 마찬가지 반응을 보인다. 즉 독서는 한 측면을 이해하고 특권화할 뿐이라는 것이다. 독자를 텍스트의 일부로 간주하며 독자가 텍스트의 다양한 의미들과 약호(code)에 관계할 때 비로소 텍스트는 완성을 향해 간다는 견해는 텍스트를 고정된 실체가 아니라 대화(dialogue)의 장으로 파악하려는 신념이 깔려 있다.[28] 바로 이 점 때문에 상호 텍스트성은 '탈근대 미학의 전위성'과 '근대 미학적 전복성'을 지니면서도 '시는 다시 무엇인가'에 대한 근본적인 성찰을 제시한다.

---

27 앤 제퍼슨 · 데이비드 로비, 김정신 옮김, 『현대 문학 이론』(문예출판사, 1995), 163~183쪽.

28 바르트는 텍스트가 개방적인 복수의 장일 때 정전화된 작품뿐만 아니라 영화와 그림, 대중 문학까지 폭넓게 포괄할 수 있다고 주장한다. 알 웹스터, 앞의 책, 51~58쪽 참조. 예컨대, 1980년대의 해체시에서 황지우나 박남철의 시는 바르트가 말하는 텍스트 속에 현실이나 사회적 문화적 사실들이 직접 개입하는 상호 텍스트성의 특징을 보여 준다. 그들에게 시는 근엄한 숭고성의 대상이 아니다. 그들의 시에 신문, 도표, 광고 문안, 악보 등이 개입하는 것은 언어에 대한 불신과 사회 문화적 현실에 대한 비판이 잠복되어 있다. 유하, 장정일, 함민복의 시 역시 만화, 포르노 영화, 무협 소설 등을 시 속에 끌어들여 사회의 병리적 현상을 폭로한다.

3-1 상호 텍스트성과 기원의 부재

텍스트는 폐쇄적인 구조에 만족하지 않는 투쟁의 장이다. 텍스트는 과정과 실천 속에 완성되는 것이지 그 자체의 완성물은 아니다. 텍스트는 다른 텍스트와의 교차점에 위치하며 환원 불가능한 복수태를 구현한다. 그러나 텍스트의 복수태는 내용의 모호성이 아니라 기표들의 입체적인 복수태로 텍스트는 공존이 아니라 거대한 입체 음향 속을 가로지르는 통과이자 횡단이다. 따라서 아주 진보적인 해석이라 할지라도 그것은 해석이 아니며 폭발이며 분산이다. 그것은 인용 부호를 붙이지 않은 인용이다.[29]

상호 텍스트성은 주체(시인 또는 텍스트)를 해체하는 글쓰기를 강조한다. 이는 바르트를 비롯하여 데리다, 라캉, 푸코, 들뢰즈와 같은 탈구조주의자들의 공략에 말미암은 바 크다. 계몽과 이성은 이들에게 억압된 이념에 불과하다. 그들은 텍스트 개념을 무력화하며 우연과 전복, 분열과 단절, 환상과 허구 등과 같은 탈중심적 개념을 텍스트에 부가한다. 이로 인해 시는 무의미와 허무주의적 경향, 분열적 사고와 탈역사적 성향, 언어 및 형식과 장르의 해체, 꿈과 환각과 같은 환상적 세계의 경도, 미학적 대중추수주의와 유희, 단절과 우연을 바탕으로 한 미학 등의 추세로 이어진다.[30]

다음의 시를 보자.

---

29 롤랑 바르트, 김희영 옮김, 『텍스트의 즐거움』(동문선, 2002), 42~43쪽.

30 오세영, 『문학과 그 이해』(국학자료원, 2003), 61~74쪽.

1

폭포는 아무 데나 있지 않다
폭포는 아무 데도 있지 않다
폭포는 고매한 절벽을 선호한 때문에
폭포는 그토록 急落을 사랑한 때문에
아무 데나 있지 않다

웃으며 웃으며
수수만년을 웃으며 망설임이라곤 없다
폭포는 한번 또 웃고
회고라고는 없다
오늘도 어제도 그 전전날도
회고라고는 없다 내일도 모레도 그 다음다음도
여전히 회고라고는 없이 회고이다 또 회고이고
혁명이고 회고이다 하여
승천이고 회고이다

2

혁명이 없으니 추락을 낳았지
또렷한 정신이 없으니 급박한 낙하를 낳았지
사랑이지 사랑이지
마지막
사랑을 낳았지

3

나는 폭포를 사랑하고
폭포보다는
폭포를 사랑한 이유를 더 사랑하고
그보다는 다시
폭포를, 폭포를 더더욱 사랑하고
절벽을 사랑하고
절벽 위의 절벽을 사랑하고
사랑의 낙차를
더 더 사랑하고

4

폭포에
폭포에
무지개를 보았니?
보았니?
오, 무지개를 단
한없는 추락을 보았니?

폭포는 아무 데나 있지 않다.

—장석남, 「폭포(瀑布)—곧은 소리는 곧은 소리를 부른다」 전문

사랑의 의미를 되새겨 보고 있는 장석남의 시 「폭포」(2005)는 김수영

의 시 「폭포」[31](1957)를 원전으로 삼는다. 장석남의 시는 김수영 시의 형식과 내용뿐만 아니라 주제, 수사, 어법, 전개 방식 등이 동일하게 닮아 있다. 김수영 시에서 보이고 있는 "곧은 소리는 곧은 소리를 부른다", "고매한", "정신", "절벽" 등이 그대로 장석남의 시에서 차용되고 접합되는가 하면 수사에 있어서도 "폭포는 곧은 절벽을 무서운 기색도 없이 떨어진다"는 "폭포는 아무 데나 있지 않다"로 변용되고 "금잔화도 인가도"는 "오늘도 어제도"로 변주된다. 또한 "곧은 소리는 곧은 소리이다 곧은 소리는 곧은 소리를 부른다"의 비교적 긴 호흡의 어법은 "여전히 회고라고는 없이 회고이다 또 회고이고/ 혁명이고 회고이다 하여/ 승천이고 회고이다"로 교란되어 나타나고 "높이도 폭도 없이 떨어진다"라는 하강적 이미지는 "급박한 낙하와 한없는 추락"이라는 표현으로 재생된다. 그런가 하면 "혁명", "회고", "사랑" 등과 같이 김수영 시에 빈도 높게 나타나는 시어들이 장석남 시를 가로지르며 복수성(plurality)의 이미지를 재현한다.

상호 텍스트성은 기호론적 체계, 이데올로기적 구조, 사회적 제도와 인식론적 단절을 꾀하는 비판적 기획을 통해 해방과 열림의 세계를 지향한다. 그러나 상호 텍스트성이 권력 담론에 저항하는 것이라 할지라도 글쓰기의 시뮬레이션(원전의 실재를 모방하는)에 함몰되지 않았는지 생각해 보아야 한다. 이 점에서 "이제 전 지구적 문화라는 상상적인 박물관에 저장된 가면과 목소리를 통하여 말하는 언급이며 죽은 스타일의 흉내"[32] 라는 말은 적절해 보인다.

---

31 폭포는 곧은 절벽을 무서운 기색도 없이 떨어진다// 규정할 수 없는 물결이/ 무엇을 향하여 떨어진다는 의미도 없이/ 계절과 주야를 가리지 않고/ 고매한 정신처럼 쉴 사이 없이 떨어진다// 금잔화도 인가도 보이지 않는 밤이 되면/ 폭포는 곧은 소리를 내며 떨어진다// 곧은 소리는 소리이다/ 곧은 소리는 곧은/ 소리를 부른다// 번개와 같이 떨어지는 물방울은/ 취할 순간조차 마음에 주지 않고/ 나타(懶惰)와 안정을 뒤집어놓은 듯이/ 높이도 폭도 없이/ 떨어진다(김수영, 「폭포」 전문).

32 Fredric Jameson, *postmodernism*(Duke univ.,1991),17~18쪽. 오세영, 앞의 책, 재인용,72쪽.

시는 교수와 학습이 개념적 지식 위주보다는 작품을 통해 읽기와 쓰기가 균형을 이루어 상상력과 심미력 그리고 올바른 인격적 태도가 함양될 수 있어야 한다. 텍스트에 다른 텍스트를 끼워 넣어 혼종시키는 몽타주 기법은 인접성을 띠며 현실의 타락을 타락된 언어로 보여 준다. 여기에는 우연, 단절, 비약, 불연속, 반역, 분산, 차이, 분열, 파열과 같은 불확정한 반-미학의 논리가 내재되어 있을 뿐 영혼과 정신의 내면화, 심미성과 진실의 발현, 언어의 탐구 및 실현이라는 문학의 본질적 측면과는 거리가 있다. 화자의 주체적 음성이 혼성을 이룬 채 시적 문법을 파괴하고 있는 상호 텍스트성의 시는 형식을 통해 의미를 확산시키고는 있지만 시적 진실성이라는 측면에서 미적 가치가 자리 잡고 있지 못하다.

이제 글쓰기는 담론과 떼려야 뗄 수 없는 관계가 되어 버렸다. 더구나 문화가 문학을 지배하고 있는 상황을 고려할 때는 더욱 그렇다. 다양한 인접 예술을 접면시켜 정태적인 상상력을 활성화하고 기호들을 하나의 단일한 통합 체계로 묶어 낸 것은 분명 그 자체 의의가 있다. 특히 오늘날 다양하게 시도되고 있는 문화 콘텐츠와 접목된 문학의 양상은 경계를 허물어뜨린 감각의 상호 작용을 통해 문화의 상호 작용을 꾀한다는 면에서는 더욱 그러하다. 환경과 조건의 변화에 따라 인간의 확장을 가져다주기도 하고 문자 언어에서 영상 언어로 변화함에 따라 감각의 변화가 정신의 변화를 수반하여 새로운 집단 무의식을 형성할 수 있다. 그러나 이러한 변화는 근본적으로 문자성을 약화시킬 가능성이 높다. 따라서 여기서 필요한 문제의식은 문화 속에서 문학은 무엇인가 하는 물음이다.[33] 그리하여 문학이 문화의 정보, 지식의 기반을 이루고 있고 게임, 영화,

---

33 이남호, 「맥루한과의 불편한 대화 — 전자 시대의 문화와 문학」, 임상원 · 김민환 · 유선영 외, 『매체 역사 근대성』(나남출판, 2004), 83~117쪽.

만화 산업의 스토리 제공자로서 시장 경쟁력 이데올로기의 역할을 맡고 있다는 의미에서 '문학은 무엇이 될 수 있는가'[34]에까지 이른 것은 결코 우연이 아니라 할 수 있다.

오늘의 문화 상황과 문학 논리에 대한 관계와 양상들은 문학의 위기이자 해방의 조건이다. 다시 말해서 시의 매혹 조건이자 공포의 조건이다. 이 안에서 문학은 삶과 죽음의 가능성을 새롭게 탐문할 수 있다. 오늘날의 문학은 문학이라는 주체의 실체가 있고 그 외부에 문학적 조건이 있는 것이 아니라, 문학 자체에 이미 그런 조건의 일부가 되어 버렸다. 그러나 새로운 문화적 양상과 기획들이 문학에 대해 적대적일 뿐이라는 인식과 다른 문화 매체들과 문학을 일종의 서열 관계로 이해하는 오만이 사라지지 않는 한 그것은 공포의 조건일 수밖에 없다.[35] 문학과 문화는 독립된 실체가 아니라 서로를 변화시키는 요인이다. 문학의 자기 갱신의 가능성에 있어 문학은 문학의 본질과 문학의 역할이 선행되어야 한다. 문학의 내용, 문학의 형식, 문학의 작용태로서 문학의 본질들을 인식하고 있을 때 문학은 인간의 가치 있는 경험을 미학적으로 완성시켜 삶의 다양성 속에 성찰적으로 보여 준다.

이런 점에서 시가 지니고 있는 '시정신'을 강조하는 것은 매우 중요하다. '시정신'이란 작품 생산자뿐만 아니라 시를 생산하게 된 모든 것을 포함한다. 수용자 측면에서 읽기란 단순히 읽기에 그치는 것이 아니라 텍스트 내부에 참여함으로써 완성된다. 텍스트가 다른 텍스트와 연관 지으며 의미를 형성하고 문학 외적 텍스트와도 연관을 갖기 때문이다. 따라서 작품을 생산하는 글쓰기의 주체와 마찬가지로 글 읽기의 주체 역

34 이광호, 『움직이는 부재』(문학과지성사, 2001), 11~30쪽.

35 위의 책, 26쪽.

시 시가 지니고 있는 본질적 가치들에 대한 확고한 인식이 자리 잡고 있어야 한다. 기법이나 형식의 확장이 시적 본질의 전부는 아닐 수 있으며 비록 그것이 작품의 창조성과 진기성에 공헌하여 실험과 전위라는 미적 근대성의 일부를 구성하고 있다 하더라도 그것 자체가 절대화되어서는 안 된다. 시가 수많은 개별적 문학사와 문학 요소의 전체 맥락 속에서 점검될 때 보다 더 시성(詩性)에 대한 해명이 이루어질 것이다. 시는 기본적으로 창조성의 산물이자 독창성을 기반으로 한다. 따라서 시가 창조성과 독창성을 상실할 때 그것은 시의 성격을 상실하게 되는 것과 다름없다.

3-2 패스티시와 주체의 파열

문학 비평, 문화 연구, 정치사회학, 역사 기술 등의 다양한 영역에서 영향을 끼쳐 온 탈구조주의는 안정된 텍스트의 내재적 구조를 강조한 구조주의에 비해 텍스트가 유동적이며 조건과 맥락에 따라 의미가 다르게 검출된다. 구조주의가 텍스트를 정복하여 그 비밀을 열려고 하는 데 반해 탈구조주의는 언어적 힘들은 결코 정복할 수 없는 것이기 때문에 그러한 욕망이 헛된 것이라고 주장한다. 탈구조주의자들에게 '지시어'란 '지시 대상'을 떠나 떠다니고 있는 것에 불과하며 기호적인 것은 텍스트가 실제 말하고 있는 것과 스스로 말하고 있다고 생각하는 것 사이의 차이를 제시할 뿐, 텍스트로 하여금 무엇을 '의미'하도록 강요하는 것을 거부한다.[36] 이 같은 견해에는 텍스트가 창조의 측면에서 상실이자 왜곡이며 의미의 공백으로, 불확실한 가변체라는 인식이 깔려 있다. 탈중심, 탈

---

36 레이먼 셀던, 현대문학이론연구회 옮김, 『현대 문학 이론』(문학과지성사, 2004), 157~158쪽.

창조, 해체, 분산, 차이, 불연속, 탈신비, 새로운 돌연변이 등은 바로 이들을 가리키는 목록들로 이들은 텍스트의 질서와 총체성을 회복하는 문제에 대해서도 허위이고 기만이라고 말한다. 탈구조주의는 삶과 예술의 기원에 도전하고 장르의 한계성을 극복하고자 글쓰기의 변화를 시도한다. 언술 행위 자체가 '텅 빈 과정'이라는 것과 저자가 더 이상 글쓰기의 근원이 아니라는 글쓰기의 '기원 부재'를 말해 줌에 따라 저자라는 개념은 이제 글쓰기들을 배합하며 조립하는 조작자나 남의 글을 인용하고 베끼는 필사자로 존재할 뿐이다. 독자 역시 글을 쓰는 '나'가 종이 위에 쓰인 '나'에 불과하듯 흔적들을 모으는 '누군가'일 뿐이다.[37]

패스티시는 시가 이 더 이상 새로움을 구가할 수 없다는 시 자장 내의 고갈 의식의 전복을 통해 새로운 글쓰기의 욕망 충족이라는 이중적 태도를 갖는다. 패스티시는 여러 원전을 선택하여 텍스트의 구성 원리에 맞게 재조직하고 재배열한다는 점에서 혼성 모방이며, 풍자를 드러내고 있지 않다는 점에서 중성 모방이다. 따라서 패스티시는 다른 텍스트를 빌려 오는 것을 포함하여 시인 자신을 텍스트로 옮기는 자기 반영적(self-reflexivity) 메타시(meta-poetry)를 포함하며 이는 곧 텍스트의 겹침과 섞임을 통해 모방과 변형이라는 해체적 글쓰기를 보여 준다.

바다가 문 닫을 시간이 되어 쓸쓸해지는 저물녘
퇴근을 서두르는 늙은 우체국장이 못마땅해 할지라도
나는 바닷가 우체국에서
만년필로 잉크 냄새 나는 편지를 쓰고 싶어진다
내가 나에게 보내는 긴 편지를 쓰는

---

37 롤랑 바르트, 김희영 옮김, 『텍스트의 즐거움』(동문사, 2002), 10쪽.

소년이 되고 싶어진다

나는 이 세상에 살아남기 위해 사랑을 한 게 아니었다고
나는 사랑을 하기 위해 살았다고
그리하여 한 모금의 따뜻한 국물 같은 시를 그리워하였고
한 여자보다 한 여자와의 연애를 그리워하였고
그리고 맑고 차가운 술을 그리워하였다고

밤의 염전에서 소금 같은 별들이 쏟아지면
바닷가 우체국이 보이는 여관방 창문에서 나는
느리게 느리게 굴러가다가 머물러야 할 곳이 어디인가를 아는
우체부의 자전거를 생각하고
이 세상의 모든 길이
우체국을 향해 모였다가
다시 갈래갈래 흩어져 산골짜기로도 가는 것을 생각하고
길은 해변의 벼랑 끝에서 끊기는 게 아니라
훌쩍 먼 바다를 건너가기도 한다는 것을 생각한다

그리고 때로 외로울 때는
파도 소리를 우표 속에 그려 넣거나
수평선을 잡아당겼다가 놓았다가 하면서
나도 바닷가 우체국처럼 천천히 늙어갔으면 좋겠다고
생각한다

—안도현, 「바닷가 우체국」 부분

안도현의 시 「바닷가 우체국」(2003)은 백석의 시 「남신의주유동박시봉방」(1948)[38]을 원전으로 삼아 화자의 쓸쓸한 심회와 희원을 노래한다. 일인칭 화자의 고백적 진술과 행의 길이와 이에 따른 어사 등은 이 시가 백석의 시를 재조직하고 있음을 보여 준다. 백석 시의 "어느 목수(木手)네 집 헌 샅을 깐 한 방"은 안도현의 시에서 '바닷가 마을'로, 백석 시의 화자가 슬픔에 차 재 위에 '글자를 쓰는' 행위는 안도현의 시에서 화자가 종이에 '편지를 쓰'는 것으로 나타난다. 또한 백석 시가 "나는 내 슬픔이며 어리석음이며를 소처럼 연하여 쌔김질하는 것이었다./ 내 가슴이 꽉 메어 올 적이며,/ 내 눈에 뜨거운 것이 핑 괴일 적이며,/ 또 내 스스로 화끈 낯이 붉도록 부끄러울 적이며,/ 나는 내 슬픔과 어리석음에 눌리어 죽을 수밖에 없는 것을 느끼는 것이었다."라며 자신의 심회를 풀어 간 것에 반해 안도현의 시는 "나는 이 세상에 살아남기 위해 사랑을 한 게 아니었다고/ 나는 사랑을 하기 위해 살았다고/ 그리하여 한 모금의 따뜻한 국물 같은 시를 그리워하였고/ 한 여자보다 한 여자와의 연애를 그리워하였고/ 그리고 맑고 차가운 술을 그리워하였다고"라며 운율과 이미지 등을 백석 시와 뒤섞는다. "싸락눈"이 "별"로, "생각하는 것이었다."는 "생

38 "딜옹배기에 북덕불이라도 담겨 오면,/ 이것을 안고 손을 쬐며 재우에 뜻 없이 글자를 쓰기도 하며,/ 또 문 밖에 나가디두 않구 자리에 누어서,/ 머리에 손깍지 벼개를 하고 굴기도 하면서,/ 나는 내 슬픔이며 어리석음이며를 소 처럼 연하여 쌔김질하는 것이었다./ 내 가슴이 꽉 메어 올 적이며,/ 내 눈에 뜨거운 것이 핑 괴일 적이며,/ 또 내 스스로 화끈 낯이 붉도록 부끄러울 적이며,/ 나는 내 슬픔과 어리석음에 눌리어 죽을 수밖에 없는 것을 느끼는 것이었다./ 그러나 잠시 뒤에 나는 고개를 들어,/ 허연 문창을 바라보든가 또 눈을 떠서 높은 턴정을 쳐다보는 것인데,/ 이 때 나는 내 뜻이며 힘으로, 나를 이끌어 가는 것이 힘든 일인 것을 생각하고,/ 이것들보다 더 크고, 높은 것이 있어서, 나를 마음대로 굴려 가는 것을 생각하는 것인데,/ 이렇게 하여 여러 날이 지나는 동안에,/ 내 어지러운 마음에는 슬픔이며, 한탄이며, 가라앉을 것은 차츰 앙금이 되어 가라앉고,/ 외로운 생각만이 드는 때 쯤 해서는,/ 더러 나줏손에 쌀랑쌀랑 싸락눈이 와서 문창을 치기도 하는 때도 있는데,/ 나는 이런 저녁에는 화로를 더욱 다가 끼며, 무릎을 꿇어 보며,/ 어니 먼 산 뒷옆에 바우 섶에 따로 외로이 서서,/ 어두어 오는데 하이야니 눈을 맞을, 그 마른 잎새에는,/ 쌀랑쌀랑 소리도 나며 눈을 맞을,/ 그 드물다는 굳고 정한 갈매나무라는 나무를 생각하는 것이었다."(백석, 「남신의주유동박시봉방」 부분)

각한다"로, "갈매나무"는 "우체국"으로 어휘가 혼성을 이루는 것 역시 마찬가지다.

패스티시는 '주체의 소멸'과 '저자의 죽음'과 관계한다. 분열, 유희, 우연, 해체, 부재, 분산, 조합, 기표 등을 거느린 고갈의 문학[39]은 예술의 형식과 기법이 기법적으로 첨단을 걷는 것이 본질적인 것이 될 수 있다는 믿음에서 출발한다.[40] 패스티시는 상호 텍스성의 범주와 묶이며 패러디와 밀접한 상관성을 갖는다.[41] 그러나 패스티시는 기존 텍스트를 모방하지만 동기가 없다는 점에서 풍자를 목표로 하는 패러디와는 차이를 보인다. 즉 패스티시가 패러디[42]와 마찬가지로 스타일의 모방이기는 하나

---

39 '고갈'이란 형식들의 소진 혹은 가능성의 탕진을 뜻한다. 존 바드, 「고갈의 문학」, 김욱동 편, 『포스트모더니즘의 이해』(문학과지성사, 1990), 103쪽 참조.

40 위의 책, 105쪽.

41 패스티시는 패러디뿐만 아니라 인유, 키치와도 밀접한 상관성을 이룬다. 이들 모두가 다른 텍스트를 끌어다 텍스트의 방편으로 삼기 때문이다. 패러디는 널리 알려져 있는 텍스트를 모방하여 변형한 것으로 모방적 인유라고도 부른다. 패러디는 풍자와 조롱의 성격의 사회 문화사적 맥락과 깊은 연관을 지니고 있다. 이로 인해 원전을 해석하고 변형하는 시인의 창작 원리를 엿볼 수 있는 재미와 함께 색다른 주제와 기법으로 변환되는 과정과 결과에 대해서도 흥미를 자아낸다. 문체나 운율, 어조 등을 차용하여 변형시켜 골계미를 드러내고 있는 패러디는 탈근대적 담론의 중요한 시학으로 규정되고 있다. 인유(allusion)는 널리 알려진 신화, 고전, 역사, 인물, 사건 등을 텍스트 내에 인용하여 비유하는 구성 원리를 지닌다. 지적 유희가 지나쳐 현란한 수사적 스타일로 함몰될 가능성도 있지만 인유의 효과는 텍스트의 의미를 강화하며 튼실한 구조의 미학을 생산하는 데 있다. 주제적 의미를 강화하거나 시 속에 배치되어 있는 시어에 자세한 주석을 붙임으로써 시를 한층 더 돋보이게 만들면서 전거, 참조, 각색, 융합 등의 의미를 내포하는 배합과 조화의 미를 지닌다. 일종의 용사(用事)라 할 수 있는 인유는 미학적 대중주의를 추수하는 키치(kitch)와도 밀접하게 상관한다. 키치는 저급, 싸구려, 조악의 의미를 포함하며 세속주의적이면서도 탈신비적 태도를 지향한다. 후기 산업 사회의 징후를 적실하게 보여 주는 키치가 진지, 숭고, 엄숙에 대항하며 보여 주고자 하는 것은 헛것, 환상, 가짜 등이 진실, 실재, 본질을 압도하는 일상과 세속이다. 패러디, 인유, 키치 이들 모두는 새로운 세계를 그려 낼 수 없다는 허무 의식에서 고안되었다.

42 패러디는 포스트모더니즘에 있어 가장 핵심적인 것으로 예술의 유일성과 소유권이라는 자본주의적 개념에 도전한다. 또한 패러디는 재현의 '정치성'을 지니며 가치와 규범을 문제 삼는 형식으로 과거에 대한 수정 작업이자 다시 읽기이다. 그것은 재현물에 대한 기존의 가정들을 '탈규범화'하며 '알레고리적 충동(allegorical impulse)을 미학적으로 건설한다. 그러나 패러디는 패스티시, 표절, 인용, 인유와 연관되면서도 초점의 제한이 있다는 점에서 이들과 구별된다. 린다 허천, 장성희

패러디가 품고 있는 숨어 있는 동기나 풍자적 충동 혹은 웃음을 찾아볼 수 없다는 점에서 공허한 패러디이며 유머 감각을 상실한 패러디이다. 이 점에서 패스티시는 죽은 언어이자[43] 주체의 파열을 통과하는 진리의 탕진이다.[44]

벤야민이 말한바 과거의 예술은 아우라의 예술(auratic art)이었다. 그러나 몽타주, 콜라주 기법이 사용되고 있는 예술은 미학적 내부에 창조적 파괴 과정을 강화시키며 아우라의 상실을 가져다주었다. 오늘날 후기 자본주의 문화 논리에 종속된 경향은 대중문화/고급문화라는 이항 대립 체계를 무너뜨리며 영화, 가요, 광고, 패션, 팝 아트, 텔레비전, 비디오 기타 매체 이미지를 동원하여 예술의 즐거움을 맛보게 만들었다. 이러한 것들은 결코 미학적 선택이 아니며 그것은 단지 경제적, 사회적 구조의 문화적 측면일 따름이며 기업 자본주의와 관료적 국가의 공식적 손을 뻗친 시장 권력의 논리적 연장일 따름이다.[45] 이처럼 오늘날의 시는 정치와 경제 그리고 문화의 자장 내에 복속된 채 시 자체의 자율성과 미적 독립성을 보장받지 못한다. 독창성과 진실성 그리고 주관적 의식의 총체적 개념이었던 창조성과 텍스트와 주체의 동일성은 새로운 도전에 직면해 있지만[46] 그러나 다음과 같은 지적은 글쓰기의 기원과 본질을 밝히고 있다는 점에서 주목을 요한다.

텍스트는 새로운 의미들의 발생기일 뿐 아니라 문화적 기억의 축전기이

옮김, 『포스트모더니즘의 이론과 전략』(현대미학사, 1998), 155~175쪽. 린다 허천, 김상구 · 윤여복 옮김, 『패러디 이론』(문예출판사, 1993), 72쪽 참조.

43 프레데릭 제임슨, 김욱동 편, 「포스트모더니즘과 소비 사회」, 앞의 책, 244~246쪽.

44 줄리아 크리스테바, 앞의 책, 218~219쪽.

45 데이비드 하비, 구동회 · 박영민 옮김, 『포스트모더니티의 조건』(한울, 2005), 41~91쪽.

46 린다 허천, 김욱동 편, 「포스트모더니즘 시학」, 앞의 책, 163쪽.

다. 텍스트는 그 이전의 문맥의 기억을 보존하는 능력을 가지고 있다. 이러한 기능이 없다면 역사학은 존재할 수 없었을 것이다. 왜냐하면 선행 시대의 문화는 불가피하게 우리에게 조각들로 전수되기 때문이다. 텍스트는 통합적 의미의 본질적 기호이다. 그 속에서 텍스트는 해석을 획득하고 그 속에서 통합되는 문맥들의 총화는 텍스트의 기억이 된다. 텍스트에 의해 창조된 이 의미 공간은 이미 형성된 문화적 기억과의 관계 속으로 들어간다. 이럴 때 텍스트는 기호적 삶을 획득한다.[47]

이처럼 시를 읽고 쓴다는 것은 그것을 통해 현실의 다른 원리를 깨닫고 발견과 행복한 생명의 길로 나아간다. 그러나 패스티시는 모방과 결합을 통해서만 그 의의를 얻는다. 이를 통해 우리가 만날 수 있는 것은 진실을 가장한 모방, 나아가 창조를 가장한 허위이다. 이러한 시는 삶을 근원적으로 이해하고 통합하는 전체성으로서의 진실을 담을 수 없다. 시는 진실성을 담지할 때 그 위의를 얻는다. 시의 본질은 기법적 실험이나 형식의 새로움 측면 못지않게 시가 지니고 있는 창조적 근엄성을 간직하며 역사와 사회의 시대정신을 구축해 온 정신사적 측면이 강하다. 인간의 깊이 있는 영혼을 탐험함으로써 현실 속에 내재해 있는 진실의 측면을 도드라지게 만드는 데 시의 궁극적인 목적이 자리할 때 시는 자신의 길에서 가치를 제고할 수 있을 것이다.

시는 세련된 언어 감각의 형성이 시의 한 목표가 되며 시의 음악성과 구조를 통한 정서적 위안감 그리고 시적 감동을 통하여 내적인 충일감을 체험할 수 있으며 상상력과 체험을 확대시킬 수 있어야 한다.[48] 시의 대상

---

47 유리 로트만, 유재천 옮김, 『문화기호학』(문예출판사, 1998), 39~40쪽.

48 구인환 외, 앞의 책, 266~268쪽.

은 시적인 것을 문화적 지평에서 인지하고 현재적 경험으로 수용하는 과정 전체로, 시적 상상력과 말뜻의 변형 과정에 대한 이해력과 문화에 대한 사전 능력 등과 같이 시를 둘러싼 전 과정이 되어야 한다. 따라서 시가 인문학적, 문화적 자산으로 삼아야 하는 지적 과제를 요청받고 있는바, 경험과 인격 형성 기능을 제고하기 위해서는 '교양'의 함의를 가장 구체적으로 경험하면서 시에 대한 본질적 인지 기능과 시를 통한 통합을 구체적으로 확장해야 할 것이다.[49]

4 맺음말

시 교육은 어느 특정 사조나 이론을 편협적으로 보여 주는 데 있는 것이 아니라 다양한 담론과 시를 감상하고 평가하는 능력을 배양하여 직접 쓰는 데까지 이른다. 뿐만 아니라 인접 학문과의 연계성을 파악하는 폭넓은 시야가 필요하다. 문학 자체의 문학사, 시사뿐만 아니라 문학에 영향을 미칠 수 있는 여러 학문과 사회 문화적 현상에 이르기까지 밀도 있게 연구하는 일이 필요하다. 시의 변화 양상을 살피며 시인과 독자가 만나는 상호 의사소통을 통해 텍스트를 더욱 풍부하게 할 때 나아가 사회 문화에 대한 비판적 인식과 인문적 체험을 폭넓게 경험할 때 시는 자신의 본질에 보다 더 충실할 수 있을 것이다. 그것은 시가 고정된 것이 아니라 언제나 역동적으로 움직이는 다의적 구조를 가진 사유의 결집체이며, 다른 관계들의 상호성 속에서 생산과 소비가 이루어져야 한다는 판

49 유성호는 '교양'의 경험이라는 관점에서 시 교육의 좌표를 이성적 사유를 매개로 한 계몽적 역할, 타자의 시선을 통한 부단한 자기 검색, 지각의 갱신을 통한 사물의 재발견, 자기 형성적 주체의 형성, 비판적 사고 능력 제고 등으로 설정하고 있다. 유성호, 앞의 책, 81~88쪽 참조.

단에서이다.

상호 텍스트성은 텍스트를 조합하고 변형함으로써 텍스트를 확장시키는 대화적이며 다원적인 태도를 지닌다. 시를 허구로 보고 독자를 텍스트의 일부로 간주하며 아방가르드적 예술의 형태를 띠고 있는 상호 텍스트성은 텍스트를 투쟁의 장으로 보고 탈중심적 개념을 텍스트에 부가한다. 기호론적 체계, 이데올로기의 구조, 사회적 제도와의 인식론적 단절을 꾀하는 기획을 통해 해방과 열림의 세계를 지향한다. 그러나 상호 텍스트성은 시의 본질적인 측면인 창조성, 독창성, 진실성, 영원성 등을 외면하며 기법적인 형식의 파괴와 실험성을 강조하고 있다는 점에서 죽은 스타일을 흉내 내며 미묘한 손맛만을 추구한다는 비판을 면하기 어렵다.

패스티시는 상호 텍스트성이 그렇듯이 진실을 가장한 모방, 더 나아가 표절로까지 의심을 받을 수 있다. 시는 진실성을 담지할 때 그 위의를 얻을 수 있으며 시의 본질은 인간의 내면을 탐구하여 삶과 영혼을 밝히며 시대정신을 표현해 온 정신사적 측면이 강하다. 이런 점에서 패스티시는 주체의 파열을 통과하는 진리의 탕진이라는 비판에 직면한다.

상호 텍스트성과 패스티시는 탈구조주의적 산물로 텍스트를 해체함으로써 새로운 미학을 세운다. 텍스트가 지니고 있는 창조성과 독창성 대신 모방과 짜깁기를 통해 텍스트의 복수성을 꾀한다. 그러나 그들 자신도 인정하듯, 그들 자신의 욕망은 결국 실패로 끝날 운명을 갖고 있다. 그들이 아무것도 의미하고 있지 않다는 인상을 주려면 그들은 아무 말도 하지 않아야만 하는데 그들의 견해를 주장하는 것부터가 비극의 종말을 암시해 주고 있기 때문이다.[50]

---

50 레이먼 셀던, 앞의 책, 157~158쪽.

시가 잃어버린 윤리나 도덕을 요구하는 것은 무리이다. 또한 사회 문화적 정보와 지식이 시 속에서 배태할 것이라는 믿음 역시 헛된 것이다. 그러나 시는 인간의 정신 속에서 탄생한 것이므로 정신 속에 포함되어 있는 가치들에 관심을 기울여야 한다. 그것은 윤리이면서 사회와 역사를 지탱하는 힘으로서의 책무이기도 하다. 시가 언어 발전과 문화 창조에 공헌할 때, 그리고 자기 주체의 형성 경험으로서 미적 구조와 상상력, 삶의 총체적 심화 등을 체계적으로 넓혀 갈 때 인간은 보다 더 인간을 향해 나아갈 수 있을 것이다.

정지용 시에 나타난 근대성 연구

1 머리말

예술이 그러하듯 시는 홀로 그 존재를 발현할 수 없다. 그것은 선대의 것이거나 또는 동시대의 것을 학습한 결과의 산물로 의식과 무의식의 구성체로 드러난다. 예컨대, 「가시리」나 「서경별곡」의 애상적 정조가 소월의 시에 영향을 주었다거나, 1930년대 민중 정서를 표현함에 있어 백석 시와 이용악 시가 닮아 있다는 것들이 바로 그 한 예가 될 것이다. 그러나 영향의 관계는 한 국가 내의 것보다는 다른 국가와의 관계 속에서 파악하고자 할 때 훨씬 미묘하고 복잡한 양상을 띤다. 내용을 드러내는 형식을 비교하고 해석하여 문학사적, 양식사적 위계를 짓고 그 심미적 가치까지 드러내야 함은 말할 것도 없고 특정 시인의 작품이 개별 작품 속에 어떤 방식으로 수용되어 있는가에 대해서도 면밀하게 밝혀야 하기 때문이다. 형식의 문제는 비교적 쉽게 드러난다. 형식이 미를 드러내는 장르적 개념과 맞물려 있기 때문이다. 시조와 자유시가 율격이나 행의 패턴 그리고 연의 조직과 길이가 다르다는 것이 좋은 예일 것이다.

블룸에 따르면 후배 시인은 선배 즉 '부친—시인'의 시를 '수정주의'적으로 모방하지만 아들과 아버지의 오이디푸스적 관계에서 보이는 아들의 심리처럼 후배 시인의 심리에는 부친—시인에 대한 사랑과 자신보다 앞서 쓴 것에 대한 증오가 양가 감정으로 잠복해 있다는 것이다. 그런데 '수정주의'는 후배 시인이 선배 시인을 벗어나려고 하는 궤도 이탈로부터 시작하여 비교와 대조, 반복과 단절을 거쳐 스스로 독립하기 위한 금욕적 고행과 정화의 단계를 겪은 후 새로운 육체로 환생한다.[1] 즉 현실과 기억을 왜곡하고 가공하여 자신의 에너지로 삼으려는 자기애적 내면화가 가학과 피학을 거쳐 타자와 세계와의 동일화를 이룬 뒤 자기분리라는 글쓰기에 이른다는 것이다. 이런 까닭으로 영향을 준 사실과 영향을 받은 사실은 작품 속에 은폐된 채, 침묵이나 전치된 모습으로 잠복되어 있어 이를 해독하는 일은 면밀한 검토가 요구된다 하겠다.

우리의 근대 시를 연구하는 데 있어서도 이와 밀접성을 이룬다. 알려져 있다시피 우리 시는 일본 시의 영향에 힘입은 바 크다.[2] 일찍이 일본

---

1 블룸이 『시적 영향에 대한 불안』에서 강조하는 수정 비율 여섯 단계는 다음과 같다. (1) 궤도 이탈(clinamen): 후배 시인이 선배 시인으로부터 받은 영향권에서 점차 벗어나는 단계로 시적 기만 행위에 해당한다. (2) 깨진 조각(tessera): 후배 시인이 선배 시인의 영향력을 성취한 후 이를 점차 극복하는 단계로 시적 성취와 선배 시인과의 대조에 해당한다. (3) 자기 비하(kenosis): 후배 시인이 자신과 선배 시인과를 비교한 후 자신의 역량을 바로 인식하는 단계로 자기표현의 반복과 선배 시인으로부터의 단절에 해당한다. (4) 악마화(daemonization): 후배 시인이 선배 시인의 장엄화에 대응하는 단계로 반장엄화에 해당한다. (5) 금욕적 고행(askesis): 선배 시인의 영향권에서 벗어나기 위해서 고독한 상태를 지향하는 단계로 자기 정화와 유아론에 해당한다. (6) 환생(apophrades): 후배 시인이 선배 시인의 영향권에서 완전히 벗어나 스스로의 시 세계를 구축하는 단계로, 죽은 자가 자신이 살던 옛집으로 되돌아오는 회귀에 해당한다. 해럴드 블룸, 윤호병 옮김, 『시적 영향에 대한 불안』(고려원, 1991), 6~7쪽.

2 우리 시가 일본 시에 영향을 받았음에도 불구하고 이를 비교 문학적 관점에서 면밀하게 파악하고 있는 저서나 논문은 그다지 많지 않다. 이는 동시대 비평가들이 외래의 것을 주로 소개하는 것에 급급하여 미처 그 영향 관계에 관심을 갖고 분석하는 데 소홀한 것도 있지만, 그보다는 식민지 통치 일

이 메이지 유신을 통해 서양의 문물을 받아들였고 이에 따라 시도 서양의 시를 수용하고 재편성하는 단계를 밟아 왔다. 동경 유학생을 통한 일본 시의 유입 혹은 번역을 통해 국내에 소개되는 일본 시는 종래의 장르와는 확연히 다른 그 어떤 것이었다. 예컨대 한시나 시조 혹은 잡가와는 다른 형식이었던 것이다. 식민지 통치가 시작된 이래 일본 시를 적극적으로 수용하여 이를 내면화하는 과정을 밟아 온 과정에서 우리가 특히 주목해야 할 것은 영향 관계 양상뿐만 아니라 식민지 현실 속에서 발현된 근대 의식이 작품 속에 어떻게 투영되어 있느냐는 것이다. 우리의 근대성이 갑오개혁과 동학 운동을 통해 싹튼 근대 의식을 저항과 혁신이라는 이중적 책무를 떠맡으며 시 속에 투영한 것에 말미암은 까닭이다.

그런데, 우리 시가 일본의 영향을 받은 것처럼 일본 문학 역시 서양 문학을 모방하고 창조하는 착종의 과정을 겪게 되는데 이는 메이지 유신(1868)과 더불어 시작된다. 에도〔江戶〕 시대의 권선징악적 요소를 계승하면서 계몽기 문학이 대두되어 근대성을 수용하는 양상을 띠게 되는[3] 것이 바로 그것이다. 일본의 서양에 대한 근대화 모델은 문명과 야만의 신화를 넘어서려는 기획이었다. 이 기획은 영광을 향한 탈아입구(脫亞入歐)이며 근대 국민 국가를 지향하는 제국주의적인 도전이자 모험이었다. 그

본에 대한 우리의 자존심이 한몫을 했을 것이라는 사실이다. 랑그로서 민족 국가 건설이 민족 정체성을 의미하는 것이라면 파롤로서의 시는 정체성을 표현하는 열망으로 존재한다. 즉 서양화를 추진, 급속한 성장을 이룬 일본에 대해 이를 모방하여 깨진 조각을 맞추며 저항과 극복이라는 이중적 과제를 반복해야 했던 것이다. 그것은 식민지 근대성과 맞물려 왜곡된 자아를 형성한다. 마치 초자아가 자아를 비난하는 긴장과 마찬가지로 사고를 억압하여 기억을 알아보기 힘든 산물로 인식하게 하여 열등감을 은폐하는 것과 마찬가지이다. 왜곡된 자아는 자아인 타자와 불편한 거울을 마주한다. 그것은 자신이면서 자신이 아니다. 주체의 무의식에 통합되지 않는 폐기된 기호 형식일 뿐이다.

3 정형시인 와카〔和歌〕와 하이쿠〔徘句〕의 혁신 운동이 마사오카 시키〔正岡子規〕에 의해 전개되며, 마사카즈〔外山正一〕 등에 의해 『신체시초(新體詩抄)』(1882)가 발표된 이래, 시마자키 토오송〔島崎藤村〕의 『若菜集』(1897)으로 근대 서정시의 새로운 경지를 개척한다. 최재철, 『일본 문학의 이해』(민음사, 1995), 30~31쪽.

러나 일본의 근대화는 옛것을 존숭하는 모계 시스템과 사고가 여전히 남아 있었고 오히려 유교적인 도덕이나 제도가 학교 교육을 통해 전 국민 계급에 보급되어 봉건주의가 근대화 속에 강화되고 이를 종속시킴으로써 근대적 주체로 만드는 과정을 밟아 왔다.[4] 이와 같이 일본은 서양을 하나의 보편으로 인정하고 서양의 가치 일체를 초극의 대상으로 삼아 조선과 중국 등 동양의 운명에 깊이 관여하는데 이는 일본 문화의 내부에서 이를 잘 다듬어 세계적 보편으로 현양하려는 당당한 모습이 그 하나이고, 또 하나는 영미 제국과 동아시아 제국 사이에서 생존하고 확장하기 위한 제국주의로서의 두 얼굴이다.[5]

그러나, 우리의 근대성 수용은 그 기원인 서양으로부터 직수입되지 않고 일본이라는 여과 장치를 거쳐서 이루어졌다는 점에서 특수하며, 그런 까닭에 한국의 근대성 논의는 식민주의를 제외하고는 생각할 수 없다. 단절과 혁신을 그 특징으로 함에도 근대성을 논할 때 기억해야 할 점은 그것이 실상 오랜 기간에 걸쳐 일어났다는 사실이다. 국민 국가와 자본주의 체제의 형성, 그리고 과학적이고 합리적인 사고의 발달 등은 서양에서 수백 년에 걸쳐 진행된 과정이었다.[6] 결국 일본이 오랜 기간에 걸

---

4 가라타니 고진, 박유하 옮김, 『일본 근대 문학의 기원』(민음사, 1997), 234쪽.

5 허우성, 『근대 일본의 두 얼굴』(문학과지성사, 2000), 533쪽.

6 서유럽이 여전히 근대성의 전범으로 간주되는 이유는, 비서양적 근대성조차 그 기원은 서양에 있기 때문이다. 곧 서양의 국민 국가 모델과 정치 구조, 경제적 관계, 그리고 과학 기술의 발달로부터 지대한 영향과 충격을 받았던 것이다. 동아시아의 근대성 역시 상당히 독특한 과정을 거쳤지만 근본적으로는 근대 서양의 도전에 대한 의식적 반응의 결과였다. 따라서 근대성의 논의는 다시 원점, 즉 서양의 근대성으로 돌아간다. 유럽 중심주의를 거부하는 사람들은 이 모든 논의의 중심에 유럽이 있다는 사실을 못마땅해 하지만, 어차피 기원을 모르고서는 그 파생체들을 제대로 이해할 수 없기에 우리는 여전히 서양의 근대를 파악하려 하고 우리의 근대가 그 이상형으로부터 얼마나 왜곡되어 있는지 가늠해 보고자 노력하는 것이다. 특히 우리의 근대 역시 서양의 충격, 그리고 서양을 대신한 일본의 충격으로 시작되었다는 사실을 기억할 때, 유럽의 근대성을 이해하는 것은 우리의 근대를 제대로 이해하기 위한 필수 조건이다. 박지향, 『일그러진 근대』(푸른역사, 2003), 27~51쪽 참조.

쳐 진행된 근대성의 과정을 짧은 시간 동안 받아들인 것처럼 우리 역시 굴종과 저항, 혹은 모방과 창조라는 담론을 수행하며 근대화의 길을 밟아 왔던 것이다. 이는 문학에서도 그대로 반영된다. 비록 우리 문학이 서양 문학을 직접 받아들이는 경우가 없지 않았지만 근대 문학기의 시인들이 대체로 일본 유학생들로서 이들이 국내로 들어오면서 시적 영향력을 발휘하고 있다는 것과 일본어와 조선어 사용이 병용되면서 이중어 글쓰기가 가능해졌다는 점은 식민지 현실과 맞물려 일본 문학의 수용을 용이하게 만드는 요인으로 작용했다.

일본 문학에 대한 한국적 수용에 대한 연구는 해방 이후부터 진행되어 단행본과 수많은 논문에서 활발하게 진행되어 왔음은 우리 문학의 정체성을 확인해 주는 동시에 미래를 전망하는 변증적 지양의 관계에 놓일 수 있다는 의의를 갖는다. 아울러 일본 문학 전공자에 의한 논문은 일본 문학의 서양 문학 유입을 한국 문학에 투영함으로써 복합적이고 다층적인 시선을 확보해 준다는 점에서 보다 구체적이고 명징하다. 이들 글에서 보이는 양상은 논의의 층위가 다름에도 불구하고 개별 텍스트를 선행 텍스트와 비교하여 언어적 영향 관계를 적출한다든지, 한 시인의 교류 관계에 주목하여 시적 세계의 유사성에 주목한다든지, 사조나 흐름에 묶어 유파적 관련에 관심을 갖는 것들이 대부분이다.

이 글은 이러한 부분과 연계하여 오늘날의 담론적 층위에서 어떻게 파악될 수 있는가에 주목하면서 '근대' 혹은 '근대성'에 관한 문제를 살펴보고자 한다. 특히 민족의 문제와 계급의 문제를 통해 식민지 현실에서 자각과 실천의 문제를 중요한 문학적 과제로 삼았던 카프[7]의 대척된

7 카프가 현실 속에서 실현된 '실재적인 미적 개념'을 구현하고 있다면 정지용은 루카치가 사회주의 리얼리즘의 선동성에서 지적하고 있는바 '환영으로서 문학'이다. 그러나 카프는 민족과 계급의 문제를 비판적으로 검토하는 한편 근대화 과정 속에 도사리고 있는 현실의 문제를 공동체적으로 파

지점에 일찍이 일본 체험을 바탕으로 근대 시를 이끌었던 정지용을 중심으로 작품 속에 용해되어 있는 '근대' 혹은 '근대성'에 대해 논해 보고자 한다.

2 근대의 가치와 규범의 인식

정지용의 시적 성과는 『정지용 시집(鄭芝容 詩集)』(1935)과 『백록담(白鹿潭)』(1941)으로 대표된다. 일반적으로 그는 한국의 모더니즘 수용과 함께 미적 자율성을 확보한 시인이라는 평가를 받아 왔다. 영미 이미지즘을 받아들여 시적 방법론으로 삼은 그의 시적 세계는 회화성과 음악성을 견지하며 미적 모더니티를 감각적으로 재현하는 서정을 전략화했다.

정지용은 1926년 일본에서 창간된 《학조(學潮)》에 「카떼 · 뜨란스」, 「슬픈 인상화(印象畵)」, 「파충류동물(爬蟲類動物)」 등을 비롯하여 《신민(新民)》, 《문예시대(文藝時代)》, 《조선지광(朝鮮之光)》에 연이어 시를 발표하면서 문단의 주목을 받는다. 1924년 그의 나이 23세에 휘문 고보의 교비생으로 일본에 유학하여 경도(京都)에 있는 동지사(同志社) 대학 영문과에 입학하여 졸업할 때까지 일본을 배경으로 하거나 일본에서 쓴 시를 위 잡지 등에 발표한다.[8] 그러면서 일본의 대표적 시인인 기타하라 하쿠슈

악하고 있는 시야를 제공하고 있다는 점에서 식민지 지배 체제의 미적 담론을 담지한다. 다시 말해, 식민지 근대 속에 제기되고 있는 상황적 인식을 모순으로 인지하고 실천적 민족 운동을 전개하고자 했음은 타자로서의 일본을 허위적 이데올로기로 혹은 삶과 생활 속에 강고하게 지배하고 있는 이데올로기로 파악하고자 했음을 의미한다. 실재를 반영하여 미적 세계를 획득하고자 했던 것은 카프나 이미지즘이나 별 다른 차이가 없어 보인다. 김기진이나 임화가 고민하고 있었던 현실의 문제는 그러나, 정지용의 경우처럼 객관적 세계를 시 정신과 언어의 문제와 관련하여 미적 자의식을 구성한다는 것은 시의 독자성을 자각하는 본질적인 문제에 해당한다.

8 「홍춘(紅椿)」(1924. 4. 일본 압천상류(日本 鴨川上流)), 「Dahlia」(1924. 11. 경도식물원(京都植

(北原白秋)[9]의 관심을 끌면서 일본 시지인 《근대풍경(近代風景)》에 일본어로 다수의 작품을 발표하는[10] 이례적인 경로를 밟는다.

옴겨다 심은 棕櫚나무 밑에
빗두루 슨 장명등,
카떼 · 뜨란스 가쟈.
이놈은 루바쉬카
또 한놈은 보헤미안 넥타이
뻣적 마른 놈이 압장을 섰다.

밤비는 뱀눈 처럼 가는데
페이브멘트에 흐늙이는 불빛
카떼 · 뜨란스에 가쟈.

物園)), 「바다」(1925. 4. 경도(京都)), 「바다」(1925. 10. 경도), 「황마차(幌馬車)」(1925. 11. 경도), 「이른 봄 아츰」(1926. 3. 경도), 「호면(湖面)」(1926. 10. 경도), 「뻣나무 열매」(1927. 3. 경도), 「엽서에 쓴 글」(1927. 3. 경도), 「슬픈 기차(汽車)」(1927. 3. 일본 동해도 차중(東海道 車中)), 「오월 소식(五月 消息)」(1927. 5. 경도), 김학동, 『현대 시인 연구 II』, (새문사, 1995), 243~249쪽.

9 기타하라 하쿠슈는 『사종문(邪宗門)』(1909)과 『추억』(1911) 그리고 『동경 경물시급기타(東京景物詩及其他)』(1913) 등의 시집을 통해 근대 문명에 대한 동경과 향토와 유년 시절에 대한 향수 그리고 섬세한 감각과 세련되고 정제된 시어로 시대에 부합하는 일본 근대시 형성에 크게 기여한 시인이다. 양동국 옮김, 『키타하라 하큐슈 시선』(민음사, 1998), 117~123쪽.

10 「かつふえ · ふらんす」(《근대풍경》 1권 2호, 1926), 「海」(《근대풍경》 2권 2호, 1927), 「みなし子の夢」(《근대풍경》 2권 2호, 1927), 「悲しき印象畵」(《근대풍경》 2권 3호, 1927), 「金ぼたんの哀唱」(《근대풍경》 2권 3호, 1927), 「湖面」(《근대풍경》 2권 3호, 1927), 「雪」(《근대풍경》 2권 3호, 1927), 「幌馬車」(《근대풍경》 2권 4호, 1927), 「初春の朝」(《근대풍경》 2권 4호, 1927), 「甲板の上」(《근대풍경》 2권 5호, 1927), 「まひる」(《근대풍경》 2권 6호, 1927), 「遠いレール」(《근대풍경》 2권 6호, 1927), 「夜半」(《근대풍경》 2권 6호, 1927), 「耳」(《근대풍경》 2권 6호, 1927), 「歸り路」(《근대풍경》 2권 6호, 1927), 「鄕愁の青馬車」(《근대풍경》 2권 9호, 1927), 「笛」(근대풍경 2권 9호, 1927), 「酒場の夕日」(《근대풍경》 2권 9호, 1927), 「眞紅な機關車」(《근대풍경》 2권 1호, 1927), 「旅の朝」(《근대풍경》 3권 2호, 1927), 「馬 1, 2」(《동지사대학(同志社大学)》 3호, 1928), 「ふるさと」(《휘문(徽文)》 17호, 1939), 김학동, 위의 책, 249쪽.

이 놈의 머리는 빗두른 능금
또 한놈의 心臟은 벌레 먹은 薔薇
제비 처럼 젖은 놈이 뛰여 간다.

「오오 패롵(鸚鵡) 서방! 꾿 이브닝!」

「꾿 이브닝!」(이 친구 어떠하시오?)

鬱金香 아가씨는 이밤에도
更紗 커-텐 밑에서 조시는구료!

나는 子爵의 아들도 아모것도 아니란다.
남달리 손이 히여서 슬프구나!

나는 나라도 집도 없단다
大理石 테이블에 닷는 내뺌이 슬프구나!

오오, 異國種강아지야
내발을 빨어다오.
내발을 빨어다오.

—「까페·뜨란스」 전문

1926년 6월《학조》에 발표된 이 시는 그 후《근대풍경》(1926. 12, 1권 2호)에 일본어로 발표하는데 모두 9연으로 이루어진 이 시를 뒷부분 5연만을 일본어로 번역하여 발표한다. 이 시 전반부의 1~4연까지는 화자가 카페 프란스에 도착하기 전 밖의 풍경을 노래한 것이고 후반부의 5~9연까지는 카페 안의 풍경을 노래한 것이다. 이 같은 공간적 구분은 시 문면에는 직접적으로 드러나 있지 않지만 '문'을 통해서 드러난다. '문'이 광장과 밀실, 존재와 비존재, 긍정과 부정, 나아가 이승과 저승을 구분해 주기도 하며 이어 주기도 한다고 볼 때 '문'은 욕망이 넘나들 수 있는 전체이다.[11] 화자는 이 '문'을 통해 자신의 내면과 만난다.[12] 이때 밤은 '문'을 통해 만난 내면을 전경화하는데 이는 화자 의식을 더욱 본질적이게 만든다.[13] 그리고 처마 끝에 달린 '장명등(長明燈)'은 방황과 슬픔을 겪는 화자의 존재를 비춰 주는 음울한 불빛으로 그것은 어두운 내면을 밝히는 존재로 매개하며 "大理石 테이블에 닷는 내뺌이 슬프구나!"에서처럼 눈물의 이미지를 자아내게 한다.[14]

---

11 가스통 바슐라르, 곽광수 옮김, 『공간의 시학』(민음사, 1990), 375~399쪽.

12 나아가 문은 내면의 심리적 장치로 내면 존재로의 전이를 은유한다. "카폐 · 프란스", "棕櫚나무", "장명등", "루바쉬카", "보헤미안 넥타이", "페이브멘트", "꾿 이브닝", "커―틴", "테이블"은 모두 이국적 정취를 드러내기 위한 감각어이다. 이들 언어는 안과 밖을 감싸며 욕망과 주저, 생기와 결핍을 서로 삼투하며 상상력을 자극한다.

13 확고함과 확실성 그리고 목적성과 진실에 대한 믿음이 지배하는 세계인 낮과는 달리 밤은 낮과 똑같은 장소에 있으면서도 본질적인 고독을 향해 열린 불투명하고 공허한 세계이다. 모리스 블랑쇼, 박혜영 옮김, 『문학의 공간』(책세상, 1990), 365~396쪽 참조. 그리하여 1~4연까지 종결 어미인 ~가쟈, ~섰다. ~가쟈, ~간다 등의 단정적이고도 결의 찬 어조는 5~9연에서 ~꾿 이브닝!, ~어떠하시오?, ~조시는구료!, ~슬프구나!, ~슬프구나!, ~빨어다오 등의 비탄과 간청의 어조로 바뀌게 되는데 이는 낮이 주는 통일되고 명징한 존재가 사라지고 그 자리에 불확실하고 모호한 존재가 들어섰음을 뜻한다.

14 「카폐 · 프란스」와 같이 일본에 유학하면서 내면의 본질적인 그 우수를 노래한 작품으로는 다음과 같은 것이 있다. "鴨川 十里ㅅ벌에/ 해는 저물어……저물어……// 날이 날마다 님 보내기/ 목이 자졌다…… 여울 물소리……// 찬 모래알 쥐여 짜는 찬 사람의 마음,/ 쥐여 짜라. 바시여라. 시언치도 않어라.// 역구풀 욱어진 보금자리/ 뜸북이 홀어멈 울음 울고,// 제비 한쌍 떠ㅅ다,/ 비마지 춤을 추어.// 수박 냄새 품어오는 저녁 물바람./ 오랑쥬 껍질 씹는 젊은 나그네의 시름.// 鴨川 十里ㅅ벌에/ 해가 저물어……저물어……"(「압천(鴨川)」 전문).
"조약돌 도글 도글……/ 그는 나의 魂의 조각 이러뇨.// 알는 피에로의 설음과/ 첫길에 고달픈/ 靑제비의 푸념 겨운 지줄댐과,/ 꾀집어 아즉 붉어 오르는/ 피에 맺혀,/ 비날리는 異國거리를/ 嘆息하며 헤매노나.// 조약돌 도글 도글……/ 그는 나의 魂의 조각 이러뇨."(「조약돌」 전문)

정지용은 언어 미학을 근대 시에 착종시킨 모더니스트로 평가받아 왔다. 지적 언어와 이미지즘적 요소를 통해 사물과 풍경의 감각적 인상을 체현시킨 그의 시는 카페, 기차, 전등, 마차, 파라솔, 곡마단, 넥타이, 망토, 잉크, 곤돌라, 보헤미안, 마담 등과 같은 근대 문물을 드러내는 시어를 거느린다. 그러나 「유리창(琉璃窓)」과 같은 몇몇 작품을 제외하면 낭만적 성향을 드러내고 있는 작품이 다수인 것도 사실이다. 그의 초기 시는 서럽다, 무섭다, 울다, 기쁘다와 같은 감정을 드러내는 시어가 시의 곳곳에 배치되고 있으며 "먼 海岸 쪽/ 길옆나무에 느러 슨/ 電燈. 電燈./ 헤엽처 나온듯이 깜박어리고 빛나노나.// 沈鬱하게 울려 오는/ 築港의 汽笛소리…… 汽笛소리……/ 異國情調로 퍼덕이는/ 稅關의 旗ㅅ발. 旗ㅅ발.// 세멘트 깐 人道側으로 사폿 사폿 옴기는/ 하이한 洋裝의 點景!// 그는 흘러가는 失心한 風景이여니……/ 부즐없이 오랑쥬 껍질 씹는 시름……"(「슬픈 인상화」)에서처럼 자아의 내부에서 확장하는 의식을 바다를 통해 존재에 대한 동경 의식을 드러낸다.[15]

주지하듯 근대는 의사소통 행위가 선택되는 과정으로 자본의 형성과 자원의 이동, 생산력의 발전과 노동 생산성의 향상, 가치와 규범의 세속화 등과 깊은 관련을 맺는다.[16] 근대 세계에서 개인은 개별자로서 그 존재성이 인정되고 비판과 행위의 자율성은 미적 자율성이라는 예술적 기반을 형성한다. 그러나 질서의 변화를 통해 문화적 변동에 대한 근대성의 형성은 동아시아에서 그리 순탄하지만은 않았다. 국민 국가의 틀 속에 근대 일본을 파악하고자 했던 일본의 경우 대항 · 갈등 · 모순 등의 문

---

15 바다가 등장하는 시편으로는 「갑판(甲板)우」, 「바다」, 「갈메기」, 「선취(船醉)」, 「다시 해협(海峽)」 등이 있다.

16 위르겐 하버마스, 서도식 옮김, 「근대의 시간 의식과 자기 확신 욕구」, 김성기 외, 『모더니티란 무엇인가』(민음사, 1994), 366~368쪽.

제를 해결하지 못하고[17] 이를 국민 국가의 틀 속에 환원하는 우를 범하고 말았다. 즉 일본을 포함한 동아시아 근대성 수용은 위기에 봉착한 지배 체제의 존속을 위해 모색된 것이기 때문에, 그리고 기존 체제의 유지에 통제 측면이 부각되었기 때문에 근대성에 대한 인식은 점차 부정적으로 평가 받게 되었고, 무엇인가 결핍된 것이거나 열등한 것으로 여겨지게 되었다. 말하자면 '완전하고 충족된 서양'에 비해 '부족하고 왜곡된 동양'이라는 양분법이 작동하기 시작한 것이다.[18]

정지용이 경험한 청년기[19]는 즉 전근대와 근대가 혼효되는 가운데 서 있었다. 이 시기의 근대는 '도시'로 향하기, '바다' 건너기, '일본' 유학에로 나가기였던 것인데 이는 곧 서양 지향성으로 요약된다. 정지용이 꿈꾸었던 근대는 공동체 인식을 드러내고 있는 「향수(鄕愁)」에 발목이 잡혀 있으면서 일본의 근대 풍경에 마음이 끌리는 혼효된 양상을 띠고 있었다. 이를 다르게 말하자면, 무의식의 심층에는 고향이라는 피의 부름에 마음이 조이지만 의식의 차원에서는 근대적인 것을 욕망하는 것이었다.[20] 다음의 시가 바로 그 같은 경우이다.

고향에 고향에 돌아와도
그리던 고향은 아니러뇨.

---

17 야스마루 요시오, 박진우 옮김, 『현대 일본 사상론』(논형, 2006), 150~151쪽.

18 장성만, 「개항기의 한국 사회와 근대성의 형성」, 김성기 외, 위의 책, 292~293쪽.

19 이 시기는 일본의 식민지 지배 이데올로기가 대지주, 예속 자본가, 부르주아 상층부로 하여금 식민지 정책에 적극 참여하는 민족 개량주의 운동을 벌여 나갔으며 일본의 독점 자본의 증식으로 말미암아 열악한 노동 조건 속에서 저임금의 노동자가 100만 명에 이르렀다. 또한 전체 인구의 70~80퍼센트를 차지하던 농민들은 소작농과 화전민으로 전락하여 궁핍화 현상이 가속화되는 시기였다. 역사연구소, 『한국 근대사』(서해문집, 2004), 144~150쪽.

20 김윤식, 『한국 문학의 근대성 비판』(문예출판사, 1993), 182~225쪽.

산꽁이 알을 품고
뻐꾹이 제철에 울건만,

마음은 제고향 진히지 않고
머언 港口로 떠도는 구름.

오늘도 메끝에 홀로 오르니
흰점 꽃이 인정스레 웃고,

어린 시절에 불던 풀피리 소리 아니나고
메마른 입술에 쓰디 쓰다.

고향에 고향에 돌아와도
그리던 하늘만이 높푸르구나.

—「고향(故鄕)」 전문

고향은 최초의 순간으로 생명 탄생과 관련하며 기억을 보존한다. 그리하여 고향은 국가이며 우주이다. 고향을 통해 우리는 정신적 휴식과 육체적 안정을 얻을 수 있고 공동체적 질서 속에서 기억을 보존하고 기억을 통해 행복을 꿈꿀 수 있다. 고향의 상실은 곧 존재의 상실이며 공동체의 상실이다. 나라도 없고 고행도 없는 화자에게 남은 것은 식민지 현실의 비애이다. 이처럼 이 같은 서양 근대를 받아들인 일본의 식민지 근대 속에 비친 우울한 이중 거울은 왜곡된 근대 공간에 대한 인식이다.[21]

---

21 이 표상은 곧 '전근대'와 '근대'로 이어져 부정의 변증법으로 나타나는데 이때 등장하는 것이 거대

고향에 돌아와도, 그리던 고향이 아니라는 자탄은 식민지 근대가 주는 우울한 내면을 드러내는 직접적인 언술이다. "산꽁이 알을 품고 뻐꾹이 제철에" 울고 "힌점 꽃이 인정스레 웃"는 고향의 자연은 예전의 모습이 아니다. 그것은 근대가 주는 휘황한 미래에 대한 약속과 자연성을 잃어버린 모습이다. 따라서, 아득한 기억과 시간을 거슬러 상처 없는 무구한 세계를 그리워하는 심리의 이면에는 근대의 가치와 규범을 재인식하는 과정이 전유되어 있다.

3 바다의 시선과 자기애

정지용의 시는 바다를 비롯하여 호수, 시내 등과 같은 물의 이미지가 빈번하게 나타나는데 물은 생명의 근원이며 풍요라는 신화적 의미와 함께 부정을 물리치는 정화력과 여성적 생산력이라는 기원적인 믿음을 지닌다. 물이 맑듯 영혼과 육체를 깨끗하게 하여 피안 낙토로 인도하는 제의적 의미를 상징하는 원형으로서 물은 역경과 시련, 무상과 죽음을 표상하기도 하는데 이는 물에 대한 인간의 무의식적 갈망이 반영된 것이다. 즉 물은 잠재성의 보편적 총체를 상징하며,[22] 탄생과 죽음 그리고 재탄생이라는 신화를 반복적으로 구성함으로써 인간의 무의식 속에 원형화된다. 그러나 이 원형은 선조적 시간성이 아니라 무시간적으로 인간의 의식과 무의식 속에 배태해 상호 융합적으로 심층화된다.

한 '문'으로서의 바다이다. '바다'는 조선에서 일본으로, 일본에서 조선으로 왕복과 왕래를 거듭하는 통로로 이는 전근대와 근대, 혹은 근대와 전근대라는 가치 체계와 연계되면서 화자의 분열적 주체를 드러낸다. 일본이 서양 충격이라는 근대 속에서 분열을 갖는 것처럼 정지용 역시 근대 속에서 「향수」가 지향하는 전근대적인 모성적 공간과의 분열을 드러낸다.

22 미르치아 엘리아데, 이재실 옮김, 『이미지와 상징』(까치, 1998), 165~167쪽.

정지용의 시 역시 이와 멀지 않다. 바다의 끝없이 펼쳐진 수평은 미지의 세계이다. 그 세계는 일찍이 서양이 동양을 생각하는 제국주의적 시선이자 식민지 청년 지식인이 지닐 수 있는 동경의 시선이었다. 제국주의적 시선이 동양을 황금과 신비가 넘치는 대지로 인식하듯, 식민지 청년 지식인에 의한 바다 건너기는 근대를 표상하는 새로운 땅에 대한 열망이었다. 그것은 중국으로 표상되는 대륙적 흙의 시선이 '바다의 시선'으로 옮아갔음을 의미한다. 최남선이 「해에게서 소년에게」에서 우리에게 강력히 제시하고자 한 것도 바로 '바다의 시선'이었다. 그 생명의 세계는 일찍이 "泰山갓흔 놉흔뫼, 딥태 갓흔 바위ㅅ돌"을 부숴 버릴 수 있는 강력한 한 힘과 희망을 품고 있었다.

砲彈으로 뚫은듯 동그란 船窓으로
눈섶까지 부풀어 오른 水平이 엿보고,

하늘이 함폭 나려 앉어
큰악한 암탉처럼 품고 있다.

透明한 魚族이 行列하는 位置에
홋하게 차지한 나의 자리여!

망토 깃에 솟은 귀는 소라ㅅ속 같이
소란한 無人島의 角笛을 불고
海峽午前二時의 孤獨은 오롯한 圓光을 쓰다.
설어울리 없는 눈물을 少女처럼 짓쟈.

나의 青春은 나의 祖國!
다음날 港口의 개인 날세여!

航海는 정히 戀愛처럼 沸騰하고
이제 어드메쯤 한밤의 太陽이 피여오른다.

—「해협(海峽)」 전문

근대 시에서 빈번하게 나타나는 바다의 이미지는 정지용에게도 새로운 세계와 시간으로의 열림을 상징한다. 이 열림은 공간에 대한 탈출이며 지식과 문명에 가닿는 시간의 모험이다. 세계를 불완전으로 인식하고 세계에 없는 완전한 것, 다시 말해 식민지 현실이 처해 있는 불완전한 공간에 대한 욕망의 늘임이다.[23] 정신의 늘임은 곧 육체의 늘임이다. "동그란 船窓"으로 인식되는 시선은 "눈섶까지 부풀어 오른 水平"을 "엿보고" 있다. 이 늘임을 통해 자아는 실재를 인식하고 욕망을 체현한다. 그리고 수평의 세계는 "하늘이 함폭 나려 앉"는 하강의 수직적 세계와 만나 자아의 욕망은 "큰악한 암탉처럼" 미래를 품는다. 수평과 수직이 교직하는 자리에서 "홋하게 차지한 나의 자리"는 중심을 이룬다. 중심은 "透明한 魚族"이 행렬하는 자리이다. 세계의 중심에 있으려는 인간의 욕망이 탄생의 욕망을 낳을 때 '배'는 욕망을 운반하는 생동적 존재로 그것은 자아의 육체를 '너머'의 세계로 이끈다. 수평선에 의해 한없이 펼쳐져 있는 무한성. 그리고 그 속을 채우는 내밀성. 이처럼 무한은 내밀의 드넓은 전

23 욕망의 늘임을 통해 먼 곳을 지향하는 내면 의식이 드러난 것으로 다음과 같은 시가 있다. "배난간에 기대서서 회파람을 날리나니/ 새까만 등솔기에 八月달 해ㅅ살이 따가워라.// 金단초 다섯개 달은 자랑스러움, 내처 시달품./ 아리랑 쪼라도 찾어 볼가, 그전날 불으던,// 아리랑 쪼 그도 저도 다 닞었읍네, 인제는 버얼서,/ 금단초 다섯개를 삐우고 가쟈, 파아란 바다 우에.// 담배도 못 피우는, 숳닭같은 머언 사랑을/ 홀로 피우며 가노니, 늬긋 늬긋 흔들 흔들리면서."(「선취(船醉)」 전문)

망 속에서 중심 존재의 강렬성을 발견하게 된다.[24]

그렇다면 정지용에게 중심이란 무엇인가? 그것은 "시(詩)는 언어의 구성이기보다 더 정신적인 것의 열렬한 정황 혹은 왕성한 상태 혹은 황홀한 사기(士氣)이므로 항상 정신적인 것에서 정신적인 것을 조준하는" 것(「시(詩)의 옹호」)이며, 동시에 "나의 거름을 따르는 그림자를 볼 때 나의 悲劇을 생각"하고 "가늘고 긴 希臘的 슬픈 목아지에 팔구비를 감어"(「밤」) 보는 식민지 청년으로서의 비애와 영혼의 외침이 숨어 있는 곳이다. 4연의 "망토 깃에 솟은 귀"는 그러한 외침을 듣는 귀로 "소란"한 "角笛" 속에서 내밀한 자신과 만나 서러운 청춘의 소리를 듣는다.

「카예 · 뜨란스」가 자아를 만나는 통로로서 '문'을 이용하고 있다면 「해협」은 '바다'의 소리를 통해 자아의 내밀성과 만난다. 무한히 펼쳐져 있는 공간 속으로 밀도 있게 채우는 자아. 그 속에서 분열되어 분산된 수많은 자아는 나르시스적 은유인 상징계로 편입하며 억압되고 금지되어 있는 마음의 미망과 만난다. 그곳에는 아버지의 규칙과 법, 사회 제도와 명령이 가득 차 있는 곳으로 자아는 이 체계로 진입하는 순간 불화를 일으키며 분열된다.[25] 그리하여 해협 오전 이시(海峽 午前 二時). 금지되어 있고 억압되어 있던 부정의 징후들은 "孤獨"으로 결집되며 "설어울리 없는 눈물을 少女처럼 짓"게 만든다. 이 눈물은 식민지 지식인의 자탄으로 말미암은 비애이자, 일본 제국주의에 비해 상대적으로 낙후된 현실을 자각하는 상실의 표현이다. 그러나 이 '눈물'에는 재생과 중심에 대한 의지가 투사되어 있다. 자기모멸과 상실을 경험한 자기애는 "나의 靑春은 나의 祖國!"에서처럼 상실을 회복 의지를 갖는다. 그리하여 하강적 이미지

---

24 가스통 바슐라르, 앞의 책, 341~353쪽.

25 엘리자베드 라이트, 권택영 옮김, 『정신 분석 비평』(문예출판사, 1989), 146~149쪽.

는 "航海는 정히 戀愛처럼 沸騰하고/ 이제 어드메쯤 한밤의 太陽이 피여오른다."에서와 같이 상승적 이미지로 전환한다.[26]

4 재생을 위한 제의—반장엄화

최남선의 '신체시(新體詩)'는 분명 전통적인 형식과 내용은 아니었다. 7 · 5조의 율조는 전통적인 3 · 4조, 4 · 4조와는 다른 것이었고, 내용 또한 유교적 인식을 반영하거나 음풍의 개념과는 거리가 먼 것이었다. 서양 찬송가의 영향이든 일본 시의 영향이든 전통적인 개념과는 다른 장르였다. 이에 따라 글쓰기의 방식과 사유에 있어서도 큰 변화를 보이기

---

26 1930년대에 이르면 일본 정치가들은 '입아탈구'를 강조하고 국민에게 근대성을 극복하라고 촉구했다. '탈아입구'에서 '입아탈구'로의 전복은 정치적 · 문화적으로 중요한 의미를 갖는 것으로 정치적으로는 아시아에서의 팽창을, 문화적으로는 일본의 기원을 아시아 대륙에서 다시 찾으려는 의도를 의미했다. 또한 일본의 지배 엘리트는 헤게모니를 주장하는 서양에 대해 아시아의 문화적 등가를 주장하면서 '문명'에서 '문화'로 담론의 중심을 이동시켰다. 1920년대 '문명'이 물질적 진보와 인간의 타락을 의미하는 경멸적인 개념이 된 반면 '문화'는 창조적 자기실현과 연결되었다. 이제 서양의 자본주의적 근대 문명과 구분되는 일본 문화가 찬양의 대상이 되었으며 서양을 극복하고자 하는 욕구는 이성 그 자체에 대한 반항이 되었다. 이처럼 1920년대 민족주의자들에게 퍼져 있었던 서양에 대한 과격한 저항은 1930년대 중반 절정에 이르렀다. 1930년대의 새로운 문화주의는 일본이 서양의 근대성 자체를 초월하는 보다 높은 차원의 문화적 종합으로 전 세계를 이끌도록 선택되었다고 주장하였다. 그리고 그것은 불행히도 아시아에서 지도력을 관장해야 한다는 주장을 합리화하는 데까지 나아갔던 것이다. 박지향, 앞의 책, 255~256쪽. 참조. 중국을 대신한 타자로서의 서양은 일본에 자신의 문화에 대한 다른 점을 정의해 줌으로써, 일본으로 하여금 자신의 본질을 규명하게 만들었다. 문제는 근대 일본이 아시아에 대해서는 식민지 제국주의의 길을 걸었지만 정신적으로는 계속 서양 열강에 식민지 되어가는 '양면성'을 지니고 있었다는 점이다. 이로 인해 식민지 근대 지식인은 '내선일체론(內鮮一體論)'이나 '동조론(同祖論)'과 같은 황민화 정책에 맞서는 한편 근대라는 양식에 대해 허구성을 인식하고 참다운 정체성을 확립해야 하는 이중고에 맞닥뜨리게 되었다. 민족의식의 고취를 위해 시조 부흥 운동의 전개와 '우리말과 우리의 것'에 대한 관심 등은 모순된 식민지 근대성을 인식하는 공동체적 중요한 계기를 형성하였다. 그러나 이 재생의 제의는 무시간적으로 이루어지는 것이 아니라 결핍과 좌절, 상실과 절망이라는 영혼의 상실을 통해 극복되는 과정으로써 그것은 "戀愛처럼 沸騰하"고 "太陽이 피여오"르는 생의 의지를 지닐 때 그리고 실천을 수반한 기다림을 계속할 때 확보할 수 있었던 것이었다.

시작하는데 우선 눈에 띄는 것은《태서문예신보》를 통한 번역과《창조》,《폐허》,《금성》과 같은 잡지를 통한 서양 시의 소개였다. 그러나 근대 시인이 전범으로 삼고 있는 것은 일본 시라고 해도 과언이 아니다. 우선 일본 시의 동향이 잡지를 통해 많이 소개 되었고 서양 근대를 받아들인 일본의 시가 당대에는 서양을 뜻하기도 했던 것이다. 그러나 일본 시에 천착한 것은 인간적 관계를 무시할 수 없었던 것도 일본 시와의 영향성을 살피는 데 중요하게 자리할 수 있다. 사소한 문제로 보일 수 있겠지만 스승과 제자, 선배와 후배, 혹은 그 외 가까운 인간적 관계는 관계의 친연성으로 말미암아 글쓰기의 친연성으로 이어져 영향 관계를 공고히 할 수 있는 가능성을 배제할 수 없기 때문이다.[27]

식민지 근대를 받아들이고 그것을 초극하고자 하는 내적 정체성의 발

27 「카페 · 프란스」의 전반부인 1~4연까지는 다음과 같은 시와 유사성을 발견할 수 있다. "雨……雨……雨……/ 雨は銀座に新らしく/ しみじみとふる,さくさくと,/ かたい林檎の香のごとく,/ 鋪石の上, 雪の上./ 黑の山高帽, 獵虎の毛皮,/ わかい紳士は濡れてぬく./ 蝙蝠傘の小さい老婦も濡れてゆく./ ……黑の喪服と羽帽子./ 好いた娘の蛇目傘/ しみじみとふる, さくさくと,/ 雨は林檎の香のごとく."(「銀座の雨」 부분, 『동경 경물시급기타(東京景物詩及其他)』, 1913) (비……비……비……/ 비는 銀座에 새롭게/ 촉촉이 내린다. 졸졸졸./ 딱딱한 사과향처럼/ 鋪石 위, 눈 위,/ 검은 中山帽, 海獺(해달)모피,/ 젊은 신사가 젖은 채 지나간다. / 박쥐우산의 작은 노부인도 젖은 채 지나간다./ ……검은 상복과 깃털모자,/ 멋쟁이 아가씨의 蛇目우산/ 촉촉이 내린다. 졸졸졸./ 비는 사과향기처럼). 그리고 「카페 · 프란스」 후반부인 5~9연은 다음과 같은 시와 닮아 있다. "やはらかに浴みする女子のにほひのごとく./ 暮れてゆく, ほの白き露台のなつかしきかな./ 黃昏のとりあつめたる薄明/ そのもろもろのせはしなきどよみのなかに,/ 汝は絶えず來る夜のよき香料をふりそそぐ./ また古き日のかなしみをふりそそぐ.// 汝がもとに兩手をあてて眼病の少女はゆめみ,/ 鬱金香くゆれるかげに忘られし人もささやく,げに白き椅子の感觸はふたつなき夢のさかひに,/ 官能の甘き頸を捲きしむる悲愁の腕に似たり."(「露台」 부분) (부드럽게 꿈꾸는 女子의 내음처럼/ 저물어가는 흐읍스름한 露台의 그리움이여/ 黃昏의 한데 모은 엷고 희미한 불빛/ 이를 재촉하는 온갖 소리의 울림 속에/ 그대는 끊임없이 찾아오는 밤의 달콤한 香料를 쏟아 붓는다./ 또 지난달의 슬픔을 쏟아 붓는다.// 그대 밑에서 눈병의 소녀는 양손을 든 채 꿈꾸고,/ 울금향 떠도는 그림자에 잊혀진 사람도 속삭인다./ 하얀 의자의 감촉은 두 번 다시 못꿀 꿈의 갈림길에서/ 관능의 달콤한 목덜미를 감싸는 슬픈 팔과 같구나.) 임용택, 「정지용과 일본 근대시」, 『비교문학』(한국비교문학회, 1992), 260~270쪽.

현이 허구적으로 인식되고 있는 근대의 문제를 넘어서고자 하는 의지였다면, 시는 세계사적 연대를 갖는 근대 문학의 출발과 형성이라는 의의를 지닌다. 이 과정은 블룸이 제기한바 영향 관계의 수정주의율과 동일한 맥락을 이룬다. 즉 영향을 받은 시인으로부터 일정하게 이탈하여 깨진 조각을 맞추듯 모체시를 극복하는 과정을 반복하며 자기 비하에 이른다. 이것이 다시 영향을 받은 시인에 대한 반장엄화와 고독한 자기 정화를 거친 뒤 새로운 시로 환생하는 것과 맥락을 같이 하는 것이 바로 그것이다.[28]

詩의 技法은 詩學 詩論 혹은 詩法에 依託하기에는 그들은 意外에 無能한 것을 알리라. 技法은 차라리 練習 熟通에서 얻는다. 技法을 把握하되 體軀에 올리라. 記憶力이란 薄弱한 것이요, 손끝이란 手工業者에게 必要한 것이다. 窮究에서는 技法을 忘却하라. 坦懷에서 優遊하라. 道場에 올은 劍士는 움직이기만 하는 것이 혹은 거저 섰는 것이 技法이 되고 만다. 이 技法대로 움직이는 것은 初步다. 생각하기 전에 벌써 한 대 얻어맞는다. 渾身의 力量 앞에서 技法만으로는 焦燥하다.[29]

여기서 정지용이 말하고자 하는 것은 일반 예술론인 동양화론(東洋畵論)과 서론(書論)에서 시의 향방을 찾을 것이며 시학과 시론에 자주 관심을 갖되 시와 자리가 전도되어서는 안 된다는 경계(警戒)를 드러내며 시법(詩法)에 의탁하는 것은 "변설(辯說)로 혀를 뜨겁게 하고 몸이 파리"한 무능(無能)한 처사라는 것이다. 영향은 다른 시인의 사고 내용이나 소재를 자기 자신의 것으로 변형할 수 있는 능력이며 다른 삶보다 상위에 있는

28 해럴드 블룸, 앞의 책, 23~25쪽.

29 정지용, 「시의 옹호(擁護)」, 《문장》 5, 1939.

탁월한 인물을 선정하고 자신이 그 인물과 동일하게 성장할 때까지 추종하는 것이지 선정한 인물의 복제품과 똑같이 되는 것은 시인 자신의 독창성을 유지하는 데 잘못일 수 있다. 즉 영향은 어느 정도까지 추종하고 다른 것이 아닌 바로 그 한계점에서 방향이 잘못 설정되었다고 주장함으로써 앞서 추종하던 것에서 벗어날 수 있다. 이런 까닭으로 수정주의는 심연에서 분리될 수 없는 획득과 상실이며 희생이자 용감의 파괴이다.[30]

조선이 일본의 근대를 극복하고자 한 태도는 일본에서도 마찬가지로 일어난다. 비록 일본이 서양을 모델로 근대를 이루어 내려 했고 심지어 '근대는 우리 자신'이라고 호언했지만 시간이 지나감에 따라 '일본주의'와 '일본 정신'이 점차 고개를 들기 시작한 것은 궁극적으로 서양을 넘어서려는 몸부림이었으며 일본의 '근대화 담론'은 이러한 과정 속에 도출된 것이었다. 비판과 극복의 대상이 되고 극복의 전제로서 진정한 이해의 대상으로 여겨진 근대는 서양 근대였다. 서양 근대는 선진적인 서양과 경제·정치적·문화적인 압력을 받은 동양 그리고 일본이라는 지정학적인 인식의 도식 아래 담론의 주제가 되었던 것이다.[31] 조선 역시 근대 수용 과정에서 일본과 마찬가지로 '조선적인 것'에 관심이 팽배해 있었던 것이다.

헤겔의 변증법적 세계관을 굳이 들지 않더라도 역사는 부정과 저항을 통해 새로운 역사를 창조한다. 이는 글쓰기에서도 마찬가지다. 비록 근

---

30 해럴드 블룸, 앞의 책, 34~37쪽.

31 일본의 근대화론은 근대화 과정에 대한 반성적, 인식론적인 담론으로 이 속에는 근대주의적인 근대화론도 있지만 반근대적인 근대초극론도 있고 아직 완성되지 않은 근대를 문제 삼는 논의도 있으며 이미 이루어진 것으로서의 근대를 바로 보자는 주장도 있다. 이 같은 논의를 바탕에는 근대 일본은 근대적 사유가 미성숙한 근대 사회로서 불완전한 국가이며 뒤틀린 채, 내발적인 힘을 충분히 수반하지 못하고 억지로 발전해 온 국가라는 인식이 깔려 있다. 그럼에도 불구하고 사람들의 의식에서 일본은 선진 구미 국가들과 나란히 설 수 있는 대국으로 여겨 왔다. 고야스 노부쿠니, 김석근 옮김, 『일본 근대 사상 비판』(역사비평사, 2007), 179~225쪽 참조.

대 문학이 일본과 서양을 수입하고 모방하는 단계를 거쳐 왔지만 그것은 재생을 위한 제의에 다름 아니었다. 일본이 근대화 과정 속에 서양을 극복하고 일본의 정체성을 되찾으려 노력하고 바로 세우려 했던 것처럼 우리 또한 정체성을 찾기 위한 무수한 노력을 기울였던 것은 어쩌면 당연한 것이었다. 정지용의 경우에도 이는 마찬가지이다. 그것은 블룸이 지적하고 있는 수정주의 단계에서도 확인된다. 즉 글쓰기에서 정지용의 자기 귀환의 욕구는 "동양화론(東洋畵論)"이나 "서론(書論)"을 주장하는 데에서도 찾을 수 있다. 그리고 「지는해」, 「띄」, 「산넘어저쪽」, 「삼월(三月) 삼질날」, 「딸레」, 「산소」, 「종달새」, 「병」, 「할아버지」, 「말」, 「산에서 온 새」, 「바람」, 「별똥」 등의 작품에서 보이고 있는 민요조의 시를 아름다운 우리말을 통해 노래하고 있는 점은 단순히 그가 외래의 것을 받아들려 하기보다는 더욱 성숙한 단계를 이루려는 "반장엄화"의 길에 들어섰음을 의미한다. 그것은 우리 근대 문학의 과정에서도 발견된다. 비록 우리 근대 문학이 서양과 일본을 받아들였으나 그것은 고유한 전통과 문화유산을 토대로 받아들이지 않고서는 불가능하다. 이러한 것이 문화 혹은 문학이 외래 문화를 이입하는 방식이며 새로운 문화 창조는 좋은 의미이든 나쁜 의미이든 양자의 교섭의 결과로서의 제3의 자(者)를 산출하는 방향을 걷게 된다. 바꿔 말하면 동양 제국(東洋諸國)과 서양의 문화 교섭은 일견 그것이 순연한 이식문학사를 종결하는 것 같으나, 내재적으로는 또한 이식문학사를 해체하려는 과정이 진행되는 것이다. 즉 문화 이식이 고도화되면 될수록 반대로 문화 창조가 내부로부터 성숙되어 새로운 문화 창조의 형태와 본질을 드러내게 되는[32] 것이다. 결국 정지용에게 시 쓰기는 곧 근대를 극복하기 위한 몸부림이었다.

---

32 임화, 「조선 문학 연구의 일 과제」, 《동아일보》, 1940. 1. 18.

5 동양주의와 근대 극복

『백록담』(1941)은 첫 시집인 『정지용 시집』(1935)과 일정한 차이를 보인다. 첫 시집이 낭만적 열정으로 자아를 탐험하고 세계에 대한 동경을 드러내고 있다면, 두 번째 시집은 동양적 인식을 바탕으로 자연에 천착하고 있다는 점에서 두드러진다. 다시 말해 내면의 불연속성을 드러내며 언어의 격정을 불연속적으로 보이고 있는 것이 첫 시집이라면, 두 번째 시집은 자연을 자연 그 자체의 존재성으로 인식하고 동양적인 정관의 세계와 불교적인 선적 사유를 관조한다.

근대가 주는 진보적 문명 인식에서 정태적 동양 인식으로 전환되고 있는 점은 근대를 바라보는 시각이 한층 성숙했음을 의미한다. 문학에 있어서도 실제로 계급 문학에서 보여 주었던 파시즘적 저항 의식이 휴머니즘론과 고전 전통론 그리고 모더니즘론 등을 거치면서 언어와 내면의 새로운 창조가 시도되었던 점도 한몫을 거두기에 충분했다. 도회의 감수성을 노래하며 근대가 보여 준 휘황함에 매료되어 '문명의 아들'로 자처한 시인들은 이제 자본주의가 갖는 병리에 관심을 갖기 시작했으며 예속적 자본과 그로 말미암은 현실을 비판하는 저항적 현실에 직면하지 않을 수 없었다. 그것은 곧 조선이 지니고 있는 현실의 모습으로 이른바 '일그러진 근대'의 모습이었다. 그 속에는 인간을 억압하는 근대의 병폐가 은폐된 채 상존하고 있으며 겉으로는 화려한 외장을 두르고 있지만 인간의 내면을 고립과 소외로 몰아가는 비합리적 세계가 도사리고 있었다. 근대적 사유가 인간을 해방하고 근대적 인간을 구성한다는 인식은 이제 비판과 저항의 단계에 이르렀다. 이는 일본이 서양의 사상과 문물을 받아들이면서도 자신의 정체성을 우려하고 이를 극복하려는 반성적 인식과도 맥을 이룬다. 이 같은 바탕에는 우리의 시문학이 비록 제도와 이데올로기의 허구성을 드러내 놓고 비판하거나 저항하지는 못했지만 인간 문제와 역사의 문제, 생명과 죽음의 문제, 그리고 문명의 대타자적 개념으로 자연에 대한 탐색을 활발하게 추구했음을 의미한다. 특히 자연에 대한 탐색과 천착은 근대에 대한 반성적 인식을 토대로 하여 우리의 정체성을 회복하고자 하는 심리적 보상 기제로 전이되었다 해도 과언은 아니다. 예컨대 파시즘 체제[33] 아래서 자연과 동양적 세계를 보여 준 '청록파(靑鹿派)'는 근대를 극복하려는 중요한 증거가 될 수 있을 것이다. 이는 정지용에게도 예외는 아니었다.

老主人의 膓壁에
無時로 忍冬 삼긴물이 나린다.

자작나무 덩그럭 불이
도로 피여 붉고,

구석에 그늘 지여
무가 순돋아 파릇 하고,

흙냄새 훈훈히 김도 사리다가

---

33 파시즘은 자본주의 사회의 소산이며 극심한 사회 경제적 위기에 의해 촉발된다. 파시즘의 사회적 기능은 자본주의적 소유 관계를 안정 · 강화시키고 일정 단계를 변형시키는 것이며 강력한 파시즘은 권위주의 정권의 증거이다. 그리고 객관적 기반을 왜곡한 대중추의의 좌절과 불안을 의도적으로 조작하는 이데올로기를 사용한다. 이처럼 파시스트 이데올로기는 권위 · 복종 · 명예 · 의무 및 조국이나 인종 등 본질적으로 비합리적인 개념들을 강조하는 특징이 있다. 따라서, 파시스트 정권들은 호전적이고 팽창주의적인 정치 · 외교상의 목적을 추구하므로 제국주의적 면모를 지닌다. 마아틴 키친, 강명세 옮김, 『파시즘』(이론과 실천, 1988), 123~128쪽.

바깥 風雪소리에 잠착 하다.

山中에 冊曆도 없이
三冬이 하이얗다.

—「인동차(忍冬茶)」 전문

자본주의의 저항적 담론으로 파생한 도시 비판과 문명 비판은 곧 식민지 파시즘이 갖는 이데올로기에 대한 우회적 비판이라 할 수 있다. 이는 문화론적인 전략으로 고유성에 대한 자각과 전통에 대한 인식에 기반한다. 일본이 근대화 과정에서 겪을 수밖에 없는 서양에 대한 대타적 인식으로 정신사적 · 사상사적 흐름을 이어받아 전체성을 포착하려는 '근대 초극론'은 이러한 의미에서 근대의 재인식을 보여 주는 예라 할 것이다. '근대'가 유럽적이며 세계 지배와 세계 질서를 뜻하는 것이라는 '근대 일본'에 대한 재인식은 감추어졌던 부정성과 맞닥뜨리는 것에 다름 아니었다. 이와 마찬가지로 합리적 이성이 자유와 행복을 가져다준다는 서양의 반성 또한 필연적으로 봉착할 수밖에 없는 역사적 진보의 단계에서 만날 수 있는 것이었다. 그러나 서양의 반성이 오랜 시간을 두고 정신사적 성숙의 단계를 거친 반면 일본의 근대 반성은 근대 국가 성립 과정에서 시민 의식을 성숙하게 포함하지 못한 미성숙한 근대성이었다. 이 점에서 '일본은 아무것도 아니다'라는 자기 인식은 '근대란 우리 자신'이라는 오만함을 되돌아보는 통렬한 반성이었다.

이 같은 양상은 조선에서도 배태된다. 전술한 바와 같이 부정으로서의 근대에 대한 인식과 이를 메우려는 정신사적 · 사상사적 흐름은 개화기 초기부터 동학을 비롯하여 국어 국문 운동, 조선심(朝鮮心)에 대한 관심, 카프의 반제국주의 담론, 문명 비판과 근대적인 지식에 대한 검토 등을 통하여 끊임없이 식민지 담론을 검문하기에 이르렀던 것이다. 이 점은 정지용에서도 발견된다. 일찍이 '도회의 아들'을 자처한 모더니스트들이 자본주의 이데올로기의 허구를 파헤치는 선봉으로 자리바꿈한 것처럼 조선의 근대 역시 일본과 마찬가지로 탄생과 죽음 그리고 재탄생이라는 구조를 구성한 것이었다. '동양(東洋)'이라는 말에는 '서양(西洋)'과 대립되는 개념 규정이 들어 있다. 그것은 문명과 야만이라는 주관적 척도 속에 서양적 시선에 의해 파악된 자의적인 해석을 품고 있다. 그러나 일본은 '동양의 일본'을 부르짖음으로써 아시아 중심 국가로서의 위치를 확고히 다지고자 했으며 심지어 중국의 몰락, 온갖 기술적 · 문화적 문물을 지닌 서양의 도래, 인간사의 보편성이라는 새로운 문제, 문화적 정체성과 같은 포괄적인 이념 체계를 갖춤으로써 자신들의 근대적 정체성을 창출해 내려고 애썼다. 그것은 곧 '동양'을 단일한 어조 속에 맞춰 놓으려는 일본의 통일 언어였다.[34] 이 통일 언어를 통해 일본은 서양 근대 사회의 부정적 측면들과 대항하는 논리를 발전시키고자 했는데 '동양'이 지니고 있는 온화함 · 도덕적 윤리 · 조화 · 공동체주의를 창조적으로 적용하는 능력을 지니고 있다고 자임했다. 동양의 부흥은 일본의 운명이었다. 그리하여 일본은 '동양학' · '동양사' · '신화' · '민속학' · '민족학' 등을 연구하고 이를 토대로 서양의 힘과 대립적 관계를 유지하는 '동양주의(東洋主義)'를 구성하려고 애썼다.[35]

東洋主義라고 하는 것은 무엇을 가리키는가? 이것은 나에게 분명하지가 않다. 요약하자면 東洋的인 趣味, 思考方式, 體質, 性格 — 뭐라고 말하면 좋을지 모르

34 스테판 다나카, 박영재 · 함동주 옮김, 『일본 동양학의 구조』(문학과지성사, 2004), 30~31쪽.
35 위의 책, 15~54쪽.

지만, 단지 文學 藝術에만 국한되지 않고, 政治, 宗教, 哲學으로부터 일상적인 일들과 衣食住의 사소한 점에 이르기까지 東洋에는 西洋과는 다른 독특한 무엇인가가 있다고 느껴진다.[36]

일본이 설득이나 무력을 통해 다른 아시아 국가들에게 일본의 동양성과 우월성을 이해하도록 납득시키고 있는 '동양주의'는 그러나 한편으로는 분명 서양 근대를 반성하는 일본 내 지식인의 반성과 통찰을 담고 있을 뿐 아니라 근대 시민 사회 형성에 있어 동양 정신과 근대 국가 면모로서의 정체성에 기반하는 존재론적 측면을 함께 지니고 있었다. 이 두 축의 길항은 힘의 우월성을 강조하여 때때로 배제하거나 선택하는 복합적 층위를 드러내기도 했는데 이는 조선에 있어서도 마찬가지로 작용한다. 즉 식민지 조선이 갖는 위치가 일본의 시각에서 보면 다른 아시아 국가에 지나지 않는다고 볼 때 식민지 조선의 고민은 '일본 근대'에 대한 반파시즘적 저항이라 해도 좋을 것이다. 이런 의미에서 일본을 중심축으로 하는 '동양주의'는 광대하게 정치적 · 문화적 파장을 일으켰으며 일본이 그러했던 것처럼 조선에서도 '동양주의'는 순응과 저항이라는 양가적 층위를 지니고 있었다.

이는 동시대를 둘러싼 정치사적 · 경제사적 · 문화사적 제 층위와 맞물리는 것으로 문학 또한 이로부터 자유로울 수는 없었다. 따라서 『백록담』에서 보이는 동양적 관조와 여백미는 분명 첫 시집에서 보여 주었던 세계와는 다른 양상을 보여 준다. 그것은 '순응과 저항'이라는 양가성을 띠며 식민지 근대를 극복하고자 하는 시적 세계를 보여 주고 있기 때문이다.

---

36 앞의 책, 324쪽.

「인동차」에서 보여 주는 불교적 선(禪)의 세계는 고요함과 정적의 세계다. 그것은 '자작나무 불'이 붉게 피어 있고 파릇 돋는 무의 새순과 훈훈한 흙냄새가 있는 깊은 산중의 세계로 그곳은 세속의 격정과 온갖 세파를 모르는 '책력(冊曆)'도 없는 무시간성의 세계이다. 세속과 달리 흐르지 않는 시간은 풍설(風雪) 소리와 삼동(三冬)에 의해 생명을 얻는다. 생명성은 인동차(忍冬茶)를 마시면서 인동(忍冬)하는 자신과 만나는 조응의 시간이다. 이 조응은 정치와 역사를 거세한 내밀함의 세계다. 그것은 소월이 이별을 통해 파시즘과 결별하려는 환유적 글쓰기의 방식을 가진 것처럼 정지용도 내면적 침잠을 통해 근대의 어수선한 속도를 일순간 정지시키는 순일(純一)한 집중을 통해 정신적 위의(威儀)를 견지하고자 했던 것이다.

6 맺음말

정지용이 주로 활동한 1930년대는 1931년 만주 사변을 기점으로 일본의 군국주의가 팽배한 가운데 파시즘이 강화되는 시기였다. 이에 대한 반동으로 지식인의 자아 발견이 심각하게 논의되고 야만에서 구출해야 한다는 휴머니즘 운동이 일어나기도 하였다. 자아―개성―인간―사회의 발견으로 발전해야 한다는 그들은 문학이 새로운 인간성 발견을 위한 반항과 부정의 투쟁이라면서 예술적 표현을 위한 인간으로서 새로운 노력과 교양이 있어야 한다고 역설한다.[37] 카프 문학이 퇴조를 보이고 《시문학》, 《문예월간》 등을 중심으로 순수 서정시 운동으로 방향을 선회

37 조용만 · 송민호 · 박병채, 『일제하의 문화 운동사』(민중서관, 1973), 343~353쪽.

한 것은 분명 새로운 예술 창조로서의 시적 경향이었다. 비록 시대적 이데올로기의 대항적 담론으로 자연과 개인의 심상에 주력하여 동시대를 둘러싼 역사적 상황에 소홀했다는 지적을 받을 수도 있지만 전 시대와는 다른 인간상을 제시하며 근대가 요구하는 사회를 희원했다는 점에서 대항적이라 할 수 있다. 이 점은 전 시대 카프 문학이 지니고 있었던 예술미학을 기반으로 새롭게 갱신한 것에서도 발견된다.

국가, 민족, 공동체의 역사는 근대성의 이데올로기적 담론 속에서 당대가 지닌 제반 조건들과 충돌하면서 비판적으로 수정되고 가변적으로 수용된다. 이는 일찍이 일본이 서양 근대를 무조건적으로 수용하다 그 차이를 가변 인자 속에 찾아 재구성한 것처럼 우리 역시 일본의 근대 기획을 차이를 통해 재맥락화하면서 기호화하는 과정을 거쳤다. 동일 시간 내에서 동일 표상을 대체하는 것은 가능하지도 않을뿐더러 문화적 형식들을 강제할 수 없다는 측면에서 근대성의 이데올로기는 전략에 불과할 수 있다. 예술적 대상 역시 마찬가지다. 미학적 관념 속에서 발견되는 차이는 국가, 민족과 같은 공동체의 역사 속에서 발견되는 것으로 이는 그 차이를 문화적 실천 속에 새롭게 전이시키고자 하는 요구에 의해 정당화될 수 있다.

이와 같은 논리는 근대 초기 신채호가 '아(我)'와 '비아(非我)'의 투쟁의 논리를 제시하며 일제의 침략과 통치라는 '비아'가 거대한 힘을 가지고 '아'를 짓눌렀으므로 자아 또한 이에 맞서 투쟁하면서 사상을 창조하려 한 의지에 비견된다. 신채호가 인식한 것은 제국주의와 민족주의의 관계이며 문학에도 제국주의 문학이 있고 민족주의 문학이 있다는 자아의 각성이었다. 이를 위해 그는 국어 운동과 조선심(朝鮮心)과 같은 투쟁적 자아를 강조했다. 고유한 조선의 민중적 문화를 일으키고자 했던 그는 민족주의 문학이 변두리에 위치한 우리의 특수성을 확인하려는 것이 아니고 세계사의 새로운 방향을 확인하려는 것이었다.[38] 다만 신채호가 문학 내의 복잡한 비균질성을 단순화하여 단일성으로 규정하는 환원론을 펼치고는 있으나 일본과 서양 근대의 문화적 기호들을 투쟁적 관계로 보고 정전의 새로운 해석과 수용을 강조하고 있다는 의미에서 그의 기획은 시대와 문학의 자각을 비판적으로 전개하여 근대기 형성의 정체성에 영향을 주었다고 볼 수 있다.

정지용은 언어 미학을 근대 시에 착목시킨 모더니스트로 평가 받으면서 지적 언어와 이미지즘적 요소를 통해 사물과 풍경의 감각적 인상을 체현시켰다. 그의 초기 시는 근대 문물과 문명어를 시 속에 구현함으로써 전통시와는 구별되는 시적 양상을 지니고 있었다. 또한 그는 현실 속에 갇혀 있는 비애를 격정적으로 노래하며 내부에서 확장하는 의식을 '바다'를 통해 근대에 대한 동경 의식을 드러내었다. '바다'의 끝없는 수평은 미지의 세계다. 그 세계는 일찍이 서양이 동양을 생각하는 제국주의적 시선이자 식민지 지식인이 지닐 수 있는 무한한 동경이었다. 식민지적 근대는 식민지 자본주의 체재를 토대로 제국주의가 (반)식민지 지역에서 수행한 근대화 정책 결과로 드러난 제반 사회적 특징을 총칭하는 개념으로 지배와 수탈의 효율성을 높이기 위해 '개발-수탈'을 동반한다. 개발론이 식민 사학에 속한다면 수탈론은 일제 지배 아래 마르크시스트들의 봉건파 입장, (민족적) 근대주의의 사회 개량론, 또는 식민지 반봉건 사회 구성체론이 이에 속한다.[39] 식민지적 근대는 국가 없는 식민 자본주의 아래 대외 의존성과 부패, 천민성이 드러났고 봉쇄된 근대 기반으로 인해 '국민'과 '민족'의 인식과 주체성의 성장이 극히 제한적이었

---

38 조동일, 『한국 문학사상사 시론』(지식산업사, 2005), 379~395쪽.

39 정태헌, 『한국 식민지적 근대 성찰』(선인, 2007), 21~63쪽.

다. 또한 근대는 식민지적 근대 모순을 지양하려는 흐름을 억압하는데 이는 근대 자체가 종속적 하위 체계로서 식민지적 근대를 기반으로 하기 때문이다.[40] 따라서 식민지 근대는 '내선일체론(內鮮一體論)'이나 '동조론(同祖論)'과 같은 식민지 제국주의와 맞서는 한편 조선의 정체성을 마련해야 하는 이중고에 맞닥뜨리게 되었다. 이를테면 '우리말'과 '우리의 것'에 대한 관심 등은 바로 모순된 식민지 근대성의 허구를 극복하려는 의지에서 비롯한다.

정지용의 경우에도 이는 마찬가지다. 그것은 블룸이 지적한 영향의 수정주의 단계에서도 확인된다. 즉 글쓰기에서 자기 귀환의 욕구는 '동양화론(東洋畵論)'이나 '서론(書論)' 등에서 '우리의 것'을 강조하며 근대를 극복하려는 몸부림에서도 발견된다. 정지용의 『백록담』은 이 점에서 근대를 극복하려는 의지로 읽힌다. 그것은 일본이 '근대 초극론'을 내세워 근대를 반성하고 그 지점 위에 새로운 질서를 재편성하여 세계사적 인식 위에서 동양, 혹은 일본을 내세우려고 한 것처럼 동양적인 것, 나아가 조선적인 것을 시 속에 담아내려고 노력하였던 것이다. 언어에 있어서도 토착어를 사용하여 말과 정신을 미감 있게 드러내고 있으며 전통적인 가락인 민요를 발표하는 등 불교적 선취(禪趣)를 드러내며 정적인 미적 세계를 표출하기에 이르렀던 것이다. 이는 정지용 개인적으로는 근대가 주는 부정적이고도 반성적인 측면을 성숙한 시선으로 바라보는 성숙한 근대 의식의 성장이며 공간적으로는 바다에서 산으로 시적 소재가 옮아감으로써 이에 따른 근대 의식이 좀 더 내밀화되고 견인성을 갖추었음

---

40 식민지적 근대는 구성원들에게 국가 주권의 회복과 보유한 부와 자원의 유출 및 유실을 막고 구성원을 위해 생산적으로 사용할 수 있는 정책 결정의 주권 회복, 식민 자본주의 체제 극복, 식민 정책에 의해 압살된 민주화 영역의 확보, 인간으로서 자기의 문화 · 역사에 대한 정체성의 회복 등 무겁고 복합적인 과제를 안겨 주었다. 정태헌, 앞의 책, 51쪽.

을 의미한다. 따라서 정지용은 근대 수용에 있어 수용—좌절—재인식이라는 극복의 과정을 보여 준다. 이는 해럴드 블룸이 지적하고 있는바 자기 비하와 금욕적 고행을 극복하고 마침내 독창적이고 창조적인 시인으로서 환생하는 것과 맥을 같이하는 것으로 정지용의 시적 세계는 이런 이유로 근대기에 있어 근대성을 시 속에 담아내면서 미적 세계를 선취한 시인으로 평가할 수 있다.

『정지용 시집』에 나타난 동경과 낭만적 아이러니 연구

1 머리말

근대 문학은 일찍이 서양 문학을 받아들인 일본의 것을 재생산하는 체계를 밟아 왔다. 개화기 이후부터 1920, 1930년대의 시들은 일본 유학파들을 중심으로 일본 시를 우리화하였던 것이다. 이 점에서 《태서문예신보》(1918)는 서양 문학을 직접 대면할 수 있었다는 점에서 충격과 의의가 크다. 《해외문학》(1926) 역시 이 땅에 시의 '서양 충격'에 해당하는 것이었다. 최남선부터 시작된 시가는, 주요한, 김교제, 김억, 김소월, 한용운, 이상화 등을 거치면서 정지용, 김영랑, 백석, 이상, 김기림 등의 시에서 다채로운 시적 방법과 양상을 볼 수 있었다. 개화기 시가에서부터 시작된 시 형식의 변화가 20~30년이라는 짧은 기간에도 불구하고, 오늘날의 시형을 갖출 수 있었던 것은 근대기 시인의 미적 의식에 말미암는다. 비록 근대 초기에 시 형식에 담아내기에 조급함을 보이고는 있었지만, 근대적 주체가 형성되는 1930년대에 이르러서 안정된 형식과 내용을 보여 주고 있다는 점은 우리의 미적 인식이 어떠했는가를 잘 보여 준다.

언어의 미적 감각을 보여 준 정지용은 「카페 · 프란스」(1926)를 발표한 이래 모더니즘 시인으로 평가되어 왔다. 그러나 이에 대해서는 보다 면밀한 검토가 필요하다. 그의 시에는 전근대와 근대, 일본어와 조선어 등 다양하고도 복잡한 국면과 맞물려 있다. 정지용 시에 대한 연구는 시에 대한 성과만큼 방대하고 깊이 있는 분석이 진행되어 왔다. 박용철,[1] 김기림,[2] 김환태[3] 등이 각각 '지성과 감성의 질서', '현대의 호흡과 맥박을 불어넣은 최초의 시인', '감각과 절제의 미학'이라고 평한 것에서부터 정지용 시에 결락되어 있는 반영론적 세계관을 비판하며 현실의 내용과 사상을 도외시하는 기교주의[4] 시라고 비판한 임화에 이르기까지 다양하고도 입체적인 논의가 있어 왔다.

정지용의 시는 개화기 시와 1920년대의 시에서 보이던 화자의 과잉된 자의식을 적절히 제어하고 있고, 이데올로기에서 비교적 자유롭다는 점에서 '미적 모더니티'와 '미적 자율성'을 지닌다. 그러나 근대 이성과 합리주의가 붕괴되는 현상을 담아내지 못한 채 한계를 노정하고 있는 것과 때를 같이해 모더니즘이 탄생한 것이라면 정지용의 시가 과연 문명, 도시, 주체, 분열, 상대, 단절 등과 같은 모더니즘의 중심 의미를 담아내고 있는가에 의문이 드는 것도 사실이다. 리얼리즘의 한계에서 모더니즘이 토대를 이룬 것과 마찬가지로 정지용의 시 역시 임화류의 반성적 차원에서 이루어졌다는 점에서도 그러하다.[5] 납 · 월북 문인의 해금 조치는

---

1 박용철, 「신미시단의 회고와 비판」, 《중앙일보》, 1931. 12. 7.

2 김기림, 「1933년 시단의 회고」, 《조선일보》, 1933. 12. 8.

3 김환태, 「정지용론」, 《삼천리 문학》, 1권 2호, 1938. 4.

4 임화, 「曇天下의 詩壇一年」, 《신동아》, 1935. 12.

5 그러나 '재현'의 문제로만 상정한다면 현실의 문제를 즉물적 세계로 환치시키고 있는 점은 임화가 말하고 있는바 반영론적 세계관을 담고 있는 것으로도 보인다.

정지용 시에 대한 활발한 연구를 가져왔다. 먼저 김재홍의 연구는 정지용 시에 내재한 전통 지향과 모더니티 지향의 길항 관계를 자의식적 세계관과 당대적 상황을 연결해 파악하고자 하였다.[6] 최동호는 정지용 시에 내재한 정신을 산수시에서 찾으려고 하였다.[7] 또한 김학동은 정지용의 시를 근원 회귀와 실향자의 비애, 삶의 좌절감과 자아 성찰 등으로 나누어 서지적으로 분석하고 있다.[8]

김춘수는 최재서, 김기림 등 이론가들의 계몽적 역할을 통해 정지용, 김광균 등의 탁월한 재능과 기질이 이미지즘의 한국적 표본을 만들어 냈다며 정지용의 시를 가리켜 유럽 이미지즘의 완전한 한국적 육화 라고 말한다.[9] 이와는 대조적으로 북한의 『조선 문학사』는 정지용의 시가 민족 정서와 민요풍의 시풍으로[10] 민족적인 정기, 민족적인 정서를 잘 살려 냈다고 평가하며 그의 민요풍 시 「산에서 운 새」를 예를 들어 시문학의 진보성과 민족성을 고수해 간 시인으로 평가한다.[11]

1930년[12]에 창간되어 통권 3호까지 나온 《시문학》은 '민족 언어의 완

---

6 김재홍, 「갈등의 시인 방황의 시인, 정지용」, 『한국 현대 문학의 비극론』(시와시학, 1983).

7 최동호, 「산수시의 세계와 은일의 정신」, 『불확정 시대의 문학』(문학과지성사, 1987).

8 김학동, 「언어의 감각미와 '허정무위(虛靜無爲)'의 세계」, 『현대시인 연구 I』(새문사, 1995).

9 김춘수, 『시의 위상』(둥지, 1991), 9~15쪽.

10 1923년에 쓴 향수로부터 「압천(鴨川)」, 「고향」, 「그리워」가 향토애를, 「할아버지」, 「홍춘(紅椿)」, 「산엣 색씨 들녘 사내」가 세태 풍속을, 「석류(柘榴)」, 「백록담」이 자연을 노래하고 있는 것이 그것을 말해 준다고 기술한다.

11 『조선문학사 9』(과학백과종합출판사, 1995), 79~82쪽. 이 책에서는 정지용의 시 「그리워」를 예를 들며 이 시가 일제 식민지 통치 아래서 우리 민족이 당하는 수난과 설움이 그대로 음영되었다고 평가하면서도 설움, 울분 그 이상의 정신적 경지에 이르지 못했다고 평가 절하한다. 동시대의 프롤레타리아 시인들이 짓밟히는 삶과 잃어버린 고향을 두고 분노를 터뜨리며 항거를 외칠 때 서정의 세계를 벗어나지 못했다는 것이다. 또한 정지용은 1930년대에 들어서면서 점차 형식주의적이며 기교적인 경향으로 기울어졌으며 순수 문학을 표방해 나선《구인회》의 동인으로서 그의 시가 사실주의적 경향으로부터 더욱 멀어져 갔다고 평가한다.

12 1930년대는 1920년대의 서양시의 창작 범형이 비교적 정착을 이루는 시기로 그 미적 형식이 예

성'이라는 과제를 안고 출발했다.《시문학》 동인이었던 정지용은 섬세한 서정을 발휘하며 언어의 감각미와 회화성을 바탕으로 모더니즘 시풍을 실험한다. 그러나 정지용의 시는 『태양(太陽)의 풍속(風俗)』, 『기상도(氣象圖)』, 『바다와 나비』와 같은 시집을 통해 모더니즘의 파멸과 재생의 원리를 시화한 김기림과 마찬가지로 초기에서부터 최근까지 이미지즘과 주지주의 경향의 모더니즘 시인으로 평가되어 왔으나 계보적 단계를 밟을 기회를 잃은 채 한꺼번에 사조를 수용할 수밖에 없었고, 문학사 기술 방식에 있어서도 사조를 시인과 연대기적으로 꿰맞추는 과정에서 시적 내면성을 간과하는 오류가 있었음을 부인하기는 어렵다.[13] 이 점에서 다채로운 시적 경향을 보이고 있는 정지용의 시를 획일적으로 모더니즘 시인으로 평가하는 것은 시의 개별성과 특수성을 간과하는 것이라 할 수 있겠다.

2 서양 낭만주의 시관과 한국 낭만주의

서양의 낭만주의는 근대 이성의 반성적 토대 위에 고전주의와 계몽주

술성을 띠기 시작한 전환기라 칭할 수 있다. 미적 모더니티를 자유시라는 안정된 형식에 담아낼 수 있었던 것은 이처럼 미적 인식에 대한 끊임없는 탐구에서 이루어졌다는 것은 말할 나위가 없다. 이는 1920년대 중반에서 후반까지 치열하게 전개된 계급 문예 운동에 대한 대타적 태도를 취하면서 예술에 대한 철저한 인식, 그리고 리얼리즘 문학과 때를 같이해 불기 시작한 '조선적인 것' 또는 '조선주의 문학'에 대한 형식과 내용의 경사, 아울러《시문학(詩文學)》,《시원(詩苑)》,《낭만(浪漫)》,《시인부락(詩人部落)》,《시인춘추(詩人春秋)》,《자오선(子午線)》,《맥(貘)》,《아(芽)》,《시림(詩林)》,《시건설(詩建設)》 등의 동인지 성격을 띤 다양한 시 전문지의 출현 등에 힘입은 바가 컸다.

13 초반의 낭만주의가 중반에 이르러 리얼리즘 문학으로, 그것이 다시 모더니즘 문학으로, 그리고 그것이 다시 1930년대에 이르러 본격화하기 시작했다는 것은 시간적 거리가 지나치게 짧다는 것도 있지만 이를 낭만주의→사실주의→모더니즘(아방가르드) 등의 사조의 흐름과 궤를 같이하는 것으로 우리 시를 파악하는 것은 서양 문예 운동의 관점에서 계보를 지나치게 강조한 것이 아닌가 하는 의문이 든다.

의의 반동으로 일어났지만 그것은 단지 사조의 근본적인 태도 중 하나였다. 이는 코르프가 낭만주의에 대한 연구를 시작하면서 낭만주의를 영혼이나 정신의 자세 일반을 나타내는 말로 받아들일 것인가, 아니면 역사상에 어느 특정한 현상에 대한 용어로 볼 것인가를 결정해야 할 것[14]이라는 견해와 같이한다. 이 견해의 바탕에는 낭만주의가 문예학의 보편적 특질이라는 넓은 의미와 어느 특정한 역사 현상 즉 슐레겔 형제와 노발리스, 괴테, 호프만, 아이헨도르프, 울란트 등 계몽주의와 고전주의와의 계승 · 대립적 관계에 있는 좁은 의미의 사조를 가리킨다는 것으로 나누어 생각해 볼 수 있다.

좁은 의미의 낭만주의는 질서를 떠받들던 시기에 대타적 인식으로 감성을 희구하고자 하는 시대적 욕구와 맞물려 있다. 자연에 내재한 무한성에 대한 경이, 현실적인 것과 비현실적인 것을 종합하려는 욕망, 영원한 생성에의 동경 등을 주조로 하는 낭만주의는 세계 자체가 합리성으로 존재한다고 믿는 계몽주의에 반발하며 세계 그 자체는 살아 있는 유기체라는 신념, 그리고 감각적 현실을 초월하여 어떤 관념의 실체가 존재한다는 확신 등의 내용을 지닌다. 이로 인해 낭만주의는 창조적 주관을 강조하고, 예지적 직관과 감정의 힘인 상상력을 옹호한다. 이렇듯 낭만주의는 상대성과 다양성에 바탕을 두고 독립된 자율성을 강조하며 예술의 미적 자율성을 추구하고자 하는 신념을 강화한다.

이에 비해 한국의 낭만주의는 《백조》를 중심으로 전개된다. 근대적 주체를 자각하게 했던 삼일 운동의 실패로 좌절감이 짙게 드러나는데, 홍사용의 「나는 왕(王)이로소이다」, 박영희의 「월광으로 짠 병실」에 나

---

14 김용직 · 김치수 · 김종철 편, 『문예사조』, 헤르만 A. 코르프, 「낭만주의의 본질」(문학과지성사, 1977), 89쪽.

타난 눈물과 죽음으로 집약되는 극단적 정서가 바로 그것이다. 즉 한국의 낭만주의는 민족 국가의 상실로 인한 유폐된 감정, 짧은 기간 동안 한꺼번에 유입된 사조의 교란, 그리고 이러한 것이 뒤섞여 일으키는 의식의 분열 등이 서로 맞물리며 전개되었다고 보는 것이 타당하다.

3 고향의 동경 의식

정지용은 휘문고보 시절인 18세에 《서광》 창간호에 소설 「삼인(三人)」(1919)을 발표하고 휘문고보 5학년 때 시 「풍랑몽(風浪夢)」(1922)을 쓴 뒤 1923년에 시 「향수(鄕愁)」를 쓴다.[15] 이렇게 본다면 정지용의 문학 활동은 소설 「삼인」을 발표한 1919년 무렵부터 시작된다고 할 수 있다.[16] 정지용은 휘문고보 시절, 중앙고보, 제일고보 재학생들이 함께 참여한 문예 서클에서 문우지 《요람》을 발간하는데 여기에 그의 대표작으로 손꼽히는 몇몇 작품을 발표한다. 이에 대해 박팔양은 다음과 같이 말한다.

「鄕愁」라 제한 作을 비롯해서 얼마 전에 출판된 『鄭芝溶詩集』 중에도 「鴨川」, 「카페 · 프란스」, 「슬픈 印象畵」, 「슬픈 汽車」, 「風浪夢」 등은 전부 《搖籃》에 등재하였던 作이오, 더욱 그 시집 제3편의 동시, 또는 민요풍의 제작은 반수 이상이 그 당시의 作이니 이 文人의 少年時節이 얼마나 文學的으로 早熟하였는지를 알 수 있다.[17]

---

15 김학동, 『현대시인 연구』(새문사, 1995), 476쪽.

16 이후 《학조》, 《신민》, 《문예시대》를 통해서 「카뻬 · 쯔란스」, 「따리아」, 「홍춘(紅椿)」, 「오월 소식(五月 消息)」, 「호수(湖水)」 등을 내놓는다.

17 박팔양, 「요람 시대의 추억」, 《중앙》(33), 1936. 7, 146~147쪽; 김용직, 앞의 책 재인용.

사정이 이렇다면 정지용의 시는 삼일 운동이 실패로 끝난 시기로부터 백조파의 낭만주의가 거센 물결을 이루고 있는 시기에 작품을 읽고 썼음을 알 수 있다. 따라서 시의 영향 관계로 미루어 볼 때 정지용 시에 백조파의 시가 투사되어 나타났을 개연성이 높다. 오랜 시간 동안 동일한 전체성을 띠고 있어 단위적인 이즘으로 파악할 수 있는 서양의 문예사와 달리, 우리의 근대 시는 한 시인의 의식 속에 혼재된 양상으로 뒤섞여 있다가 어느 특정한 사조를 강화하는 형태로 드러나기 때문이다.

넓은 벌 동쪽 끝으로
옛이야기 지줄대는 실개천이 회돌아 나가고,
얼룩백이 황소가
해설피 금빛 게으른 울음을 우는 곳,

그곳이 참하 꿈엔들 잊힐리야.

질화로에 재가 식어지면
뷔인 밭에 밤바람 소리 말을 달리고,
엷은 조름에 겨운 늙으신 아버지가
짚벼개를 돋아 고이시는 곳,

그곳이 참하 꿈엔들 잊힐리야.

흙에서 자란 내 마음
파아란 하늘 빛이 그립어

함부로 쏜 활살을 찾으려
풀섶 이슬에 함추름 휘적시든 곳,

그곳이 참하 꿈엔들 잊힐리야.

傳說바다에 춤추는 밤물결 같은
검은 귀밑머리 날리는 어린 누의와
아무러치도 않고 여쁠것도 없는
사철 발벗은 안해가
따가운 해ㅅ살을 등에지고 이삭 줏던 곳,

그곳이 참하 꿈엔들 잊힐리야.

하늘에는 석근 별
알수도 없는 모래성으로 발을 옮기고,
서리 까마귀 우지짖고 지나가는 초라한 집웅,
흐릿한 불빛에 돌아 앉어 도란 도란거리는 곳,

그곳이 참하 꿈엔들 잊힐리야.

—「향수」 전문

낭만주의자들에게 현실은 고통의 대상으로 언제나 회피해야 할 대상이었다. 그들은 과거로 돌아가거나 초월적 세계인 현실 저편을 동경했다. 그들은 우주가 무한히 생성하고 발전한다는 유기체적 세계관을 지녔던 까닭에 자연의 무한한 생명력을 동경하였다. 낭만주의가 원시를 동경하고 민요, 민담, 동화, 동요 등과 결부되는 것[18]도 바로 이런 까닭이다.

고향은 존재의 근원적 장소이자 생장의 장소로 혈통과 가계, 모성과 자연의 속성을 함께 지닌다. 정지용에게 고향은 "넓은 벌 동쪽 끝으로/ 옛이야기 지줄대는 실개천이 회돌아 나가고,/ 얼룩백이 황소가/ 해설피 금빛 게으른 울음을 우는 곳"이다. 고향은 화자의 회상 속에 있는 과거의 시간으로 화자가 상처 없는 시간인 유년 시절을 보낸 곳이다. 따라서 유년의 동경은 상처 있는 현실로부터 상처 없는 세계로의 이행을 욕망한다. 낭만주의자들이 사물에 생명이 깃들어 있다고 생각하는 것처럼 정지용 역시 마음이 흙에서 자랐다고 말하며 "파아란 하늘 빛이 그립어/ 함부로 쏜 활살을 찾으려/ 풀섶 이슬에 함추름 휘적시든 곳"을 헤매며 자신에게 주어진 현실의 고통을 잊고자 한다. 이때 "하늘 빛"과 "활살"은 화자의 동경의 대상으로 넓고 깊은 것에 관여하며 상처 입은 영혼을 위무하는 존재로 현현한다. 고향이 내면적 인간의 둥지를 마련하여 우주를 모상하는 「향수」에서와 같이 정지용 시는 전근대와 근대 혹은 전통과 모더니티의 길항 속에서 상처 없는 시원의 세계로 귀환하고자 하는 의지를 지니며, 내면적 동경을 상상함으로써 자연 속에서 신성을 발견하고 그 속에서 국가와 민족을 회복하고자 하는 열망을 드러낸다.

---

18 낭만주의자들은 시어를 자연스러움과 건강한 토속어에서 찾았다. 정지용의 「향수」 또한 토속어와 반복적 어구를 통해 생명 리듬에 맞는 자연스러운 민요 형태를 보이고 있다. 이는 "鴨川 十里ㅅ벌에/ 해는 저믈어…… 저믈어……"(「압천」)를 앞과 뒤로 병치하며 민요조의 율조를 취하고 있는데 이는 "함빡 피여난 따알리아. 한낮에 함빡 핀 따알리아."(「따알리아」)에서도 똑같이 발견된다. 특히 반복적 어구와 동일한 음보의 열거, 7 · 5조의 율조 등은 정지용 시의 특징적 형태를 이루고 있다. 그런가 하면 「삼월 삼질 날」, 「딸레」, 「산소」, 「종달새」, 「병」, 「할아버지」, 「말」, 「산에서 온 새」, 「바람」, 「별똥」 등은 민요 혹은 동시나 동요의 형태를 띠며 순진성과 천진성을 바탕으로 화자의 꿈과 무한한 동경을 담아내고 있다.

4 바다의 동경 의식

"김기림이 1934년경 모더니즘을 도입한 이후 1937, 1938년경 시인으로서 김광균 등이 가장 성공한 사람이다."[19]라는 글에서도 알 수 있듯이 백철은 모더니즘의 발단을 1934년경으로 잡았다. 다다이즘에 대한 언급이 최초로 나타난 것은 1924년이다. 고한용의 "서울에 왓던 다다이스트 이약이"(《개벽》 52호, 1924. 1)는 다다이즘에 관한 최초의 글로 일본 다다이스트 시인 고교신길(高橋新吉)과의 회견기를 적고 그의 시 3편을 소개하고 있다.[20] 정지용은 일본 유학 시절 영향을 받은 유럽 모더니즘류의 시를 1926년 경도 유학생 회지인《학조》창간호에 발표한다. 이 시들은 형식 변화를 시도하는 것들로 이들 시에서는 형태, 기법 등의 실험성이 두드러진다. 예컨대「슬픈 인상화(印象畵)」에서 "먼 海岸 쪽/ 길옆나무에 느러 슨/ 電燈. 電燈."과 같이 형태주의적 시 세계를 보여 주는가 하면,「파충류동물(爬蟲類動物)」에서는 자유 연상과 무의식을 드러내며 초현실주의적 경향을 보여 주기도 한다. 이렇게 본다면《백조》류의 낭만성과 모더니즘류가 뒤섞여 있음을 알 수 있는데, 이는 아직 그가 시의 방식과 기법을 결정하지 못하고 일종의 모색의 한 양상으로 여러 양식과 방법을 고루 시도하고 있는 것으로 파악된다.[21]

이 점에서 김춘수가 "모더니즘을 어느 특정한 시기에 나타난 현상으로 보지 않고, 초시간적인 어떤 현상으로도 볼 수 있지 않을까?"라며 이상의「시편 13호(詩篇十三號)」, 조향의「에피소드(Episode)」, 김구용의「팔

---

19 백철, 『신문학 사조사』(민중서관, 1953), 309쪽; 문덕수, 『한국 모더니즘 시 연구』(시문학사, 1981), 23쪽 재인용.

20 문덕수, 『한국 모더니즘 시 연구』(시문학사, 1981), 24쪽.

21 김용직, 앞의 책, 232~233쪽.

곡(八曲)」, 김종삼의 「연인(戀人)」, 이승훈의 「가을」을 계보학적으로 파악한 것[22]은 문학사 기술 방법에 좋은 시사점을 제공한다.

수박냄새 품어 오는
첫녀름의 저녁 때…………

먼 海岸 쪽
길옆나무에 느러 슨
電燈. 電燈.
헤엄처 나온듯이 깜박어리고 빛나노나.

沈鬱하게 울려 오는
築港의 汽笛소리…… 汽笛소리……
異國情調로 퍼덕이는
稅關의 旗ㅅ발. 旗ㅅ발.

세멘트 깐 人道側으로 사폿 사폿 옴기는
하이한 洋裝의 點景!

그는 흘러가는 失心한 風景이여니……
부즐없이 오랑쥬 껍질 씹는 시름……

아아, 愛施利 黃!

---

22 김춘수, 『시의 위상』(둥지, 1991), 88~92쪽.

그대는 上海로 가는구료……

—「슬픈 인상화」 전문

「슬픈 인상화」는 경도 유학생 회지 《학조》에 「카떼 · 뜨란스」, 「파충류동물」 등 세 편의 자유시와 아홉 수의 시조, 그리고 「서울 한울」, 「띠」, 「감나무」, 「한울 혼자 보고」, 「딸레와 아주머니」 등 다섯 편의 동요와 함께 발표된 시이다.[23] 이 시는 화자의 감정이 격하게 드러난다는 점에서 모더니즘적 성향이라 불리는 정지용의 시적 세계와는 일정한 거리가 있다. 주지하듯 낭만주의는 '동경의 문학'으로 '동경에서 동경으로 끝나는 생성의 문학'이다. 동경은 미지의 세계에 직면하여 자신을 이질적 존재로 묘사하고, 자신을 외인이라고 자각하는 데서 대두된다. 이질적 존재란 고독감, 소외감, 회상만을 수반하는 것이 아니라 고차적인 것, 좀 더 좋은 것, 미래적인 것에 대한 예감이며 그것을 이해할 수 있는 준비 태세가 되는 것이다. 따라서 무한한 것에 대한 동경은 신에 대해 헌신과 신에 귀의하고자 하는 열망이며 신성한 비애다.[24] 낭만주의는 이처럼 상상력과 자유분방한 창조 정신을 동원하여 미지의 가능성, 미경험의 세계로 날아가 아직 나타나지 않은 것을 예견하고, 먼 미래에 모습을 드러내거나 실현되지 못할 세계상의 길을 개척해 간다.[25] 이에 따라 상상력을 동반한 동경감은 이국주의(異國主義, Exoticism)의 형태를 띠기도 한다.

「슬픈 인상화」에서 화자는 먼 해안 쪽 깜빡거리는 전등과 침울하게

---

23 김용직, 앞의 책, 232쪽.

24 김용직 · 김치수 · 김종철 편, 『문예사조』, 지명렬, 「낭만주의와 동경의 문제」(1977), 48~69쪽.

25 헤르만 A. 코르프, 앞의 책, 「낭만주의의 본질」, 89~101쪽.

울려오는 축항의 기적 소리, 세관의 깃발에서 이국 정조를 느낀다. 그런데 동경을 실어 나르는 것은 바다다. 이는 바다가 "港口의 개인 날세여!// 航海는 정히 戀愛처럼 沸騰하고/ 이제 어드메쯤 한밤의 太陽이 피여오른다."(「해협」)에서처럼 무한 동경을 꿈꾸게 해 주는 것으로 묘사되거나, "배난간에 기대 서서 회파람을 날리나니/ 새까만 등솔기에 八月달 해ㅅ살이 따가워라.// (……) // 담배도 못 피우는, 숭닭같은 머언 사랑을/ 홀로 피우며 가노니, 늬긋 늬긋 흔들 흔들리면서."(「선취(船醉)」)에서와 같이 동경을 실어 나르는 존재로 그려지는 것에서도 발견된다. 기차나 마차 역시 새로운 세계로 이끄는 소도구로 나타난다. 예컨대 "나는 언제든지 슬프기는 슬프나마 마음만은 가벼워/ 나는 車窓에 기댄 대로 회파람이나 날리쟈."(「슬픈 기차(汽車)」)에서는 열망의 소도구로 "촉촉이 젖은 리본 떨어진 浪漫風의 帽子밑에는 金붕어의 奔流와 같은 밤경치가 흘러 나려갑니다. 길옆에 늘어슨 어린 銀杏나무들은 異國斥候兵의 걸음제로 조용조용히 흘러 나려갑니다."(「황마차(幌馬車)」)에서는 도회의 현실을 이기려는 소도구로 나타난다.

이처럼 동경은 미완의 현실 즉 이 세계에는 없는 완전한 실체를 꿈꾸는 것과 영원한 형성을 욕망한다. 슐레겔은 "모든 인간에게 있어서 무한한 것에 대한 동경이 계발되어야 한다."라고 했으며 노발리스 역시 "어디에나 있으면서 아무 데도 없는 고향적인 꿈"에 도달하고자 했다. 하우저 또한 낭만주의의 특질을 고향에 대한 향수와 먼 곳에 대한 향수로 보며 무한에 대한 이와 같은 동경을 낭만주의자들의 일반적인 태도로 보았다.[26]

이와 같이 정지용에게 있어 동경은 식민지 지식인이 겪는 좌절의 비

---

26 오세영, 앞의 책, 147쪽.

애를 이기고자 하는 새로운 세계에 대한 동경이었으며 영원과 외경으로서의 동경이었다.[27]

5 동경과 좌절의 아이러니

낭만주의는 무한한 동경을 꿈꾸나 그것은 영원과 무한을 향한 것이기에 도달하지 못한다. 그러기에 열정적 동경에 대한 환멸과 비애도 그에 비례한다. 여기에 아이러니가 발생한다. 낭만적 아이러니는 낭만주의의 모순과 결부된다. 낭만주의는 신을 주관화하여 낭만적 주관이 이 세계를 생성, 변혁시킨다고 믿었다. 그러나 현실에서 개인은 신도 될 수 없으며 주관 또한 환상이며 꿈에 지나지 않는다. 낭만주의자들이 보여 준 이 같은 대립 즉 주관과 객관, 관념과 현실, 유한성과 무한성 사이에 노정되는 모순을 낭만적 아이러니라 부른다면 결국 그들에게 세계의 실체란 다양한 것들의 갈등인 까닭에 궁극적 목적에는 도달할 수 없으면서도 영원히 전진하기만 하고, 그 스스로의 현재를 파괴하는 것이 창조하는 행위가 되는 분열된 행동에 이르게 된다.[28] 낭만적 아이러니는 회의의 섬세한 형태로 절대적 실재와 진실의 존재에 대한 회의이다. 현실과 이상과의 괴리와 충돌, 모순과 해결 불가능성을 포함하는 이 아이러니는 파괴와 창조, 조화와 부조화의 대립을 피할 수 없게 만든다.

---

27 이 점에서 정지용의 시가 지니고 있는 역사의식의 결여를 지적하고 있는 것은 타당해 보이기도 한다. 그러나 정지용의 시는 전원주의, 방랑 의식, 생명 감각, 비극 정신 등과 같은 낭만주의적 편향성이 질게 깔려 있으면서도 도시 지향성, 지성주의, 기교주의, 형태주의 등 주지주의 성향이 강하게 표출됨으로써 하나의 갈등 체계를 형성하고 있는 것으로 보인다. 김재홍, 앞의 책.

28 오세영, 앞의 책, 144~145쪽.

고향에 고향에 돌아와도
그리던 고향은 아니러뇨.

산꽁이 알을 품고
뻐꾹이 제철에 울건만,

마음은 제고향 진히지 않고
머언 港口로 떠도는 구름.

오늘도 메끝에 홀로 오르니
힌점 꽃이 인정스레 웃고,

어린 시절에 불던 풀피리 소리 아니나고
메마른 입술에 쓰디 쓰다.

—「고향」 부분

앞서 살펴본 바 있는 정지용은 이 시를 일본 유학을 다녀온 뒤 《동방평론》 4호(1932. 7)에 발표한다. 이 시는 「향수」에서와 달리 동경이 드러나 있지 않다. 동경은 "고향에 고향에 돌아와도/ 그리던 고향은 아니러뇨."라며 탄식으로 변한다. "산꽁이 알을 품고/ 뻐꾹이 제철에 울건만,// 마음은 제고향 진히지 않고/ 머언 港口로 떠도는 구름."에서처럼 의식 내부에 존재하고 있던 생명의 고향은 더 이상 고유성을 발휘하지 못한다. 영원한 모태로서의 고향은 이제 화자의 의식 속에서 생명성을 잃는다. 고향이 가문의 영예와 뿌리, 가통의 계승과 생명의 생산과 깊은 연관을 맺는다면 고향의 동경은 낙원에 대한 회복 의지를 표상한다. 그러나 동경으로서의 고향은 현실적 고향과 충돌한다. 현실의 고향은 고단한 생이 엄존하는 곳으로, 그곳에서 화자는 시련을 받는 자로 나타난다. 유한함을 자각하는 화자는 생의 변경을 떠도는 허무로 귀착한다.

새로움을 열망하는 것이 근본적 변화를 열망하는 비의적 영역이라 할 때 이 비의적 영역은 아이러니에 의해 자신의 근원에 침강된다. "산꽁이 알을 품고 뻐꾹이 제철에 울"어도 "힌점 꽃이 인정스레 웃"으며 예보던 고향이 아니냐고 물어도 어린 시절에 불던 풀피리 소리가 아니냐고 물어도 "머언 港口로 떠도는 구름" 같아 "메 끝에 홀로" 올라 쓰디쓴 입술을 쓰다듬을 뿐이다. 동경은 생명력을 가지고 육체와 의식을 구성하고 현실의 고통을 이겨 내며 현실의 상처를 극복할 수 있다. 살아 움직이는 힘으로 작동하는 동경은 생명력 있고 창조적인 힘으로 균형과 통일을 드러낸다. 그러나 동경은 그 무한성으로 인해 객관적 실재인 현실을 인식하지 못한다. 동경이 현실에 부딪쳤을 때 그 공허한 간격은 모순을 일으킨다. 내적 마음에서 출발한 동경은 유한하고도 고통스러운 현실과 직면했을 때 무한성은 동일성을 포기하게 만든다. 상상하는 힘과 심미적 삶에서 우러나오는 동경은 내면적 낙원을 제공하지만 "머언 港口로 떠도는 구름"처럼 공허한 자신을 만들 뿐이다.

돌아다보아야 언덕 하나 없다, 솔나무 하나 떠는 풀잎 하나 없다.
해는 하늘 한 복판에 白金도가니처럼 끓고, 똥그란 바다는 이제
팽이처럼 돌아간다.
갈메기야, 갈메기야, 늬는 고양이 소리를 하는구나.
고양이가 이런데 살리야 있나, 늬는 어데서 났니? 목이야 히기도
히다, 나래도 히다, 발톱이 깨끗하다, 뛰는 고기를 문다.
힌물결이 치여들때 푸른 물구비가 나려 앉을때,

갈메기야, 갈메기야, 아는듯 모르는듯 늬는 생겨났지,
내사 검은 밤ㅅ비가 섬돌우에 올때 호롱ㅅ불앞에 났다더라.
내사 어머니도 있다, 아버지도 있다, 그이들은 머리가 히시다.
나는 허리가 가는 청년이라, 내홀로 사모한이도 있다, 대추나무 꽃
피는 동네다 두고 왔단다.
갈메기야, 갈메기야, 늬는 목으로 물결을 감는다, 발톱으로 민다.
물속을 든다, 솟는다, 떠돈다, 모로 날은다.
늬는 쌀을 아니 먹어도 사나? 내손이사 짓부푸러졌다.
水平線우에 구름이 이상하다, 돛폭에 바람이 이상하다.
팔뚝을 끼고 눈을 감었다, 바다의 외로움이 검은 넥타이 처럼 맍어진다.

—「갈메기」 전문

바다의 광막함과 그 끝에 펼쳐지는 수평선은 피안의 세계나 신비의 세계다. 희망과 미래의 전망이 탁 트인 공간으로서의 바다는 새로운 동경과 힘을 표상한다. 동경과 미지의 심연을 상징하는 바다는 수평적으로는 새로움으로 가는 시작이며, 수직적으로는 미지에 대한 신비와 생명적인 힘을 상징한다. 정지용에게 바다는 동경과 새로움의 표상이었다. 바다를 통해 먼 곳을 꿈꿀 수 있고 이상적 세계로 나아갈 수 있었기 때문이다. 그러나 이 시 「갈메기」(《조선지광》 80호(1928. 9))는 동경이 드러나 있지 않다. 생명력을 가진 바다는 이제 힘을 잃은 존재로 "돌아다 보아야 언덕 하나 없"고 "솔나무 하나 떠는 풀잎 하나 없"는 "해는 하늘 한 복판에 白金도가니처럼 끓고, 똥그란 바다는 이제 팽이처럼 돌아간"다. 아무것도 없는 척박한 자연으로서의 바다. 그리고 화자의 눈에 비친 실재한 현실로서의 척박한 풍경. 생명력의 근원이자 기쁨의 원천으로서의 바다는 망망대해로서의 것이 아니라 그저 "똥그란 바다"일 뿐이다. 새로운 꿈과

희망을 이어 주던 바다는 "고양이 소리를 내"며 갈매기만 오락가락할 뿐이다.

정지용의 초기 시는 먼 곳의 동경을 통해 영원한 것에 이르고자 하는 열망으로 가득 차 있었다. 그러나 「갈메기」에서처럼 그는 열망이 꺾이면서 아이러니에 빠지고 만다. 영원을 향한 동경은 현실과 맞닥뜨리면서 "팔뚝을 끼고 눈을 감"는다.

6 맺음말

정지용은 절제된 언어와 감각적 이미지로 김기림, 김광균 등과 함께 우리 시사에서 모더니즘 시인으로 평가받아 왔다. 우리 시에서 현대의 호흡을 불러일으킨 최초의 시인이라는 김기림의 평가는 모더니즘 시인으로서 그를 평가하는 데 중요한 지표가 되어 왔다. 그럼에도 불구하고 모더니즘으로 평가되는 정지용의 시는 몇 편에 한정되어 있으며 특히 「유리창」의 경우가 그러하다. 정지용이 시를 습작하고 발표하기 시작한 것은 1920년을 전후하여 이루어졌다. 이 시기는 서양의 낭만주의가 국내에 유입되어 비극적 정조를 드러내던 시기였지만 낭만주의의 본래성을 드러내기에는 짧은 시간이었다. 정지용 또한 모더니즘 시인으로 평가되고, 모더니즘에 기반한 시를 썼던 것은 사실이나, 몇몇 시편을 제외하고는 동경을 통해 내적 감정을 발현한다.

「향수」에서 고향은 동경의 대상으로 현현한다. 그러나 화자의 동경은 현실에 부딪치면서 좌절과 멸시에 이르는데 이는 「고향」에서와 같이 화자는 실재를 바로 봄으로써 현실의 비애와 고통에 직면하는 아이러니를 맞는다. 「슬픈 인상화」 역시 미지에 대한 열망으로 가득 차 동경의 깊이를 드러내며 영원한 것을 꿈꾸었지만 「갈메기」에서 화자는 바다 한복판에서 좌절과 비애를 맛본다. 정지용은 식민지 근대 지식인의 정체성을 바로 찾고자 무한한 이상적 세계를 꿈꾸어 왔지만 현실은 그에게 간고한 것이었다. 그러나 이 좌절의 아이러니를 통해 자기 인식의 세계인 『백록담』과 같은 위의의 문학을 세울 수 있었던 것이다.

[redacted]

2부

[redacted]

[redacted]

[redacted]

[redacted]

백석 시의 영향성 연구

1 머리말

1920～1930년대는 일본 제국주의의 식민지 지배와 착취가 가속화되는 시기였다. 일본 독점 자본은 조선 내에 식민지 근대를 이루어 가면서 근대의 지표인 국민 국가의 수립 의지를 지속적으로 압살했다. 국가 없는 식민 자본주의 아래 조선은 역사와 문화에 대한 패배 의식이 계속되면서 저항과 동화의 길을 밟아 왔다. 일본은 민족 해방 운동을 분열시키는 정책을 지속적으로 고수하며 조선 내에 자각된 주체의 성장을 방해했다. 그 결과 민족 모순과 계급 모순의 노정에 대응하기 위한 노동 운동을 비롯해 각지의 농민 운동이 본격화되어 민족 저항 운동으로 확대되기에 이르렀다. 문학적으로 이 시기는 1920년대 초반부터 1935년 카프(KAPF)가 해산될 때까지《창조》,《백조》류의 낭만적 감상주의와 다채로운 문학적 양상들이 혼재를 이루며 '문학을 둘러싼 현실 개선'과 '문학 자체 내의 외연 구축'이라는 문제 틀로 범주화되었다. 카프의 재현에 정초한 현

실 개선 의지 성향을 지닌 리얼리즘과, 이상과 김기림으로 대표되는 모더니즘 성향은 서로 길항 관계를 유지하면서 지평을 확대했다. 특히 삼일 운동 후 사회주의 사상이 들어오고 노동자 · 농민들의 투쟁 역량이 급격히 성장함에 따라 일본 제국주의와의 투쟁을 위한 민족 해방 운동이 활발하게 전개된 것은 주목할 만하다.

마르크스주의를 근간으로 하는 사회주의 단체들이 조직되어《동아일보》,《조선일보》등의 일간지가「맑스 사상의 개요」,「맑스의 유물사관」등을 소개했고,《신생활》,《신천지》,《개벽》,《조선지광》등의 출판물이 사회주의 사상을 활발히 소개하였다.[1] 또한 1925년 카프의 결성은 민족적 현실의 정확한 인식과 그 인식을 통해 주체로 등장한 노동자, 농민들의 정서를 형성하는 데 공헌하고 있다. 박영희와 함께 프로 진영을 이끈 김기진은 조선의 현실을 바로 보지 않는 것은 도피의 문학이라고 말하면서 현실을 구하기 위해서는 모든 것을 부수고 다시 세우는 '힘의 문학'이 필요하다고 강조한다.[2]

朝鮮에잇서서엇더한文學이필요하냐할 것갓흐면(日本도 그럿코, 中國도 그러할터이지만) 프로렛트컬트의文學이必要한것이다. 多大數의敎化文學이 必要한것이다. 따라서 農村僻地의文盲의동포들에게國文을 가리키는것이 얼마나 急한일인지는말하지안이하여다아는일일것이다. 엇더한點으로보든지프로렛트컬트의文學은 모든것에서그中緊急한問題다. 時代의錢還과 生活의悲慘과 旣成階級의 暴惡과 現實의 悲哀에서 決定된 現實革命의思想이 불덩어리갓치 세계를흡싸서한뭉치가 되지안으면안될것이다. 現實暴露의 悲哀를억지로이저버리고서 현실에서廻

1 강만길, 『고쳐 쓴 한국 현대사』(창작과비평사, 1994), 76쪽.

2 김기진, 「클라르테 운동의 세계화」,《개벽》, 1923. 9, 13쪽.

避하여가며 끗에가서는 現實肯定까지이르게되는 俗淸主義의 根據를 現實의 쇠방맹이로이당장에서부셔바려라.

김기진은 조선의 문학에 필요한 것은 생활의 비참과 계급적 포악을 이기는 혁명적 프롤레타리아의 문학이라고 역설하며 현실의 비애를 회피하는 부르주아적 모더니즘 문학을 공격한다. 그는 현실 혁명주의 예술 운동은 '생활의 예술화'와 '예술의 생활화'를 통해 고취해야 한다며 유물 사관에 입각한 문학을 입론한다. 박영희 역시 "아! 朝鮮은다시强해야한다. 無產者는 다시富하여야한다. 그런故로우리는 强한神을要求하는것이다. 그러면 먼저强한神을要求하는것만큼 날神을 뚜들겨부서야한다."[3]라며 김기진의 견해에 동조한다. 카프는 민족이 처한 현실의 문제를 비판적으로 검토하며 대중적 실천 예술 운동으로 변혁하고자 했으며, 식민지 근대화 과정에서 노정하고 있는 계급 모순에 대항하면서 공동체적 이념이라는 민중적 형식을 발견하고자 했다. 특히 1927년을 전후하여 이루어진 노선과 방향 전환은 계급 문학 운동의 이념성을 강조하며 '정치적 투쟁성'을 강화하기에 이르렀다. 그러나 1930년을 전후하여 이루어진 제2차 방향 전환은 계급 문학 운동이 좌절을 겪으면서 '민족과 현실'의 문제를 재검토하기 시작하며 1931년 소비에트 작가 대회에서 제기된 '사회주의 리얼리즘'에 주목한다. 카프는 이 시기, 대중을 교화하는 방법으로서 '창작 방법론'을 고안, '정치성'과 '대중성' 그리고 '예술성'이 어떻게 조화를 이룰 수 있는가의 당면한 문제들을 모색한다.

백석은 1935년《조선일보》에 「정주성(定州城)」을 발표하여 문단에 나온 이래 다양한 주체 속에서 발견되는 공존의 조화로운 질서와 그 속에

---

3 박영희, 「조선(朝鮮)을 지나가는 배너스」, 《개벽》, 1924. 12, 122쪽.

서 끈질기게 살아 움직이는 건강한 생명들을, 역사를 추동하는 신성한 힘으로 묘사하며 이를 통해 참다운 삶을 발견하고자 하였다. '민중 공동체 의식'과 '민중 정서'를 체현하고자 시골이나 장터, 한적한 바닷가를 배경으로 상처받은 사람들의 고통스러운 모습을 재현하고자 했다.[4] 또한 백석은 '식민지 근대(Colonial modernity)'가 가로막고 있는 전통과 고유성의 문제를 민속 신앙과 방언 등과 같은 주변부적 문화를 통해 민중의 정체성을 회복하고자 했다. 이는 삼일 운동을 계기로 민족 주권주의에 대한 자각이 전면에 떠오르고 민족주의 이데올로기가 민족 형성의 기반을 이루었다는 것을 감안할 때 백석이 관심을 가졌던 '민중'은 곧 민족을 추동하는 힘으로 작동하는 '대중'과 맥을 같이하는 것이었다. 이 점에서 백석이 관심을 가졌던 '민중'은 카프가 일본 제국주의와 투쟁을 통해 근대 국민 국가의 동력을 '대중'으로 삼은 것과 공유를 이루는 것이었다.

이 글에서는 백석 시에서 드러나고 있는 민족과 민족에 대한 의식이 어떻게 발현되고 있는지 생활 양식과 제도, 윤리와 정치 속에 융합된 시적 에토스(ethos)와 카프가 지향했던 시적 방법과의 상관성을 중심으로 살펴보도록 하겠다. 이는 '대중의 교화'를 바탕으로 민족의 정체성을 구성하려는 카프와 '민중의 정서'를 기반으로 원초적 생명력을 복원하고자 하는 백석의 의지가 동궤하다는 관점에서 출발한다. 아울러 1920년대 중반에서부터 1930년대 중반까지 민족과 전통의 문제를 제기했던 '국민문학파'의 현실 인식 문제가 백석 시에 어떻게 영향을 미치고 있는가도 살펴볼 것이다.

4 박주택, 『낙원 회복과 민족 정서의 복원』(시와시학사, 1999), 137~228쪽.

2 카프와 백석 시의 현실 재현 규준

백석이 활동을 시작한 1930년대는 1920년대 중반부터 1935년 카프가 해산될 때까지 리얼리즘 문학론과 모더니즘 문학론이 혼재를 이룬 시기였다. 김창술의 「무덤을 파는 무리」(《조선일보》, 1927. 6. 26), 「기차는 북으로 북으로」(『카프 시인집』, 1931), 박세영의 「농부아들의 탄식」(《문예시대》, 1927. 1), 「하랄의 용사」(《비판》, 1936, 10), 권환의 「30분간」(《제일선》, 1932. 9), 「비오는봄밤」(《문학창조》, 1934. 6), 임화의 「세월」(《문예창조》, 1934. 6), 「다시 네거리에서」(1935. 7), 오장환의 「수부(首府)」(《낭만》, 1936. 11), 「성탄제」(《조선일보》, 1939. 10. 24), 이용악의 「도망하는 밤」(시집 『분수령』, 1937), 「낡은 집」(시집 『낡은 집』, 감문사, 1938) 등은 리얼리즘 문학 예술 운동이 1930년 후반에까지 지속했음을 보여 준다. 이들 시는 식민지 현실을 둘러싼 구조적 모순을 비판하며 경험적 현실을 재현한다. 「네거리의 순이」, 「우리 옵바와 화로」, 「어머니」, 「병감에서 죽은 녀석」 등을 발표하며 현실의 문제를 민족의식 속에서 찾고자 한 임화는 노동자와 농민들의 삶의 모습을 서사적으로 그려 낸다. 김기진은 대중 투쟁과 무산 계급의 조직 운동을 위해 사상적 투쟁 역량을 강화할 것을 권고한다. 임화의 시를 '단편 서사시'라고 명칭하고, 소설적 사건을 압축하여 선명하게 쓸 것과 농민 · 노동자들이 읽어도 쉽게 이해될 수 있는 글을 쓸 것을 요청하며 그 자신 「한 개의 불빛」 등을 통해 '대중화론'의 실천적 당위를 보여 주었다.[5]

---

5 김기진의 대중화론에서 야기된 '단편 서사시론'이 임화의 '이야기 시' 등에서 실천적으로 적용되고 있고 이용악 등의 시에서 강화하고 있는 것에서 찾을 수 있다. 1931년 카프에서 펴낸 『카프 시인집』은 김창술, 권환, 임화, 박세영, 안막 등의 작품을 엮은 시집으로 이들의 시는 김기진의 '단편 서사시론'을 더욱 극단으로 몰고 간 점이 특징이다. 권환은 1930년 '조선 예술 운동의 당면한 구체적 과정'에서 신석연의 「원산의 형제들아」, 임화의 「병감에서 죽은 녀석」 등의 시를 들고 프로시는 노동자, 농민의 현장에서, 그리고 계급 의식이 투철한 목적의식에서 만들어져야 한다고 역설한다.

카프의 문예 운동은 서정적 주체의 발현으로 드러나는 미적 형식이 아니라 식민지 현실에 대해 구체적이고 객관적인 인식을 바탕으로 민족 해방 운동을 문학적 실천 운동으로 수행하려 했다. 이 점에서 1920년대 낭만주의 문학에 대한 부정과 계급적 현실 인식을 바탕으로 하는 공동체적 연대성을 통해 민족과 국가를 회복하려는 의지를 구획한다.[6] 그러나 민족 저항 운동으로서의 국가와 민족 찾기라는 실천적인 목표에도 불구하고 계급적 목표에 지나치게 예속되어 전체 민족주의 운동으로 확산되지는 못했다. 이는 카프 진영이 목표하고 있는 세계사적, 민족사적 변혁에 대한 실천과 문학 내부의 한계를 드러내는 것이었다. 이데올로기적 환경은 변증법적으로 변화, 발전하는데 모순은 변혁 주체의 힘과 의지에 의해 끊임없이 재생된다.[7] 이처럼 인간은 이데올로기적 현상과 환경에 둘러싸여 있지만 사회적, 경제적, 자연적인 객관적 현실을 자기의 것으로 만들어 갈 때 자기 기반성이 확보된다. 그러나 카프의 리얼리즘 문학론이 내·외부적 조건에 의해 위축되었다 하더라도 문학 이론의 발생과 적용, 그리고 지속이 한 시기에 급격하게 차단된다는 논리가 성립되지 않는다는 점에서 카프 역시 지속적 변화를 거듭하며 우리 문학사 내부에 깊이 삼투했다고 보아야 할 것이다.[8]

이것은 김기진의 '단편 서사시론'을 프롤레타리아의 목적의식에 비추어 더욱 구체화하고 극단화한 논의이다. 감태준, 『이용악 시 연구』(문학세계사, 1991), 31~32쪽.

6 반봉건, 반식민 운동적 성격을 강하게 반영하고 있는 이 운동은 식민지 사회라는 특수 상황이 정치적으로나 사회 경제적으로 탄압과 수탈이라는 제국주의적 식민지 양상을 띠고 있다는 자각 아래 문학 내부의 기본 골격이 식민지 현실을 둘러싼 동시대의 리얼리티를 반영하고 있음을 의미한다. 봉건적 요소의 잔존과 생산의 기본적 관계에 있어서 일본의 상품 화폐의 경제적 지배 등과 같은 왜곡된 역사 인식에 대한 철저한 자각과 식민 체제에 대한 비판적 안목을 '식민지 근대화론'을 통해 강화하려 했던 것이다.

7 바흐친, 이득재 옮김, 『문예학의 형식적 방법』(문예출판사, 1992), 27쪽.

8 이에는 시대적 특수성으로 인해 문학 내부에 반영하는 여러 가지 생산 양식과 이데올로기적 환경이 달라질 수 있는 것이 전제되어 있음은 물론이다. 문제는 이러한 리얼리즘이 시에서 발현될 수 있

1980년대 리얼리즘 논쟁이 활발한 시기, 최두석은 리얼리즘이 현실 인식을 바탕으로 하는 창작 태도이면서 역사 진보를 전제하는 세계관이라고 전제하며 리얼리즘을 굳이 소설에 한정해 논의할 필요가 없을 것이며, 현실 인식을 충분히 드러낼 수 있는 가능성을 지니고 있다는 점을 들어 시가 소설에 뒤질 이유가 없다고 강조한다. 그는 리얼리즘이 시보다 소설을 위주로 논의되었던 이유로 시는 서정 장르라는 고정관념에서 연유된다고 보고 이용악의 「낡은 집」과 백석의 「여승(女僧)」을 '리얼리즘의 시정신'을 성취한 시로 꼽고 있다.[9] 윤여탁 역시 어떤 경우라도 시의 대상이 구현하는 세계가 현실을 반영하고 역사의 합법칙성을 실현한다면 서정시에서도 리얼리즘은 성취될 수 있다며[10] 이용악의 시에서 그 실현 방법을 모색하고 있다. 이에 대해 오성호는 시인의 주관성이 객관 현실의 본질과 전체성을 파악하는 창조적인 주관성으로 고양되기 위해서는 시인 자신의 끊임없는 지적, 도덕적 노력, 즉 반성적인 자기의식에 의한 부단한 노력이 필요하고 이러한 전제 아래 작품 속에 구체성, 총체성, 그리고 전형성이 구현될 때, 시에서도 소설이나 극에서와 마찬가지로 예술적 일반화에 의지한 리얼리즘적 성취가 가능하다고 주장한다.[11] 신범순 역시 백석의 후기 시 「귀농(歸農)」을 리얼리즘적인 경향이 독특한 형식으로 나타난 걸작으로 지적하면서 「팔원(八院)」, 「북방(北方)에서 정현웅(鄭玄雄)에게」, 「촌에서 온 아이」, 「조당(澡塘)에서」와 같은 시를 리얼리즘적

는가의 여부이다. 시는 소설처럼 현실을 객관적으로 반영하기에 적합한 장르는 아니다. 하지만 사회의 구조적 모순과 진실을 객관적으로 응축한다는 점에서 시 역시 일정한 역할을 하는 것으로 보는 시각이 엄존한다.

9 최두석, 『리얼리즘의 시 정신』(실천문학사, 1992), 25~36쪽.

10 윤여탁, 『시의 논리와 서정시의 역사』(태학사, 1995), 236쪽.

11 오성호, 『한국 근대 시 연구』(태학사, 1993), 253~254쪽.

경향으로 분류하고 있다.[12]

백석의 리얼리즘적 요소는 크게 두 가지로 대별된다. 첫째는 '리얼리즘 창작 방법으로 임화가 내세운 '단편 서사시' 계열에 따른 서사적 전개 양식의 리얼리즘'이며 둘째는 '식민지 '현실에 대한 사실적인 재현과 관찰자'로서의 리얼리즘'이 그것이다. 전자의 '이야기 시'로서의 리얼리즘이 유년기의 회상을 통해 명절과 음식, 민속 신앙과 같은 것을 통해 '민족의식과 문화사적 의미'를 갖는다면 후자는 1930년대 함주, 통영, 중국 등지를 여행하면서 보고 들은 견문 기록적 성격, 그리고 민중들의 일상적 삶의 모습이 생생하게 담겨 있는 '관찰자적 시선의 의미'를 지닌다. 백석의 시는 현실의 모순 극복을 위한 주체에 대한 뚜렷한 자각이나 민족 현실의 변혁 의지가 간과되어 있지만 소외된 민중이 꾸밈없이 형상화되어 있고 민족어가 사실적으로 재현되어 한국적 정서를 복원하고 있다.[13] 시는 소설과 같이 삶의 전형성을 총체화하기에는 미흡하다. 그러나 방법으로서의 재현은 소설과 마찬가지로 가능하다. 예컨대 "대상을 객관화해 화자와 일정한 미적 거리를 유지하는 방법"이 그것이다. 그러나 여기에는 실천적 사유 과정으로서 현실 인식이 반영되고 재현되어 있는가에 대한 냉철한 판단이 뒤따라야 한다. 이 같을 때만이 '리얼리즘 시'에 대한 개념 규정과 범주의 설정 그리고 리얼리즘 시의 올바른 방향성을 제시할 수 있을 것이기 때문이다. 리얼리즘 시 논의는 우리 문학 내부에서 아직 정론화되지 못한 개념이다. 따라서 '장르상의 혼란'이 도사리

---

12 윤여탁 · 오성호 편, 『한국 현대 리얼리즘 시인론』(태학사, 1990), 188쪽.

13 백석의 시는 카프 시인들에게서 보이는 민족 현실에 대한 분노나 저항, 정열과 고통이 보이지 않는다. 대신 현실 문제에 대해 '서사적 전개 양식'을 통해 담담하게 묘파해 낼 뿐이다. 세계관으로서의 민족 공동체 의식, 손상되지 않은 신화의 복원, 표박하는 유랑민의 고독과 쓸쓸함이 펼쳐져 있을 뿐이다. 이로 인해 일제 식민지의 파시즘에 대한 간접적 저항이라는 견해나, 민족 문제에 관심을 가졌다 해도 저항성이 결여된 복고주의적 성향이라는 견해 등 다양한 해석적 관점이 성립한다.

고 있다는 점을 간과해서는 안 될 것이다.

우리 문학 내부에서 일고 있는 '시의 정치성' 논의 역시 '리얼리즘 시'에 대해 외연을 넓히고 있다는 점에서 리얼리즘 시의 재론을 형성한다. 예술이 감각 재료에서 공동체의 자기 현시로 변형한 노동의 원리를 실현하기 때문에 예술적 실천들은 감성의 분할들을 재형성해야 한다고 주장하는[14] 랑시에르는 그간의 재현의 시학적 예술 체계가 현실을 재생산하기보다는 오히려 재현된 주제들과 언어에 특권을 부여하는 공리에 따른다고 비판한다. 그는 '문학의 정치'가 작가 자신이 사는 시대에서 정치적 또는 사회적 투쟁을 몸소 실천하는 참여를 의미하지는 않는다며 '문학의 정치'는 문학이 그 자체로 정치 행위를 수행하는 것을 함축한다고 말한다. 따라서 '문학의 정치'는 특정한 집단적 실천 형태로서의 정치와 글쓰기의 기교로 규정된 실천으로서의 문학과 본질적인 관계에 있음을 전제한다.[15] 문학은 사회의 표현으로 사회 속에 숨겨진 삶과 공동체, 진리를 함축하고 있는 현실과 세계의 법칙들을 발명하여 정치가보다 더 능숙하게 미학적 예술 체제를 지향한다. 클로드 르포르가 '정치적인 것'이 진정한 삶의 기준을 규정하는 것이 가능한 것인지 혹은 바람직한 것인지 어떤지에 대해 생각할 것을 요구하고, 아렌트 역시 우리가 판단하는 것은 공동체 일원으로 판단한다는 의미에서 모든 판단은 정치적[16]이라고 말하는 것에서 이제까지의 '정치적 개념'을 재기획한다. 이런 뜻에서 공동체적 실현을 위해 근대의 역사를 바꾸고자 한 카프가 '거짓된 정치'에

---

14 자크 랑시에르, 오윤성 옮김, 『감성의 분할』(도서출판b, 2008), 57~62쪽.

15 그런 까닭에 '문학의 정치'라는 표현은 문학이 시간들과 공간들, 말과 소음, 가시적인 것과 비가시적인 것 등의 구획 안에 문학으로서 개입하는 것을 의미한다. '문학의 정치'는 실천들, 가시성 형태들, 하나 또는 여러 공동체를 구획하는 말의 양태들 간의 관계 속에 개입한다. 자크 랑시에르, 유재홍 옮김, 『문학의 정치』(인간사랑, 2009), 10~57쪽.

16 필립 한센, 김인순 옮김, 『한나 아렌트의 정치 이론과 정치 철학』(삼우사, 2008), 354~396쪽.

저항하며 문학을 통해 공적인 삶의 형성에 기여하고자 한 기획은 본유적으로 감각적인 정치적 분배이다. 백석의 '정치적 시선' 역시 정치적인 것의 가장자리에서 주체의 박탈을 끊임없이 자극하는 '거짓 정치'를 밀어내기 위한 고안이었다.

3 카프와 백석 시의 창작 구현 방법

김기진은 임화의 「우리 옵바와 화로」를 두고 '단편 서사시'라고 명명하고 있는데 이는 계급적 이념을 무장하기 위한 상황적 인식에 근거한다. 마르크스 미학 원리에 중심을 두고 계급적 이념을 지향했던 카프가 대중적 지지를 이끌어내지 못하고 패배주의적 분위기에 젖어 있을 때 김기진의 '대중화론'은 작가 — 작품 — 독자의 관계성을 포괄하는 것이었다. 이론과 실천 속에서 현실의 문제를 검토하고 '문학의 정치성'을 강화하고자 하는 것이었다. 다시 말해 '프롤레타리아 서정시'의 전형을 이루며 개념적인 절규의 낭만주의에서 사실주의적 현실로 족보를 옮기기 시작하였던 것이다.[17] 「우리 옵바와 화로」는 소설적 서사를 서정적으로 구현한 '이야기 시'이다. 복역 중인 노동운동가 오빠에게 화자가 편지를 띄우는 형식을 취하고 있는 이 시는 도식적 인물 구성에 말미암은 시적 상투성에도 불구하고 '질화로와 화젓가락'이라는 시적 매개를 통해 당대의 열악한 노동 현실과 그 극복 의지를 직정적으로 노래한다. 이 격정적 어조는 이 시기 임화의 문학적 인식이 '문예 운동이 곧 정치 운동'이라는 볼셰비키적 대중화론이었음을 상기할 때 이는 정치 투쟁으로서의 '정치

17 임화, 「시인이여! 일보 전진하자 — 시에 대한 자기비판 · 기타」(백양당, 1949), 143쪽.

성'을 띠는 것이었다.[18] 그러나 카프의 '이야기 시'와는 달리 백석의 '이야기 시'는 객관적인 서술과 묘사를 서로 직조하며 '서술시'와 '묘사시'의 형태를 함께 갖춘 형식을 취하면서도 내용적으로는 신화적 유년의 공간과 모국어(방언)와 향토성, 그리고 전통과 공동체 문화가 투영된 민족문학적 성격을 띠고 있다.

女僧은 合掌하고 절을했다
가지취의 내음새가났다
쓸쓸한낯이 녯날같이 늙었다
나는 佛經처럼 설어워졌다

平安道의 어늬 山깊은 금덤판
나는 파리한女人에게서 옥수수를샀다
女人은 나어린딸아이를따리며 가을밤같이차게울었다
섭벌같이 나아간지아비 기다려 十年이갔다
지아비는 돌아오지않고
어린딸은 도라지꽃이좋아 돌무덤으로갔다

山꿩도 설게 울은 슳븐날이있었다
山절의마당귀에 女人의머리오리가 눈물방울과같이 떨어진날이있었다

—「여승(女僧)」 전문

18 윤영천, 「한국 '리얼리즘 시론'의 역사적 전개와 지향」, 『민족문학사 연구』(민족문화연구소, 1992), 129~158쪽.

이 시는 한 여인의 기구한 삶과 신산스러운 가족사가 담겨 있다. 섭벌(땅벌)같이 십 년 동안 집을 나가 돌아오지 않는 남편과 돌무덤에 묻힌 어린 딸, 이로 인해 여인이 불문(佛門)에 들어 여승이 되기까지의 애달픈 사연이 서사 과정 속에 담겨 있다. 백석의 시는 대상과 세계를 적절한 거리에 두는 미적 거리를 유지한다. 의식이 사물을 투사하고 존재 자체에 귀속을 이룬다고 볼 때 주체가 대상을 바라보는 의식은 '그 어떤 것'의 지향으로부터 발생한다. 백석이 적당한 미적 거리를 두고 대상과 세계를 바라보려 하는 것은 의식과 대상이 갖는 불완전한 동일 체계, 다시 말해 수정되는 세계를 차단하기 위한 엄격함에서 나온다. 대상과 세계를 투명한 의식으로 바라보고자 백석은 충실하게 대상의 현존재를 바라보며 '그 무엇'을 향하기보다는 '그 어떤 것'을 보여 준다.

「여승(女僧)」은 소외되고 버림받은 민중의 모습이 그려져 있다. 임화의 「우리 옵바와 화로」가 주관적인 의식으로부터 출발하여 세계와 객관적 대상과 상면하여 현실 변혁이라는 주체적 의지를 비행하고 있다면 백석 시는 대상과의 수정을 거부하는 틈 사이에 끼어 있다. 따라서 「여승」에서 보이고 있는 '이야기 시'는 특수하고 주관적인 의식으로 통제되는 '독립된 전체'가 아니라 화자의 객관적 감각에서 출발한 '전체의 독립'이다. 다시 말해, 임화의 '이야기 시'가 미학적 형상을 서술 시간과 상황 속에 그려 내며 내용과 형식의 구조 사이에서 법칙성을 띠고 있다면, 백석의 '이야기 시'는 의식의 간극과 선택성 사이에 있다. 임화의 시와 백석 시의 접점은 손상된 세계, 손상된 운명을 전일적으로 복원하고자 하는 중개적 태도에서 결합된다. 임화가 '대중'을 계급적으로 바라보며 '민족'과 '국가'의 문제를 모순된 것으로 파악할 때, 백석은 '민중'을 '신화'와 '모체'로 파악한다. 즉 세계관으로서 임화가 당파적이라면 백석은 현실과 경험을 침묵과 은폐의 맥락으로 약호화한다. '서사'가 구성하는 것은 참여이다. 참여는 존재와 세계를 간섭하며 의식에 자리 잡는다. 그것은 임화와 백석이 호명하는 기호가 각각 다르지만 '참여'를 하나의 '전형'으로 이해하고 있다는 점에서 발생적으로 동일하다. 이 점에서 둘은 '정치적'이기도 하다. 김기진이 내세우고 있는 '단편 서사시'가 카프의 세계관을 위해 계급적 계층을 구성했던 것과 마찬가지로, 백석이 구성하고 있는 '민중적 생활 양식'이 사회적 현실에 접근하는 것은 비록 집단을 구성하고는 있지만 각기 다른 독립된 주체들이다. '계급적 민족 공동체 의식'과 '질서 민족 공동체 의식'을 전형으로 하는 인물, 즉 결핍된 표본으로 변혁과 생산을 이루는 하부 구조를 형성한다는 점에서 둘은 교호적이다.[19]

차디찬 아침인데
妙香山行 乘合自動車는 텅하니 비어서
나이 어린 계집아이 하나가 오른다
옛말속 가치 진진초록 새저고리를 입고
손잔등이 밧고랑처럼 몹시도 터젓다
계집아이는 慈城으로 간다고하는데
慈城은 예서 三百五十里 妙香山百五十里
妙香山 어디메서 삼촌이 산다고 한다
쌔하야케 얼은 自動車 유리창박게
內地人 駐在所長가튼 어른과 어린아이 둘이 내임을 낸다
계집아이는 운다 느끼며 운다

19 왜냐하면 집단의 표본이 선택적이라 하더라도 그것은 의식에서 구성한 것일 뿐 독립을 갖는 존재이다. 따라서 시는 집단의 산물이지만 집단은 개인적 주체들이다. '독립'이란 형식으로 재생하는 방식이 다를 뿐, 표현되는 내용에 있어서는 같은 범주를 형성한다.

텅 비인 車안 한구석에서 어느 한사람도 눈을 씻는다
게집아이가 몃해고 內地人 駐在所長집에서
밥을 짓고 걸레를 치고 아이보개를 하면서
이러케 추운 아침에도 손이 꽁꽁얼어서
찬물에 걸레를 첫슬것이다

—「팔원(八院)」 전문

백석 시에는 역사 주체로서의 비판적인 자각이나 현실에 대한 인식이 언술되어 있지 않다. 시가 외적 조건에 의해 왜곡과 굴절, 침묵과 변형의 산물이라는 점을 감안하더라도 백석은 시대적 현실태를 형상화하는 데 소홀히 한다. 예컨대, 「우리 옵바와 화로」에서 보이는 노동하는 건강성이나 비장한 결의, 이용악의 「낡은 집」과 오장환의 「모촌」에서 보이고 있는 압제 당할 수밖에 없는 민중들의 고통과 울분 등은 구현되어 있지 않다.[20]

---

20 이는 다음과 같은 시에서도 마찬가지다. "촌에서 온 아이여/ 촌에서 어젯밤에 乘合自動車를 타고 온 아이여/ 이렇게 추운데 웃동에 무슨 두룽이같은것을 하나 걸치고 아래두리는 쪽 밝아벗은 아이여/ 뽈다구에는 징기징기 앙광이를 그리고 머리칼이 놀한 아이여/ 힘을 쓸랴고 벌서부터 두 다리가 푸둥푸둥하니 살이 찐 아이여/ 너는 오늘아츰 무엇에 놀라서 우는구나/ 분명코 무슨 거즛되고 쓸데없는것에 놀라서/ 그것이 네 맑고 참된 마음에 분해서 우는구나/ 이집에 있는 다른 많은 아이들이/ 모도들 욕심사납게 지게굳게 일부러 청을 돋혀서/ 어린아이들 치고는 너무나 큰소리로 너무나 튀겁많은 소리로 울어대는데/ 너만은 타고난 그 외마디소리로 스스로웁게 삼가면서 우는구나/ 네 소리는 조금 썩심하니 쉬인듯도 하다/ 네 소리에 내 마음은 반끗히 밝어오고 또 호끈히 더워오고 그리고 즐거워온다/ 나는 너를 껴안어 올려서 네 머리를 쓰다듬고 힘껏 네 적은 손을 쥐고 흔들고 싶다/ 네 소리에 나는 촌 농사집의 저녁을 짛는때/ 나주볕이 가득 들이운 밝은 방안에 혼자 앉어서/ 실감기며 버선짝을 가지고 쓰렁쓰렁 노는 아이를 생각한다/ 또 녀름날 낮 기운때 어른들이 모두 벌에 나가고 텅 뷔인 집 토방에서/ 햇강아지의 쌀랑대는 성화를 받어가며 닭의똥을 주어먹는 아이를 생각한다/ 촌에서 와서 오늘 아츰 무엇이 분해서 우는 아이여/ 너는 분명히 하눌이 사랑하는 詩人이나 농사군이 될것이로다"(「촌에서 온 아이」 전문). 화자는 '추운 날 벌거벗고 겁을 먹은 채 우는 촌에서 온 아이'를 애정 어린 시선으로 바라보고 있다. 헤겔은 서사시의 내용과 형식을 민족정신이 지닌 전체의 세계관과 객관적 외면이 스스로를 객관화하는 형상 속에서 실제로 있었던 사건으로서 제시된다고 말하고 민족의 전체적 세계관은 인간 정신의 모든 깊이를 가지고 있는 종교적 의식이나 구체적인 인간 존재, 국가의 형편과 가정생활, 외면적 존재와 인간의 욕구, 이것들을

「팔원(八院)」은 백석의 시 가운데 가장 '리얼리즘 시'에 근접한 시이다. 밭고랑처럼 터진 꽁꽁 언 손으로 찬물에 걸레를 쳤을 계집아이와 그의 주인인 일본인 주재소장과 이별하는 장면은 지배와 착취라는 계급적 이데올로기를 떠올리도록 만든다. '차디찬 아침', '텅 빈 승합자동차', '나이 어린 계집', '터진 손잔등', '쌔하얏케 얼은 자동차 유리' 등과 같은 부정 어휘가 이를 뒷받침한다. 그러나 이 시의 서사 속에 드러난 계집아이의 고립은 부모의 부재와 실종(자식을 건사하지 못하는) 때문일 가능성이 크다. 이는 "慈城은 예서 三百五十里 妙香山百五十里/ 妙香山 어디메서 삼촌이 산다고 한다"라는 구절에서 확인된다. 그렇다고 해서 이 시를 가족사의 붕괴나 척박한 현실에 대한 고발과 저항으로 보는 것은 공허하다. "內地人 駐在所長가튼 어른과 어린아이 둘이 내임"을 할 때, "계집아이는 운다"에서나

만족시킬 수단을 모두 포함한다고 정의하고 있다. 이 같은 의미는 서사시가 민족에 내재되어 있는 근원적 정신과 역사적 세계관을 담고 있으며 개별적 인간의 욕구까지 담아내고 있다는 것으로 풀이된다. 서사시는 민족의 정신과 역사적 세계를 다루는 데 리얼리즘적 형상화 방법을 취한다. 실제적 사건이나 존재하고 있는 사실들을 객관적으로 재현할 수밖에 없는 서사시 특성으로 말미암아 서사시가 결국 리얼리즘적 태도를 가질 수밖에 없다는 의미이다. 「촌에서 온 아이」에서 등장하는 아이는 이유가 제시되어 있지 않은 채 아랫도리가 발가벗겨져 있다. 무엇에 놀랐는지 한사코 우는 아이는 겁을 잔뜩 집어먹고 있다. 이것만으로 이 시를 리얼리즘으로 단정하여 척박한 현실 속에서 헐벗은 식민지 조국 현실을 핍진하게 그려 내고 있다고 해석하기에는 무리가 있다. 예컨대 "힘을 쓸라고 벌서부터 두다리가 푸둥푸둥하니 살이 찐 아이"와 같은 구절은 "이렇게 추운데 웃동에 무슨 두룽이 같은 것을 하나 걸치고 아래두리는 쪽 밝아벗은 아이여"에서 '밝아벗음'이 상기하는 수탈의 의미와 서로 상치되는 이미지를 자아내 시의 유기성을 방해한다. 아이의 분에 찬 울음을 화자가 즐거움으로 인식하는 다음과 같은 구절 "네 소리는 조금 썩심하니(쉰 목소리를 내니) 쉬인듯도 하다/ 네 소리에 내 마음은 반끗히(살짝) 밝어오고 또 호끈히 더워오고 그리고 즐거워온다" 같은 표현도 농촌 현실의 몰락에서 오는 핍박받는 고통으로 읽기에는 다소 무리가 따른다. "네 소리에 나는 촌 농사집의 저녁을 짖는때/ 나주볕(저녁 햇빛)이 가득 들이운 밝은 방안에 혼자 앉어서/ 실감기며 버선짝을 가지고 쓰렁쓰렁(건성인 듯) 노는 아이를 생각한다/ 또 녀름날 낮 기운때 어른들이 모두 벌에 나가고 텅 뷔인 집 토방에서/ 햇강아지의 쌀랑대는 성화를 받어가며 닭의똥을 주어먹는 아이를 생각한다"와 같은 구절에서는 아이에게서 받은 인상을 상상력을 통해 과거를 재생하는데 이는 동화적인 세계이다. 현재가 처해 있는 억압에 대항하여 유년기의 조화로운 질서의 세계에 편입하고자 하는 동화적 세계에는 신분과 계급의 분화에서 오는 비판적 태도나 이데올로기를 생산하는 사회적 제도 등이 문면의 맥락을 이루고 있지 않다.

"텅 비인 車안 한구석에서 어느 한사람도 눈을 씻는" 장면에서처럼 그동안 정들었던 곳을 떠나는 석별의 정이 시를 지배하고 있는 까닭이다.

백석 시에는 소외되고 버림받은 민중의 면모가 곳곳에 그려져 슬픔과 안쓰러움이 묻어 있다. 그러나 백석의 시에는 현실의 법칙성이나 이데올로기가 은폐하고 있는 구조적 모순, 그리고 실천 가능한 역사적 전망 등이 형상화되어 있지 않다. 리얼리즘은 시대적 가치를 양산하는 일반성과 그곳에서 개별적으로 작용하고 있는 현실 원리인 특수성을 정합하여 보다 생동감 있는 현실의 법칙성을 드러낸다. 뿐만 아니라, 개인의 내부에 존재하고 있는 의식 현상이 사회와 서로 길항하거나 교호하여, 사회 속에 내재되어 있는 비판적 요소들을 양식화한다. 개인과 사회는 역사적으로나 제도적으로 사회적 존재로서 서로 분리될 수 없으며 같은 보조로 발전하고 상호 의존 속에서 변화한다.[21] 백석 역시 고뇌와 고통을 작품에 투영하고자 했지만 그는 대상과의 미적 동일화를 이루며, 개별적 자아와 확대된 자아 간에 통일을 위해 객관주의자적 태도를 견지한다.

시는 실재하는 현실이 그대로 반영되지 않는다. 현실은 물질적 질료로서 미학적 의식에 의해 구조 속에 참여한다. 이 과정에서 현실은 동시대적인 예술적 관습이나 선대로부터 유습된 심층적 관습에 의해 미적으로 조정된다. 루카치가 비판받는 경우도 이 지점으로 미학적 형식과 현실의 인식 과정은 인과적으로 구성된다기보다는 단절과 불연속으로 구성된다. 백석의 '민중'은 카프가 제시하는바, '전형으로서의 대중'과 '승리와 신념으로서의 대중'과는 다르다. 백석의 '민중'은 민족의 공동체를 기반으로 하는 '현실 속에 살아 있는 민중'이며 '끈질긴 생명을 지니고

21 게오르그 루카치, 「예술과 객관적 진리」, 루카치 외, 이춘길 편역, 『리얼리즘 미학의 기초 이론』(한길사, 1985), 55쪽.

있는 역사의 민초로서의 민중'이다. 카프가 동일성의 체계 안에서 미적 인식을 바탕으로 현실 인식을 드러내는 데 반하여, 백석은 제도와 모순의 역사를 체현한다. 또한 카프가 계급적 담론 안에서 실천적이고 일상적인 문제의식들을 포착하고 있다면 백석은 민족애와 민중애를 표상으로 보다 넓은 민중 해석의 따뜻한 지평을 열고자 했다.[22]

이런 맥락에서 백석은 메타적 사유로서 '정치적'이다. 백석은 이미지와 묘사를 통해 현실을 재현하고자 했으며, 전통과 본원으로서의 민족문화를 구현하고자 했다. 근대적 주체의 해명에 있어 세계를 인식하는 방법은 욕망된 응시를 감각으로 범주화하는 것이었다. 이 시선은 인식론적이고 존재론적이다. 인식론적 시선은 세계에 대한 자기 인식을 성찰적 기반으로 변혁 주체로 작동하고, 존재론적 시선은 존재가 보여 주는 것을 본다. 백석은 탈주의 욕망을 제거하여 타자의 존재를 순수하게 응시한다. '정치적인 것'이 미학적인 것과 연계하여 계급과 위계를 무너뜨리는 공통 감각을 전제한다면 백석의 시는 카프와 다른 심급을 갖는다. 백석의 '이야기 시'는 카프의 '이야기 시'와 다른 의미로 체계화되어 이전의 감각과는 다른 분배를 요구한다. 즉 백석이 카프의 영향권 내에서 '이야기 시'를 통해 감각을 드러냈지만, 그것은 공동체의 몫으로 배분되며 '현실과의 거리 두기'를 견지하는 '다른 감각'이었다.[23] 이 점에서 백석은

---

22 전통적인 의미에서 소박한 리얼리즘은 실재하는 현실을 핍진하게 보고 외적 세계를 그대로 그리고자 하는 예술적 태도와 기법상의 분석 개념으로 쓰이기도 하며, 근대 과학의 기술적 진보와 자본주의 형성과 밀접한 관련성을 갖는다. 백석이 도시적 사유보다는 도시 주변부의 삶을 재현함으로써 상상적으로 해소하려는 좌절된 욕망의 서사는 그러므로 치환과 투사로 욕망을 구현하고 충족한다. 이 점은 카프가 계급 담론에 빠져 간과했던 사회 구성체를 민족 전체로 복원하려는 의지로 제시된다.

23 정치 · 사회 · 문화의 장 속에서 현실의 내용을 작품으로 형상화하는 데 있어 백석은 주관적 감정을 배제함으로써 표상 세계에 대한 지각과 인식의 과정을 시 속에 은폐시켜 놓는다. 주체의 인식이 배경의 문맥이 되는 카프의 창작 방법과는 이 점에서 확연히 다르다. 카프가 보편적인 동일성과 연관된다면 백석은 부재 원인으로서 객관적 인식과 정치적 무의식을 드러낸다. 부재 원인으로서의 역사는 끝없이 미끄러지는 '차이'의 역사를 만든다. 이 '차이'는 제국주의 시대에 자본주의라는 상징

'식민지 근대 주체'의 형성 과정에서 윤리적 감각과 감각적 시선으로 식민지 현실의 '정치적인 것'을 '무의식'으로 드러내며 근대적 개인으로서의 현실을 미적으로 구성하고자 했다.

4 모더니즘과 국민문학파의 영향

리얼리즘은 인간과 삶, 시대와 사회에 대한 성실한 재생을 추구하며 현실에 내재된 모순을 극복하여 예술적 미학 규범을 완성시키려 한다. 예술 작품은 삶의 단편을 객관적으로 규정하는 모든 본질적인 규정들을, 올바른 관계 속에서 그리고 비례적 관계 속에서 반영하여야 한다. 그것은, 삶의 단편이 자체 내적으로, 그리고 자체로부터 이해될 수 있고 추체험될 수 있게, 그것이 하나의 총체성으로서 나타나게, 규정들을 반영하여야 한다.[24] 즉 감각적 명백성 속에서 구체적인 것을 통일성 있고도 전형적인 형식으로 나타내야 하며, 다양한 규정들의 비례적 관계는 작품 속에 삼투된 객관적 당파성에 일치하여야 한다. 리얼리즘이 예술 작품을 매개로 인간의 진보적 · 민주적 발전 단계들을 이해하고 전형을 만들어 낼 때, 그만큼 민중들의 진보적 영향력과 공명은 커질 것이기[25] 때문이다. 나아가 총체적 역사 운동의 본질적 측면들을 전망적으로 파악해야 하는 마르크스주의 창작 방법은, 전형성을 중심 범주로 혁명적 발전 과정에 있는 현실을 진실하게 또한 충실한 구체성으로 묘파해야 한다.

계와 이로 인한 의식의 좌절이다.

24 게오르그 루카치, 홍승용 옮김, 「문제는 리얼리즘이다」, 루카치 외, 『문제는 리얼리즘이다』(실천문학사, 1996), 107쪽.

25 스테판 코올, 여균동 편역, 『리얼리즘의 역사와 이론』(미래사, 1986), 148~172쪽.

各人이 『人民의 文學』을 提唱하든지, 『告發의 文學』을 主張하든지, 또는 무슨 文學을 提案하던지, 그것은 온전히 各人의 自由에 屬하는 일이다.

그러치만 이러한 『무슨 文學』이 單純히 提唱者 一個人의 方向宣言이 아니라 混沌 가운데 喪失된 一般的 方向을 再建하려는 限, 誰某의 批判이나 위태로운 獨創에서 出發할 것이 아니라 文學的 現實의 徹底한 認識과 自己의 所論이 一致되는가 與否를 묻지 않으면 안될 것이다.

어떤 理論이 普遍妥當性을 갖는 것은 各人에게 便宜하기 때문이 아니라 客觀的 現實의 深娛한 把握의 結果인 때문이란 것은 예나 지금이나 一般이다.

그러므로 各異한 冠辭 밑에 『레알이즘』의 文句가 붙었다고 輕率히 統一的 方向에의 傾向이라든가 再出發의 一般的 基礎를 찾을 것이 아니다.

경우에 따라서는 터문이없는 主觀, 엉뚱한 觀念主義를 『레알이즘』形式 가운데 包裝할 수가 있다.[26]

위 글에서 임화는 현상에 집착하는 문학을 비판하며 현실의 심오한 본질을 계시하기를 요구한다. 문학적 진실이란 세부의 진실 외에 정황의 진실성을 의미하지 않으면 안 된다. 카프는 해산되기까지 창작 방법과 세계관으로서의 논의를 활발하게 개진한다. 마르크스 철학적 유물론을 비롯하여 내용과 형식 논쟁, 목적의식론, 대중화론, 고발문학론, 풍자문학론, 농민문학론 등과 같이 이론과 실천을 변증법적으로 변용하여, 현실의 발전과 예술의 진전을 꾀하려 했다. 특히 대중화론과 관련한 '대중서사시'와 '이야기 시'는 대중 속으로 침윤하고자 하는 진취적인 신념에서 나온 것이었다.

문학적 영향은 문학 이론과 개인적 독서 체험에서도 비롯하지만 동시

---

26 임화, 「사실주의의 재인식」, 《동아일보》, 1937. 8~10. 14.

대를 둘러싸고 있는 여러 문학적 동기에서도 유발된다. 개인적 친분이나 자신의 문학적 성향이 그 한 예가 될 것이다. 영향이 아버지와 아들의 관계 속에서 형성된 오이디푸스적 콤플렉스가 자신의 표준이 되는 까닭이다. 백석은 등단 이래 1941년까지 시를 집중적으로 발표하고 있는데 이 시기는 모더니즘이 활성화된 시기와 맞물려 있었다. 게다가 백석이 동경에서 영문학을 전공했다는 사실과 1925년 중반부터 영미 이미지즘이 우리에게 번역 소개되었다는 점을 감안한다면, 백석 시가 '창작 방법'으로서 카프에 영향을 받은 것과 마찬가지로 모더니즘 역시 영향을 받았으리라는 추측이 어렵지 않다. 모더니즘 시 운동이 1940년대 초까지 이른 것은 백석의 주 작품 활동 기간과 맞물려 백석의 영향 관계를 밝히는 데 중요한 단서를 제공한다.

모더니즘은 자본주의가 병리적 소외 현상을 주체적으로 인식하는 자기 목적성을 가진다. 그러나 백석 시의 모더니즘은 아방가르드적 모더니즘과는 달리 영미 이미지즘으로 한정되어 정서를 객관화하는 경향을 띤다. 따라서 백석 시는 언어의 정확성, 묘사의 구체성, 선명한 이미지의 제시 등과 같이 형식적 자율성이 보다 강조된다. 백석은 사물과 세계를 내적으로 파악하는 주관적 태도를 지양하고, 소외되고 고독한 민중들의 군상을 객관적으로 그리며 건강한 생명을 현시한다. 사회와 인간으로부터 고립된 개체화된 인간을 대상으로 삼아 즉자(卽自)하는 세계와 '미적 거리'를 유지함으로써 실재하는 현상을 일상적 언어를 통해 생생하게 지각한다.

신살구를 잘도먹드니 눈오는아츰
나어린안해는 첫아들을낳었다

人家멀은山중에

까치는 베나무에서즞는다

컴컴한부엌에서는 늙은홀아버의시아부지가 미역국을끄린다
그마음의 외딸은집에서도 산국을끄린다

—「적경(寂境)」 전문

이 시는 일상 언어를 사용하여 견고하고 투명하게 구체적 현실을 심상(心象)한다. "눈오는아츰"에 "나어린안해는 첫아들을낳었"고 "컴컴한부엌에서는 늙은홀아버의시아부지가 미역국을 끄"리는 정경을 간결하게 묘사하여 고립된 삶을 응축된 이미지로 옮겨 놓는다. 시는 사유적 지각을 위한 에너지를 보존하면서 본질적인 것을 통해 상상적 사고를 표현한다. 이 목표를 통해 생명이 없거나 만질 수 없는 사물들을 만질 수가 있고, 살아 있고 생각하고 말하는 사물들의 성질들과 속성들을 취하여 그것들과 비슷하게 변모되는 힘을 소유한다.[27] 백석은 수사적 현란함을 소거하고 지각의 능력을 한층 강화하기 위해, 정서를 통제한 후 실재하는 대상을 표상함으로써 조형미를 추구한다. 회화적 기호 체계에 의존하여 사물을 즉물화하고 거기에서 파생되는 영상과 의미의 분화를 통해 지적이고도, 정서적인 효과에 이르도록 한다. 이 점에서 장식적 수사를 배제하거나 일상의 평범한 것 속에 보이는 리얼리티를 구체적으로 묘사하는 것 등은 백석 시의 중요한 골격을 이룬다. 백석은 비극적인 이미지를 건조하고 단단하게(dry-hardness) 그려 낸다.[28] 아울러 이미지즘이 한시(漢

27 에즈라 파운드, 이일환 옮김, 『시의 이해』(민음사, 1983), 133쪽.

28 그러나 서양의 이미지즘에서 보이고 있는 의식의 형상화를 통한 의미 전달의 심화나 고도의 미학적 상상력에 충실했는지는 의문이다. 다만 묘사적인 시(descriptive poetry)를 통해 시각 반응과 감각적 효과를 가져다준 것만은 분명하다.

詩)나 일본의 하이쿠(俳句)의 영향 아래 언어의 의장(意匠)을 추구했다는 점은 백석의 시가 한시와 하이쿠의 영향을 받았을 것이라는 추측을 배제할 수 없다. 또한 백석의 시가 이미지즘 시에 가깝다고 판단되는 점은 이미지즘이 구체적 현실을 객관적으로 그려 내려 했다는 점에서이다. 백석의 시가 간혹 리얼리즘의 시로 분류되기도 하는 것도 사회와 민족적 삶의 구조 양식을 객관적이고도 사실적으로 재구하려는 경향성에 바탕을 두고 있기 때문이다. 따라서 백석 시를 이해할 때 이 두 개가 서로 모순되게 보이면서 상응하는 것도 이 같은 맥락에서 고찰되어야 할 것이다.

명절날나는 엄매아배따라 우리집개는나를따라 진할머니진할아바지가 있는큰집으로가면

얼굴에 별자국이솜솜난 말수와같이눈도껌벅거리는 하로에베한필을짠다는 벌하나건너집엔 복숭아나무가많은 新里고무 고무의딸李女 작은李女

열여섯에 四十이넘은호라비의 후처가된 포족족하니성이잘나는 살빛이매감탕같은 입술과 젖꼭지는더깜안 예수쟁이마을가까이사는 土山고무 고무의딸承女 아들承동이

六十里라고해서 파랗게뵈이는山을넘어있다는 해변에서 과부가된 코끝이빩안 언제나힌옷이정하든 말끝에설게 눈물을짤때가많은 큰곬고무 고무의딸洪女 아들洪동이 작은洪동이

배나무접을잘하는 주정을하면 토방돌을뽑는 오리치를잘놓는 먼섬에 반디젓담으려가기를좋아하는 삼춘 삼춘엄매 사춘누이 사춘동생들이 그득히들

할마니할아바지가있는 안간에들뭏여서 방안에서는 새옷의내 음새가나고

또 인절미 송구떡 콩가루차떡의내음새도나고 끼때의 두부와 콩나물과 볶은 잔디와 고사리와 도야지비게는 모두 선득선득하니 찬것들이다

저녁술을놓은아이들은 외양간섶 밭마당에달린 배나무동산에서 고양이잡이를하고 숨굴막질을하고 꼬리잡이를 하고 가마타고시집가는노름 말타고장가가는노름을하고 이렇게 밤이어둡도록 북적하니논다

밤이깊어가는집안엔 엄매는엄매들끼리 아르간에서들웃고 이야기하고 아이들은 아이들끼리 웃간한방을잡고 조아질하고 쌈방이굴리고 바리깨돌림하고 호박떼기하고 제비손이구손이하고 이렇게 화디의사기방등에 심지를몇번이나 독구고 홍게닭이몇번이나울어서 조름이오면 아룻목싸움 자리싸움을하며히드득거리다잠이든다. 그래서는 문창에 텅납새의그림자가치는아츰 시누이동세들이 욱적하니 홍성거리는 부엌으론 샛문틈으로 장지문틈으로 무이징게국을 끄리는 맛있는내음새가 올라오도록잔다.

—「여우난곬족(族)」 전문

유년기 체험을 서사적으로 재현하고 있는 이 시는 '명절날 내가 진할머니(아버지의 외할머니) 집이 있는 큰집으로 가면(1연), 고모의 아들과 딸들, 사촌 누이와 동생들이 몰려와 있고(2연), 방 안에서는 새 옷 냄새와 음식 냄새가 나는데(3연), 밤이 되면 우리들은 놀이를 하다 지쳐 아침 부엌에서 무이징게국(민물새우) 끓이는 냄새가 올라올 때까지 잠을 잔다(4연).'라는 서사 맥락을 갖추고 있다.[29] 이 시 역시 대상과 거리를 두는 '이야기

29 이 시는 각 연마다 서술 중심으로 되어 있다. 시적 화자의 태도 역시 과거 체험에 대한 사실 그대로

시'의 형태를 띠고 있다.[30] 이 시는 유년의 추억을 재생하여 명절날 대가족이 모여 있는 공동체적 풍경을 보여 준다.[31] 명절은 축제의 한 형태이자 제사의 성격을 띤다. 축제가 공동체를 결속해 주는 기능을 맡는다면, 제사는 조상과의 동일화를 이루면서 현실의 행복을 기원하는 성격을 지닌다. 축제에 참여했던 사람들은 거기서 태초에, 그 옛날에 나타났던바 그대로 거룩한 시간의 출현에 동참한다.[32] 이처럼 백석의 시는 민족 문화

를 서술하고 있지만 그것은 과거의 기억에 대한 동경을 깔고 있다. 리얼리즘 시라고 일컫는 「고야(古夜)」, 「가즈랑집」, 「여우난곬족」, 「모닥불」, 「국수」, 「동뇨부(童尿賦)」, 「목구」, 「칠월백중」도 마찬가지다. 이들 시에서는 오히려 풍속이나 풍물을 소재로 하여, 인물들의 행동이나 인물들 간의 관계성을 대상적 거리를 유지하면서 서술하고 있을 뿐이다. 화자를 둘러싸고 있는 현실과 그 현실에서 파생되는 현실 인식이나 가치 등이 배제된 채 1920~1930년대의 표면적 현상에 주력할 뿐 그 속에 담겨 있는 시대와 역사적 본질에는 소홀히 하고 있다.

30 이 '이야기 시(혹은 서술시, narrative poem)'는 다른 요소들을 검토해서 서정시냐 서사시냐 장르 귀속 문제를 결정해야 하지만 서정시 계열에도 속하고 서사시 계열에도 귀속시킬 수 있을 것이다.(김준오, 『한국 현대 장르 비평론』(문학과 지성사, 1990), 181쪽) '이야기 시와 리얼리즘 문제'에 천착한 나병철은 이 둘은 긴밀한 연관성을 맺고 있다고 지적한다. 나병철에 의하면 식민지 시대 외부 현실의 인식 기능이 강조된 '이야기 시'는 '리얼리즘'의 유력한 형식이며 김소월의 「바라건대는 우리에게 우리의 보습대일 땅이 있었더면」, 이상화의 「빼앗긴 들에도 봄은 오는가」 등이 전통적인 은유 방식에 환유를 틈입시킨 '리얼리즘 시'라고 주장한다. 환유와 서사성이 점차 증대되어 통시적 맥락을 이루는 임화의 「우리 옵바와 화로」, 백석의 「여승」, 이용악의 「낡은 집」 등을 '이야기 시'로 명명하고 '이야기 시'란 통시적인 서사적 맥락이 화자의 자기 인식에 의해 재배열되며 특정한 서정적 정서를 환기시키는 은유나 상징에 의한 정서의 환기보다 환유에 의한 통시적인 서사적 맥락이 구성을 압도하는 시를 일컫는다고 정의하고 있다. 즉 '이야기 시'의 조건으로 그는 유사성에 의한 은유보다는 인접성에 의한 환유, 그리고 공시성보다는 통시성, 객관을 용해시킨 자기 인식성을 들고 있다. '이야기 시'는 인식 내용들을 객관적 거리를 확보하고 서사적으로 형상화하고 있다는 점에서 감정을 매개로 하여 형상화하는 서정시와는 차별성을 보인다.(나병철, 『문학의 이해』(문예출판사, 1994), 230~232쪽)

31 백석의 '이야기 시'는 카프의 '단편 서사시'가 지니고 있는 '이야기 시'적 성격과 다른 양상을 보인다. 임화의 「우리 옵바와 화로」에서 보이는 노동하는 건강성과 비장한 결의, 이용악의 「낡은 집」과 오장환의 「모촌」에서 보이는 궁핍한 식민지 현실에서 압제 당할 수밖에 없는 민중들의 고통과 울분 등이 과연 백석의 시에서 얼마만큼 실재되고 재현되어 있는가 하는 의문이 들기 때문이다. 따라서 '이야기 시'가 프로시의 한 실천 방법이고 그것이 1920~1930년대의 리얼리즘의 시적 유형을 이루고 있는 것은 사실이지만 '리얼리즘 시'를 규정할 때 간과해서는 안 될 것은 현실의 반영이라는 기본적 바탕 위에 형식 속에 내용이 얼마나 투사되고 용해되었는가에 있다.

32 멀치아 엘리아데, 『성과 속』(학민사, 1993), 62쪽.

와 민족 역사의 근간이 유린 당하는 절박한 상황 속에서, 민족과 역사의 유구함을 내면적 의식 속에 발현한다.[33] 이와 같은 이유로 백석의 시는 전통적인 토착어로 토속적인 풍속이나 풍물과 관련하여 우리말의 신선한 언어 예술로 승화되어 있고, 진술 방식과 형식이 지닌 미학은 판소리 미학과 유사하다.[34] 정체성을 상실한 시대에 우리의 것에 천착한다는 것은 곧 민족과 전통을 계승하고 창조한다는 확산된 의미를 갖는다. 이러한 의미에서 백석의 시는 '조선주의'를 내세운 '국민문학파'와 매우 닮아 있다.

국민문학파가 형성된 것은 1926년경이었다. 이광수, 김동인, 전영택, 김억, 주요한, 변영로, 정인보, 최남선, 이병기, 이은상, 염상섭, 양주동 등이 이에 속한 문학인으로, 이들은 자아 탐구로서의 민족사 연구, 문화유산의 발굴과 정리 평가 시도, 민족과 전통의 발견 등 문학에 있어서 '국민 문학'적 성격을 띠는 것이었다.[35] '조선심(朝鮮心)', '조선(朝鮮)의 사상(思想)', '조선인(朝鮮人)의 문학(文學)'으로 대변되는 '국민 문학'은 1935년까지 존재하며 외래 사조와 외래 문화 수용에 따른 충격을 전통의 회복을 통해 극복하고자 했던 문화적 주체 확립 운동의 성격을 띠었다. 즉 민족주의 이념의 구현, 모국어에 대한 사랑, 민요와 역사의 연구, 고전 문학 발굴과 우리말 보급 운동, 민족적 개성 및 향토성의 옹호, 시조 부흥과 민요시 창작과 같은 민족 예술 형식의 계승과 창조 등은 민족의 일체감을 형성하고 국민 감정을 순화하여 국민적 신념을 제고시켜 주었다.[36]

---

33 이숭원, 『20세기 한국 시인론』(국학자료원, 1997), 186쪽.

34 고형진, 『백석 시 바로 읽기』(현대문학, 2006), 33~38쪽.

35 김용직, 『한국 근대시사』(학연사, 1998), 223~226쪽.

36 '국민문학파'의 내용을 몇 가지 관점에서 정리하면 다음과 같다. ① 민족주의 이념의 구현: 최남선의 「조선유람가」, 「심춘순례(尋春巡禮)」, 「백두산관참기」, 「금강예찬」 등의 작품과 그 외 기행문, 시조 등, 김소월의 「바라건대 우리에게 보섭대일 땅이 있었더면」, 주요섭의 「조선(朝鮮)」, 양

「여우난곬족」은 유교적 이념과 가치를 형성하는 대가족과 제의(ritural)로서의 음식 그리고 카니발로서의 놀이가 한데 어우러져 다성적 세계를 이룬다. 민족주의가 민족과 국가에 대한 동일성을 바탕으로 공통의 역사를 공유하려는 의지를 지닌다면, 민족 문학은 과거로부터 전습되어 온 민족적 가치와 유산에 집중하여 민족의 문제를 문학의 내부에 부각시킨다. 따라서 언어와 형식, 관습과 장르 등은 민족 외부의 간섭을 받기 마련이다. 「여우난곬족」에는 전통을 계승하고자 하는 공동체적 의식과 방언으로서의 모국어뿐만 아니라 홀아비의 후처, 과부, 주정뱅이 등 민족의 모습이 민족 정서로 복원되고 있다. 삶의 터전에 뿌리내리고 있는 전통을 기억 속에 재생하여 정서적 질료로서 일체감을 드러내고 있는 이 시는, 풍요로운 신화적 세계를 모상한다. 시는 홀로 독립하여 그 스스로의 언어로 발현되는 창조체이기보다는 문학적 전통과 시대의 문학적 관습에 의해 발현되는 대화로써 시도되는 구성체이다. 이런 의미에서 백석의 시

주동의 시집 『조선의 맥박』에 수록된 수 편의 시들, 변영로의 「논개」, 정인보의 「근화사삼첩(槿花詞三疊)」 등의 시들, 김동인의 「붉은 산」, 이은상의 「만상답청기(灣上踏靑記)」, 「천리방비행(千里訪碑行」, 「강배유기(江配遊記)」, 「무등산기행」, 「설옥행각(雪獄行脚)」 등의 글, 그리고 특히 김동인, 이광수의 역사 소설 등이 그 예이다. ② 모국어에 대한 사랑: 국민문학파는 '조선말'로 쓰일 것을 첫째 조건으로 든다. 육당(六堂)이 내세운 국민 문학의 정의 가운데 "조선심(朝鮮心)'의 방사성(放射性)과 조선어(朝鮮語)의 섬유 조직"이라는 표현이 이를 단적으로 대변한다. ③ 문화적 부활 운동: 민요, 민담의 채집과 그 연구(민요 창작), 역사 연구를 통한 작품 창작, 고전 문학의 발굴 및 그 전통의 계승(시조), 우리말 연구와 그 보급 운동. '광문회(光文會)', '진단학회(震檀學會)', '조선어문연구회'를 중심으로 한 폭넓은 민족 문화 탐구. ④ 민족적 개성 및 향토성의 옹호: 민족공동영체(民族共同榮體), 다시 말하면 타민족에 대하여 자민족으로서의 근원적 본연성을 의미한다. 향토성이란 문명으로부터 벗어나 자연 내지 자연 친근을 지향하는 감수성을 의미한다. ⑤ 민족 예술 형식의 계승과 창조: 국민문학파가 그들 문학 운동에서 특별히 관심을 기울였던 분야이다. 시조와 민요시가 대표적인 예라 할 수 있다. 그들은 기회 있는 대로 시조의 부흥과 민요시의 창작을 제창하였을 뿐만 아니라 이를 실천하였다. 최남선, 이광수, 주요섭, 정인보, 이은상, 김영진, 변영로, 이병기, 조운, 유도순, 양주동 등은 시조 창작을 실행했던 사람들이며, 김소월, 김안서, 김동환, 홍사용, 주요섭, 정도순 등은 민요시 창작을 실행했던 사람들이다. 민족주의 문학의 사적 의의로는 민족주의의 문학적 실천 운동이었다. 따라서 그들은 문학을 통해 민족주의 이념을 선양하고 문화적 재생, 민족 번영의 길을 찾고자 하였다. 오세영, 『20세기 한국시 연구』(새문사, 1991), 68~99쪽 참조.

는 '국민문학파'가 제기하고 있는 문학적 경향들과 유사한 저변을 이룬다. 그 까닭에는 백석이 주로 활동했던 1930년대 중반까지 '국민문학파'의 문학적 경향이 '카프'와 대립하면서 문학적 성취를 이루었던 것도 한몫을 거둔다. 특히, 백석이 민족 정서를 복원함에 있어 공동체적 삶에 관심을 두고 전승 가치에 주제를 둔 것은 국민문학파가 '민족의 것' 혹은 '조선적인 것'[37]에 관심을 둔 것과 밀접하게 연관된다.

5 맺음말

시는 모든 예술이 그렇듯이 앞선 세대의 영향에서 크게 벗어날 수 없다. 의식적이든 무의식적이든 영향이란 예술적 양식이 지니고 있는 본질적 가치들을 습득하고 난 후 자신의 것으로 삼는다. 이 과정에서 창작 주체인 시인은 선대가 이루어 놓은 성과들에 대해 존경과 두려움을 지니면서 그것을 뛰어넘으려는 육체적 충동을 지닌다. 이 충동은 예술적, 미적 양식으로 전화하여 새로움을 창조한다. 다시 말해 본질이 현상 속에 있고 그 자체로 돌아가고자 하는 의지를 지닐 때 미적 새로움도 추구된다. 나타난 것과 나타나는 것은 이런 의미에서 구별된다. 나타난 것이 현상으로 작동하여 맥락으로 서술되는 것이라면, 나타나는 것은 서술된 것을

37 이때, 민족이란 개념은 최근의 '민족' 개념과는 다르다. 중요한 것은 일본 식민지 시대의 '민족' 개념이 일본의 대타적 개념으로 출발한 것이라는 사실이다. 이는 일본이 근대화 과정에서 서양의 대항 담론으로 제기한 것이었다. 일본은 '민족'으로서 일본이 서양 제국에 의해 그 본유의 가치를 잃어버리는 데에서 '일본적인 것', '일본 혼' 등의 '민족'을 강조했다. 이 민족 개념은 후에 제국주의를 결속하는 파시즘으로 변모하여 대동아 공영권, 신체제론으로 공고하게 굳어졌다. 따라서 '국민문학파'가 내세우는 '민족'과 '국민'은 일본이 제기한 '민족'과 '국민'과 등위적 심급에서 살펴볼 필요가 있다.

변경하여 자신의 것으로 전환시킨다. 이때 시간은 경험을 확장하며 현상을 본질과 관계 맺게 한다. 그러나 시간은 현상을 위한 조건을 넘어 연속성과 전후성, 혹은 동시성과 같은 다양한 형태로 작용하여 사유를 간섭하고 조정한다. 영향 역시 시간성과 상면성을 이룬다. 영향이 사유를 기반으로 시간의 내적 의식에 기반을 둔 채 정신과 상관하기 때문이다.

백석의 시는 독특한 시적 세계를 이룬 것으로 평가되어 왔다. 그의 시는 카프와 국민문학파의 영향권 아래 놓이면서 1930년대 영미 모더니즘에 포함되어 있다. 시가 시간을 바탕으로 사유와 경험 등의 내적 인식을 물질화하고 정신의 창조적 힘을 모색하는 것이라면, 백석의 시 또한 자신을 둘러싼 시의 연속성과 전후성 혹은 동시성과 관련한다. 예컨대, 백석이 숭모하는 대상으로 소월을 삼았다는 것은 그에게서 영향을 받았거나 받을 수 있다는 것을 암유한다. 백석의 시에서 보이고 있는 향토적 정감, 민족 정서, 토속 공간, 전통 시간, 민중 언어 등이 그 증거가 될 것이다. 카프는 일본 제국주의와 맞서며 문학을 통해 근대 국가의 형성을 마련하고자 했다. 백석은 이 같은 리얼리즘 문학권 내에 있으면서 현실을 있는 그대로 묘파하고자 하는 재현의 미학을 보인다. 그러나 백석의 시는 현실의 모순과 민족의 문제를 내용 속에 직접적으로 반영하기보다는 공적인 삶의 형성에 기여하고자 하는, 보다 외연적인 정치성을 보인다. 즉 식민지 현실에 저항하는 언어로 민족의 문제를 구성하려는 카프와는 달리, 나누는 공동체적 감성의 실현으로서의 미학적 실천을 수행하고자 했다.

백석은 카프가 지향하고 있는 객관적 현실의 재현에 주목하여 임화의 '단편 서사시론'을 시 속에 적극 활용한 것으로 보인다. '이야기 시'는 공동체적 삶의 문제를 그려 냄으로써 제국주의에 대항하는 전략으로 기능한다. 공동체의 일부로서 민중들의 주체에 맞닿아 있는 감정들을 소환하고 존재들의 행동에 관여하고 있다는 점이 이를 증명한다. 조선주의라고 규정된 '국민문학파' 역시 백석의 시에 영향을 주었다고 판단된다. 조선의 사상을 내세우며 1935년까지 존재했던 이 운동은 외래 사조의 충격에 대한 반작용으로 민족과 전통의 문제를 다루고자 하였다. 특히 민족주의 이념의 구현과, 모국어에 대한 사랑, 조선의 것에 대한 계승과 창조는 백석의 시적 세계와 동궤한다.

백석의 시는 역사를 구성하는 다양한 주체를 시 속에 담아내며 식민지 근대가 강제하고 있는 정체성의 문제를 전유하고자 했다. 백석은 생성과 소멸을 되풀이하고 있는 시간과 문학 속에서 새로운 모상을 발견하고자 시적 에토스에 충실했다. 이를 위해 그는 지속하는 시간 속에 경험과 감각들을 해방시켜 그것을 재분배하고자 했으며 침묵 속에 있는 근원적 본질을 만나고자 했다. 정신의 거주지로서의 그의 시가 의지와 행동으로 독특한 생성의 문학을 탐구하고자 했던 것은 창조적 생명의 도약에서 비롯한 것임은 말할 나위가 없다. 이 점에서 백석은 흘러가고, 흘러오는 시간 속에 자신을 촉발시켜 존재와 본질을 발견하고자 했던 신고스러운 영혼의 시인이라 할 수 있다.

백석 시의 자연 이미지와 욕망의 구현 연구

1 머리말

백석은 역사적 현실에 정면으로 맞서서 민족을 구원하려 하거나 국가를 바로잡으려 하지는 않았지만 그가 살았던 시대만큼 간고한 삶을 살며 당면하고 있는 문제들에 대해 심각하게 고민하고자 했다. 그는 현실적 상처를 재생하는 시간으로 신화적 세계에 회귀함으로써 낙원 상실에 대한 회복의 꿈을 꾸고자 했으며, 이곳저곳을 유랑하는 자유주의자의 모습과 민족 공동체의 정서를 친근한 언어로 체현시키려 애썼다.[1] 그의 시는 역사와 현실 속에 담겨 있는 모순의 문제를 노정시킨 이용악과 오장환의 시와는 일정하게 거리를 유지한다. 이들이 정치적, 국가적 이데올로기 기획을 포섭하는 민족 문학적 성격을 띠며 개인의 기획을 민족과 국가의 기획에 접면시키고자 했다면 백석은 민족어인 향토어를 사용하여 민

1 박주택, 『낙원 회복의 꿈과 민족 정서의 복원』(시와시학사, 1999), 223~226쪽.

중들에 대한 따뜻한 관심과 민속적인 풍속을 그려 내는 문화적 정체성에 관심을 두었다.

백석이 주로 활동한 1930~1940년대는 문화 정책이 군국주의 체제로 바뀌면서 만주 사변, 중일 전쟁, 태평양 전쟁과 같은 전시 체제가 계속되며 수탈과 탄압이 최고조에 이르던 시기였다. 일제는 강제 징용, 정신대 동원, 조선어 사용 금지, 창씨개명 등과 같은 민족 말살 정책을 자행하여 식민지 노예로 길들이는 한편, 내선 일체론, 일선 동조론 등과 같은 황국 신민화 정책으로 민족의 존엄성과 정체성을 훼손하며 경제적 궁핍을 가속화했다. 이에 백석 시는 '길'과 '집'을 상실한 시대적 간고를 선명한 이미지로 그려 내며 현실의 어두운 상처를 씻어 내고자 했다. 고향인 정주를 투명하게 기억해 냄으로써 집과 국가를 건설하고자 했으며 방랑을 통해 길을 복원하고자 했다. 모든 길을 모아 집으로 만들고, 집을 길로 향하게 만든 백석 시는 그러나 현실과 일정한 거리를 유지하며 담담하게 노래한다. 백석 시에는 격앙과 분노가 없다. 그는 보고 들은 것을 차분히 옮겨 놓으며 민족과 현실이 처한 상황을 민족 원형과 연원에 근간하여 바라본다. 이 점에서 백석 시는 민족 정서를 노래한 소월과 언어의 유려한 미감을 보였던 영랑의 시와 한 구조 안에 자리 잡는다.

감각적 이미지를 살려 유년 시절의 추억과 고향 정주를 선명하게 그려 낸 백석은 집과 고향이 주는 의미를 원초적 체험과 결부시켜 상처 없는 세계로의 진입을 꿈꾸었다. 정신의 내면을 감각적으로 형상화시키며 시대와 역사 속에 미만해 있는 진실을 탐사하고자 한 백석 시는 다양한 이미지들을 통해 자아와 세계를 그려 냈다. 이미지는 그에게 시를 이루게 하는 창작 방법이자 세계관으로 그는 부연과 반복 등과 같은 창작 방법을 시도하여 개인적, 역사적 담론 방식 안에 현실과 정신의 내재적인 구조와 힘을 담아냈다.

독서가 텍스트를 펼치는 것이 아니라 작가와 우리 자신의 의식과 무의식을 펼쳐 보이는 것[2]이라 할 때 텍스트에서 발생하는 의미를 단순히 언어의 체계로 환원하는 것은 시인을 둘러싼 지배적 반영물(dominant specularity)을 간과하는 우를 범할 수 있다. 따라서 이 글은 일제 강점기 현실적 삶을 온몸으로 감당해야 했던 백석의 내적 욕망과 갈등이 시 속에 어떻게 이미지로 구현되고 있으며 그 이미지는 어떤 의미와 전략을 지니고 있는지를 살펴보고자 한다. 이와 함께 욕망의 갈구와 성취, 그리고 갈등과 좌절이 시 속에 어떻게 구현되고 있는지를 살펴보고 언표적 층위 속에 감춰져 있는 주체의 정신과 심리를 지배적으로 구성하고 있는 백석 시의 '자연'에 대해 살펴보고자 한다.

2 감각적 이미지와 정신의 통합

문학적 담화의 생성과 의미 산출에 중요한 동인으로 작용하는 화자는 자전적 화자와 허구적 화자로 나눌 수 있다. 자전적 화자는 실제 시인과 엄격히 구분할 수 없을 정도로 시인과 동일시되는 화자를 말한다. 이 경우 시인과 많은 것을 공유하는 화자를 통해 시인의 전기적 증거나 특수한 충동, 강박 관념과 정서적 사유 등에 대한 암시를 발견할 수 있는데, 주로 일인칭 시점을 활용하는 자전적 화자의 언술 행위는 시인의 정신적 여정을 따라갈 수 있다는 점에서 허구적 화자와 구별된다. 허구적 화자가 상상력과 창조성을 강조하며 새로운 세계를 향한 전략을 추구한다면 자전적 화자는 시인이 겪었던 정황과 강박적 체험, 환상과 공포 등이 사

2 앤 제퍼슨 · 데이비드 로비, 김정신 옮김, 『현대 문학 이론』(문예출판사, 1991), 184~193쪽.

회, 역사적 환경과 결부하며 시적 담화를 형성한다. 모든 예술 작품은 하나의 세계관의 표현으로, 어떤 사상, 어떤 작품이든지 그것이 오로지 삶과 행동의 총체 속에 통합되어 정신 구조와 연관될 때 비로소 참다운 의미를 획득한다.[3] 다시 말해 화자의 정신을 반영하고 있는 시 속의 사물들과의 관계를 발견하여 그 의미를 밝혀낼 때 문학 사회학적 영향과 자극을 밝혀낼 수 있다. 백석 시는 허구적 화자보다 자전적 화자가 많다. 이는 이미지에 백석 자신의 정신을 강하게 반영하고 있음을 의미한다.

백석 시는 1920년대 카프의 영향과 1930년대 이미지즘 운동과 무관해 보이지 않는다. 「가즈랑집」, 「고향」, 「고야(古夜)」, 「여승(女僧)」, 「팔원(八院)」 등과 같은 시는 카프의 창작 방법론과 밀접한 상관성을 갖는 이야기 시(narrative poem)의 구조를 보인다. 그러나 백석의 이야기 시는 현실에 대한 분노나 저항 대신 서사적 전개 양식을 통해 담담한 자기 인식적 성찰로 현실을 묘파한다. 현실에 대해 철저히 관찰자로서의 자세를 지닌다는 점에서 백석 시는 1920년대의 임화나 1930년대의 이용악과 오장환 시와는 변별력을 갖는다.[4] 그런가 하면, 초현실주의적 기법을 원용한 이상의 시학, 김기림 등이 강조한 주지주의 시학, 도시 문명의 낯섦과 근대인의 고독과 우수를 그린 김광균의 시학과 달리 백석의 시는 「하답(夏沓)」, 「산(山)비」, 「추일산조(秋日山朝)」, 「광원(廣原)」, 「머루밤」과 같은 작품을 통해 정제되고 투명한 이미지즘적 경향을 보인다.[5] 카프가 화자의 경험과 사유를 직접적 언술을 통해 사실성을 강조하고, 이미지즘이 관찰과 묘사로 화자의 정밀함과 적확함을 요구한다는 점에서 백석 시는 특수한 담화 방식인 시어, 심상, 어조, 비유, 거리 등과 같은 시적 구성물이 카프

---

3 루시앙 골드만, 정과리 옮김, 『숨은 신(神)』(인동, 1979), 24쪽.

4 박주택, 앞의 책, 32~33쪽.

5 위의 책, 43~45쪽.

의 재현적 방법론과 닮아 있다.

백석은 감각적 이미지를 한껏 살려 설화적 내면 공간과 향토적 서정 공간을 끌어들이고 있으며 이 같은 점으로 인해 그의 시는 사상성과 예술성을 획득한다.[6] 그의 시는 생의 진실미를 그려 내며 자연과 인간의 존재 방식을 인상적으로 보여 주려 애썼다. 정지용이 자신의 사유는 물론 내적 번민까지 감각 형상으로 바꾸어 현대적 시작법의 정점을 보여 주었다면, 백석은 감각에 포착되는 현상과 현상 저편의 정신세계에까지 탐색하는 자세를 보여 준다.[7] 뿐만 아니라 백석 시는 시의 화자와 일상적 자아가 대체로 동일하게 그려져 있으며, 그의 언어와 형태 실험은 우리가 잃어버리고 있는 소중한 것들을 상고하는 계기를 마련해 준다.[8] 모든 뛰어난 시인이 그렇듯 강한 개체성을 가진 백석 시는 언어의 운용이나 형식과 같은 기법적인 측면에서 분류하는 것은 불가능하다. 처음부터 백석이 다른 시인들과 차별되는 시를 써 나갔고 그 후의 시작 과정에서 끊임없는 자기 갱신을 시도하며, 시적 언어의 새로운 영역을 개척하여 우리 시의 새로운 전형을 창조해 냈기 때문이다.[9]

3 욕망의 응축과 전이

시집 『사슴』[10]은 자연적 소재와 향토적 시어로 가득 차 있다. 자연은

---

6 김재홍, 「민족적 삶의 원형성과 운명애, 白石」, 『한국 현대 문학의 비극론』(시와시학사, 1993), 230~258쪽.

7 이숭원, 『백석 시의 심층적 탐구』(태학사, 2006), 223쪽.

8 유종호, 「시원 회귀와 회상의 시학」, 『다시 읽는 한국 시인』(문학동네, 2002), 240~266쪽.

9 고형진, 『백석 시 바로 읽기』(현대문학, 2006), 6쪽.

10 백석의 시집 제목을 『사슴』이라고 한 것은 의미심장하다. 사슴이라는 제목의 시나 내용이 부재함

민족을 구성하는 중요한 연결체이다. 자연을 통해 우리는 서로에게 연결되어 세계의 본성과 본질에 다가설 수 있고, 인간다움을 의식하여 비로소 민족 구성체임을 깨닫는다. 자연은 시간과 공간을 공유한 구성들에게 선험적 의미와 경험적 사유를 제공함으로써 원형(原型, archetype)과 상징과 같은 심리적이고도 문화적인 동질성을 구성원 각자에게 심어 놓는다. 뿐만 아니라 자연은 도시 근대인의 삶 속에 잃어버리고 있는 원초성을 회복해 줄 수 있으며 삶과 영혼의 토대가 된다. 민족이 구성원 각자의 마음에 친교의 이미지가 살아 있기 때문에 상상된 것이고 민족주의가 민족이 없는 곳에서도 민족을 만들어 낸다는 견해[11]에도 불구하고 민족은 자연이 주는 정신적인 의미와 삶과 죽음이라는 생의 역사와 함께한다. 백석 시가 유년기로 돌아가 고향 정주를 생생하게 그려 내고 그 속에 자연을 복원하고자 한 것도 상처 없는 무구한 세계를 통해 민족 상실의 아픔을 위무하고자 한 것이었으며 고향을 통해 민족과 국가를 회복하고자 하는 그의 의지에서 비롯한다. 시집 『사슴』에 나오는 자연물과 지명, 식물명과 인명, 동물명과 음식명 그리고 명절과 풍습 등은 모두 자연의 한 부

에도 불구하고 굳이 이 제목을 붙인 것은 사슴이 주는 상징성 때문일 것이다. 신화적으로 사슴은 지상과 천상을 매개하는 우주 동물로 상징되어 있다. 동명왕(주몽)이 고구려를 건국하고 이웃인 송양왕의 비류국을 합병하려고 할 때, 흰 사슴을 잡아 큰 나무에 거꾸로 매달아 놓고 주문을 외웠다. 사슴의 울음소리는 낮과 밤을 이어 길게 하늘에 메아리쳤고, 결국은 하늘에 사무쳐 큰비가 내렸다. 비류국은 삽시간에 물바다가 되었고 두려움에 쌓인 송양왕과 그의 백성은 주몽에게 항복하였다. 이처럼 사슴은 신령스러운 영매 구실을 하는 우주 동물이자 민속과 무속 신앙에서는 녹각 숭앙(鹿角崇仰)의 대상으로 남권의 상징이자 가부장 및 공동체의 수장을 상징한다. 또한 사슴은 영생과 재생을 상징한다. 이러한 해석은 후대에 와서 십장생의 하나로 된 근원이 무엇인가에 대해 시사하는 바 크다. 『한국 문화 상징 사전』(동아출판사, 1992), 393~395쪽. "물 속의 제 그림자를 들여다 보고/ 잃었던 천성을 생각해내고는/ 어찌할 수 없는 향수(鄕愁)에/ 슬픈 모가지를 하고/ 먼 데 산을 바라본다"(노천명, 「사슴」)에서처럼 백석의 '사슴' 역시 옛날의 영광을 돌이키고 싶어 하는 슬픈 존재로서 안락과 평화를 잃고 낙원을 그리워하며 어찌할 수 없는 현재의 자기 모습을 투영시킨 것이라 할 수 있으며 심층적으로는 민족 상실과 국가 상실의 비원을 사슴에 의탁하였다고 볼 수 있다.

11 베네딕트 앤더슨, 윤형숙 옮김, 『상상의 공동체』(나남출판, 2005), 25쪽.

분이거나 자연에서 배태된 것들로, 이들이야말로 식민지 시대에 가장 농밀한 문화와 역사의 정체를 형성하며 나를 나답게 우리를 우리답게 만들어 줄 수 있었다. 따라서 여우난 곬, 가즈랑 고개, 정주성(定州城), 통영(統營), 머루, 두릅, 가지취, 갈매나무, 승냥이, 멧도야지, 산(山)가마귀, 엇송아지, 망아지, 돌나물김치, 송구떡, 노루고기, 조앙신, 맨천구신, 굴대장군, 7월(七月)백중 등과 같이 백석 시를 채우고 있는 수많은 지명과 동식물 그리고 속신, 명절과 같은 자연적 소재와 제재들은 민족의 원초적 삶의 모습과 민속지학(ethnography)적 문화를 보여 주며 규범과 가치를 형성한다.

달빛도 거지도 도적개도 모다 즐겁다
풍구재도 얼럭소도 쇠드랑볕도 모다 즐겁다

도적괭이 새끼락이나고
살진 쪽제비 트는 기지게길고

홰냥닭은 알을낳고 소리치고
강아지는 겨를먹고 오줌싸고

개들도 게롱이고 쌈지거리하고
놓여난 도야지 둥구재벼오고
송아지 잘도 놀고
까치 보해 짖고

신영길 말이 울고가고

장돌림 당나귀도 울고가고

대들보우에 베틀도 채일도 토리개도 모도들 편안하니
구석구석 후치도 보십도 소시랑도 모도들 편안하니

—「연자ㅅ간」 전문

백석 시에 등장하는 동물들은 동물화의 동기를 이루는 공격성을 드러내지 않는다. "승냥이가새끼를치"고 "어느메山곬에선간 곰이 아이를"(「가즈랑집」) 보고 "승냥이같은 강아지"(「반야(夜半)」)와 "승냥이 처럼 우는 갈매기"(「대산동(大山洞)」)에서처럼 무섭고 두려운 존재로 인식될 들짐승들마저도 인간의 주변에서 공생하는 존재로 묘사된다. 「연자ㅅ간」에서 시인은 "도적괭이 새끼락이나고/ 살진 쪽제비 트는 기지게길고// 홰냥닭은 알을낳고 소리치고/ 강아지는 겨를먹고 오줌싸고// 개들도 게뭏이고 쌈지거리하고/ 놓여난 도야지 둥구재벼오고// 송아지 잘도 놀고/ 까치 보해 짖"는다고 말하며 인간과 자연이 한 공간에 모인 풍경에 대해 "달빛도 거지도 도적개도 모다 즐겁"고 "풍구재도 얼럭소도 쇠드랑볕도 모다 즐겁다"라고 말한다. 그리고 "신영길 말이 울고가고/ 장돌림 당나귀도 울고가고"에서처럼 화자는 '말'과 '당나귀'가 환기하는 '울음'에 의해 가슴에 간직한 자신의 처지를 알리며 동일성을 갖는다. 자연과 동물적 이미지를 시인의 무의식적 충동의 표출 기능으로 보는 동물시는, 인간 정신의 심층을 보다 내면적으로 표현한다.[12] 백석 시에 나타난 동물들은 맹수든 가축이든 곤충이든 대체로 울음으로 그들의 존재를 알린다.(「여우난곬족」: "홍게닭이멫번이나울어서", 「외가집」: "하이얀 나비수염을 물은 보득지근한 복

12 김준오, 『시론』(이우출판사, 1989), 302쪽.

쪽제비들이 씨굴씨굴 모여서는 쨩쨩 쨩쨩 쇳스럽게 울어대고", 「넘언집 범같은 노큰마니」: "말같은 개들이 떠들석 짖어대고", 「통영(統營)」: "저문六月의 바다가에선 조개도울을저녁", 「월림(月林)장」: "어니 근방山川에서 덜걱이 껙껙 검방지게 운다", 「산지(山地)」: "승냥이가 개울물 흐르듯 욹다", 「노루」: "새깜안눈에 하이얀것이 가랑가랑한다.", 「추야일경(秋夜一景)」: "닭이 두홰나 울었는데", 「대산동(大山洞)」: "승냥이 처럼 우는 갈매기", 「꼴두기」: "꼴두기는 배창에 너불어저 새새끼같은 울음을 우는 곁에서", 「야반(夜半)」: "어늬 山옆에선 캥캥 여우가운다", 「오금덩이라는곧」: "여우가 우는밤", 「창의문외(彰義門外)」: "우물가에서 까치가작고즞거니하면", 「여승(女僧)」: "女人은 나어린딸아이를따리며 가을밤같이차게울었다", "山꿩도 설게울은 슳븐날이있었다" 등 참조)

우는 행위란 주변의 환경에 대해 자신을 알리고자 하는 행위이며, 주변과의 의사소통을 위한 수단으로 작용한다. 우는 동물들은 화자가 주변 환경을 바라보는 심리적 억압 상태의 반영물이다. 그것은 화자가 의사소통이 차단된 공간에 머물고 있기 때문이다. 집(「여우난곬」, 「가즈랑집」, 「외가집」, 「고야(古夜)」, 「넘언집 범같은 노큰마니」), 외딴 곳(「나와 나타샤와 흰당나귀」, 「남신의주유동박시봉방」, 「흰 바람벽이 있어」, 「오금덩이라는곧」), 산골(「산숙(山宿)」, 「향악(饗樂)」, 「야반(夜半)」, 「백화(白樺)」), 바다(「바다」, 「통영(統營) 1」, 「통영 2」, 「통영」, 「물계리(物界里)」, 「남향(南鄕)」, 「꼴두기」, 「광원(曠原)」), 산속(「산곡(山谷)」, 「적막강산」, 「산(山)」, 「산지(山地)」, 「추일산조(秋日山朝)」, 「산(山)비」), 절(「절간의소이야기」), 타지(「두보(杜甫)나 이백(李白)같이」, 「북방(北方)에서 정현웅에게」, 「조당(澡塘)에서」, 「북관(北關)」) 등은 화자가 처해 있거나 가고자 하는 의식 지향 공간으로 이곳에서 화자는 고립과 마주한다. 동물의 울음소리는 화자의 독백과 닮아 있다. 읊조리지만 알아들을 수 없는 울음은 백석의 공포와 불안을 표상하며 시대와 역사를 정면으로 마주하지 못하는 강박관념을 드러낸다. 다음과 같은 시를 보자.

가난한 내가
아름다운 나타샤를 사랑해서
오늘밤은 푹푹 눈이나린다

나타샤를 사랑은하고
눈은 푹푹 날리고
나는 혼자 쓸쓸히 앉어 燒酒를 마신다
燒酒를 마시며 생각한다
나타샤와 나는
눈이 푹푹 쌓이는밤 힌당나귀타고
산골로가쟈 출출이 우는 깊은산골로가 마가리에살쟈

눈은 푹푹 나리고
나는 나타샤를 생각하고
나타샤가 아니올리 없다
언제벌서 내속에 고조곤히와 이야기한다
산골로 가는것은 세상한데 지는것이아니다
세상같은건 더러워 버리는것이다

눈은 푹푹 나리고
아름다운 나타샤는 나를 사랑하고
어데서 힌당나귀도 오늘밤이 좋아서 응앙 응앙 울을것이다

—「나와 나타샤와 힌당나귀」 전문

화자는 "눈이 푹푹 쌓이는밤 흰당나귀타고/ 산골로가쟈 출출이 우는 깊은산골로가 마가리에 살쟈"라고 말한다. 그러면서 "산골로 가는것은 세상한데 지는것이아니다/ 세상같은건 더러워 버리는것이다"라고 말한다. 또한 "아름다운 나타샤는 나를 사랑하고/ 어데서 흰당나귀도 오늘밤이 좋아서 응앙 응앙 울을것이다"라고 말한다. 따라서 '나타샤'는 화자의 사랑과 꿈의 대상으로, 원망(願望)을 충족해 주는 동화적 관계를 통해 내면의 갈등을 해소해 주는 존재로 현현한다. 이때 흰 당나귀는 흰 눈과 어울려 순결과 정결 이미지를 표상하며, 사랑을 숭고한 가치로 이끈다. 흰 당나귀를 타고 깊은 산골 마가리로 가고자 하는 것은 백석의 심리적 증후(symptom)와 밀접하다. 그것은 의식의 장에 현존하기도 하고 무의식의 층위에 현존하기도 한다. 그러나 이를 통해 엿볼 수 있는 것은 깊은 산골이라는 협착 공간에 자신을 가두려 하고 있다는 점이다. 이는 현실에 대한 억압과 고통을 해소하려는 욕구로부터 출발하는데 이때 출출이와 흰 당나귀의 울음은 화자의 정서를 대변하면서 울음 속에 담긴 대화를 통해 화자의 정서와 교합하는 교신의 의미를 지닌다. 동시에 화자의 선택과 조정을 맡으며 감정 전이의 역할을 하는 대상으로 존재하며, 혼돈된 정서와 사유를 집중시키는 역할을 한다.

백석 시는 문명의 세례를 받지 않은 토속적인 인물인 "노나리군", "말군", "수절과부", "애기무당", "메기수염의 늙은이", "붓장사", "땜쟁이", "덕거머리총각", "문둥이", "촌아이" 등을 시 속에 등장시키며[13] 자연과 일체를 이루는 삶의 모습을 보여 준다. 이는 동질적인 공동체 의식을 묘파하며 민족의 정체성을 민중적으로 파악하는 전통적 가치를 창출하고자 했다는 의미를 갖는다. 그런가 하면 자연과 등가를 이루는 존재들

---

13 정효구 엮음, 「백석의 삶과 문학」, 『백석』(문학세계사, 1996), 191쪽.

인 수많은 여성이 등장한다. 이는 시가 정치적, 이데올로기적 담론과 함께 개인적인 성향에 의해 구성된다고 볼 때, 역설적이게도 여성에게 수유(授乳)를 계속하는 화자의 심리는 불안, 공포, 분열 등의 사회와 개인의 정서를 표상한다고 할 수 있다. 근대는 전쟁, 제도, 정치적 규율 등과 같은 가부장적 파시즘을 낳는다. 가부장적 파시즘은 군국주의, 인종주의와 같은 전체주의 양상을 띠면서 역사적, 문화적 맥락 속에 뿌리 내린다. 소월의 시가 그러한 것처럼 백석 시 역시 파시즘 극복의 방법으로 가장이 부재한 여성 편향적 태도를 취하며, 모계 질서 속에서 공동체적 세계를 동경한다.

또 인절미 송구떡 콩가루차떡의내음새도나고 끼때의 두부와 콩나물과 볶은 잔디와 고사리와 도야지비게는 모두 선득선득하니 찬것들이다

저녁술을놓은아이들은 외양산섶 밭마당에달린 배나무동산에서 고양이잡이를하고 숨굴막질을하고 꼬리잡이를 하고 가마타고시집가는노름 말타고장가가는노름을하고 이렇게 밤이어둡도록 북적하니논다

밤이깊어가는집안엔 엄매는엄매들끼리 아르간에서들웃고 이야기하고 아이들은 아이들끼리 웃간한방을잡고 조아질하고 쌈방이굴리고 바리깨돌림하고 호박떼기하고 제비손이구손이하고 이렇게 화디의사기방등에 심지를몇번이나독구고 홍게닭이몇번이나울어서 조름이오면 아릇목싸움 자리싸움을하며 히드득거리다잠이든다. 그래서는 문창에 텅납새의그림자가치는아츰 시누이동세들이욱적하니 홍성거리는 부엌으론 샛문틈으로 장지문틈으로 무이징게국을끄리는 맛있는내음새가 올라오도록잔다.

—「여우난곬족」 부분

담화에 의해 구성된 자연은 구체적 장소일 수도 있고 화자의 심적 상태가 공간화되어 나타날 수도 있다. 자연은 화자의 내적 공간을 환유하며 심리 현상의 표명, 어떤 의도의 가시화로 기능한다. 뿐만 아니라 사회문화적 독특한 특성들을 상징화해 보여 주는 장(場)일 수도 있다. 따라서 담화에 나타난 자연은 어떤 상황에 관련된 특징들을 예시하거나, 인간 조건의 양상 혹은 화자의 갈등 양상을 표상하게 된다. 자연은 본능, 자아, 초자아가 충돌하는 공간이며, 사회적 심리적 갈등이 표출되는 텍스트의 의미 작용을 심화하는 공간이라 할 수 있다.

「여우난곬족」은 혈연, 민속, 민족 등과 같은 공동체적 질서와 유대 의식을 바탕으로 고향과 명절 그리고 여성이 같은 층위를 이루면서 따뜻함과 친숙함, 흥성스러움과 편안함 등을 드러낸다. 근원으로의 회귀와 원초적 낙원의 세계로의 귀환이라는 의미를 지니고 있는 이 시는 근대의 이항 대립으로서 몽상(의식/무의식)의 힘을 빌려 원초적 모성적 공간으로 진입하고자 한다. 자궁과 시원(始原)의 세계에 귀속하고자 하는 그의 의지는 유년 화자를 내세워 아득한 모태적 공간으로 여행을 감행한다. 이 시에 등장하는 "엄매", "진할머니", "新里 고무" "고무의 딸 이녀 李女", "土山 고무" "고무의딸 承女", "큰곬고무 고무의딸 洪女", "삼춘엄매", "사춘누이" 등은 "욱적하니 흥성거리는 부엌으론 샛문틈으로 장지문틈으로 무이징게국을끄리는 맛있는내음새가 올라오"는 음식 분위기와 어울려 마치 젖을 빨 때 아늑함과 만족감을 얻는 것처럼 자연과 여성에 젖줄을 댄다.

4 수평적 현실과 수직적 이상

우리가 시로부터 얻는 쾌락의 원천은 우리의 무의식적인 소망을 문화적으로 승인할 수 있는 의미로 변형하는 과정에서 얻어진다. 시는 은닉(concealment) 또는 위장의 규약화된 체계이다. 따라서 시는 시인과 독자의 충돌로 얻어지는 반응의 미학이다.[14] 시적 담화에 있어 자연은 상상력을 이룩시키기 위한 도약대라 할 수 있으며 시의 존재 이유가 된다. 화자가 행동하고 묘사하는 구체적인 대상으로 현현된 자연은 시인의 창조적 상상력의 근본적 구조를 드러내며 화자의 의식이 어떠한가를 그려 낸다. 시가 은닉과 위장으로 시인의 사유가 응축되고 변이된 것이라 할 때 시 속에 구성된 자연은 시의 기호이자 의식 활동의 이미지를 표명한다. 또한 그것은 화자의 의식과 연결되어 있는 사회, 문화적 의식을 상징적으로 보여 주는 장이 될 수 있다. 이같이 자연은 인간 조건의 양상과 이데올로기, 시적 화자의 심적 현실태들의 내적 갈등이 충돌하는 장으로서 시의 의미 작용을 심화시킨다. 예컨대 백석의 시가 유년 화자를 통해 유년기 회상을 그린 과거로의 여행(「가즈랑집」, 「외가집」, 「마을은 맨천 구신이 돼서」)이 통합적인 장소가 아니라 고립된 장소로 그려져 있는 것은 단순히 시의 구성물 차원을 넘어선다. 「가즈랑집」의 가즈랑은 신장님 단련을 받는 구신의 딸이며 「고야(古夜)」의 집은 이불 속에 자즈러 붙어 숨도 쉬지 못하는 집이며 「마을은 맨천 구신이 돼서」에서 마을은 무서워 오금을 펼 수 없는 곳이다. 이렇듯 백석 시에 나타난 자연 공간은 폐쇄되고 협소하며, 공포스러운 존재로 가득 차 있다. 그 존재들은 화자가 존재하고 있는 심적 영역을 넘겨다보며 화자와 관계한다. 화자는 그 세계 속으로 들어

---

14 앤 제퍼슨 · 데이비드 로비, 최상규 옮김, 『현대비평론』(예림기획, 1998), 180쪽.

가 자기를 탐구하여 궁극적으로 자기 정체성을 찾고자 한다.

천상 영역을 지배하는 공기는 무중력 상태의 가벼움을 나타내고, 그 가벼움에 대한 동경은 날개의 이미지를 떠올린다. 날개는 정신이 상승하고자 하는 열망과 자유에 대한 욕망을 반영한다. 하지만 백석 시에 등장하는 새들은 상승의 이미지를 갖지 못한다. 상승의 이미지를 갖고 있더라도 그것은 경쾌하게 비상하는 것이 아니라, 동물이 등장하는 시에서와 마찬가지로 인간과 함께 공존하는 대상으로 묘사된다. "대낮이라도 山옆에서는/ 승냥이가 개울물 흐르듯 다// 소와말은 도로 山으로 돌아갔다/ 염소만이 아직 된비가오면 山개울에놓인다리를건너 人家근처로 뛰여온다// 벼랑탁의 어두운 그늘에 아츰이면/ 부헝이가 무거웁게 날러온다/ 낮이 되면 더무거웁게 날러가버린다."(「산지(山地)」) 이 인용 시에서 시작과 갱신을 의미하는 아침에, 부엉이는 무겁게 날아온다. 그리고 태양이 쨍쨍한 한낮에 부엉이는 더 무겁게 날아가 버린다. 상승적 의미를 담고 있는 새의 이미지를 이처럼 어둡고 무겁게 묘사하고 있는 것은 백석이 처해 있는 현실과 개인적 신고와 무관하지 않다. 이는 그의 첫 작품이라 할 수 있는 다음의 시에서도 발견된다. "잠자리조을든 문허진城터/ 반디불이난다 파란魂들갓다/ 어데서 말있는듯이 크다란山새한마리 어두운곬작이로 난다."(「정주성(定州城)」) 어두운 골짜기로 날아가는 "크다란 山새"는 하늘을 날아오르는 꿈을 가진 새가 아니라 사라지는 새이다. 그것은 "문허진 城터", "파란魂" 등의 이미지와 어울려 어둡고 칙칙한 인상을 자아낸다. 물닭, 오리, 꿩 등 주로 가금류를 소재로 삼는 백석 시는 날개는 가졌으되 날지 못하는 새들과, 날고 있다 하더라도 새로운 세계로 비상을 꿈꾸지 못한다. 따라서 백석 시에 등장하는 오리, 제비, 갈매기 역시 꿈을 가진 새이기보다는 비상의 욕망을 갖지 못하는 새이다. 대지에 머물며 인간과 가까이 존재하며 인간과 관련을 맺고 살아가는 '오리'를 보자.

오리야 네가좋은 淸明밋게밤은
옆에서 누가 빰을처도모르게 어둡다누나
오리야 이때는 따디기가되여 어둡단다

아무리 밤이좋은들 오리야
해변벌에선 얼마나 너이들이 욱자짓걸하며 멕이기에
해변땅에 나들이갔든 할머니는
오리새끼들은 장뫃이나하듯이 떠들석하니 시끄럽기도하드란 숭인가

그래도 오리야 호젓한밤길을가다
가까운 논배미들에서
까알 까알하는 너이들의 즐거운말소리가나면
나는 내마을 그아는사람들의 짓걸짓걸하는 말소리같이 반가웁고나
오리야 너이들의 이야기판에 나도들어
밤을같이 밝히고싶고나

—「오리」 부분

비상하지 못하고 인간의 주변에서 인간과 함께 머무는 새는 생성적 기능을 가지지 못하며 땅에 내려앉음과 동시에 역동성이 상실된다. 백석 시의 새들은 세상의 오염으로부터 보호받고 안도를 느끼고자 하는 화자의 불안과 의지를 반영한다. 비상의 날개가 아니라 내밀한 공간에서 움츠러진 날개는 침묵을 향한 욕망이며, 그리고 날개의 침묵은 생의 불모성이다. 이는 유소년적 놀이를 통해 오리를 붙잡히는 존재로 묘사하고 있는 다음과 같은 시, "오리치를 놓으려아배는 논으로날여간지오래다/오리는 동비탈에 그림자를떨어트리며 날어가고 나는 동말랭이에서 강

아지처럼 아배를불으며 울다가/ 시악이나서는 등뒤개울물에 아배의신짝과 버선목과 대님오리를 모다던저벌인다// 장날아츰에 앞행길로 엄지딸어지나가는망아지를내라고 나는졸으면/ 아배는행길을향해서 크다란소리로/ −매지야오나라/ −매지야오나라”(「오리 망아지 토끼」)나 부엉이를 죽음의 이미지로 묘사하고 있는 다음과 같은 시에서도 발견된다. “아카시아꽃의 향기가가득하니 꿀벌들이많이날어드는 아츰/ 구신은없고 부헝이가 담벽을띠쫗고 죽었다// 기왓골에 배암이푸트스름히빛난달밤이있었다/ 아이들은 쪽재피같이 먼길을돌았다.”(「정문촌(旌門村)」) 이 시에서 아카시아 꽃향기 가득한 아침은 부엉이에게 눈부시고 낯선 세계이며 오히려 가야 할 곳을 망각하게 하는 혼란스러운 세계이다. 담벽을 쪼는 부엉이의 행위는 생명을 앗아 가는 자기 존재로의 여정이며 순수 의식을 곧추세우고자 하는 의식의 변형이다. 이런 의미에서 다음과 같은 시는 하강과 상승을 통해 자기 자신에 이르는 존재의 각성을 강렬하게 드러낸다.

내 지렝이는
커서 구렁이가 되었읍니다.
천년동안만 밤마다 흙에 물을주면 그흙이 지렝이가 되었읍니다.
장마지면 비와같이 하눌에서 날여왔읍니다.
뒤에 붕어와 농다리의 미끼가 되었읍니다.
내 리과책에서는 암컷과 숫컷이있어서 색기를 나혔습니다.
지렝이의눈이 보고싶읍니다.
지렝이의 밥과집이 부럽습니다.

—「나와 지렝이」 전문

화자에게 지렁이[15]는 구렁이로 변신하는 전설적인 동물이다. 지렁이는 비와 함께 하늘에서 내려와 물고기의 미끼가 되거나 번식을 하는 생명적 이미지를 띠기도 한다. 화자는 신비스러운 존재인 지렁이의 눈이 보고 싶기도 하고 지렁이의 밥과 집을 부러워하기도 한다. 화자에게 비친 지렁이는 막대한 능력을 소유하면서 삶과 죽음, 빛과 어둠이 섞여 나타난다. 지렁이는 직선과 굴곡성을 가진다. 직선으로서의 지렁이는 "장마지면 비와같이 하눌에서 날여"오는 존재로 하늘과 땅을 연결해 주는 축이자 화자의 꿈과 소망을 이어 주는 연결체로 작동한다. 지렁이는 하늘에 올라가 지상으로 내려오는 상승과 하강을 지닌 양면적인 동물이다. 수직은 나무가 그러한 것처럼 화자의 초월적인 욕망의 표현이다. 상승이 위로 솟아오르는 것을 나타내는 정신의 순수성에 대한 지향이고, 하강이 어둠과 신비로 향하는 역동성이라고 볼 때 이 상승과 하강의 변증법적인 양태 속에 "구렁이가" 되는 지렁이는 시인의 욕망과 갈등을 대신하며 성숙을 바라는 욕망을 반영한다. 이때 지렁이의 눈을 바라보고 싶어 하는 화자의 심리는 목표점을 바라보고자 하는 적극적인 행위로 상승과 절대에 이르고자 하는 화자의 의지를 반영하며 지렁이의 밥과 집을 부러워하는 것은 보다 높은 곳과 안정을 바라는 기원이 담겨 있다. 또한 성인인 시인이 유년기로 돌아가 유년의 시선으로 세계를 그리고자 하는 행위를 통해 결국 자기 정체성을 탐문하며 '자리 없는 존재'에서 '자리 있는 존재'로의 자리를 잡고자 한다.

15 지렁이는 재생력이 뛰어나다. 몸의 일부가 잘리면, 잘린 부분을 원래의 몸과 같이 재생시킨다. 또한 뱀, 용과 같이 남성을 상징하고 농경 민족의 풍년을 비는 다산 제의와 관련된다. 이것은 남근적 외형이나 신화적 형태로 변모한 용이 표출하는 특유의 유감주술적(類感呪術的) 연상이다. 한국문화상징사전 편집위원회, 『한국 문화 상징 사전』(동아출판사, 1994), 545~546쪽.

새끼 오리도 헌신짝도 소똥도 갓신창도 개니빠디도 너울쪽도 집검불도 가락닢도 머리카락도 헌겁조각도 막대꼬치도 기와장도 닭의짗도 개털억도 타는 모닥불

재당도 초시도 門長늙은이도 더부살이아이도 새사위도 갓사둔도 나그네도 주인도 할아버지도 손자도 붓장사도 땜쟁이도 큰개도 강아지도 모두 모닥불을쪼인다

모닥불은 어려서우리할아버지가 어미아비없는 서러운아이로 불상하니도 몽둥발이가된 슬픈력사가있다

—「모닥불」 전문

살아 있는 새끼오리도, 탈 것 같지 않은 개니빠디(개의 이빨)도, 타기 쉬운 닭의 짗이나 머리카락, 개털억도 재당(서당 주인), 초시(양반), 문장(門長) 늙은이, 더부살이 아이, 할아버지, 손자도 붓장사와 땜쟁이와 같이 살아 있는 모든 것은 모두 불 앞에 모인다. 불은 생사, 계급, 노소, 귀천을 가리지 않고 모이게 하여 고된 세계를 잊게 한다. 그럼으로써 불 곁의 존재들은 현실에서 연기와 함께 먼 곳을 향해 비상한다. 마치 나무가 육체를 하늘로 뻗어 신성의 세계에 가닿고자 하는 것처럼, 불은 현실을 망각하게 함으로써 보다 다른 세계를 향하게 한다. 불의 매력에 이끌려 가까이 다가가 불꽃에 몸을 던져 황홀경 속에 있는 나방의 굴광성(phototropisme)처럼 현실의 고통과 희망, 불결과 순수, 가치와 반가치는 불 앞에서 모두 하나가 된다. 불에는 삶의 본능과 죽음의 본능이 함께 내포되어 있다.[16]

16 가스통 바슐라르, 이가림 옮김, 『촛불의 미학』(문예출판사, 1975), 83쪽.

마치 "낮이나, 밤이나 (……) 너무 많은 것같이 생각하며,/ 딜옹배기에 북덕불이라도 담겨 오"면 "죽을 수밖에 없는 것을 느끼"다가도 "더 크고, 높은 것"을 생각하는 가운데 "드물다는 굳고 정한 갈매나무라는 나무를 생각"(「남신의주유동박시봉방」)하는 것처럼 불은 삶의 본능과 죽음의 본능을 느끼게 만든다. 그리하여 타고, 쪼이는 동안 "불상하니도 몽둥발이가된 슳븐력사"를 떠올리게 하고 고통스러운 자기 인식을 불러일으켜 민족 공동 생명체적 존재로 깨닫게 한다. 이처럼 불은 모든 것을 태우고 의지를 북돋아, 보다 확장된 삶을 연장시키며 충족된 존재를 꿈꾸게 만든다.

백석 시에 나타난 자연은 투사된 나 자신의 발산과 동요하는 자아의 한 부분이며, 자연에 고양된 자아의 이미지는 영혼의 완전한 형식을 지향한다. 이 완전한 형식은 시인의 상상력과 만나 삶의 흐름들이 살아 있는 중심, 화해의 특권적 공간인 자연을 통과하면서 실망과 좌절로 가득 찬 현실은 건강한 생명력을 얻는다.

어느 사이에 나는 아내도 없고, 또,
아내와 같이 살던 집도 없어지고,
그리고 살뜰한 부모며 동생들과도 멀리 떨어져서,
그 어느 바람 세인 쓸쓸한 거리 끝에 헤매이었다.
바로 날도 저물어서,
바람은 더욱 세게 불고, 추위는 점점 더해 오는데,
나는 어느 木手네 집 헌 삳을 깐,
한 방에 들어서 쥔을 붙이었다.
이리하여 나는 이 습내 나는 춥고, 누긋한 방에서,
낮이나 밤이나 나는 나 혼자도 너무 많은 것 같이 생각하며,
(……)

이것들보다 더 크고, 높은 것이 있어서, 나를 마음대로 굴려 가는 것을 생각하는 것인데,

이렇게하여 여러 날이 지나는 동안에,

내 어지러운 마음에는 슬픔이며, 한탄이며, 가라앉을 것은 차츰 앙금이 되어 가라앉고,

외로운 생각만이 드는 때쯤 해서는,

더러 나줏손에 쌀랑쌀랑 싸락눈이 와서 문창을 치기도 하는 때도 있는데,

나는 이런 저녁에는 화로를 더욱 다가 끼며, 무릎을 꿇어 보며,

어니 먼 산 뒷옆에 바우 섶에 따로 외로이 서서,

어두어 오는데 하이야니 눈을 맞을, 그 마른 잎새에는,

쌀랑쌀랑 소리도 나며 눈을 맞을,

그 드물다는 굳고 정한 갈매나무라는 나무를 생각하는 것이었다.

—「남신의주유동박시봉방」 부분

깨어 있는 의식의 한 변형으로 자신의 처지를 인식하고 새로움을 향해 솟구치고자 하는 의지는 나무를 통해 직립을 얻는다. '나무'는 우주 안에서 직립하고 있는 수직적인 모든 것, 즉 위로 올라가는 존재의 역동성을 표상한다. 수직성은 생명과 자아와 동체를 이루며 상승과 확대를 꾀한다. 내면적 지평의 확대와 존재 상승이라는 표상성을 지니고 있는 나무는 그 꿋꿋한 생명력으로 인하여 가난, 굴종, 이별, 죽음, 허무 등과 같이 부정성을 극복하는 의미를 지닌다. 인간의 존재를 세계에 내던져진 존재로 묘사하는 실존철학자들과 달리 정신분석학자들은 인간의 존재를 근원적이고 원초적 세계를 지향하는 존재로 파악한다. 백석에게 있어서도 마찬가지다. 백석은 슬픔과 한탄이 앙금으로 가라앉는 은밀함과 포근함을 거쳐 더 크고, 더 높은 우주로 지향하는 의식의 전환을 추구한다.

인간은 불순한 현실로부터 벗어나 근원의 세계와 근원의 장소에 보호되어 있을 때 안정과 평화를 찾는다. 내밀의 무한과 존재의 팽창은 하나의 심리적 초월 체계로 세계를 향해 열려 있다. 그러므로 자아 속의 우주, 우주 속의 자아는 각각의 것이 아니라 자웅 동체다. 자연이 시인의 의식의 표상이자 관념일 때 하늘을 향해 있는 나무는 현실과 내면의 지평 위에 서서 무한한 세계로 열린 존재이다. 존재의 근원과 같은 친밀감, 그리고 "굳고 정한" 생명력을 꿈꿀 때 수평적 현실은 그것을 딛고, 생명과 평화를 향해 뻗은 수직에 도달할 수 있을 것이다.

5 맺음말

시는 심층적 감정이나 의식을 사물과 대상에 투여함으로써 개인과 사회의 욕망을 미적으로 담아내며 생명과 존재 인식과 같은 고유한 목적을 가지고 운동하는 구성물이다. 따라서 시적 주체가 드러내고 있는 내면적이고 심리적인 의미를 탐험하고자 하는 의도는 무의식에 도사리고 있는 억제와 충동, 욕구와 금지 등을 파악하고자 한다는 점에서 의의를 지닌다. 시 속에는 주제가 갖는 각별한 의미와 시적 주체의 호흡이 불꽃처럼 타오른다. 후설은 의식과 사물과의 관계를 설명하면서 우리가 경험하는 실제 사물이 환상이든 아니든 간에 우리 의식 속에 나타나는 모습은 확신할 수 있다고 주장한다. 대상들이 물자체(物自體)로 간주될 수 있는 것이 아니라, 의식 속에 의해 정립된 지향(志向, intended)된 사물들로 간주될 수 있는 것이다.[17] 상상력을 기반으로 구조화된 작품을 정밀하게 포착하

17 테리 이글턴, 김명환 · 정남영 · 장남수 공역, 『문학 이론 입문』(창작과비평사, 1986), 73쪽.

기 위해서는 시 속에 드러난 욕망의 시선에 주목해야 한다. 욕망의 시선은 시인과 시적 주체의 정신적 의미를 담아내고 있기 때문에 시선을 좇아가는 행위는 은폐되어 있는 의미를 겉으로 드러내는 것과 마찬가지이기 때문이다.[18]

시 속에 드러나는 사물, 인간, 시간, 공간 등의 이미지들은 시인에 의해 선택되고 조정됨으로써 기호의 자격을 부여받는다. 그럼으로써 사물, 인간, 시간, 공간 등의 이미지들은 물질적이고 가시적인 재료인 사물이기를 뛰어넘어 정신적 의미에 도달한다. 시를 읽는다는 것은 단순히 문면에 드러나는 것을 간취하는 것이 아니라 시를 구성하고 있는 의식뿐만 아니라 장치와 전략에 의해 은폐되어 있는 심층적 감정이나 욕망을 밀도 있게 판독할 때 보다 가치를 발휘한다. 화자(speaker) — 전언(message) — 청자(hearer)의 상호 관계, '작가 — 작품 — 독자'의 역동적 관계의 산물인 시는 의미를 산출시키는 주체와 산출된 의미를 받아들이는 청자 그리고 그 두 존재 사이에 무한한 해석 가능성으로 열려 있는 작품을 배치한다. 이런 의미에서 로제 파이욜은 현대 비평의 대상이 시적 주체의 정서와 상징, 고정 관념과 욕망을 파헤치는 것이라 주장하며 심층적 충동들에 주목할 것을 요구한 것[19]은 객관적 세계에 은폐되어 있는 백석의 내면성과 생성의 체현성을 이해하고자 할 때 더욱 유효하다.

백석 시는 근대 이전의 세계에 착목하여 시원의 세계와 원초적 생명력의 세계를 건강하게 그렸다. 그의 시에 나타난 자연은 자연 이상의 그 무엇이며 무한함으로 열려 있는 시인의 의식이자 존재의 일부였다. "나는 그때/ 자작나무와 익갈나무의 슬퍼하든것을 기억한다/ 갈대와 장풍

---

18 Jean Starovinski, *L'oeil vivant*(Galimard, 1961), 33쪽.

19 김화영, 「문학 텍스트에 관한 오늘의 비평적 담화」, 『프랑스 현대 비평의 이해』(민음사, 1984), 22쪽.

의 붙드든 말도 잊지않었다// (……)// 이미 해는 늙고 달은 파리하고 바람은 미치고 보래구름만 혼자 넋없이 떠도는데"(「북방에서 정현웅에게」)에서와 같이 자연[20]은 자아의 일부, 나아가 자아 그 자체로 그려진다.

백석 시에 나타난 자연은 지상계와 지하계 그리고 천상계로 구분된다. 지상계는 주변에서 쉽게 접할 수 있는 승냥이, 개, 여우, 닭, 오리, 토끼, 당나귀, 소, 돼지 등으로 이들은 공격적 행위를 드러내지 않는다. 그들은 '울음'을 통해 그들 자신뿐만 아니라 세상과 소통한다. 유일하게 지하계를 대표하는 지렁이는 삶과 죽음, 선과 악, 빛과 어둠이 합치된 동물로 그려지며 직선과 곡선의 이미지를 통해 비상을 보여 준다. 또한 천상계 동물인 갈매기, 부엉이, 제비 등은 대지에 주로 머물며 인간 가까이 존재하는 친근한 동물로 그려진다. 그런가 하면 불을 통해 민족 공동 생명체적 존재를 깨닫기도 하고, 수직적인 존재의 역동성을 표상하고 있는 나무를 통해 생명과 평화를 향한 영혼의 완전성을 이루기도 한다.

때로는 존재의 상실, 때로는 자연과의 일체를 통해 자아와 영혼의 행복한 근원 세계를 그리고 있는 백석 시는 인간과 함께 움직이고 호흡하는 행복한 근원 세계를 향한다. 그러므로 백석의 생혼(生魂)과 전 생애가 고스란히 녹아 있는 그의 시를 재구하는 것은 결국 우리가 누구이며 그리고 어떻게 살아야 하는가를 면밀하게 탐사하는 것이라 하겠다.

20 자연과 등가를 이루고 있는 여성은 파시즘 극복의 한 방법으로 따뜻함, 흥성스러움, 편안함과 어울리며 근원으로서의 회귀와 낙원 세계로의 귀환이라는 의미를 체현시켜 준다.

낙원의 원상(原象)과 영혼의 풍경

—백석론

1 비극적 초상과 시대사적 환경

1961년까지 조선작가동맹에 소속되어 그 기관지인 《조선문학》에 작품을 발표하다 이듬해인 1962년부터 백석의 이름이 보이지 않는 연유로 혹, 문화계 전반에 내려진 복고주의 비판과 연루되어 1963년 그의 나이 52세에 숙청된 것이 아닌가 추정해 온 우리 문학계에, 백석이 1996년까지 북한에 생존해 있었다[1]는 사실은 우리에게 어떤 충격을 주는가? 유감스럽지만 일종의 배신감이 먼저 머릿속에 떠올랐다는 것을 고백하지 않을 수 없다.

한대(寒帶) 바다의 물결을 연상시키는 '웨이브'를 휘날리면서 광화문

---

1 2001년 《조선일보》 5월 6일자에 따르면 백석은 1996년 1월까지 압록강 부근 양강도 삼수군에서 살았다고 한다. 이는 현재 북한에 살고 있는 백석의 부인 이윤희가 1999년 백석을 소상히 알리는 데 공헌한 송준에게 보낸 편지 때문에 알려진 것으로 1950년대 중반 이후 김일성의 권력이 강화되면서 북한의 문예 정책에 부응하지 못한 작가들은 지방으로 추방되었는데 백석도 당성이 약하다는 지목을 받고 추방되어 압록강 부근에서 농사를 짓고 살았다고 한다.

통 네거리를 건너가는 백석의 풍채가 '몽 파르나스'로까지 환각되었다고 말한 바 있는 김기림의 지적처럼 백석의 댄디풍은 낭만적인 신비감을 주기에 충분했다. 게다가 동경 유학까지 다녀온 엘리트가 만주의 신경으로 거처를 옮기면서 측량 일, 소작농 생활, 세관원 등에 종사했다는 비극적인 생애는 민족사의 비애와 얽혀 안타까운 심정에 빠져들게도 만들었다. 이지적이면서도 우수에 가득 차 보이는 사진들, 비극적 초상에 덧붙인 유랑하는 삶, 또한 1963년 숙청 당했을 것이라는 기정사실에 가까운 추측들, 이 모든 것들은 그를 둘러싼 아픔이 우리 모두의 것이라는 것을 깨닫게 해 주기에 충분했다. 그러나 2001년 5월 6일 아침 신문을 받아 보고 그의 늙수그레한 사진을 대하는 순간 이상하게도 복잡하기 짝이 없는 감정들이 한꺼번에 엄습해 왔다는 것을 고백하지 않을 수가 없다.

백석은 24세에 「정주성(定州城)」을 《조선일보》에 발표함으로써 문단에 나온 뒤 이듬해인 1936년 시집 『사슴』을 상재했다. 백석이 주로 활동했던 1930년대와 1940년대 초는 역사적으로 만주사변, 중일전쟁, 태평양전쟁과 같은 제국주의적 침탈이 본격화되는 시기였고 식민지 수탈 경제로 인해 조선 경제의 궁핍화가 심화된 시기였다. 이에 따라 농촌은 농촌대로 농촌 중간층의 몰락으로 수많은 농민들이 만주나 중국으로 유민으로 떠돌거나 이민을 떠나는 결과를 초래하기도 했다. 문학적으로는 맹위를 떨치던 카프가 1차와 2차에 걸친 대대적인 검거와 이에 따른 해산으로 쇠퇴의 과정을 걷자 곧바로 순문학주의를 내세운 시문학파와 이미지즘, 주지주의, 초현실주의 등과 같은 모더니즘 부류가 유행되기에 이르렀다. 그리고 백석 개인적으로는 동경 유학과 시집 『사슴』의 발간, 두 번에 걸친 결혼의 실패와 권번 출신인 김자야와의 사랑, 만주로의 고독한 이주 등과 같이 영예와 몰락, 열정과 고뇌가 불꽃처럼 타올랐던 시기였다.

2 낙원으로의 귀환 의지

백석의 시는 우리가 잃어버리고 있는 고향을 마치 그의 부친 백시박이 사진을 찍듯이[2] 묘사해 낸다. 오래된 흑백 사진처럼 그가 그려 내고 있는 고향은 평화롭고 불화 없는 세계로서의 고향이다. 거기에는 무구(無垢)한 혈연과 놀이, 명절, 민속과 같은 공동체적 궤적이 자리 잡고 있다. 이런 연유로 그가 그려 내고 있는 고향은 비록 평안북도라는 한 지역적 공간에 불과했지만 그러나 그것은 식민지 아래 우리가 회복해야 할 우리 민족의 낙원적 영지(領地)에 값하는 것이었다.

박을삼는집
할아버지와손자가올은지붕웋에 한울빛이진초록이다
우물의물이 쓸것만같다

마을에서는 삼굿을하는날

---

2 그의 부친 백시박은 《조선일보》 사진부에서 반장까지 지낸 사람으로 《조선일보》를 운영하고 있던 방응모와는 같은 정주 사람이다. 백석이 이 신문을 통해 신춘문예를 등단한 것이라든지 조선일보사의 후원으로 동경 유학을 다녀온 것이라든지 유학 후 《조선일보》의 자매지인 《조광》, 《여성》 지 등에서 근무한 것이라든지 하는 것들은 백석과 《조선일보》와의 관계를 단적으로 드러내는 것들이다. 사진은 물체의 형상인 피사체를 있는 그대로 드러나게 한다. 백석이 시각적 이미지를 통해 그림을 옮겨 놓듯이 시를 쓰고 있는 것은 어쩐지 그의 아버지 백시박의 사진 찍는 일과 닮아 있다. 비록 시기적으로 에즈라 파운드나 흄의 이미지즘 기법이 최재서 등의 소개로 국내 문단에 상당한 영향력을 파급하고 백석이 일본 동경 유학 시절 일본 내의 이미지즘 시의 유행 등으로 인해 이에 영향을 받았을 것으로는 추정되나 공교롭게도 그의 운명이 아버지의 영향권인 조선일보사를 좀처럼 벗어나지 못하고 있고 그의 아버지가 전업으로 삼고 있는 사진과 그의 시법이 겹치고 있다는 사실은 예사롭지 않다. 사진이 드물었던 시기, 유소년기 또는 성장기에 그의 의식/무의식에 깊은 인상을 남겼을 가능성이 있고 심리적으로는 아버지와의 동일화가 개입되었을 가능성이 크다. 그러나 백석의 시에서는 아버지에 대한 정서적 정보는 나타나지 않는다.

건넌마을서사람이 물에빠져죽었다는소문이왔다
노란싸리닢이한불깔린토방에 햇츩방석을깔고
나는호박떡을 맛있게도먹었다

어치라는山새는벌배먹어곻웁다는곬에서 돌배먹고앓븐배를 아이들은 띨배먹고 나었다고하였다

—「여우난곬」 전문

「가즈랑집」, 「여우난곬족」, 「고야(古夜)」, 「정주성(定州城)」, 「삼방(三方)」, 「산지(山地)」, 「외가집」, 「넘언집 범같은 노큰마니」, 「동뇨부(童尿賦)」, 「목구(木具)」, 「국수」, 「마을은 맨천 구신이 돼서」, 「칠월(七月) 백중」 등은 「여우난곬」과 마찬가지로 고향을 배경으로 삼는다. 이들 시편에서는 고향을 둘러싼 유년 추억이 삽화적(episode) 형식으로 극화되어 나타나는데 백석에게 유년은 고향과 등위를 이루며 잃어버린 왕국을 기호화한다. 상처 없는 세계이며 주체의 분열이 적게 드러나는 유년을 노래한 시가 많다는 것은 무엇을 의미하는 것일까? 먼저 그것은 백석 자신 현재적 삶의 간고함을 드러내는 것이라고 할 수 있다. 자아가 기억, 감정, 관념, 의식적인 지각으로 이루어져 현재와 일체성(oneness)을 이루려고 한다면 백석을 둘러싸고 있는 정황은 이 자아와 현재와의 관계가 조화롭지 못했다고 볼 수 있다. 이에 따라 그의 영혼의 그림자(The shadow)는 그로 하여금 잃어버린 왕국으로 귀소하게 했을 가능성이 크다. 원상(原象)이 보존되어 있는 유년과 고향이야말로 자기다움(selfhood)을 확인받으며 불화의 상처를 진무할 수 있는 까닭이다. 다음으로는 고향과 유년을 시적 모티프로 삼고 있다는 것은 국가와 민족 복원에 대한 열망을 반영한다고 볼 수 있다. 이에 따라 자아를 찾고자 하는 그의 열망은 자아—집—고향—국

가라는 확산 구조를 갖는다. 이는 상처 없는 고향을 복원하는 것이 곧 일제에게 빼앗긴 국가의 원상을 복원하려는 것과 마찬가지 의미를 지니게 했을 가능성이 있다는 것을 뜻한다. 백석이 비록 동시대 시인인 이용악이나 오장환, 혹은 박팔양이나 권환 등에 비해 식민지 현실을 극복하려는 실천력이 부족한 것은 사실이나, 그것은 타고난 기질과 문학을 형상화하는 방법의 차이에서 오는 것으로, 소월이 향토적 정감과 민족 성정의 언어로 민족 에너지를 불러일으켰던 것을 상기한다면 백석 시도 이와 멀지 않은 것으로 판단된다.

백석이 일본 동경 유학을 마치고 이듬해인 1936년 33편을 묶어 발간한 시집 『사슴』에는 「통영」, 「시기(柿崎)의 바다」 등 두 편을 제외하고는 전부가 고향 혹은 고향 근처를 무대로 하고 있다. 이들 시는 기억을 재생시켜 사실만을 시 속에 생생하게 옮겨 놓는 특징을 보인다. 이 때문에 김기림은 그의 시를 두고 "철석(鐵石)의 냉담에 필적하는 불발한 정신(《조선일보》, 1936. 1. 29)"이라고 평하고 있고 박용철 역시 백석 시집 『사슴』 평에서 "냉연(冷然)한 산문적(散文的)인 포 — 즈"(《조광》, 1936. 4)라고 논급한다.

3 이미지즘 방법의 원용

백석의 시는 탈(mask)의 사용에 있어 외면 화자와 내면 화자를 시 속에 일치시켜 세계와의 동일화를 이루려 하고 있고 시적 방법에서도 객관적 피사체를 있는 그대로 담아내고자 한다. 또한 백석의 서사화(narative)는 많은 논자들의 언급과는 달리 「여승(女僧)」, 「팔원(八院)」, 「고향」, 「수라(修羅)」 등의 몇몇 시편들을 제외하고는 여러 에피소드를 얼기설기 얽어 놓는 나열 구조로 되어서 엄격히 말하면 이야기 시라고 하기는 어렵다.

하나의 스냅 사진이 한 컷 한 컷 지나가는 듯한 장면을 모아 놓고 있는 그의 시는 따라서 자연스럽게 하나의 스토리를 형성해 가는 이야기 시의 형태라기보다는 직설적 언술이 나열된 서술 구조를 띠고 있다고 보는 것이 더 온당하다.

1)
흙꽃니는 일은봄의 무연한벌을
輕便鐵道가 노새의맘을먹고지나간다

멀리 바다가뵈이는
假停車場도 없는 벌판에서
車는머물고
젊은새악시둘이날인다

—「광원(曠原)」 전문

2)
무이밭에 흰나뷔나는집 밤나무 머루넝쿨속에 키질하는소리만이들린다
우물가에서 까치가작고즞거니하면
붉은숫닭이높이 샛덤이웋로올랐다
텃밭가在來種의林檎낡에는 이제도콩알만한푸른알이달렸고 히스무레한꽃도 하나둘퓌여있다
돌담기슭에 오지항아리독이빛난다

—「창의문외(彰義門外)」 전문

1)과 2)는 서술을 통해 시를 구조화한 뒤 그것이 다시 묘사에 이르게

하는 독특한 창작 방법이 숨어 있다. 1)의 경우는 '철도가 지나간다'와 '젊은 새악시가 차에서 내린다'라는 두 개의 문장으로 이루어져 있다. 그런데 이 두 개의 병렬 문장은 각각 서술을 거느리고 있으면서도 전체적으로는 묘사의 성질을 갖게 하는 특이 구조로 되어 있다. 2) 역시 '키질하는 소리가 들린다', '숫닭이 샛덤이웋로올랐다', '히스무레한꽃이 퓌여있다', '오지항아리독이빛난다'와 같이 네 개의 문장으로 되어 있지만 이들 문장 또한 사실을 있는 그대로 서술함으로써 결과적으로는 한 장면(scene)이 되게 하고 있다. 묘사는 창작자의 의도에 따라 언어가 배제되거나 포괄되는 까다로운 선택의 원리를 거친다. 그 이유는 묘사가 창작자의 내면 심리를 암시하거나 상징화하는 데 기여하고 있기 때문일 것이다. 따라서 1)과 2)는 각각이 서술적 문장으로 이루어져 있지만 이것이 모여 전체적으로는 묘사로 이루어진 것처럼 보이는 백석 나름의 독특한 문체 미학을 보이고 있다.

이미지는 시에 있어서 시인의 정서, 관념, 기억, 의미 등을 효과적으로 독자들에게 제공하는 역할을 맡는다. 또한 이미지는 시적 구조 안에서 서로 유기적으로 작용하여 시의 균형을 유지해 준다. 백석의 시는 그 자신 내면 풍경을 밖으로 표출하기보다는 외적 풍경을 그대로 옮겨 놓는 회화시나 묘사시의 형태를 지닌다. 객관성과 정확성을 목표로 하는 백석 시의 이미지즘은 1920년대를 풍미했던 낭만주의적 시풍과 카프가 지니고 있었던 과도한 계급적 색채에 반(反)하면서 1930년대 영미 이미지즘 운동에 잇대어 있다. 이 같은 근거는 1930년에서 1934년까지의 동경 유학 시절에 이미 일본 문단 내에 이미지즘이 활발하게 전개되고 있었고 국내에서도 이양하, 최재서, 김기림, 박용철 등에 의해 영미 이미지스트가 활발하게 소개된 것에서도 알 수 있다.

4 시적 세계의 변화

그러나 백석의 시는 지적 절제를 통해 자아와 대상과의 교호를 시도한 정지용이나 문명의 어두운 황폐를 비관하고는 있지만, 궁극적으로 과학주의에 경사하고 있는 김기림이나 도시인의 고독과 우수와 같이 문명 비판적 태도를 취하고 있는 김광균 등과는 달리, 향토성에 뿌리박고 있는 이미지즘 시의 특징을 보인다. 이미지즘적 방법을 원용하되 이를 주체적으로 시화하여 고향이라는 공간을 통해 주체 의식을 복원하고 있는 그의 시는 공동체적 공간을 통해 공존의 조화로운 질서와 역사를 추동하는 건강한 생명을 생생하게 그려 내고자 하는 의지를 갖는다.

그러나 이러한 백석의 시는 과거 — 유년 — 고향 — 외면 풍경에서 점차 현재 — 성년 — 타향 — 내면 풍경으로 전환되는 양상을 보인다. 이는 두 번의 결혼과 실패, 권번 김자야와의 사랑과 이별, 그리고 잦은 이직(移職)과도 연관이 있는 듯 보이며 1940년 1월 그의 나이 29세가 되던 해 만주의 신경으로 홀로 떠난 뒤에는 그의 시 세계는 이 대립 관계가 극단화되기에 이른다. 다시 말하면 1936년 1월에 발간된 『사슴』 이후 1939년 12월 이전까지 발표된 그의 시에서는 대체로 『사슴』에서 보여 주고 있는 시 세계가 그대로 유지되고 있으나 「남행시초(南行詩抄)」, 「함주시초(咸州詩抄)」, 「산중음(山中吟)」, 「물닭의소리」 등과 같은 연작 기행시 20여 편과 연애시라고 할 수 있는 「바다」, 「나와 나타샤와 흰당나귀」, 「내가이렇게외면하고」 등을 발표하면서부터는 서서히 현재 — 성년 — 타향 — 내면 풍경이라는 시적 방식으로 현격하게 기울어져 있다.

바다ㅅ가에 왔드니
바다와같이 당신이 생각만 나는구려

바다와같이 당신을 사랑하고만 싶구려

구붓하고 모래톱을 올으면
당신이 앞선것만 같구려
당신이 뒤선것만 같구려

그리고 지중지중 물가를 거닐면
당신이 이야기를 하는것만 같구려
당신이 이야기를 끊은것만 같구려
바다ㅅ가는
개지꽃에 개지 아니 나오고
고기비늘에 하이얀 해ㅅ볕만 쇠리쇠리하야
어쩐지 쓸쓸만 하구려 섧기만 하구려

—「바다」 전문

1937년 10월《여성》2권 10호에 실려 있는 이 시는 이전의 시와는 확연히 구분되는 몇 가지가 있다. '~구려'와 같은 감탄 어사가 반복적으로 사용되고 있다는 점과 『사슴』에서 보이고 있던 감각적 묘사 대신 '쓸쓸한', '섧기만'과 같이 화자의 감정이 시의 문면에 고백적으로 드러나고 있다는 점이 바로 그것이다.[3]

김자야와의 만남은 백석의 시 세계가 변하는 데 결정적인 역할을 하게 된다. 화자의 사물에 대한 대응 방식에 있어 관찰적 화자가 고백적 화

3 그의 전기적 삶을 고려할 때 이 시는 백석의 나이 25세 때 함흥의 영생교보 영어 교사 시절 권번 김자야를 만난 뒤에 쓴 시라고 추측되며 김자야는 그의 회고담에서 이 시의 주인공을 자신이라고 털어놓고 있다. 김자야, 『내사랑 백석』(문학동네, 1998).

자로 변모하고 또한 문장의 길이도 현저하게 길어지고 있는데 이는 백석 내부에 도사리고 있는 절망과 대립, 억압과 고립 등과 같은 혼돈의 심리가 복합적으로 반영되어 있는 것으로 백석 자신 자아와 세계와의 갈등이 과거에 비해 더욱더 깊어지고 있음을 반증한다. 그러나 문학적으로는 『사슴』에서 보여 주고 있는 시 세계에 대한 탐구를 새롭게 시도하려는 의지가 엿보이는 대목이기도 하다. 따라서 이 시기의 시편들은 「석양(夕陽)」, 「외가집」, 「개」, 「넘언집 범같은 노큰마니」, 「동요부(童尿賦)」 등과 같은 시편들과 혼재되다 1940년 1월 백석의 나이 29세 때 《조선일보》사를 사직하고 김자야와도 헤어진 채[4] 만주의 신경으로 홀로 이주했을 때는 그 이전의 시와 뚜렷하게 달라짐을 목격할 수 있다.

오늘은 正月보름이다
대보름 명절인데
나는 멀리 고향을 나서 남의나라 쓸쓸한 객고에 있는 신세로다
넷날 杜甫나 李白같은 이나라의 詩人도
먼 타관에 나서 이 날을 맞은일이 있었을것이다
오늘 고향의 내집에 있는다면

---

4 백석은 김자야와 동거하고 있을 때 두 번에 걸쳐 결혼을 한다. 부모의 강권이라는 가부장적 이데올로기가 작용하고 있었다는 표면적인 구실이 있었다고는 하지만 여러 가지 전기적 정황을 고려할 때 그의 우유부단한 성격으로 말미암은 바가 크다. 백석과 김자야와의 관계는 1939년 12월 백석이 왕십리역 구내 다방으로 김자야를 불러 만주 신경으로 같이 가자고 제의하고는 있으나 적극적으로 권한 것은 아닌 듯싶다. 백석이 만주에 거처를 정한 후에 1940년 토마스 하디의 작품 『테스』의 번역 원고 출간을 위해 서울을 다녀갔을 때 백석이 김자야를 찾지 않은 것이나 1940년에서 1945년 해방되기까지 얼마든지 만날 수 있었는데도 백석이 김자야를 찾아보았다는 기록이 없는 것으로 보아 김자야가 펴낸 책에서 보이는 절절한 사랑만큼 백석의 사랑은 그리 오래가지 않은 것으로 판단된다. 아울러 유랑 의식에서 비롯되었다는 긍정적인 평가에도 불구하고 식민지 시대 지식인으로서 동경 유학까지 다녀온 그가 조국과 민족에 대한 부채 의식을 등지고 남의 나라에서 소작농에까지 전락했다는 사실은 그의 시와는 별개로 불만스러움을 감출 수가 없다.

새옷을입고 새신도 신고 떡과 고기도 억병 먹고
일가친척들과 서로 뭏여 즐거이 웃음으로 지날것이였만
나는 오늘 때묻은 입든옷에 마른물고기 한토막으로
혼자 외로히 앉어 이것저것 쓸쓸한 생각을하는것이다
녯날 그 杜甫나 李白같은 이나라의 詩人도
이날 이렇게 마른물고기 한토막으로 외로히 쓸쓸한 생각을 한적도 있었을 것이다
나는 이제 어늬 먼 왼진 거리에 한고향사람의 조고마한 가업집이 있는 것을 생각하고
이집에가서 그 맛스러운 떡국이라도 한그릇 사먹으리라한다

—「두보(杜甫)나 이백(李白)같이」 부분

「바다」와 마찬가지로 이 시는 지금까지 보여 준 백석 시와는 전혀 다른 면모를 보여 준다. 우선 화자 방식에 있어서 이 시는 화자가 문면에 직접 드러나며 중국이라는 이역에서 느끼는 객고의 고단함에 대해 "혼자 외로이 앉어 이것저것 쓸쓸한 생각"에 빠져 있다고 말하는 데에까지 이른다. 화자가 다양한 얼굴과 개성을 가진 언어 형식으로 이를 조종하고 통제함으로써 시적 효과를 거둔다고 볼 때 「두보나 이백같이」는 탈을 통해 얻어지는 객관성이라는 적절한 기제를 거부함으로써 그 자신이 처한 현재적 정서의 절박함을 앞세운다. 뿐만 아니라 담화의 방향을 자신의 내면으로 향하게 하여 자신 안에서 좌절과 절망의 감정을 끄집어내 비극적 세계 속에 잠복해 있는 위안과 희망의 가능성을 탐지하고자 한다. 이에 따라 어조는 사유적이며 자괴적인 태도를 보이고 있으며, 음(sound)의 사용에서도 '쓸쓸한, 한토막'과 같은 탁음의 사용과 '객고, 억병, 가업집, 마른물고기'와 같은 경음의 사용이 혼용되고 있으며 '때묻

은, 외로이, 외진, 조그마한'과 같이 부정적 어사의 사용도 빈번해지고 있다. 문장의 길이에서도 『사슴』에서 보이고 있던 간면성이 상당량 거세되고 감정이 물 터지듯이 분출되어 어휘와 문장의 반복이 심해지고 있다.

백석 시에서 고향은 조국이라는 공간을 대체한다. 이를 통해 백석은 그의 영혼과 육체를 해방시키고 현실의 고통을 해소시키려 했다. 『사슴』에서 보이는 명절 모티프 역시 전근대와 근대가 혼재되어 있는 양상을 보여 주며 나라를 빼앗긴 시대에 민족 공동체적 혈연 회복을 보여 준다. 이로 인해 『사슴』에 나타나는 생득의 언어는 백석이 만주로 이주했을 때에는 고향에 대한 그리움이 더 한층 절실해지는 화법으로 변화한다. 그리하여 친족 공동체나 민족 공동체에서 분리된 자신의 처지는 "혼자 외로히 앉어 이것저것 쓸쓸한 생각"을 하고 "어늬 먼 왼진 거리에 한고향 사람의 조고마한 가업집"에나 가서 "떡국이라도 한그릇 사먹으리라한다"라는 객고에 빠지게도 한다. '외로이 앉'아 '쓸쓸한 생각'에 빠져 있는 그에게 이제 『사슴』에서 보이던 풍요로운 기대는 보이지 않는다. 대신 「수박씨, 호박씨」, 「북방에서 정현웅에게」, 「힌 바람벽이 있어」, 「조당(澡塘)에서」, 「귀농(歸農)」, 「남신의주유동박시봉방」에서와 같이 슬픔과 시름, 가난함과 쓸쓸함, 한탄과 눈물 등이 장문의 요설조에 섞여 파동을 이루고 있을 뿐이다.

5 분단을 넘어 통일로

백석은 「정주성(定州城)」을 발표한 이래 세계와의 동일성을 추구하며 스스로 바깥으로 향해 나가는 열려 있는 존재 방식을 보여 준다. 그의 시는 내면의 육체를 그의 감각의 틈새에 비집어 놓고 그 속에서 세계의 풍경을 생생한 눈으로 바라다본다. 그 풍경은 동양적인 허정(虛靜)의 세계로 그곳에는 텅 비어 있음이 주는 고요함이 아름답게 깔려 있다. 「비」, 「청시(靑柹)」, 「산(山)비」, 「머루밤」 등은 바로 이러한 여백의 미학을 관조적으로 보여 주고 있는 시이며 여기에는 잃어버린 낙원의 원상(原象)이 청신한 감각으로 재현되어 있다. "별많은밤/ 하누바람이불어서/ 푸른감이떨어진다 개가즞는다"(「청시(靑柹)」 전문)나 "山뽕닢에 비ㅅ방울이친다/ 멧비둘기가 닌다/ 나무등걸에서 자벌기가 고개를들었다 멧비둘기켠을본다"(「산(山)비」 전문)에서와 같이 평화스러움과 자연의 아름다움이 생물들의 생명력과 어울려 낙토(樂土)를 이룬다. 뿐만 아니라 그의 청신한 감각의 시에는 그 빼앗긴 낙토에 사는 수절과부, 정문(旌門)집가난이, 늙은 홀아비, 늙은말군, 거적장사, 애기무당과 같은 주변부적 인물을 통해 수난의 삶 속에서 질기게 목숨을 이어 가는 강건한 민중들의 모습이 소박하고도 따뜻하게 자리 잡는다. "거적장사 하나 山 뒤ㅅ녚비탈을올은다/ 아 딸으는사람도없시 쓸쓸한 쓸쓸한길이다/ 山가마귀만 울며날고/ 도적개ㄴ가 개하나 어정어정따러간다"(「쓸쓸한 길」 부분)와 같이 그의 시는 현실을 부정의 대상으로 바라보는 것이 아니라 민족적 공동체의 장소로 인식하며 공존의 길을 따뜻하게 보여 준다. 이 인식의 바탕에는 그의 시가 고향이라는 구체 공간을 적시함으로써 잃어버린 낙원을 복원하고자 하는 의도가 깔려 있다.

고향은 그에게 상처 없는 유년의 원시태(原始態)이며 그의 정신에 뿌리내리고 있는 원형으로, 현실의 불화와 무질서를 해소해 주는 안락의 거소였다. 시집 『사슴』에서 보여 주었던 절제된 감정과 간명한 화법은 그가 만주로 거처를 옮긴 뒤에는 그의 신고스러운 삶처럼 시 역시 균열의 틈새를 보여 주는 분열의 시학을 보여 준다. 또한 그는 해방이 되자 고향에 정착, 북한에 거주하며 조선작가동맹 기관지인 《조선문학》에 「공무려인숙」, 「하늘 아래 첫 종축 기지에서」, 「돈사의 불」, 「탑이 서는 거리」, 「돌아온 사람」 등의 사회주의 혁명 노선에 참여하는 시들을 발표하기에 이른다. 백석의 삶으로나 시 세계로 보나 이 같은 행적은 어색하기 짝이 없으나 그것은 1963년 이데올로기와의 충돌로 숙청되었을 것이라는 추측과 더불어 분단의 비극을 더하며 백석답다는 인상을 가져다주기에 충분했다. 백석의 생애가 확실히 밝혀진 지금, 그 나머지 자료를 찾아내고 이를 연구하는 것은 지금부터라고 해도 과언이 아닐 것이다. 그럼으로써 백석 시의 전모가 온전히 밝혀질 것이며 이것이 곧 분단을 넘어 통일로 가는 문학의 길임을 믿어 의심치 않기 때문이다.

이육사 시의 낙원 의식 연구

1 머리말

육사는 말의 해를 맞아 《조선일보》(1930. 1. 3)에 축시 「말」을 발표함으로써 작품 활동을 시작했다. 이어 「춘수삼제(春愁三題)」(1935. 1)와 「황혼(黃昏)」(1935. 12)을 내놓으며 1944년 그가 죽기까지 약 40여 편의 시를 남겼다. 비록 편수는 많지 않지만 「청포도(靑葡萄)」, 「절정(絶頂)」, 「교목(喬木)」, 「광야(曠野)」, 「꽃」 등이 널리 알려지면서, 그간 윤동주와 함께 민족시인 혹은 저항시인으로 일컬어져 왔다. 육사가 처한 시대는 언어, 풍습, 제도 등과 같은 문화적인 자존을 지키고자 하는 윤리적 충동과 민족과 국가의 회복이라는 공동체적 신념이 고통스럽게 저장되어 있었다. 비록 식민지 근대가 현실적 조건과 세계와의 관계를 은폐하거나 억압하여 '현실'을 재구성했지만 육사는 세계를 해석하는 것에 그치지 않고 삶과 체계, 이데올로기 속에 은폐되어 있는 현실을 바로보고자 했다. '현실'은 그에게 '본질'이자 모순의 양식이며 황폐한 시대의 양식이었다. 그는 '현실의 구속성'과 '존재의 자율성' 사이에 엄존하는 모순적 간극을 윤리적으로 극복하려 했을 뿐만 아니라, 지배적 가치로 작용하는 당대의 이데올로기적 · 정치적 기능들을 비판과 저항의 기제로 삼았다.

육사의 시는 그다지 난해하지 않은데도 해석이 쉽지 않다. 이는 외상 언어가 단순히 '현실의 재현'이 아니라 문학이 생산되는 문학 내적인 특수성이 복잡하게 작동된 '미적 언어'로 복원되었고[1] 특히 그의 고향인 안동 지방의 언어를 시의 문면에 내세웠기 때문이다. 지역어로서의 방언은 다른 사회와 구획 짓는 지리학적, 교육적, 언어적 특성이자 표준 언어로부터 벗어난 일탈 어법이다. 방언은 공간적으로 생장지를 구획한다. 그리고 생장지는 조상 대대로 탄생, 성장, 소멸을 지속하는 생명적 존재로 감성적 전기를 이루는 역동체로 기능한다. 그것은 개인적이라기보다는 공동체적이고, 우연적이라기보다는 필연적이다. 이 점에서 고향은 민족과 국가로 인식될 수 있는 것으로, 타자로서의 일본과 대립을 이루는 공간이다. 이는 육사가 관습 언어를 통해 일본이라는 타자와 저항하기 위한 행동과 실천의 욕망과 무관하지 않다.[2] 이런 측면에서 육사 시를 구

---

1 시는 특정한 이데올로기나 지배 담론의 권력 관계 속에서 억압의 언어로 위치하여 관습과 규준을 형성한다. 이 과정에서 시의 문체 · 구문 · 어휘 · 의미 등과 같은 문학 내적인 요소는 문학 외적인 간섭에 의해 달라진다. 모호하거나 우회적이거나 사적 언어를 채택한 이 외상의 언어는 변형과 치환, 응축과 왜곡, 우회와 분열을 채택하여 불가해(不可解)한 언어로 변환될 수 있다. 육사가 처한 식민지 근대의 정치적 무의식은 기표들의 표현을 왜곡하여 경험적 표상들을 미적으로 대체시키는 한편 미는 해석을 통해 이데올로기와 정치적 억압에 대한 저항이라는 의미로 환원된다. 이런 이유로 육사의 시는 그 주제적 진술이 기표를 통해 분명하게 드러나고 있지는 않지만 신념과 열망의 표현인 '행동의 언어'와 '사회적 실천으로의 언어'로 해석되어야 한다. 육사의 시가 이산 문학(diaspora literature)으로 해석될 수 있는 것도 바로 이 지점이다. 육사가 고향 안동을 떠나 일본과 만주 그리고 중국으로 떠돌았고 그 스스로 끊임없이 대지를 잃은 자의 슬픔을 노래하며 고통을 시에 각인하고 있다는 점은 '현실'을 역사적 맥락 속에 두고 억압된 정치성을 드러내고자 하는 실천적 전략과 동궤하기 때문이다.

2 장소와 국가로부터의 추방은 불안한 정체성을 드러낼 수밖에 없다. 이와 같은 이유로 육사의 시가 자아 찾기의 여정을 보여 주는 것도 조선을 향한 이상적 열망으로 존재한다. 이로 인해 육사의 시는

성하고 있는 언어가 한자어와 서양 외래어가 혼종을 이루고 있다는 것을 눈여겨볼 필요가 있다.[3] 예컨대 교목(喬木), 편복(蝙蝠), 연지(臙脂), 대붕(大鵬), 화화(火華), 교룡(蛟龍), 항분(亢奮), 십이성좌(十二星座), 옥야(沃野), 홀(笏)과 같은 한자어와 코ㅡ카사스, 커ㅡ텐, 쓴드라, 왈쓰, 보해미안, 파이프, 라이플선, 사라센, 뮤ㅡ즈, 파라솔 같은 서양 외래어는 각각 전통과 근대라는 의미를 표상한다. 전자가 육사의 한학적 소양과 매개하며 전래적이고 전승적인 가치를 포함하고 있다면, 후자는 육사가 처한 시대적 환경과 매개한다.[4] 근대의 혼란은 곧 식민지 근대의 혼란이다. 일본에 의해 근대가 이식되는 지배 구조 속에서 육사의 저항적인 실천들은 이러한 속박과 혼란의 산물이다.[5] 불우한 처지에 대한 고백과 생명적 존재로서의 고향 상실과 귀향 의식은 그가 대지적 상상력(「광야」, 「청포도」)에 뿌리를 두고 민족 공동체적 회복이라는 이상적 세계로 귀속하고자 하는 의지를 정향한다. 이 열망은 현재보다 더 나은 세계로의 공동체적 전망을 실

이미 미적 규준이 정해진 잣대에 의해 해석되는 결정론적인 운명을 지니고 있다. 시대적 모순을 드러내는 시가 많지 않음에도 편향되게 해석되는 것은 그의 시가 지니고 있는 개성적인 상상력과 독창적인 언어의 성과에 대해서 자칫 소홀히 할 수 있을뿐더러, 자기 완결성을 갖는 미적 체계가 갖는 시의 가치를 차단한다.

3 육사의 시는 한시 및 한문학을 바탕으로 한 한자 어투나 전래적인 용어들이 구사되어 있는가 하면, 근대 이후 서양적인 외래어와 과학 용어 및 그 밖의 신어들이 사용되고 있다. 이는 육사의 수학 과정이 그랬듯이 한문학과 신문학을 배경으로 한 여러 가지 지식이 그대로 투영되어 나타난 것으로 보아야 한다. 김학동, 『현대시인 연구 I』(새문사, 1995), 857~863쪽.

4 시가 역사 사회적 환경의 산물이라는 문학 사회학적 관점이나 시가 시인의 무의식에 깊이 내재한 정치적 무의식이라는 제임슨의 논의를 빌려 오지 않더라도 육사의 시에서 보이고 있는 이 같은 언어의 혼재는 육사뿐만 아니라 조선이 감당해야 할 책무였다. 즉 일본에 의해 체제적으로 성립된 식민지 근대가 전승된 문화와 역사에 대해 그 가치를 폄훼하고 있는 것에 대해 이를 극복하고 이어 가야 할 자존을 보전해야만 했던 것이다.

5 식민지 근대는 국가 주권의 회복과 식민자본주의 체제의 극복 그리고 문화와 역사에 대한 주체적 정체성의 회복이라는 과제를 안겨 주었다. 근대를 선도한 제국주의적 자본주의는 국민 국가의 영역을 넘어 침략과 수탈을 수반하면서 식민지에 근대를 이식하여 식민지 근대화를 강화한다.

현하고자 하며, 그것은 '낙원'으로 존재하거나 '유토피아'로 존재한다.[6]

육사에게 '낙원'은 식민지 지배 질서에 대항하기 위한 내면화된 세계이며, 능동성과 실천을 요구하는 투철한 의지를 수반하는 것이었다. 그것은 민족 국가의 성립이라는 열망에서부터 출발한다. 이 글은 타자로서의 일본을 자신의 체계 속에 재현시켜 전체적 침략 지배자로서의 일본과 억압적 현실에 대한 부정 의식을 보이고 있는 육사 시에 나타난 '근대 주체의 낙원 의식'을 중심으로 살펴보도록 하겠다.

2 낙원의 상실과 세계의 절멸

육사가 본격적으로 시작 활동[7]을 펼친 1930년대 중반부터 1940년대 초반은 파시즘적 체제가 더욱 강고해진 시기였다. 일본은 황국신민화(皇國臣民化)와 내선일체(內鮮一體) 체제의 동화 정책을 추진하는 한편 조선사상범 보호관찰령을 발포하여 사상 탄압을 가혹하게 하였다. 또한 국가총동원법을 발동해 비상 전시 체제로 바꿔 침략의 병참 기지로 만들었

---

6 '낙원'은 현재와 함께 자리하는 태고의 역설적인 과거, 즉 '영원한 현재'로서 순환적이고 반복적이다. 현실에 대한 비판과 개혁을 제안하므로 규범의 세계이며 인간의 근원적인 욕망과 관계한다. 이에 반해 '유토피아'는 일체의 행동을 유도하는 지배 이데올로기에 맞서 행동을 이끄는 사상의 복합체를 일컫는다. '낙원'이 현실 세계와 이상 사회 사이의 연결에 있어 상징적 · 제의적 태도를 지니고 있다면 '유토피아'는 진보를 향해 가는 합리적인 기획에 의한 최상의 현실 실현에 관심을 두고 있다. '주변적'이고 억압받는 '타자의 시선' 속에 자리 잡은 이 '희망의 원리'는 시간과 삶 속에서 긍정적 가치를 제공한다. 임철규, 『왜 유토피아인가』(한길사, 2009), 17~34쪽. 이 글에서는 용어 사용상 '낙원'과 '유토피아'가 현실의 부정을 딛고 욕망의 현존 형상을 궁구하고 있다는 점에서, 같은 의미로 사용하기로 한다. 다만 '유토피아'는 근대 기획의 역사적 사회 변혁에 참여한다는 전제 아래, '낙원'은 이상 사회를 동경하는 근원적인 욕망과 접면될 때 각각 적용하고자 했다.

7 1930년 1월 3일 《조선일보》에 「말」을 이활(李活)이라는 이름으로 발표한 이래 1935년 《신조선》에 「춘수삼제(春愁三題)」와 「황혼(黃昏)」을 육사(陸史)라는 이름으로 발표한 뒤 시사 평론, 문학 에세이, 한시, 번역시 등 다양한 활동을 펼치게 된다.

다.[8] 육사는 억압된 시대의 풍경을 진실하게 재현하여 자신의 경험에 스며 있는 이상을 실천적인 언어로 담아내고자 했다. 현실 인식에 바탕을 두고 그 속에서 역사와 문화가 어떻게 비루하게 단속(斷續)되고 있는지 비판적으로 성찰하고 있는 육사의 시는 이런 의미에서 역사의 기억과 경험의 사회적 구성물이다. 현실을 표상하는 것에 그치는 것이 아닌 표상 체계를 통해 은폐되어 있는 현실태를 특권화하고자 하는 그의 기획은, 국가 주권의 회복을 통해 근대 국민 국가를 이루고자 하는 노력에서 발현한다.

수만호 빛이래야할 내 고향이언만
노랑나븨도 오쟎는 무덤우에 이끼만 푸르리라.

슬픔도 자랑도 집어삼키는 검은 꿈
파이프엔 조용히 타오르는 꽃불도 향기론데
연기는 돛대처럼 날려 항구에 들고
옛날의 들창마다 눈동자엔 짜운 소금이 저려

바람 불고 눈보래 치쟎으면 못살이라
매운 술을마셔 돌아가는 그림자 발자최 소리

---

8 1931년에는 민족적 역량을 총집경한 신간회(新幹會)가 해체되어 민족은 정신적 지주를 잃었고 1931년과 1934년에는 조선 프롤레타리아 예술동맹의 제1차, 제2차 검거가 있었다. 그리고 조선어문의 사용 금지, 일본식으로 개성명(改姓名)하여 민족 문화가 발붙일 곳이 없었다. 1937년 중일전쟁과 1941년 태평양 전쟁으로 조선은 전시 체제로 돌아섰으며 1942년 조선어학회 사건에서 보듯이 문화 운동은 근저로부터 괴멸된 일본 군국주의의 폭위(暴威)에 의해 질식 상태에 놓여 있는 암흑시대였다. 박병채, 송민호, 조용만, 『일제하의 문화운동사』(민중서관, 1973), 187~223쪽.

숨막힐 마음속에 어데 강물이 흐르뇨
달은 강을 따르고 나는 차듸찬 강맘에 드리라

수만호 빛이래야할 내 고향이언만
노랑나븨도 오쟎는 무덤우에 이끼만 푸르리라.

—「자야곡(子夜曲)」 전문

《문장》(1941. 4)에 「아미(蛾眉)」, 「서울」과 함께 발표된 이 시는 대지의 상실을 절망적 어조로 노래한다. 대지의 중심인 고향은 실재적인 공간이자 성스러운 공간으로, 그 공간은 우주와 상응하며 천상을 향하는 세계의 중심이다. 인간은 신성이 자신에게 부여하는 스스로의 중심을 무의식적으로 지향하여, 항상 세계의 중심인 실재의 한가운데에 있고자 하는 낙원에의 향수를 지닌다.[9] 중심에 가까이 거처하고자 하는 욕망은 뿌리 깊은 인간 본래의 염원이다. 고향은 곧 신체이며 우주로서, 고향-신체-우주가 한 거주지를 이룰 때 그것은 성화(聖化)된 생명을 감득한다. 따라서 공간의 상실은 세계의 절멸[10]이다.

화자에게 고향은 "노랑나븨도 오쟎"고 "무덤우에 이끼만 푸르"른 암울한 곳이며 희망이 결락된 불안한 영혼이 서려 있는 곳이다. 위태롭고 저주받은 식민주의/제국주의의 영토로서 그곳은 "슬픔도 자랑도 집어삼키는 검은 꿈"이 지배하는 '숨막힐(숨막히는)' 밀폐 언어의 공간이자 신체의 공간으로 "검은 꿈"과 "매운 술"을 마셔야만 견딜 수 있는 공간이다. 식민지 현실이 훼손한 탄생의 공간은 태초의 시간마저 절망적으로

9 미르치아 엘리아데, 이재실 옮김, 『이미지와 상징』(까치, 2005), 31~65쪽.
10 미르치아 엘리아데, 이은봉 옮김, 『성(聖)과 속(俗)』(한길사, 2004), 153~165쪽.

만들어 버린다. "제비야/ 너도 故鄕이 있느냐// 그래도 江南을 간다니/ 저 노픈 재우에 힌구름 한쪼각// (……)// 不幸히 沙漠에 떠러져 타죽어도/ 아이서려야 않겠지// 그야한때 나라도 홀로 높고 빨라/ 어느때나 외로운 넋이였거니"(「잃어진 고향(故鄕)」)에서처럼 사막에 떨어져 뜨거운 태양에 타죽는 '넋'의 절멸은 태초의 시간인 탄생을 죽음으로 대체한다.

육사에게 현실은 "思想善導의 염탐밋헤 썰고만잇"(「실제(失題)」)게 만드는 불안이 가득 찬 곳이며 "쇠줄에 끌여것는 囚人들의 무거운 발소리!"(「해조사(海潮詞)」)가 비명을 지르는 곳이다. "쫓기는 마음! 지친 몸"(「노정기(路程記)」)으로 공포와 격한 피로가 누적되어 "거미줄만 발목에 걸린다해도/ 쇠사슬을 잡어맨듯 무거워"(「연보(年譜)」)질 때 "洞里의 密告者인 江물"(「초가(草家)」)이 파멸로 이끄는 "沙漠"이 "다은곳"(「강(江)건너간노래」)이다. 육사가 대결 정신으로 험준한 시대를 치열하게 투쟁하다가 숨져 간 일제하 가장 빛나는 별이었고[11] 시적 정서와 민족적 저항 의식을 하나로 구현한 순교자[12]였지만 그에게 현실은 태초의 시간과 지상의 상실을 뼈저리게 실감하는 절멸의 시간이었다.

시가 실재하는 관념으로 미적 담보를 지닐 수 있다 하더라도 시의 전망은 문맥으로만 드러나는 것이 아니다. 그것은 미적 장치를 통해 왜곡되고 굴절되어 변형된 형태로 녹아 있다. 시는 객관적 실재를 사회적 의식에 의해 자기화하고 주체의 감각과 사유를 통해 사회적 실천 속에 투영한다. 시인이 의식을 통하여 객관적 실재를 자기화하고 재생산하는 것은 시가 결코 독립적인 존재로 존재하지 않는다는 것을 의미한다. 육사의 시가 '공준(公準) 언어'적 성격[13]을 띠는 것도 바로 이 때문이다. 따라

11 정한모, 『한국 현대시의 현장』(박영사, 1983), 104~113쪽.

12 박두진, 『한국 현대시론』(일조각, 1980), 104~114쪽.

13 육사의 시가 경북 지방의 방언과 토착어를 사용했다는 것은 고향 상실 의식과 밀접한 연관이 있다.

서 "노랑나븨"[14]도 찾지 않는 현실은 개인적 인식 과정을 넘어 사회의 인식과 실천으로부터 생겨나는 것으로 그것은 "'사막우에 이끼"만 자욱이 낀 현실과 만난다.

어느沙漠의나라 幽閉된 后宮의 넋이기에
몸과 마음도 아롱저 근심스러워라.

七色바다를 건너서와도 그냥 눈瞳子에
고향의黃昏을 간직해 서럽지 안뇨.

사람의품에 깃들면 등을 굽히는짓새
山脈을 느낏사록 끝없이 게을너라.

앞서 말했듯이 방언과 사투리는 육사에게 있어 일본에 의해 강제화된 제도나 이데올로기의 투쟁에서 비롯한 바가 크다. 제도나 이데올로기가 국가나 민족을 통제하기 위해 고안된 기획이라면 감시와 통제로서의 비판은 우회적이고도 간접적으로 저항과 다르지 않다. 그것은 자아-인간-국가-문화를 지키고자 하는 자의식에서 출발했을뿐더러 자신과 역사의 정체성 찾기와도 동일한 의미를 이룬다고 할 수 있다. 유가와 문사적 전통이 남아 있고 안동이 지역적 특수성을 면연히 이어져 내려온 정신사적 의미와 그 뿌리가 닿아 있기 때문이다. 특히 육사의 가계도(家系圖)를 고려할 때 그 맥락의 의미는 더욱더 가시적이다. 시가 지니고 있는 자족적인 존재성과 시인의 전기(傳記)가 서로 배면을 이룰 때 시적 의미가 뚜렷한 것처럼 육사의 생애와 관련될 때 시적 의미는 더욱 분명해질 것이다. 그것이 시에서 실재하는 세계로 드러나거나 불가시적 관념으로 드러나느냐 하는 문제는 부가적이다.

14 "노랑나븨"는 화자가 고향을 떠올리는 상징물이다 "노랑나븨"가 지니고 있는 색채의 이미지와 비상과 자유의 이미지는 화자의 심리적 대체물로서 그것은 '제비'나 '갈매기'와도 같은, 화자가 처한 상황적 환경과 대조를 이루는 화자의 정서적 감응체로 작동한다. "노랑나븨"는 수만호 빛과 꽃불이 서로 조응하고 합체하여 화자의 낙원 의식을 이룬다. 이는 '무덤'이 바람과 눈보라가 서로 의미를 삼투하여 불모의 현실을 구성하는 것과 길항한다. 이 대립적 구도는 화자에게 심리적 불안과 허무를 동반하며 낙원을 잃어버리는 정서에 맞닿뜨리게 된다. 낙원 찾기는 화자에게 유습과 유대가 살아 있는 미래의 과거인 현재에 있다. 이 현재는 화자에게 있어 육체의 공간이자 영혼의 거처이다.

그적은 咆哮는 어느祖先때 遺傳이길래
瑪瑙이 노래야 한층더 잔조우리라.

그보다 뜰알에 흰나븨 나즉이 날어올땐
한낮의 太陽과 튜맆 한송이 직힘직하고

—「반묘(班猫)」 전문

화자에게 현실은 "沙漠의나라"에 "幽閉된 后宮의 넋이" "몸과 마음도 아롱저 근심스러"운 곳이다.[15] 주지하듯 '자주적 근대'가 근대 민족 국가의 성립 아래 성숙한 것이라면, '식민지 근대'는 일본의 식민지의 근대화에 입각하여 구축된 이데올로기다. 육사가 일본과 중국 그리고 서울과 만주를 오가면서 느낀 것은 '식민지 근대'가 보여 주고 있는 조선의 현실이다. 마치 염상섭이 조선의 현실을 '무덤'(『만세전』)으로 인식하거나 오장환이 조상과 가계에 대해 환멸 의식을 보이는 것과 상통한다. 이처럼 대지를 잃어버린 자의 고통과 환멸은 '별'(윤동주)의 사라짐이자 '태양'(김기림)의 사라짐이다. 이상의 '막다른 골목'(「오감도」)이 폐쇄된 자아 속에

15 「반묘」는 「자야곡」과 마찬가지로 고향 상실 의식을 통해 시인의 본원적 존재로서의 중심 상실 속에 놓여 있는 화자의 상황이 그려져 있다. 그러나 「자야곡」이 「절정(絶頂)」, 「초가(草家)」, 「잃어진 고향(故鄕)」과 함께 화자가 처한 현실적 상황을 직접 언술을 통해 표상화 하고 있다면 「반묘」는 「파초(芭蕉)」와 함께 각각 고양이, 파초 등의 대상물에 가탁하여 화자의 심리를 투사하고 있다는 점에서 차이를 보인다. 친숙한 공간인 고향이 정형의 공간이자 누대로부터 원형적으로 질서화된 응축된 신성 공간이라면 「반묘」에서 그려지고 있는 외적 공간으로서의 고향은 혼돈과 폐허, 몸과 마음이 유폐된 근심스러운 공간이다. 그것은 '사막(沙漠)의 나라'이자 '유폐된 후궁의 넋'인 나라이다. 이때 고양이는 '칠색 바다'인 고향을 건너와 '고향의 황혼'을 간직해 서러운 존재로 그려진다. 그것은 「파초」에서 "먼 星座와 새로운 꽃들을 볼때마다/ 잊었든 季節을 몇번 눈우에 그"리는 파초의 넋과 「잃어진 고향」에서 제비가 "不幸히 沙漠에 떠러져 타죽"는 '외로운 넋'인 존재와 동일한 표상을 이룬다. 이들의 시가 '잃어버린 원초의 낙원'에 대해 폐허와 절망을 그려 내는 것이라면 이는 육사가 처한 간고한 죽음 의식과 맞닿아 있다는 것을 반증한다.

우글거리는 영혼들인 것처럼 육사 역시 '사막'에 버려진 추방된 세계의 상실자로서 "고향의 黃昏"을 간직한 "바다를 건너"온 고양이와 같이 서러운 존재였다.

3 낙원의 열망과 환멸의 낭만

육사의 생애와 행적은 '유토피아'를 향한 끊임없는 도정과 닮아 있다. 그의 시는 민족과 국가의 독립을 향한 열망으로 현실 조건 위에서 변화된 세계를 이루고자 하는 교섭 의지를 드러낸다. 그러나 육사가 대지와 낙원의 상실에서 느낀 것은 "거미줄만 발목에 걸린다해도/ 쇠사슬을 잡어맨듯 무거"(「연보(年譜)」)운 환멸이었고 "마츰내 가슴은 洞窟보다 어두"(「일식(日蝕)」)운 암흑이었다. 대지가 곧 인간의 육체인 것처럼 몸은 '기관 없는 신체'를 태초의 시간인 자궁과 신전의 공간인 낙토를 욕망한다.[16] 육사는 '자궁'과 '신전'에서 분리된 몸으로 공동체적 유토피아를 지향한다. 그에게 유토피아는 '꽃'과 '무지개'가 지상과 천상에 펼쳐져 있고, '나비'와 '갈매기'가 자유롭게 날아다니는 해방의 공간이다. 그러나 현실이 너무 고통스러울 때 유토피아는 '숨는 집'이 된다.

---

16 귀향(歸鄕)과 귀소(歸巢)를 향한 끊임없는 지향은 곧 탄생과 재생의 거소인 자궁과 신전으로의 이상적 세계로서의 '유토피아'는 '세계'와 대립하는 피안에 두어 왔다. '세계'를 견딜 수 있게 한 것은 '유토피아'이다. 즉 사람이 자신의 환경에 적응하면 할수록 사람들의 행동 양식에 맞추어 환경을 만들면 만들수록 더욱더 유토피아에 살게 된다. 그러나 현실 세계와 그 세계 너머의 유토피아 사이에 단절이 생기면 유토피아에 대한 의지가 생활에 작용하는 역할을 의식하게 되고, 유토피아를 분리된 현실로 보게 된다. 루이스 멈퍼드, 박홍규 옮김,『유토피아 이야기』(도서출판 텍스트, 2010), 27~43쪽.

목숨이란 마—치 깨여진 배쪼각
여기저기 흐터저 마을 이 한구죽죽한 漁村보다 어설푸고
삶의 틔끌만 오래묵은 布帆처럼 달어매엿다.

남들은 깃벗다는 젊은날이엿건만
밤마다 내꿈은 西海를 密航하는「쩡크」와 갓해
소금에 짤고 潮水에 부프러 올넛다.

항상 흐렷한밤 暗礁를 버서나면 颱風과 싸워가고
傳說에 읽어본 珊瑚島는 구경도 못하는
그곳은 南十字星이 빈저주도 안엇다.

쫏기는 마음! 지친 몸이길래
그리운 地平線을 한숨에 기오르면
시궁치는 烈帶植物처름 발목을 오여쌋다.

새벽 밀물에 밀여온 거믜인양
다삭어빠진 소라 깍질에 나는 부터왓다
머—ㄴ港口의 路程에 흘너간 生活을 드려다보며

—「노정기(路程記)」 전문

「노정기」(《자오선》, 1937. 12)는 제목이 암시하듯 육사 자신의 생애를 기록하며 고달픈 내면을 숨 가쁘게 고백한 시이다. "기슴을 안고 돌아누어 흑흑 느끼는밤"(「호수(湖水)」)에 "머 — ㄴ 祖先의 榮華롭든 한시절 歷史도/ 이제는「아이누」의 家系와도 같이 서러워라!/ 가엽슨 빽쥐여! 滅亡하는 겨레여!"(「편복(蝙蝠)」)에서와 같이 신산스러운 처지를 유령처럼 노래한다. 일제가 수탈한 식민지 경제 자본으로 도시와 문명을 건설했지만 그것은 '거짓 유토피아'였다. 제국주의의 평화가 식민지 국가의 희생으로 치루어지듯, 일제가 내세운 근대는 조선의 현재를 박탈하여 미래를 구속하는 제국주의적 유토피아였다.[17] 제국의 신화는 '대동아공영'과 '동양평화주의'를 외치는 영토 전쟁을 위한 명분의 신화였다. 평화가 제국의 평화만을 위할 때 아시아/조선의 평화는 족쇄와 압살로 치닫는다. 역사와 문화, 생존과 일상을 박탈 당한 채 살아가야 하는 육사에게 목숨이란 "께여진 배쪼각"에 불과하고 "삶의 티끌만 오래묵은 布帆처럼 달어매엿"는 "颱風과 싸워가고/ 傳說에 읽어본 珊瑚島는 구경도 못하는" "쫓기는 마음!"과 "지친 몸"이 붙어 있는 곳이다. 사막과 같은 황폐한 현실과 동굴과도 같은 캄캄한 내면, 그리고 고립과 폐허의 실낙원의 세계는 "玉돌보다 찬 넉시잇서/ 紅疫이 발반하는 거리로"(「아편(鴉片)」) 쫓기어 약에 취하게 하거

17 유토피아가 미래를 구속하는 것은 현재적 일상에서도 경험하는 보편적 가치 인식이다. 예컨대 종교가 현세적 불만과 고통을 사후적 낙원으로서 '천국'과 '극락'을 내세우는 것도 현재의 희생과 제의로 이루어진다. 국가가 내세우고 있는 정책과 전망 역시 민족 구성의 희생으로 치러진다는 것을 감안할 때 개인의 행복을 고려하지 않는 국가의 폭력적이고 불완전한 유토피아는 개인을 희생의 제물로 인식시킬 뿐이다. 마찬가지로 개인이 꿈꾸고 있는 이상과 유토피아로 인해 현재는 환각적인 미래에 의해 지속적 희생을 감수해야 한다. 이런 의미로 일본 제국의 유토피아 신화는 국가 권력의 이데아로 작동하여 개인을 희생적 근거로 삼아 불구의 낙원으로 만들 수밖에 없었다. 일본은 도시를 창조하고 조선을 귀속시키고자 하는 의지를 지녔지만 도시는 '집'과 '고향'이라는 '신전'과 '몸'을 희생하고 건설했다는 점에서 일본이 세우고자 했던 '도시 유토피아'는 조선인에게 교육과 홍보를 위한 인공적인 관계를 실현시킨다는 의지가 작동하는 전시 공간에 불과했다. 그것은 "어떤 시골이라도 어린애들은 있어 고놈들 꿈결조차 잊지못할 자랑속에 피여나 황홀하기 薔薇빛 바다였다."라고 인식하는 데 반해 도시의 젊은이를 "개아미"와 "깍쟁이"(「서울」)라고 인식하고 있는 것과 대조를 이룬다. 일본이 세운 유토피아는 이처럼 '고향 상실'과 '언어의 상실', '공동체의 상실', '가치의 상실'에 토대하여 일본의 통치를 위한 이데올로기로부터 출발한다. 그것은 실재 의식과 근원 의식을 강제적으로 억압하거나 은폐하고자 하는 것에 바탕을 두고 있다. 일본이 조선 내에서 이루고자 한 진무(鎭撫)의 공간은 '모던 보이'와 '모던 걸' '백화점'과 '빠'가 있는 환락의 장소였다. 도시는 중앙 집권 체제를 통치하기 위한 자본의 귀속지이자 환락의 확장과 늘임 끝에 있는 도취와 망각의 영토지인 인공 낙원이었다.

나, "눈물섞어"(「연보(年譜)」) 술을 마시게 만들 뿐이다.[18]

남생이 등같이 외로운 이서 — ㅁ 밤을
싸고오는 소리! 고이한 侵略者여!
내 寶庫을 門을 흔드난건 그누군고?
領主인 나의 한마듸 허락도 없이

「코 — 가사스」 平原을 달니는 말굽 소리보다
한층 요란한 소리! 고이한 略奪者여!
내情熱 밖에 너들에 뺏길게 무었이료
가난한 귀향살이 손님은 파려하다.

올때는 웨그리 호기롭게 올려와서
너들의 숨결이 密輸者 같이 헐데느냐
오 — 그것은 나에게 呼訴하는 말못할 鬱憤인가?
내 古城엔 밤이 무겁게 깁허가는데.

쇠줄에 끌여것는 囚人들의 무거운 발소리!
넷날의 記憶을 아롱지게 繡놋는 고이한 소리!

---

18 국민 국가의 유토피아에는 자연적 지역이란 없다. 또한 마찬가지로 마을과 촌락과 도시와 같은 형태로 사람들이 자연적으로 집단을 형성하는 것은, 아리스토텔레스의 지적처럼 아마도 인간과 다른 동물의 가장 다른 점이고, 국가가 그러한 집단의 전권의 일부, 또는 이른바 통치권을 양도하고 협동 생활의 실천을 허가한다는 조작된 이야기에 의해서만 비로소 용인된다. 불행히도 여러 세대에 걸쳐 법률가와 정치가가 세우고자 노력한 이 아름다운 신화를 위하여 도시는 국가보다도 훨씬 과거에 존재했던 것이다. 즉, 로마 제국이 탄생하기 훨씬 전부터 로마는 테베레 강변에 존재했다. 따라서 국가가 부여한 자비로운 허가란 단지 기성사실에 대한 형식적인 보증에 불과하다. 루이스 멈퍼드, 앞의 책, 229쪽 참조.

解放을 約束하든 그날밤의 陰謀를
먼동이 트기전 또다시 속삭여 보렴인가?

검은 벨을 쓰고오는 젊은 女僧들의 부르지즘
고이한 소리! 발밑을 지나며 흑흑 늣기는건
어느寺院을 脫走해온 어엽뿐 靑春의 反逆인고?
시드럿든 내亢奮도 海潮처름 부폭러오르는 이밤에

이밤에 날부를이 업거늘! 고이한 소리!
曠野를 울니는 불마진 獅子의 呻吟인가?
오 소리는 莊嚴한 네生涯의 마즈막 咆哮!
내 孤島의 매태낀 城廓을 깨트려다오!

産室을 새여나는 分娩의 큰 괴로움!
한밤에 차자올 귀여운 손님을 마지하자
소리! 고이한 소리! 地軸이 메지게 달녀와
고요한 섬밤을 지새게 하난고녀.

—「해조사(海潮詞)」 부분

육사의 시는 정지용이 근대적 가치 수용과 극복의 과정에서 낭만적 태도를 지녔던[19] 것과 마찬가지로 '동경과 꿈', '모험과 방랑'이 기저를

19 「자야곡」(《문장》, 1941. 4)은 정지용의 「고향」(《동방평론》, 1932. 7)과 닮아 있다. 주제론적으로 실향 의식을 담고 형태상으로는 수미 상관의 형태를 취하고 있다. 어휘에 있어서도 "고향" "산꿩 노랑나븨" "꽃" "항구" "마음" 등이 중복을 이룬다. 또한 정지용의 「유리창(琉璃窓) · 1」(《조선지광》, 1930. 1)의 "새까만 밤이 밀려나가고 밀려와 부디치고./ 물먹은 별이, 반짝, 寶石처럼 백힌다"에서 "물먹은 별"은 육사의 시 「강(江)건너간노래」(《비판》, 1938. 7) "沙漠은 슷업시 푸

이룬다. 육사의 시는 상화의 '동굴'과 '밀실'(「빼앗긴 봄에도 봄은 오는가」) 그리고 회월의 암울한 '꿈'과 '죽음'(「월광으로 짠 병실」)의 이미지와 닮아 있다.

「해조사」(《풍림》, 1937. 4)는 화자의 감정이 한껏 고양되고 격앙된 가운데 자탄(!)과 반문(?)을 통해 "말못한 鬱憤"과 "孤島의 매태(이끼)낀 城郭"에 갇혀 있는 고통을 호소한다. 그것은 '본원적 존재의 상실'과 '근원적 운명의 상실'에서 비롯한다. 성곽은 '가혹한 현실'에 직면하는 "쇠줄에 끌여것는 囚人들의 무거운 발소리!"와 "젊은 女僧들의 부르지즘"이 가득 찬 곳이다. 이로 인해 내면은 "情熱"과 "鬱憤" "陰謀"와 "呻吟"이 마구 뒤섞여 생명의 음성에 귀를 기울이며, 내적인 것과 외적인 것의 통일을 이루고자 자신의 외부에 상상력을 투사한다.[20] 따라서 현실이 자아를 구속하고

른하늘이 덥혀/ 눈물 먹은 별들이 조상오는밤"에서도 유사하게 보인다. 육사의 시 「절정(絶頂)」(《문장》, 1940. 1)은 정지용의 시와 같은 제목인 「절정(絶頂)」(《학생》, 1930. 10)과 유사하다. 특히 '高原' '무지개' '디디다' '나는 이제 上上峯에 섰오.'와 같은 부분이 그렇다. 무엇보다 정지용 시의 「절정」과 육사의 시 「절정」은 화자가 '高原'에 올라 상승적 이미지인 '무지개'를 향하고 있다는 점에서 매우 비슷하다. 정지용 시의 「말」(《조선지광》, 1927. 7)과 육사의 시 「말」(《조선일보》, 1930. 1)도 비슷한 이미지를 지니고 있는데 "다락 같은 말"(정지용 시 「말」)과 "밤송가튼 털"(육사 시 「말」)이나 "말아, 사람편인 말아,"에서의 정지용 시의 「말」은 "채죽에 지친 말이여!"(육사 시 「말」)에서와 같이 호격을 통한 유사 이미지를 이룬다. 그런가 하면 「말」 시의 1연과 2연의 구분 표시로 정지용이 "*" 표시로 나눈 데 비해 육사는 "X"로 나누고 있다. 이와 같이 유사한 이미지를 이루는 것은 근대시 시의 형성에 있어 '시에 대한 창조적 인식이나 개성적인 인식'이 아직 자리 잡지 못하고 있을뿐더러 예로부터 내려온 시적 전통에서 유래한다. 동양 시학이 예를 숭상하여 '옛 글'로 전거를 삼아 창조의 의미를 '용사론(用事論)'적인 관습 미학에 바탕을 두고 있다면 서양 시학은 개체적 존재의 독창성의 미학에 바탕을 두었다. 시인들 서로가 상호 텍스트성을 갖는 근대기에 정지용 역시 기타하리 하쿠슈와 같은 일본 시인이나 소월과 같은 시인에게 맥락이 닿아 있는 것도 엄격한 시적 규준이 자리 잡지 못했음에서 상기한다. 따라서 육사의 시에서 중국의 '호적(胡適)'이나 '서지마'의 시와 유사를 이루거나 정지용의 시와의 친연성을 보이는 것은 개인적으로 고찰해야 할 것이 아니라 '모방과 창조'라는 문학사적 전체의 문제틀로 인식하여야 한다.

20 무한한 것을 추구하는 방법은 무한한 대립적 존재의 종합이다. 정신과 육체, 자연과 정신, 이성 세계와 감성 세계, 의식성과 무의식성, 개인과 단체, 개별적인 것과 전체적인 것, 민족적인 것과 세계적인 것, 특수한 것과 보편적인 것, 유한적인 것과 무한적인 것, 남과 여, 현재와 미래 등등 사이에 대립을 종합화하여 고차원적인 상승을 시도하는 것이다." 굳이 에른스트 블로흐나 프레데릭 제임슨의 입장을 따르지 않는다 하더라도, 어떤 의미에서 '필연'의 왕국에서 '자유'의 왕국으로의 거대한 사회적 진전을 위한 '혁명 행위의 일차적인 에너지가 전사적(前史的) 행복의 기억으로부터

있는 내적 현실에서 벗어나 다른 세계를 '꿈'꾸고 '동경'하는 '모험'과 '방랑'을 계속한다. 해조음이 밀려오는 '밤'은 온갖 불길한 '소리'가 가득 차 있는 '국경의 밤'을 견디는 여인처럼 동경과 불안이 순회하는 격정의 시간이다. '밤(내면)'은 그러므로 육사에게 '파리한' 시간이 혼을 감싸며 "지축"을 흔드는 "소리"이다. 육사의 시에서 '바다'가 빈번히 등장하는 것도 바로 이 때문이다.[21] 동경은 태초의 시원 공간을 지향하기도 하지만 현실과 다른 이상적 세계, 관념의 상상적 세계를 지향하기도 한다. 육사의 생애가 이곳저곳을 유랑하며 새로운 세계에 자신의 생애를 투영하고자 했던 것도 이와 다르지 않다. 조선에 유토피아를 세우고자 했던 환멸의 신화는 선험적으로 패배로 끝날 수밖에 없다. 패배가 지향하는 곳은 '태초의 시간'이자 '무구의 시간'이다. 따라서 '불안'과 '도피'를 계속하

비롯되는 한', 그것은 본질적인 가치를 회복하는 것이자 복귀이다. 철저한 현실의 비판 위에서 미래 지향적인 유토피아의 비전을 부각시켜 주는 낭만주의는, 이른바 '비판적인 리얼리즘'보다도 어쩌면 더 건강한 문학 장르를 낳을 수 있는 세계관이 될 수 있다. 피셔도 지적했듯이, 19세기의 근대 리얼리즘 소설은 낭만주의에서 비롯된 산물이다. 리얼리즘 소설의 대표 격인 발자크에게서, 특히 그의 젊은 날의 글 속에서 "프로메테우스적"이고 "좌파적인 낭만주의"를 발견할 수 있는 것은 결코 우연한 일이 아니다. 피셔는 "낭만주의와 리얼리즘은 결코 상호 배타적인 대립물이 아니다. 낭만주의는 오히려 비판적인 리얼리즘의 초기 양상이다. 근본적인 태도가 변모한 것이 아니라 오직 방법만이 달라져, 좀 더 차갑고 객관적이고 냉랭해졌다."라고 주장하는데, 말하자면 새로운 산업자본주의와 지배 계급 부르주아지에 대한 반항에서 그 구조는 변했지만 반항의 근본적인 자세는 변함없이 남아 있다는 것이다.(지명렬, 『낭만주의와 동경의 문제』(문학과지성사, 1996), 62쪽 참조) 이렇게 볼 때 육사는 현실과 세계 부정이라는 인식에도 불구하고 낭만주의 사조에서 크게 벗어나지 못하고 '재현'과 '낭만'의 사이에서 충돌한다. 즉, 현실을 있는 그대로 반영하고자 하는 객관성과 낭만주의의 격정적 현실 인식이 함께 나타난다.

21 개화기 최남선의 신체시류의 시가와 창가 가사에서 보이는 국가와 민족에 대한 우국의 울분은 김소월, 이상화, 정지용, 박용철, 신석정, 백석, 이용악, 오장환에 이르러 '집'의 상실과 '고향'의 상실로 전이되면서 '원초적인 낙원의 상실'과 '신성 공간으로의 현현'이라는 동질적인 모티프를 구성한다. 이에 따라 대지를 잃어버린 자의 고통은 방랑과 유목을 통해 드러나는데 '바다', '항구' '강', '포구'와 같은 '물의 이미지'는 각각 '떠남'과 '만남' 그리고 '실향(失鄕)'과 '귀향(歸鄕)'이라는 공통된 주제적 중심소(中心素)를 이룬다. 이때 '배'는 세찬 현실의 격랑 속에서 저 너머의 무궁한 세상으로 인도한다.

는 노정(路程)을 밟는 '유랑'은 시간에 응축되어 있는 경험과 일상을 통해 새롭게 환생한다. 고난과 고통 속에서 '무지개'와 '별'이 아름다울 수 있고, 아직 때가 묻지 않은 삶의 형식이 남아 있기 때문이다. 일본이 꾸며 놓은 조선은 일본의 제국이었다. 이 점에서, 육사의 시에서 보이고 있는 낭만적 시정은 과거에 대한 기억이 기억 그 자체로 그치는 것이 아니라, 과거의 본질적인 가치를 기억함으로써 현재를 비판하고 그 모순을 지양하여 미래에 구현할 이상 사회의 실체를 마련하기 위한 원리로 작용한다.

육사는 식민지 현실에서 느끼는 '억압'과 '폐허'를 환멸의 언어로 노래하며 보다 나은 세계를 꿈꾸었다. 그것은 생의 모험이자 잃어버린 낙원을 찾기 위한 의지와 열망의 도정이었다. 그가 꿈꾸는 세계는 '타자'로 인식된 자신을 온전하게 복원하여 국가와 민족이 일체를 이루는 '생명 공간이었다. 이 과정에서 육사는 자신이 처해 있는 시대적 환경 속에서 '추방'과 '해방'을 동시에 노래하며 격정의 언어로 현실의 격랑을 넘고자 했다.

4 낙원 공동체의 귀환과 동일성의 의지

육사는 현실의 황폐와 쫓김에 대한 불안 그리고 열망의 좌절에 따른 추방 의식을 직정적(直情的)으로 노래했다. 그의 언어는 언제나 새로운 세계를 열고자 하는 실천에서 출발한 것이었으며, 연속으로 뻗은 시간을 자명하게 살펴본 의식에서 출발하였다. 그의 시적 구조가 균형 잡힌 형식을 이루는 것도 강고한 의지와 내적 상호성을 갖는다. 이 과정에서 육사는 자신이 고안한 견인의 형상을 시 속에 새겨 놓으며, 정제된 의미의 연쇄를 통해 정신의 치열한 운명을 창조한다. "하늘도 다끗나고/ 비 한방울 나리잔는 그따"에 "오히려 꽃츤 밝아케 되"는 비극을 "저버리지못할 約束"(「꽃」)과 "검은 그림자 쓸쓸하면/ 마츰내 湖水속 깊이 거우러저/ 참아 바람도 흔들지 못"(「교목(喬木)」)하는 치열한 정신에 간직하여 끝내는 "내가 바라는 손님"(「청포도(靑葡萄)」)을 맞이하고자 했다. 인간의 위대함은 고통과 죽음을 의식하며 그것들을 수락하고 삶을 미래적인 운명으로 바꾸어 놓는 데 있다. 또한 비극의 위대함은 영혼과 의식의 결핍된 세계가 인간에게 부과한 인종(忍從)의 고통을 창조적인 고통으로 만드는 데 있다. 뿐만 아니라 진실과 절대를 요구하여 타협과 상대성을 거절하는 존재의 의미 있는 행위에 의해 인간은 비참을 극복한다. 육사는 식민지 현실에서 느끼는 불완전 미래 속에서 인종의 고통을 넘어서며 존엄과 불멸의 가치를 구원하고자 했다.

한개의 별을 노래하자 꼭한개의 별을
十二星座 그숫한 별을 엇지나 노래하겟늬

꼭 한개의별! 아츰날때보고 저녁들때도보는별
우리들과 아—주 親하고그중빗나는별을노래하자
아름다운 未來를 꾸며볼 東方의 큰별을가지자

한개의 별을 가지는건 한개의 地球를 갓는것
아롱진 서름밖에 잃을것도 없는 낡은이따에서
한개의새로운 地球를차지할 오는날의깃븐노래를
목안에 피ㅅ때를 올녀가며 마음껏 불너보자

처녀의 눈동자를 늣기며 도라가는 軍需夜業의 젊은동무들

푸른 샘을 그리는 고달픈 沙漠의 行商隊도마음을 축여라
火田에 돌을 줍는百姓들도沃野千里를 차지하자

다같이 제멋에 알맞는豊穰한 地球의 主宰者로
임자없는 한개의 별을 가질 노래를 부르자

한개의별 한개의 地球 단단히다저진 그따우에
모든 生産의 씨를 우리의손으로 휘뿌려보자
罌粟처럼 찬란한 열매를 거두는 饗宴엔
禮儀에 끄림없는 半醉의 노래라도 불너보자

렴리한 사람들을 다스리는神이란항상거룩합시니
새별을 차저가는 移民들의그틈엔 안끼여갈테니
새로운 地球에단罪없는노래를 眞珠처럼 홋치자

한개의별을 노래하자 다만한개의 별일망정
한개 또한개 十二星座모든 별을 노래하자.

—「한개의별을노래하자」 전문

《풍림》(1936. 12)에 발표된 이 시는 육사의 생애를 기록한 평전[22]을 살펴

22 육사는 교장 김원봉과의 만남에서 국내로 잠입하여 활동하겠다고 말했다. 그러자 김원봉은 육사에게 "그대와 같은 수재를 조선으로 돌려보내는 것은 유감"이라고 하면서 열하(熱河) 방면에 가서 활동하든지 아니면 평꾸어장(馮國章)의 군대에 입대하기를 권했다. 그렇지만 육사는 귀국 방침을 고집하였다.// 이에 김원봉으로부터 두 가지 사명을 부여 받았다. 하나는 국내의 노동자, 농민에 대해 혁명 의식을 고취하는 것이고, 다른 하나는 2기생 모집 파견이었다. 졸업생들에게 입교생 모집에 노력하라는 주문이나 또 노동 대중을 조직하고 이를 토대로 유격대를 건설하고 전쟁이 발발할

볼 때 그의 '사회주의 사상적 측면'이 강렬하게 드러난다. 평전에 따르면 육사는 중국에서 조선 혁명군 군사 정치 학교에 입교한다. 조선혁명군 군사 정치 학교는 일만요인(日滿要人)의 암살과 재만 항일 단체와의 제휴, 선만(鮮滿) 노동 농민층에 대한 혁명적 공작과 특수 활동에 의한 물자 획득 등의 강령을 내세우며 조선혁명당 조직에 필요한 전위 투사 양성을 목적으로 하였다. 이 시기 코민테른(Communist International)은 레닌주의에 기초하여 각국의 혁명 운동을 지원하는데, 조선 공산주의 역시 무산 계급 운동으로서 개량주의 문학과 예술의 대중화를 통해 사실주의 문학·예술을 발전시켰다. 이 같은 상황은 제국주의 투쟁을 통해 조선의 독립과 민족의 정체성 찾기라는 항일 민족 운동으로서의 문학의 가능성을 지닌다. 육사가 제국주의의 가혹한 폭압의 상황을 재현하며 분노와 좌절의 과정에서 내면의 울분을 풀어냈듯이, 일본 제국주의를 타도하고 조선 민족 해방을 열망한 것은 전 세계적 상황 아래 펼쳐진 정치적 흐름을 새로운 세계의 창조라는 긍정 원리의 충돌 속에서 찾고자 했던 것이었다.[23] 따

경우 국내에서 무장 투쟁을 일으키게 한다는 것은 국내외로 파견되는 요원들에게 거의 공통적으로 주어진 주문 사항이었다.// 김원봉이 육사에게 앞으로의 투쟁 방향을 물었을 때, 그는 "조선독립운동을 위해서는 조선으로 돌아가서 노동자, 농민에게 독립 사상을 고취하여야 한다고 주장했더니, 김원봉은 그러면 조선으로 돌아가서 의열단을 위해 사력을 다하여 활동하라 하고, 다음 번 반원을 모집하여 밀파하라는 사명을 주고, 여비로 10원을 주었다."라고 진술하였다.(김희곤, 『새로 쓰는 이육사 평전』(지영사, 2000), 142~143쪽 참조) 『중국정정(中國政情)과 국제 무역』, 『위기에 임한 중국 정국의 전망』, 『자연과학과 유물변증법』 등 중국 정세와 사회주의와 레닌에 대한 관심을 보여 준 육사의 비평은 논리 전개가 온당하고 안목을 갖추었다. 제국주의와 자본주의를 공박하고 국민당 정부의 무능력과 부패상을 폭로하고 있다는 점에서, 또한 정치적 상황을 경제적 측면으로 설명하고 있다는 점에서, 육사가 사회주의 입장에 서거나 잠정적으로 동조하고 있음을 알 수 있다. 이는 그 당시 지식인들이 가졌던 보편적 시각의 한 양상으로 볼 수 있다. 강창민, 『이육사 시의 연구』(국학자료원, 2002), 31~76쪽 참조.

23 이런 의미에서 "우리들과 아—주 親하고그중빛나는별"은 "아름다운 未來"를 꾸며 줄 수 있는 '조선의 독립'과 '사회주의의 이상'을 상징할 수 있다. "한개의새로운 地球를차지할 오는날"에 부르는 "깃븐노래"는 갈등과 착취가 없는 조화와 평등의 사회에서 부르는 노래이며 "서름밖에 잃을것도 없는 낡은이따"에서 "목안에 피ㅅ때를 올녀가며 마음껏 불너"보는 "깃븐노래"는 "白馬타고 오는

라서 육사의 현실에 대한 부정의 변증법은 '낙원을 찾기 위한 희망의 원리'에 다름 아니었다.

사회주의는 인간을 역사의 주체로 상정하고 평등의 원리로 이상적 사회 건설을 목표로 삼고 있고, 인간 개개인 모두가 주체가 되어 국민 사회주의를 이루고 있다는 점에서 유토피아적이다. 이렇게 본다면 인용 시에서 "큰별"은 제국주의(자본주의)에 대항하여 새로운 사회라는 전 세계적 이상적 사회를 상징한다고 할 수 있다. 시가 시대적 환경과 조건에 의해 생산되는 의식의 반영물이라면 이 거대한 이상과 희망은 전 세계를 사회주의 기치 아래 모이게 하는 목표의 통합이라는 유토피아 의식을 지닌다. 초국가적 상호주의와 평등주의를 이상으로 하는 육사의 공동체 실현에 대한 욕망은 신뢰와 희망을 주는 진정한 가치의 절대적 요구로부터 나타난다. 현실에서 침윤된 영혼과 내면의 비극이 희망의 연대로서, 민족의 해방과 세계 체제의 평화 운동과 깊은 관련을 맺을 때 한 개의 별은 '낙원'으로서의 사회를 표징하는 까닭이다. 즉 현실이 실현될(현실화된) 가능성이 존재할 수 있다는 기대와 연관될 때 이 연대는 실천적인 자기화의 변화로 읽히는 것이다. 비록 육사의 기획이 민족의 기획과 합치되지는 못했지만 그것은 사회 모순과 계급 모순을 비판과 실천적 활동에 의해 변혁될 수 있다는 의지를 동반하며 물질적 · 기술적 토대에서 출발한 반제국주의를 향한 육사의 애국심이 사회주의 애국심의 국제적 성격으로 발현되었다고 볼 수 있다.

육사가 주로 활동했던 1930년대와 1940년대는 제국주의의 파시즘 체제가 극단으로 치닫는 시기로 사회주의는 당대 세계사적 운동이었다. "별의 나라"는 이런 맥락에서 '유토피아적 사회주의'로서 낡은 체제를

超人"(「광야」)이 낙원(광야)에서 부르는 노래이다.

깨뜨리고 프롤레타리아 국제주의가 목표로 하는 소망의 왕국이었다. 인간을 굴종적이며 비루한 존재로 만드는 차별의 관계를 변혁하고자 한 사회주의 휴머니즘은 삶을 개선하고자 하는 지향점을 갖는다. 그런데 이러한 목표는 이론적 목표뿐만 아니라 역사적 실재 속에서 사회의 가치들과 사회적 성과 속에서 구현된다.[24] 유토피아 사회주의는 사랑과 평화의 형성을 강조하며 근대 사회의 모순을 보편적으로 인식하여, 하나의 거대한 지구의 이상 국가를 건설하고자 하는 이데아적 사유이다. 조선 내에 식민지 근대 자본주의가 모순적으로 배태할 수밖에 없는 지배와 피지배의 양분 구도 속에서 '공동체에 대한 동일성의 욕망'은 육사에게 역동적인 힘으로 작용하여 '자존을 향한 결의'로 작용했던 것이다.

동방은 하늘도 다 끗나고
비 한방울 나리쟌는 그따에도
오히려 꽃츤 밝아케 되지안는가
내 목숨을 꾸며 쉬임업는 날이며

北쪽「쓴도라」에도 찬 새벽은
눈속 깁히 꼿 맹아리가 옴작어려
제비떼 까마케 나라오길 기다리나니

---

24 공산주의자는 한편으로 실천적인 면에서는 모든 나라 노동 계급 당들 가운데 가장 선진적이고 결의 찬 부분으로서 다른 모든 당들을 밀고 나아가며, 다른 한편으로 이론적인 면에서는 거대한 프롤레타리아 대중에 비해 프롤레타리아 운동의 진행 노선, 조건, 궁극적인 전반적 결과들을 명확히 알고 있다는 장점을 갖는다. 공산주의자의 당면 목적은 다른 모든 프롤레타리아 당들과 마찬가지로, 프롤레타리아를 하나의 계급으로 형성하고, 부르주아 지배를 타도하며, 프롤레타리아트가 정치권력을 장악하도록 하는 데 있다. 마르크스 · 엥겔스, 남상일 옮김, 『공산당 선언』(백산서당, 1989), 91쪽.

마츰내 저버리지못할 約束이며!

한 바다 복판 용소슴 치는곧
바람결 따라 타오르는 꽃城에는
나븨처럼 醉하는 回想의 무리들아
오날 내 여기서 너를 불러보노라

—「꽃」 전문

「꽃」은 1945년 12월 「광야」와 함께 《자유 신문》에 발표된 시로, 육사의 견인 의지를 잘 드러낸다. "비 한방울 나리잖는 그따"에 "오히려 꽃츤 밝아케" 피고 "눈속 깁히 꽃 맹아리가 옴작"거리는 것은 "마츰내 저버리지 못할 約束"이자 강렬한 생명 의지에서 비롯한다. 이때 '꽃'은 육사의 시 도처에서 발견되는 것으로 '해당화', '장미', '튤립', '백합', '매화', '연꽃', '박꽃', '꽃다발', '새로운 꽃', '꽃밭' 등의 꽃과 어울리며 온갖 역경과 고난을 딛고 일어서는 강렬한 의지를 표상한다.

그러나 詩人의 感情이란 얼마나 빠르고 複雜하다는것을 세상치들이 모르는것뿐이오. 내가 들개에게 길을 비켜줄수 잇는 謙讓을 보는사람이 업다고해도 正面으로 달려드는 표범을 겁내서는 한발자욱이라도 물러서지 안흐려는 내길을 사랑할뿐이오. 그럿소이다 내길을 사랑하는 마음 그것은 내自身의 犧牲을 要求하는 努力이오 이래서 나는 내 氣魄을 키우고 길러서 金剛心에서 나오는 내詩를 쓸지언정 遺言은 쓰지안켓소. 그래서 쓰지못하면 죽어光石이되어 내가뭇친瘠土를 香氣롭게 못한다곤들 누가 말하리오 무릇 遺言이라는것을 쓴다는것은 七十을 살고도 가을을 경험하지못한 俗輩들이하는일이오 그래서 나는이가을에도 아에 遺言을 쓸려고는하지안소 다만나에게는 行

動의連續만이 잇슬따름이오 行動은 말이아니고 나네게는詩를 생각는다는것도 行動이되는까닭이오

—《조선일보》(1938. 12. 24~28)

윗글에서 육사는 자신의 길을 가는 데 있어 '들개'와 '표범'에게 겁내어서는 한 발자국이라도 물러서지 않겠다는 결의를 보인다. 자신이 가고자 하는 마음이 곧 희생의 길이며 그것은 "金剛心"에서 우러나온다고 말한다. 유언을 쓰지 않겠다는 육사의 발언은 "한발 재겨디딜 곳조차" 없는 "칼날" 같은 민족의 현실을 이기고자 하는 기다림에서 나온다. 이처럼 "白馬타고 오는 超人"(「광야」)을 기다리듯 혹은 "淸袍를 입고 찾아"오는 "손님"(「청포도」)을 기다리듯 시련과 고통 속에서 마침내 기다린 것이 바로 '꽃'이다. "꽃"은 민족의 비운 속에서 개인이 겪는 개별적 고통을 보편적 고통으로 확산시켜 민족의 공동체적 운명이 뿌리를 내리는 '동일성에 대한 귀환의 열망'일 것이다. 이렇게 볼 때 위 시에서 "꽃城"은 과거로부터 이어져 내려온 시원성을 신성 공간에 배치함으로써 미래적 의지는 현재에 의해 그 가치를 획득한다.[25] "꽃城"에서 시간은 연속과 지속을 얻고 그 선조(線條) 속에서 상실된 신화는 재생될 수 있다. 그것은 '강철같은 신념'(「절정(絶頂)」)을 가질 때 '무지개'가 피어나는 것처럼 역사의 순연에 대항하며 죽음을 각오할 때 피어난다. 신념을 정면으로 삼고 현실을 행동으로 밀고 나갈 때 "비 한방울 나리잔는 그따에"도 "북쪽「쓴도라」에"도 "꽃"

25 '광야'가 대지적 상상력으로 재생하듯이 식민제국주의로서의 '사막'은 불모의 연대를 표상한다. 자연 표상을 통해 생성의 근원적 세계를 지향하며 이데아적 세계를 열망하는 그의 생성의 언어는 이런 까닭으로 주체적이고 생명적이다. 특히 1930년대가 모더니즘의 기능주의적인 형식성의 반성적 측면에서 행동주의와 휴머니즘 그리고 전통에의 경사와 같은 문학 내적인 변화가 있었다는 것을 고려할 때 육사의 '행동의 결의에 찬·각오'는 행동을 통해 절망적 현실을 밀고 나가겠다는 굳은 기백으로 읽힌다.

이 피는 까닭에서이다. 따라서 "꽃"은 개체적 주체를 보편적 주체로 변이시키고, 저항의 정신을 해방의 염원으로 환치시킬 때 암담을 이긴다.[26]

그 정신은 지사적(志士的) 풍모에서 출발하여 '광야'로 표상되는 대륙적 영토 의식과 '매화'와 같이 추의를 이기는 절조에서 치솟는다. 육사가 절명의 상황 속에서 희생과 결의로써 끝끝내 저항하고자 한 것은 치욕을 넘어서려는 의지에서 비롯했다. 간고에 타협하지 않는 극한에 대립하는 결연한 의지 또한 비약적 결단으로부터 출발하는 것이었다. '해방'과 '해박(解縛)'은 인간 존재의 조건과 상황의 기본적 구성물이다. 그것은 지속되는 시간의 공포를 견딜 때 가능하다. 육사는 그가 처한 현실의 공포를 견디기 위해 절대적 현실과 낙원을 꿈꾸며 그곳에서 구원을 이루고 기쁨을 누리고자 했다. 통과의례로서의 시련, 시간의 '동굴'을 지나 대지의 한가운데에 낙원을 세우고자 현실의 정면에서 고투했다. '존재 저 너머'를 정향함으로써 고난의 장애물을 '행동'으로 돌파하며 '현실을 재영토화'하려 했다. 육사는 천상에다 낙원의 질서를 세우지 않고 꽃이 피는 '지상에서 새로운 분만'을 꿈꾸었다. 산출(産出)에 대한 지모(地母)의 믿음으로 생명의 갱신과 수확의 풍요를 얻고자 현실의 중심으로 들어갔다. 그것은 현실로 존재하는 낙원이었다.

5 맺음말

육사는 현실 극복의 의지를 미적으로 형상화한 시인이었다. 육사는

---

26 이는 일본이 국책 문학으로 '성전(聖戰)'을 미화하고 찬양하는 작품을 쓰도록 강제하는 강요와 협박 속에서 드러난 것이라고 감안할 때 더욱 두드러진다.

상화가 낭만적 주조로 '빼앗긴 들'을 찾으려 한 것이나 심훈이 '그날'을 기다리며 자기 헌신에 그친 것과는 달리 강렬한 대결과 행동으로 현실과 저항하는 결연한 의지를 보여 주었다. 이는 만해의 '오도(惡道)'나 '성찰'에 기반한 동주와는 또다른 양상이었다. 매천(黃玹)이 「절명시(絶命詩)」를 남기고 '절명'한 것처럼 육사 또한 강개한 지사와도 같은 비운의 풍모였다. 조선 선비의 꿋꿋한 기백을 지닌 「세한도(歲寒圖)」에 비견될 「절정(絶頂)」과 「교목(喬木)」은 정신의 발원지가 육사 내부뿐만 아니라, 유구한 역사의 유가적 전통 정신에서 이어져 내려왔음을 뜻한다. 이곳저곳을 오간 그의 행적은 '잃어버린 낙원 찾기'를 위한 방랑이자 모험이었다. 그는 자신의 내부에 가득 차 있는 강인한 영혼을 '북방'과 '고원'으로 확장시켜, 대륙적 대지 공간 위에 낙원을 세우고자 했다. 유가의 자손으로서 혹은 면연한 역사의 자식으로서 질곡을 강인으로 삼아 그 자신을 채찍과 강철로 단련한 불발(不拔)이었다.

육사는 안동 언어를 바탕으로 자신의 공간을 '중심'으로 삼고자 했으며 '조선어'라는 '모성 언어'로 귀환하고자 했다. 그가 때때로 대지로서의 공간 상실을 노래한 것은 '축제와 시원으로서의 시간'으로 귀환하고자 하는 의식의 반영이었다. '방랑과 유랑'은 지상을 잃어버린 현실을 건설하고자 하는 신념에 다름 아니었다. 그가 재현하고자 하는 것은 가혹한 현실에서 오는 '불안'과 '피학'이었으며 고달픈 손님을 기다리는 시간이었다. 이 시간 속에서 자신을 자신답게 만드는 것은 '냉철한 직시의 시선'이었으며 척박한 '사막(砂漠)'을 '꽃성(城)'으로 탄생시킬 기다림을 계속하는 것이었다. 또한 육사는 정제된 시형으로 강직하게 자신을 견지하려 했다. 물론 이 정제된 시형이 자신을 지키고자 하는 강고에서 발현되었음은 두말할 나위가 없다.

육사의 생애에서 주목을 끄는 것은 육사가 의열단에 가입한 뒤 '사회주의 운동'에 관심을 가졌던 것이다. 프롤레타리아 국제주의는 육사가 살았던 시대에 전 세계적 사상의 담론 체계였다. 육사는 제국주의에 처한 민족과 국가의 구원으로서의 사회주의에 관심을 가졌다. 사회주의가 평등과 자유, 해방과 해박(解縛)을 이념적 목표로 삼았듯이, 자유와 해방은 곧 국가와 민족의 해방으로 귀결되었다. 육사는 '잃어버린 낙원에 대한 향수와 그리움'으로 '민족 구성원의 기쁨과 희망으로 가득 찬 유토피아'를 복원하고자 하였다. 그러나 그것은 '제의(祭儀)의 정신'과 '치열한 갱신의 정신'을 삼을 때 가능한 것이었다. 육사는 승천의 꿈인 '무지개'와 '태양'을 노래했지만 '낙원'을 천상에 세우려 하지 않았다. 저 너머에 자신을 두지 않고 '사막'의 황폐함 속에서 '노래의 시'를 뿌리며 '지상의 꽃성(城)'을 이루고자 했다. 잃어버린 왕국을 찾는 것에 그치는 것이 아니라, '천고(千古)'를 노래하며 '미래의 현재성'과 '현재의 미래성' 속에 '현실화된 미래'를 희원했다. 이 낙원에서 우리 모두가 "목 놓아 노래"를 부르며 '꽃성의 축제'를 펼칠 수 있도록 자신을 채찍으로 후려쳤던 것이다.

박용래 시에 나타난 응시와 욕망 연구

1 머리말

욕망은 인간을 살아가게 하는 원동력이며 죽음에 이르러야만 충족될 수 있다. 언어 체계로 형성된 담화인 문학 작품은 작가의 무의식적인 욕망을 반영한다. 프로이트가 비과학의 영역인 무의식을 문학에 도입한 것은 언어가 이성의 명령 아래 종속되었던 데카르트 식 사유 체계에서는 상상조차 할 수 없었던 발견이었다. 금기된 욕망이 꿈과 같이 변형된 형식으로 언어 체계 안에서 은유와 환유의 형식을 취한다는 프로이트의 주장[1]은 무의식을 언어의 구조로 분석한 최초의 시도로 볼 수 있다. 그의 '무의식'에 관한 연구는 소쉬르의 언어학이 등장함으로써 신비평의 중요한 입지를 확보하며 야콥슨, 라캉으로 이어지는 탈구조주의 시학의 밑거름이 된다. 라캉이 프로이트에게 주목한 것은 인간의 꿈 작용(무의식)

---

1 전정구 · 김영민, 『문학 이론 연구』(새문사, 1989), 118~119쪽.

을 언어의 구조로 환원시켰다는 점이다. 그는 프로이트의 무의식을 소쉬르의 언어학에 적용하여 욕망 이론을 심화해 나간다. 그에게 무의식과 욕망이란, 문학적 담화를 생성하는 주요 동인이며 문학적 담화를 구성하는 언어(기표)[2]는 결핍된 주체가 자신의 욕망을 의식적으로 혹은 무의식적으로 만들어 내는 환유였다. 시인이 작품 속에서 사용하는 기표는 단 하나의 기의에 대응하여 고정되지 않고 여러 다른 의미들을 산출시킨다. 즉 언어는 사물을 지시하는 것이 아니라 또 다른 의미 작용을 만들어 낸다.[3] 이런 의미에서 우리가 창조적 주체의 욕망 분석의 대상으로 삼고자 하는 박용래의 시들은 욕망의 역동적인 의미망에 둘러싸여 우리 앞에 현존한다. 박용래는 《현대문학》에 1956년 「가을의 노래」, 「황토길」, 「땅」 등 세 편의 시가 박두진의 추천을 받아 등단한 이래 1980년 타계하기까지 『싸락눈』(1969), 『강아지풀』(1975), 『백발(白髮)의 꽃대궁』(1979) 등 세 권의 시집과 사후 발간된 시선집 『먼 바다』(1984)를 세상에 내놓았다. 그의 삶과 100여 편에 이르는 시에 대한 연구는 그가 활동했던 당대에 비해 타계 후인 1980년대 이후부터 현재에 이르기까지 꾸준히 지속되어 왔다. 이들 연구를 살펴보면 대략 다음과 같다.

먼저 향토적인 전원 상징에 대한 연구들이다. 김재홍은 박용래가 작품 속에서 물질 문명의 팽창으로 위축되어 가는 농촌 생활을 보여 줌으로써 삶과 현실을 부각시키고자 했다고 평가한다.[4] 다음으로는 그의 시

---

2 소쉬르는 언어란 차이(혹은 관계)에 의해 변별의 기능을 가지는 자의적 체계를 이룬다고 주장한다. 언어에 있어 이 두 가지 정의, 즉 기표와 기의는 기호학과 구조주의의 토대가 되는데, 기호학은 두 정의가 정확한 대응을 이루지 못하고 수없는 기의가 확산된다는 언어의 비유성을 강조하는 데 반해 탈구조주의는 은유와 환유라는 두 축의 정 · 반의 대립 구조를 강조한다. 레이먼 셀던, 현대문학이론연구회 옮김, 『현대 문학 이론』(문학과지성사, 1990), 112~113쪽 참조.

3 자크 라캉, 권택영 옮김, 『욕망 이론』(문예출판사, 1994), 55쪽.

4 김재홍, 「박용래 또는 전원 상징과 낙하의 상상력」, 《심상》, 1980, 12.

전반에 흐르는 슬픔의 정조에 관한 연구들로 홍희표는 박용래의 시가 그리움, 애달픔, 쓸쓸함 등을 달관의 공간으로 몰고 가, 비어 있는 존재의 아름다움을 만들어 불교의 공의 세계로 귀착되었다고 주장하고,[5] 손종호는 박용래를 현실을 바로 응시하지 못하고 스스로 과거 속 부동과 정적의 공간으로 소멸해 버린 비극적 시인으로 평가한다.[6] 그런가 하면 시 의식에 관한 연구들로 송재영은 박용래의 작품에 나타난 유년 회상의 의지, 자기 소멸의 의지에 천착하였으며,[7] 이은봉은 박용래가 사라지는 것들에 대한 집착으로 유년으로의 회귀, 허무, 한을 표출하고 있다고 주장한다.[8] 끝으로 박용래의 시에 나타난 시적 방법과 형식에 관한 연구들로 최동호는 박용래의 시를 지배하는 두 중심축을 좁힘과 비움이라 상정하며, 욕망을 비워 서정적 세계의 넓힘을 터득했다고 평가하며,[9] 조창환은 운율적 접근을 통해 시행 내부의 동요적 반복과 행간의 여백에 주목했고[10] 윤호병은 박용래 시의 구조적 특성을 이원 대립(공간과 시간, 부재와 현존, 지양과 극복, 과거와 현재, 환상과 연상)으로 분석한다.[11] 또한 정효구는 박용래 시의 기호학적인 접근[12]을 통해, 박용우는 시어와 이미지, 운율의 특성과 의미 구조 분석을 통해 박용래의 시 의식 변모 양상에 주목한다.[13] 그 밖에 박용래의 시 세계와 여러 시인들의 시 세계를 비교 분석한 연구들로 한국 현대 시의 초월 지향성을 연구한 정한용의 논문을 들 수 있다.[14]

---

5 홍희표, 「박용래론」, 《월간문학》, 2 · 3월호, 1985, 141쪽.

6 손종호, 「박용래의 시 세계 연구」, 《논문집》, 충남대 인문과학 연구소, 1989. 12.

7 송재영, 「박용래론 — 동화 혹은 자기소멸」, 『현대 문학의 옹호』(문학과지성사, 1979).

8 이은봉, 「박용래 시 연구 — 시적 방법과 시 세계를 중심으로」, 《한남 어문학》, 1982.

9 최동호, 「한국적 서정의 좁힘과 비움」, 《시와 시학》, 봄, 1991.

10 조창환, 「박용래 시의 운율론적 접근」, 《시와 시학》, 봄, 1991.

11 윤호병, 「박용래 시의 구조 분석」, 《시와 시학》, 봄, 1991.

12 정효구, 「박용래 시의 기호론적 분석」, 《시와 시학》, 봄, 1991.

13 박용우, 「박용래 시 연구」, 중앙대 대학원 박사 학위 논문, 2001.

이들 연구를 바탕으로 박용래 시에 대한 평가를 개략적으로 조망해 보면, 1) 민족 고유의 향토성을 살려 가장 '한국 문학다운' 문학을 완성했다는 평가,[15] 2) 향토에 깃든 회고적 정한을 토로하여 한국적 정한과 모럴을 아름다운 언어로 가다듬었다는 평가,[16] 3) 정지용이나 김광균류의 모더니즘 기법을 독자적으로 수용했다는 평가,[17] 4) 황폐한 현실을 초월하고 도피하는 계기로써 과거를 이상화하며 패배주의와 허무주의를 발산했다는 평가[18] 등으로 요약할 수 있다.

이 글의 분석 대상은 기존의 여러 연구들에서 다루었던 이성적 주체로서의 글쓰기가 아니라, 운명처럼 험난한 길을 걸었던 박용래의 무의식적 글쓰기이다. 자신도 의식하지 못한 사이에 이루고자 했던 꿈과 이루지 못한 꿈, 견뎌 내기 힘들었던 무의식적 욕망들 그리고 그것으로부터 벗어나기 위한 시도들을 시 속에 표출한 것에 대한 관심이다. 따라서 이 글의 관심은 결핍된 주체로서 시인 자신이 작품 속에 표출하고 있는 무의식적 욕망들, 그리고 욕망의 결핍을 지시하면서 동시에 그 결핍을 만족시키려는 무의식적인 시도들에 있다. 이 글은 먼저, 박용래의 무의식적 욕망들을 분석하기 위해 그가 무의식적으로 사용하고 있는 거울의 기표들을 검토할 것이다. 그런 다음 그 기표들의 의미 작용이자 욕망의 밀도를 반영하는 응시의 양상을 검토하여, 궁극적으로 응시에 응축되어 있는 욕망의 실체들이 시 속에 어떻게 구현되어 있는가를 살펴볼 것이다.

---

14 정한용, 「한국 현대시 초월 지향성 연구 — 김종삼, 박용래, 천상병을 중심으로」, 경희대 대학원 박사 학위 논문, 1996.

15 정한모, 「근대 민요시와 두 시인」, 《문학사상》 20호, 1975. 5.

16 송재영, 앞의 논문.

17 최동호, 앞의 논문.

18 조태일, 「분단과 1950년대 시의 현재성」, 백낙청, 염무웅 편, 『한국 문학의 현단계 II』(창작과비평사, 1985), 165쪽.

2 거울의 기표와 응시의 양상

라캉은 「무의식에 있어 문자가 갖는 권위(주장) 또는 프로이트 이후의 이성」[19]이라는 글에서 주체가 욕망을 추구해 가는 과정을 "상상계", "상징계", "실재계" 등으로 설명하고 있다. "상상계"는 거울에 비친 자신의 이미지를 총체적이고도 완전한 것으로 받아들이는 이상적 자아로 이때 주체는, 거울에 비친 자신의 모습을 바라보는 것만으로도 욕망의 결핍을 충족시킨다. 이 단계에서 주체의 의식은 거울에 비친 자신의 모습을 이상적인 것으로 바라보는 '오인(誤認)'의 상태에서 출발하므로, 자아를 완벽하게 조정하는 '절대적 주체'란 있을 수 없으며, 오히려 '결핍된 주체'만이 있을 뿐이다. 타자의 욕망과 자신의 욕망을 구별하지 못하여 타자의식이 생성되지 못하는 상상계가 언어와 질서의 세계인 "상징계"에 이르면 의식은 사회적 자아로 변모한다. 타자와 자신을 동일시함으로써 자신의 욕망을 타자의 욕망에 종속시킨다. 따라서 주체는 '바라보기'뿐만 아니라 '보여지기'가 존재한다는 것을 인식한다. 마지막 단계에 이르러 자아는 상상계와 상징계의 상황들을 뫼비우스의 띠처럼 "실재계"에서 변증법적으로 연결시키게 되는데 라캉은 자아가 스스로 사유하는 주체임을 부정하고 비로소 욕망하는 주체, 결핍된 주체임을 인정할 때 실체와 행복한 만남을 가질 수 있다고 주장한다.

인간의 욕망은 주체가 세계와 가지는 응시[20]의 특성과 양상에 따라 각각 다른 모습을 보인다. 이러한 관점에서 사진, 영상, 그림, 문학적 담화

---

19 자크 라캉, 권택영 옮김, 앞의 책, 51쪽 참조.

20 라캉은 '보여지는' 대상과 그것을 '바라보는' 시선의 긴밀한 의사소통 다시 말해서 보기만 하는 일방적 시선이 아니라 보여짐이 함께 존재하는 시선의 교환을 '응시'라고 정의한다. 자크 라캉, 권택영 옮김, 앞의 책, 195쪽 참조.

등 창조적 주체에 의해 산출된 예술 작품들은 단순히 실재를 있는 그대로 재현한 것이 아니다. 예컨대 우리가 한 폭의 그림을 입체적으로 느끼는 데에도 그 안에 물리적 시선을 넘어서는 창조적 주체의 그 무엇인가가 작용하고 있는 존재의 힘을 발견한다. 응시는 주체의 욕망을 충족시키고자 하는 행위를 가리킨다. 응시는 주체가 세계를 배열하고 조합하는 방식에 의해 어떤 것은 빠져나가 버리기도 하고, 어떤 것은 사라져 버리기도 하고, 어떤 것은 은폐된다.[21] 박용래의 시는 언어학적 요소들인 거울[22]에 관한 기표들(시적 표현)이 응시 대상인 기의들과 매개한다. 즉 시 속에 나타난 거울의 기표들은 그것의 기의로서 다양한 양상의 응시의 대상을 유도해 내는데 기표들이 지향하는 구체적인 응시 대상은 다음과 같다.

시	기표 1	기표 2	기의
제목	'거울'의 기표	시적 표현	응시 대상
「감새」	액자	그림 없는 액자	감새
「뻐꾸기 소리」	액자	그림 없는 액자	시간
「꿈 속의 꿈」	꿈	꿈 속의 꿈	봄 풍경
「음화(陰畵)」	창틀	촘촘 창틀	음화[23](유년)
「점 하나」	점	눈물받이 눈물점	미래
「물기 머금 풍경 1」	불빛	상가의 불빛	유년의 시간
「물기 머금 풍경 2」	들창	반쯤 들창	소년의 꿈
「저물녘」	문살	비스듬 문살	반딧불
「제비꽃 2」	꽃	한 포기 제비꽃	유년의 추억
「밭머리에 서서」	밭머리	배추밭머리	고향
「면벽(面壁) 1」	벽	면벽	누이

21 롤랑 바르트 외, 김현 옮김, 『현대 비평의 혁명』(홍성사, 1979), 59쪽.

22 여기서는 실재를 비추는 도구이자 응시를 유도해 내는 매개체.

23 사진의 건판에 감광시켜 현상한 것을 비추어 보는 그림을 가리킨다. 좌우명암이 실물과 반대가 된다.

「월훈(月暈)」	문살	창호지 문살	외딴집
「먹감」	감	먹감	부모
「진눈깨비」	창	온실 이중창	유년
「미닫이에 얼비쳐」	문	미닫이, 창호지	옛날
「막버스」	차창	차창	기러기떼
「버드나무 길」	물	고인 물	풍경
「동전(銅錢) 한 포대(布袋)」	포대	동전 한 포대	나
「담장」	담장	담장	누이
「손거울」	거울	손거울	어머니
「울 안」	울타리	울 안	노을 풍경
「낮달」	달	오솔길에 낮달	어머니
「고월(古月)」	유리병, 원고지	유리병, 원고지	젊은 날
「자화상(自畵像) 1」	방	웃방	나
「창포」	문살	문살의 모기장	햇살
「샘터」	샘	샘바닥	현재
「차일(遮日)」	차일	짓광목 차일	노을
「자화상 2」	창	창	나
「반 잔(盞)」	잔	석별(惜別)의 잔	죽은 벗
「미음(微吟)」	문	덧문	콩나물
「탁배기(濁盃器)」	탁배기	탁배기	유년
「자화상 3」	겨울	소한(小寒)에서 대한(大寒) 사이	나
「솔개 그림자」	거울	환한 거울	내 얼굴
「점묘(點描)」	울타리	싸리울 밖	지는 해
「먼 곳」	산모퉁이	산모롱	다른 곳
「뜨락」	뜰	뜨락	가족
「울타리 밖」	울타리	울타리 밖	고향
「삼동(三冬)」	부엌	어두컴컴한 부엌	불빛
「정물(靜物)」	거울	거울	신의 음성
「두멧집」	들창	송송 구멍 뚫린 들창(窓)	두멧집
「눈」	눈	하얀 단층(斷層)	무한(無限)

이를 바탕으로 앞의 시들을 정리해 보면 다음과 같다.

응시의 종류	양상	거울의 기표	시 작품
수평적 응시	내다보기 바라보기 (안과 밖)	액자, 창틀, 밭머리, 문살, 창 차창, 담장, 울타리, 산모퉁이, 뜰, 담장, 들창	「감새」, 「뻐꾸기 소리」, 「액자 없는 그림」, 「꿈속의 꿈」, 「저물녘」, 「막버스」, 「미닫이에 얼비쳐」, 「진눈깨비」, 「탁배기」, 「울안」, 「울타리 밖」, 「뜨락」, 「밭머리에서서」, 「장대비」
수직적 응시	올려다보기 내려다보기 (위와 아래)	불빛, 점, 꿈, 꽃, 감, 포대, 유리병, 원고지, 달, 샘, 잔, 탁배기, 점, 불빛, 물	「버드나무 길」, 「물기 머금 풍경 1」, 「동전 한 포대」, 「월훈(月暈)」, 「삼동」, 「제비꽃 2」, 「정물」, 「두멧집」, 「먹감」, 「샘터」, 「점 하나」
초월적 응시	비추어보기 가리기 (벽과 벽 뒤)	벽, 차일, 눈, 그림자, 밤	「자화상 1」, 「자화상 2」, 「면벽 1」, 「면벽 2」, 「학의 낙루」, 「차일」, 「창포」, 「점묘」, 「음화」, 「솔개그림자」, 「해바라기 단층」, 「가을의 노래」

2-1 수평적 응시

'수평적 응시'는 기하학적인 의미의 '안'과 '밖'을 경계 짓는다. 이분화된 이 두 영역은 상호 이동이 가능한 개방적인 열림의 영역이다. 액자,

창틀, 밭머리, 문살, 창, 차창, 담장, 울타리, 산모퉁이, 뜰, 담장, 들창과 같은 거울의 기표들은 기하학적인 의미에서 '안'과 '밖'을 구분하여 화자는 두 영역 모두에 존재할 수 있다. '안'과 '밖', '앞'과 '뒤'의 영역을 상호 왕래하는 응시 주체가 되기 때문이다.

감새
감꽃 속에 살아라

주렁주렁
감꽃 달고

곤두박질 살아라

동네 아이들
동네서 팽이 치듯

동네 아이들
동네서 구슬 치듯

감꽃 노을 속에 살아라
머뭇머뭇 살아라

감꽃 마슬의
외따른 번지 위해

감꽃 마을의
조각보 하늘 위해

그림 없는
액자 속에 살아라
감꽃
주렁주렁 달고

감새,

—「감새」 전문

거울의 기표인 '그림 없는 액자(창문)'를 경계로, 역동적인 움직임을 보이며 감꽃 위를 나는 새는 액자의 안과 밖을 자유로이 이동한다. 이 '감새'를 쫓는 화자의 시선은 '감새'와 자신을 동일시하는 응시로 이어진다. 여기서 화자가 '감새'를 쫓는 것인지, '감새'가 화자를 쫓는 것인지에 관한 구분은 필요치 않다. 화자와 감새는 동일한 주체이기 때문이다. 여기서 '화자'와 '감새'는 서로가 서로를 바라보고 보여 줌으로써 서로를 이상적인 자아로 생각한다. 다시 말해 거울에 비친 역동적인 움직임의 주체인 '감새'를 화자의 이상적인 자아로 간주하며 자신의 욕망을 일치시킨다. 이때 주체가 사용하는 '그림 없는 액자'는 사물과 풍경을 있는 그대로 비추는 투명판이다. 화자는 바라보고자 하는 대상을 바라보고 투사시킨 대상을 바라본다. '바라보는' 대상과 '보여지는' 대상과의 일치는 마치 거울 속에 비친 자신의 모습에 즐거워하는 어린아이의 모습과 흡사하다. 거울에 비친 자신을 이상적인 자아로 받아들여 욕망이 충족되기 때문이다. 욕망이 충족된 주체는 분열을 일으키지도 억압을 당하지도 않는다. 말을 걸어오는 세계로부터 화답하는 세계를 향해 발화한 언어들이 서로 교응하며 화자와 세계 사이를 왕복할 뿐이다.

호두 깨자
눈오는 날에는
눈발 사근사근
옛말 하는데

눈발 새록새록
옛말 하자는데

구구샌 양 구구새 모양
미닫이에 얼비쳐

창호지 안에서
호두 깨자

호두는 오릿고개
싸릿골 호두.

—「미닫이에 얼비쳐」 전문

수평적 위치에서 행해지는 응시는 자기 충족적이다. 미닫이에 얼비친 풍경은 행복한 풍경들이다. 이때 눈발은 "사근사근", "새록새록", "구구새 모양"으로 말을 걸어오고 이로 인해 화자도 '오릿고개 싸릿골 호두'를 떠올리며 창호지 안에서 호두를 깐다. 눈은 '눈'의 언어로 말을 걸어

오고, 화자는 '눈'의 언어에 귀를 기울인다. '눈'이 보내는 조용한 '옛말'을 받아들인다. 여기에는 타자가 존재하지 않는다. 대신 바라보고 있지만 타자에 의해 보여짐을 인식하지 못하는 자기 충족적 욕망을 지닐 뿐이다.

2-2 수직적 응시

화자의 시선을 '수직적 응시'로 이끄는 기표들은 기하학적 의미에서 위와 아래를 경계 짓는다. 위와 아래로 구분된 두 영역은 자유로운 이동이 차단된 닫힌 영역이다. 불빛, 점, 꿈, 꽃, 감, 포대, 유리병, 원고지, 달, 샘, 잔, 탁배기, 점, 불빛, 물과 같은 거울의 기표들은 다른 영역들로부터 화자가 투영시키는 실재를 가두거나 제한하는 기능을 하며 한 영역이 다른 영역을 내부에 가둔다. 화자는 기표들에 자신이 욕망한 대상을 투영시킨다. 이때 응시는 주체의 '바라보는' 위치가 '위'인지 '아래'인지에 따라 하나의 주체는 또 다른 주체에 종속된다. 다시 말해 주체와 객체가 속해 있는 위치에 따라 각각의 영역은 다른 영역에 종속되는 것으로 수직적 응시는 투영 기법을 주로 사용한다. 투영은 '어떤 면 위에 물체를 비치는 행위 혹은 그 행위를 통해 나타나는 그림자'를 가리킴으로써 선재(先在)해 있는 실재를 있는 그대로 재현해 내기보다는 주체의 의도에 따라 실재의 모습을 과장, 확대하여 변형시킨다.

무슨 꽃으로 두드리면 솟아나리.
무슨 꽃으로 두드리면 솟아나리.

굴렁쇠 아이들의 달.

자치기 아이들의 달.
땅뺏기 아이들의 달.
공깃돌 아이들의 달.
개똥벌레 아이들의 달.
갈래머리 아이들의 달.
달아, 달아
어느덧
半白이 된 달아.
수염이 까슬한 달아.
濁盃器 속 달아.

—「탁배기」 전문

이 시에서 화자는 도깨비 방망이로 소원을 빌듯 탁배기 속을 수직적으로 들여다보며 "무슨 꽃으로 두드리면 솟아나리./ 무슨 꽃으로 두드리면 솟아나리." 하며 탁배기 속의 달에게 말을 건다. 화자의 소원은 탁배기 속에 욕망하는 대상인 행복한 유년의 달을 비추는 것이다. 그러나 탁배기 속에 비친 실재는 보고 싶지 않은 "半白이 된", "수염이 까슬한" 달이다. 이때 응시하는 주체와 그 주체가 욕망하는 대상을 일치시키지 못했으므로 화자의 욕망은 억압된다. 화자는 거울 속에서 자신이 상상했던 모습과 다른 낯선 존재의 모습과 맞닥뜨린다. 주체의 욕망은 대상이 허구화되거나 사라졌을 때 다시 강하게 불타오른다. 욕망이 닿을 수 없는 먼 곳으로 달아나면 달아날수록 주체는 그것을 쫓으려고 몸부림치게 된다. 인간은 근원적으로 결핍의 상황 속에 놓여 있어서이다.[24] 바라봄과

24 자크 라캉, 앞의 책, 78쪽.

보여짐의 엇갈림 혹은 바라보는 시선과 실재적인 응시가 타자와 일치하지 않음으로써 생기는 주체의 분열. 이는 주체가 어떤 것을 바라볼 때 접하게 되는 한계성을 의미하는 것으로 자신과의 불화[25]를 의미한다.

유리병 속으로
파뿌리 내리듯
내리는
봄비.
고양이와
바라보며
몇 줄 詩를 위해
젊은 날을 앓다가
하루는
돌 치켜들고
돌을 치켜들고
원고지 빈 칸에
갇혀버렸습니다
古月은.

—「고월(古月)」 전문

몇 줄의 시를 쓰기 위해 젊은 날을 고뇌했던 화자는 "원고지 빈 칸에 갇혀 버"린 늙은 시인의 모습이다. "유리병 속으로/ 파뿌리 내리듯" 내리는 역동적인 "봄비"는 허공에 갇혀 있는 "古月"과 대조를 이룬다. 따라

25 A. 새뮤얼 · B. 쇼터 · F. 플라우트, 민혜숙 옮김, 『융 분석 비평 사전』(동문선, 2000), 79쪽.

서 화자의 거울에 비친 것은 초라한 시인의 '보여지는' 모습으로 "고월"은 거울 속에서 시선들과 엇갈림을 이룬다.

인간은 자신의 결핍을 채워 주리라 믿었던 대상이 희망을 저버리는 순간 또 다른 욕망을 추구하며 분열을 극복하고자 한다. 인간은 좌절이 새로운 욕망의 유혹으로 대체된다는 인식과 더불어 욕망하는 주체이기를 멈출 수 없다는 인식을 깨닫게 될 때 타자 의식이 생성된다. 스스로가 결핍된 존재이며 욕망하는 주체라는 사실을 인정하고 자신이 세상에 의해 보여짐을 의식할 때, 고립과 소외로부터 벗어날 수 있는 또 다른 욕망을 추구하는 까닭이다.

2-3 초월적 응시

'초월적 응시'는 거울의 기표들을 통해 안과 밖 그리고 위와 아래로 구분하며, '보이는' 영역과 '보이지 않는' 영역으로 이분화한다. 〔210쪽의 표〕에서 살펴본 바와 같이 벽, 차일(遮日),[26] 눈, 그림자, 문살, 모기장, 창호지, 무명올과 같은 거울의 기표들은 안과 밖의 경계 지표이자 화자의 시선을 제한하는 '벽'과 '막'으로 작용한다. 화자는 이를 경계로 보이는 영역 내에 존재하며 '보이지 않는' 영역을 응시할 수 없는 상황에 놓인다. 그리하여 화자는 '벽'과 '막' 뒤에 은거하며, 그 너머 세계에 대하여 초월적인 응시를 감행한다.

「자화상 2」에서 보듯이 화자는 "窓을 내린/ 下行列車/ 곳간에 실린// 한 마리 눈(雪)속" 양(羊)으로 현현된다. 이때 창을 내린 열차에 갇힌 한 마리 양은 창 밖에 펼쳐진 하얀 '눈'을 초월적인 시선으로 응시한다. 마치 "환

---

26 차일: 햇볕을 가리기 위해 치는 포장.

한 거울 속에도/ 아침 床에도/ 얼굴은 없다/ (……)/ 내 얼굴은/ 日常의/ 얼굴 밖에서/ 바람 부는 자리/ 솔개 그림자로/ 들판에 너울거린다."(「솔개 그림자」)에서처럼 '벽' 너머 세상을 '솔개 그림자'로 초월하고자 한다.

'보이지 않는' 영역은 그 자체로서 구체적 기능과 의미를 갖는 '보이는' 영역에 비해 화자의 초월적 태도에 의해 구성되거나 환기된다. 보이지 않는 영역이 부재의 공간이지만 시 속에 투영될 수 있거나 인접한 공간으로 실재처럼 느껴지는 영역인 까닭이다. 따라서 그것은 화자의 의도와 욕망이 강력하게 반영된 다가성(polyvalence)을 지닌 상징적 의미[27]를 지닐 수밖에 없다.

하늘과 언덕과 나무를 지우랴
눈이 뿌린다
푸른 젊음과 고요한 흥분이 서린
하루하루 낡아가는 것 위에
눈이 뿌린다
스쳐가는 한 점 바람도 없이
송이눈 찬란히 퍼붓는 날은
정말 하늘과 언덕과 나무의
限界는 없다
다만 가난한 마음도 없이 이루어지는
하얀 斷層

—「눈」 전문

27 미르치아 엘리아데, 이재실 옮김, 『이미지와 상징』(까치, 1997), 19쪽.

화자의 응시는 낡아 가는 것이 보이는 세상에 흰 눈의 세상을 포갬으로써 '보이지 않는 세상'을 만들어 낸다. "푸른 젊음과 고요한 흥분이 서린 하루하루/ 낡아가는" 영역은 내리는 '눈'에 의해 "하늘과 언덕과 나무"의 한계가 없어진 새로운 영역으로 변모한다. "하얀 단층斷層"의 세계는 '하늘과 언덕과 나무의/ 한계가 없'어진 "가난한 마음도 없이 이루어지는" 무한의 세계이다. 이때 화자는 '지우다', '뿌리다', '서리다'라는 어휘들을 사용하여 '하늘', '언덕', '외부', '나무'라는 외부 세계와 '젊음', '흥분', '낡아 가는 것' 같은 내면세계 사이에 존재하는 경계선을 극복한다.[28] 「학(鶴)의 낙루(落淚)」에서도 마찬가지이다. 화자는 '세상 외로움'과 '세상 괴로움', '세상 구차함'과 '세상 억울함'을 "하얀 무명올로 가리우고자" 한다. 자신은 "안스러운 時代의/ 마른 鶴의 落淚"이므로 "슬픔을 모른다는 듯/ 기쁨은 모른다는 듯/ 구름 밖을 솟구쳐 날고 날다가" 세상의 괴로운 감정들(외로움, 괴로움, 구차함, 억울함)을 벗어나고자 한다. 이처럼 스스로 '보이지 않는 곳'을 지향하는 화자의 초월적 응시는 대상과 한계들에 대해 결핍된 주체를 인정하며 욕망을 충족시킨다.

3 응시에 나타난 욕망

상상력은 대상의 이미지를 받아들여 시인의 삶과 욕망에 매개한다. 이로 인해 시에 표현된 이미지들은 시인의 경험과 만나 새로운 존재가 된다. 따라서 시는 시인의 경험과 상상력의 맥락 속에 이해되어야 하며 시가 쓰인 기원을 찾아내어 그 의미를 해석해 나가야 한다. 시에 나타난

---

28 윤호병, 『한국 현대시의 구조와 의미』(시와시학사, 1995), 94쪽.

이미지나 표현들이 표현의 순간적인 삶 가운데 이루어지는 언어의 떠오름이라고 할 때[29] 순간적으로 솟아나온 많은 표현들 속에는 욕망에 관한 의미와 심리적인 의미 그리고 정신 분석적인 다양한 의미들이 해석을 기다리고 있는 까닭이다. 우리가 해야 할 일은 그 표현들 속으로 깊이 파고 들어가 그것의 의미를 밝혀내는 일이다.

3-1 수평적 응시: 자기애적 의존과 현실 회피

'수평적 응시'는 '보여짐'을 모르고 '바라봄'만을 추구하는 특성을 보인다. 화자는 거울 속에 비친 자신의 모습을 바라보는 것만으로도 자신의 욕망을 충족한다. 화자의 무의식은 자신도 모르는 유아적 행복한 현실을 시 속에 뿌리내림으로써 자신을 욕망한다. 이때 응시는 화자가 심리적 안정을 얻기 위한 의존이자 회피의 방편으로 외부(타자)의 것을 나의 일부로 만들며 욕망을 충족한다.

삶은 환경과의 복잡한 상호 작용을 포함한다. 그렇기에 환경에 순응할 수 없는 유기체는 필연적으로 사멸할 수밖에 없다.[30] 박용래 시에 나타난 화자 역시 자신을 둘러싼 외적인 현실에 반응하며 의존할 만한 그 무엇인가를 찾는다. 이로 인해 현실로부터 벗어나려는 화자의 몸부림은 욕망하는 대상을 거울의 기표 속에 비추어 보고 그것을 이상적인 자아로 간주하는 나르시스의 모습을 보인다.

노랗게 속 차오르는 배추밭머리에 서서

29 가스통 바슐라르, 곽광수 옮김, 『공간의 시학』(민음사, 1990), 95쪽.

30 유리 로트만, 유재천 옮김, 『예술 텍스트의 구조』(고려원, 1991), 15쪽.

생각하노니

옛날에 옛날에는 배추 꼬리도 맛이 있었나니 눈 덮인 움속에서 찾아냈었나니

하얗게 밑둥 드러내는 무밭머리에 서서

생각하노니

옛날에 옛날에는 무꼬리 발에 채였었나니 아작아작 먹었나니

달삭한 맛

산모롱을 굽이도는 汽笛 소리에 떠나간 사람 얼굴도 스쳐가나니 설핏 비껴가나니 풀무 불빛에 싸여 달덩이처럼

오늘은

이마 조아리며 빌고 싶은 故鄕

—「밭머리에 서서」 부분

거울 속에 투사된 현실은 화자가 욕망하는 실재와 일치한다. 물 흐르듯 순탄하기만 했던 안온함과 평화로움의 유아기적 이미지들, 그리고 추억들을 화자는 자신이 위치한 거울 저편에 투사시킨다. 그리고 맞은편에서 그것을 만족스러운 듯 바라다본다. 영혼은 긴장 없는 편안한 휴식 상태에 놓이고자 하며, 자신이 창조한 시적 이미지 앞에서 현존하는 자신의 존재와 끊임없이 이야기하고자 한다. 그것은 현재 자신이 살고 있지 않은 것을 살고자 하는 화자의 욕망이다. 상상력은 이때 고통스러운 현

실을 아련하고 은은한 빛깔의 추억으로 채색한다. 흙이나 바람, 물이나 빛과 같은, 욕망을 물질화하는 상상력과 만나 무의식은 적합한 실체를 얻으며 근원적 색깔을 얻는다.[31] 유년 시절의 무의식에 흔적을 남기는 최초의 정신적 관심들은 대체로 고향의 유기체적 관심들이다. 어릴 때 눈덮인 움 속에서 찾아내었던 '배추꼬리의 맛', 아작아작 씹어 먹었던 무꼬리의 '달삭한 맛'은 유아적 리비도로서 그 기억의 이미지는 추억이 솟아오르는 안락과 안온의 세계로 인도한다.

머리가 마늘쪽같이 생긴 고향의 少女와
한여름을 알몸으로 사는 고향의 少年과
같이 낯이 설어도 사랑스러운 들길이 있다

그 길에 아지랑이가 피듯 태양이 타듯
제비가 날 듯 길을 다라 물이 흐르듯 그렇게
그렇게

天然히

울타리 밖에도 花草를 심는 마을이 있다
오래오래 殘光이 부신 마을이 있다
밤이면 더 많이 별이 뜨는 마을이 있다.

—「울타리 밖」 전문

31 가스통 바슐라르, 이가림 옮김, 『물과 꿈』(문예출판사, 1980), 17쪽.

이 시에서 시적 배경을 이루는 들길과 화초가 있는 마을은 행복한 자아의 이미지들이 만들어지는 장소이며, 감각적이고 관능적인 이미지들은 아름답고 따뜻한 세계를 표상한다. 이처럼 수평적 응시는 삶이 가해오는 불안과 공포를 회피하고 새로운 원초적 이미지들을 창조해 냄으로써 영혼의 풍요 속에 안착한다.

3-2 수직적 응시: 자아 탐색의 여정과 삶의 본능

'수직적 응시'는 '바라보는' 주체와 '보여지는' 주체가 공존한다. 그들은 '위' 또는 '아래'에서 서로를 응시한다. 서로가 서로에게 주체 또는 객체로 존재하며 자신의 욕망을 서로에게 종속시킨다. 자신과 다른 타자의 공존. 그리하여 화자는 대상을 '바라보고', 바라보는 대상에 의해 '보여짐'을 인식한다. 그러나 '바라보는' 대상은 욕망하는 대상이지만 거울에 '비추어진' 대상은 욕망을 충족시키는 바로 그 대상이 아니다. 「탁배기」와 「고월」에서 살펴보았듯이 화자의 응시는 욕망과 욕망하는 대상 사이에 불일치를 보인다. 화자가 욕망하는 대상은 '순백의 유년의 달'과 '봄비'이나 거울에 투영된 실재는 "반백의 까슬한 달"과 "원고지 안에 갇혀버린 초라한" "古月"의 모습이기 때문이다.

地上은 온통 꽃더미 沙汰인데
진달래 철쭉이 한창인데
꿈속의 꿈은
모르는 거리를 가노라
머리칼 날리며
끊어진 弦 부여안고

가도 가도 보이잖는 出口
접시물에 빠진 한 마리 파리
파리 한 마리의 나래짓여라
꿈속의 꿈은

—「꿈속의 꿈」 부분

화자는 접시물에 빠져 허덕이고 있는 한 마리 파리의 영상을 떠올리며 자기 탐색을 시도한다. "꽃더미 沙汰", "진달래 철쭉"은 꿈의 세계를 구성하는 이미지들이다. 그러나 환상적인 꿈속에서 화자가 꾸는 꿈은 "가도 가도 보이잖는 出口" 속을 헤매는 길 잃은 자의 꿈이고 "접시물에 빠진 한 마리 파리"가 되어 덧없는 날갯짓을 하고 있는 꿈이다. 꿈속의 또 다른 꿈은 화자를 출구 없는 미로 속에 가둔다. 꿈속의 꿈에서 그에게 주어진 것은 미로 속에서 덧없이 날갯짓을 하도록 주어진 운명이다. 그것은 산 정상까지 무거운 돌을 끊임없이 지고 날라야 하는 시지프스와 닮아 있다. 시지프스의 운명처럼 꿈속의 꿈은 폐쇄된 영역 안에 화자를 가둔다. 화자의 응시는 이때, 자신이 처해진 운명의 미로 속을 방황하는 데 멈춰 있다. '꿈'이 넓은 의미에서 "무의식 안에 있는 실제 상황을 상징적인 형태로 그려 낸 자발적인 자기 초상"[32]이라고 볼 때 화자의 시선은 이처럼 자신의 내면을 초라하게 응시한다.

수직적 응시는 내면에 있는 자신에 관한 부정적인 측면들을 의식 속으로 받아들인다. 내면 깊은 곳에서 억눌려 있던 무의식적인 상처들을 꺼내 그것을 체험하고 자기 연민화하여 궁극적으로는 자기 인식에 도달하는 순환적인 과정을 밟는다. 상상계가 욕망이 자신의 결핍을 완전히

---

32 A. 새뮤얼 · B. 쇼터 · F. 플라우트, 앞의 책, 80쪽. 참조.

채워 줄 것이라고 믿는 데 반해 욕망하는 대상이 실재처럼 보였지만 허구라는 사실을 인식하는 상징계는 부재와 결핍을 새로운 대체물로 채우려는 수직적 응시를 취한다.

패티시스트의 태도[33]도 유사해 보이는 수직적 응시는 보고 싶지 않은 것을 보고 싶은 것으로, 혹은 보고 싶은 것을 보고 싶지 않은 것으로 전이시킨다. 수직적 응시는 삶이 가해 오는 공포를 이완시키려는 의도 속에서[34] 드러낸다. 무의식은 이때 결핍 때문에 괴로워하는 욕망하는 주체로서 자신을 압축적으로 요약하는 구체적인 대상(거울 속의 대상)을 시 속에 드러내는 과정을 거쳐 자기 자신의 빈틈을 채워 나간다. 다시 말해 타자가 된 자신의 시선을 통해 결핍된 주체인 자신을 응시한다. 이처럼 수직적 응시는 주체가 아닌 타자화된 상태로 자신을 응시함으로써 결핍을 보상하거나 자신이 원하는 모습으로 유지시키고자 한다.

> 홀린 듯 홀린 듯 사람들은
> 山으로 물구경 가고.
>
> 다리밑은 지금 危險水位
> 濁流에 휘말려 휘말려 뿌리 뽑힐라
> 橋脚의 풀꽃은 이제 必死的이다

---

33 사내아이는 여자아이를 엿보는 기회를 통해서 우연히 여자들이 남근이 없는 존재라는 사실을 목격한다. 자신도 거세 당할 수 있다는 위협은 아이로서 감내할 수 없는 충격이다. 거세의 위협은 독특한 해결책으로서 자기 욕망을 만족시키는 인공의 형성물을 위치시킨다. 남근의 상(像)을 만들어 성적인 유희의 과정에서 상대방에 결합시킴으로써 확인된 결핍을 보상하거나 현실을 자신이 원하는 모습으로 유지시키려고 한다. 장 벨멩-노엘, 최애영 · 심재중 옮김, 『문학 텍스트의 정신 분석』(동문선, 2001), 37쪽. 참조.

34 여성문화이론연구소 정신분석세미나팀, 『페미니즘과 정신 분석』(도서출판 여이연, 2003), 137쪽.

四面에 물보라치는 아우성

사람들은 어슬렁어슬렁 물구경 가고.

—「풀꽃」 전문

위 시의 배경은 '교각'을 중심으로 위와 아래로 나누어진다. 이때 화자는 위험 수위로 소용돌이치는 탁류에 휩쓸리지 않으려는 "한 송이 풀꽃"을 내려다본다. "휘말려", "뽑힐라", "필사적"과 같은 어휘들과 삶을 위협하는 '물보라의 아우성'은 화자가 처한 패배와 절망의 경험으로부터 유래한 것으로 그것은 패배와 절망을 그 자체로 받아들이려는 화자의 내적인 독백을 환유한다. 절망을 절망으로 인식하려는 화자의 태도는 삶의 본능을 일깨워 삶을 살아가게 하는 일종의 치유 기능을 갖는다. 그것은 모든 존재들이 가질 수 있는 있음의 권리를 인정하고 참다운 의미를 음미하려고 할 때, 그리고 고통과 절망을 그 자체로 받아들이려 할 때, 그것으로부터 견뎌 내는 힘을 얻는다.

3-3 보이지 않는 곳을 향한 응시: 무한과 텅 빔

무의식은 과거의 충격적인 외상들의 총체[35]로서 다시 보고 싶지 않지만 자아의 무의식에 남아 언제라도 다른 형태를 빌려 의식 속에 나타난다. 프로이트는 세상에 존재하는 무수한 대상 가운데 어떤 하나를 선택하여 특별히 소중하게 인식하는 과정을 '대상 선택'이라고 정의한다. 정신 분석적 의미에서 대상 선택은 타인에게 향해진 '의존적 대상 선택'과

---

35 융은 개인적 무의식은 상실된 여러 기억이나 억압된 불쾌한 여러 표상이나 인식 영역의 여러 지각이지만 아직 의식 위에 떠올려지지 않은 여러 내용을 포함하고 있다고 지적한다. C. G. 융, 설영환 옮김, 『무의식 분석』(선영사, 1986), 98쪽 참조.

‘자기애적 대상 선택’[36]으로 구분되는데 박용래에게 성인이 되기 전 경험한 누이 ‘홍래’의 죽음[37]은 ‘의존적 대상 선택’에 해당된다. 누이의 죽음은 「구절초(九節草)」, 「면벽(面壁) 1」, 「물기 머금 풍경 1」, 「제비꽃 2」, 「진눈깨비」, 「담장」, 「하관(下官)」과 같은 시에서 주요 모티프로 작용한다. 이들 시에 나타나는 죽음에 관한 불안과 우울한 정서는 유년기 체험에서 비롯된 것으로, 이는 삶과 죽음의 경계에서 보이지 않는 곳을 투영하는 ‘초월적 응시’로 나타난다.

고양이는 더위에 쫓겨 누다락 오르고 모기香에 바람 한점 없는 밤 내 눈감은 面壁 5分은 멀리 달빛 어린 벼이삭 스치는 꽃喪輿

어허 하하……
어허 하하……

—「면벽 1」 전문

죽음은 보이는 곳과 보이지 않는 곳을 경계 짓는 벽 저편에 존재한다. 화자의 응시는 그곳에 이르지 못하지만 ‘벽’을 사이에 두고 죽음은 가까이에서 존재를 알려 온다. 그런데 이 죽음의 이미지는 의존적 선택 대상의 상실로 상징화되어 나타난다. 원시적인 본능 충동의 변형으로서 이 상징은 본능적인 리비도를 정신적인 가치로 보내려고 하지만 자아의 의

---

36 장 라블랑슈 · 장 베르트랑 퐁탈리스, 임진수 옮김, 『정신 분석 사전』(열린책들, 2005), 110쪽.

37 박홍래는 3남 1녀의 막내로 태어난 박용래의 바로 손위 누이이다. 그녀는 박용래가 중학교 2학년 때 초산의 산고로 세상을 떠난다. 어린 시절 홍래 누이를 몹시도 따랐던 박용래는 잠시도 누이의 곁을 떠나지 않았다. 작고하기 얼만 전까지도 그는 종종 강경을 찾아 황산나루나 옥녀봉에서 누이가 살았던 강 건너 마을을 바라보며 누이를 생각했다고 하는데, 홍래 누이는 곧 박용래의 가장 이상적인 여인상이기도 했다. 신경림, 『신경림의 시인을 찾아서』(우리교육, 1998), 99쪽.

식 속에 지워지지 않는 흔적으로 자리 잡는다.[38] 보이지 않는 곳을 향한 초월적 응시는 불안을 일으키는 동인을 자신의 일부로 받아들인다. 그리하여 '벽' 하나를 사이에 둔 죽음은 자아와 동일시 과정에 놓이게 되며, 상실된 대상을 자아 안에 거주시킴으로써 욕망하는 대상과 만난다.

세계의 모든 한계를 지워 무한의 영역으로 만들고자 하는 화자의 초월적 응시는 거울의 기표를 통해 '보이지 않는 곳'을 지향한다. 세계의 한계를 지우며 무화된 공간인 텅 빈 공간으로 자아를 이끄는 초월적 응시는 '텅 빈' 무의 공간을 지향하며 결핍된 주체임을 자각하며 실체와 만나는 욕망에 이른다.

4 맺음말

박용래는 "배추씨처럼 흙에 덮여" 살기를 선택했고[39] '풀꽃을 사랑하여 풀잎처럼 가벼운 옷을 입었고, 술을 사랑하여 해거름녘의 두 줄기 눈물을 석 잔 술의 안주로 삼았으며, 그림을 사랑하여 밥상의 푸성귀를 그날치의 꿈이 그려진 수채화로 알았고, 시를 사랑하여 나날의 생활을 시편의 행간에 마련해 두고 살았다.[40]

향토적 전원을 그리며 그리움과 허무의 정조를 비움의 형식으로 구조한 박용래의 시는 부재와 현존, 시간과 공간, 과거와 현재가 서로 교호를 이루면서 존재의 미망을 아름다운 언어로 가다듬었다. 그의 시는 소월시가 지니고 있는 애수와 한의 정서를 이으면서, 백석의 시가 지니고 있

---

38 C. S. 홀, 최현 옮김, 『융 심리학 입문』(범우사, 1985), 155쪽.

39 박용래, 「박용래 연보」, 시선집 『먼 바다』(창작과비평사, 1984).

40 이문구, 「박용래 약전(略傳)」, 앞의 책, 231쪽 참조.

는 정감 있는 묘사적 이미지를 점묘시키고, 목월 시가 지니고 있는 압축된 영상미와 운율을 내장하고 있다. 이로 인해 회화적이면서도 애잔함이 유유하게 번져 있는 박용래의 시는 전통 서정과 모더니즘 요소를 두루 갖추며 한국 문학적 혈통을 이어 왔다.

언어 체계인 시는 화자의 욕망을 반영함으로써 시인 자신을 표현하며 시의 곳곳에 관여한다. 이 글은 이 점에 착안하여 시인이 의식적 또는 무의식적으로 사용하는 거울의 기능을 하는 기표들에 관한 검토와 그것을 통해 화자의 응시가 산출하는 기의를 살펴보았다. 라캉의 주장대로 각각의 기표들은 하나의 기의에 고정되지 않고 의미의 고리를 물면서 다양한 의미들을 낳는다. 박용래 시에 나타난 거울의 기표들 역시 수평적 응시, 수직적 응시, 초월적 응시로 나타나며 화자의 욕망을 기의화한다. 이 기표들은 자기애적 의존과 현실 회피의 욕망, 자아 탐색의 여정을 통해 삶의 본능을 일깨우려는 욕망과 삶과 죽음을 변증법적으로 연결하려는 욕망을 지향한다. 더욱이 생의 기원으로서의 에너지원이자 죽음에 이르러 완성되는 욕망은 박용래에게 있어 자기 치료적 행위에 다름 아니었다. 한국 시의 미학을 완성시킨 다양한 해석 가능체로서 박용래의 시는, 앞으로 시 속에 현존하는 사유를 탐사해 가는 과정을 통해 보다 심원한 세계에 도달할 수 있을 것이다.

3부

[redacted]

[redacted]

주체의 시, 서정의 시
—1980 · 1990년대 북한 시문학의 탐색

1 사회주의 혁명 건설을 위한 시론

주지하다시피 북한 문학은 주체사상에 입각한 문예 이론과 사회주의 리얼리즘이 지배하고 있다. 북한의 문학적 지향과 예술적 품격은 오직 사회주의 체제 안에서만 평가되고 음미될 뿐이다. 인민성과 노동계급성, 그리고 당성을 바탕으로 인민의 자주성과 애국주의적 내용이 기본 주제가 되고 있다. 이에 따라 민요나 설화 등 인민의 구전 문학이나 항일 무장 혁명 시, 가요 등을 높이 평가하는 한편 사회주의 관점에서 기계론적 자연주의와 형식주의, 수정주의와 사대주의 등을 반동적 문예 사상이라며 의도적으로 거부하여 왔다.[1]

반동 부르주아 문학과 종파주의 문학으로부터 이념과 역사를 강조하

---

1 리수립의 평론, 「자주 시대 문학의 앞길을 휘황히 밝혀 주는 불멸의 대저작 『주체문학론』」, 《조선문학》, 1992. 2.

는 목적 의식적인 사회주의 문학 예술론은 인민의 창조성과 자주성 옹호, 반제국주의와 반자본주의 그리고 통일 지향적 문학관을 표명하고 있다. 1980년대 이후 북한 시의 시작은 "당이 제시한 주체적인 창조 세계와 창작 원리를 철저히 구현하며 자연주의 도식주의를 비롯한 온갖 그릇된 경향을 극복하고, 창작에서 노동 계급적 선을 확고히 세우는 동시에, 개성적 특성을 옳게 살리며 철학적 심도를 보장함으로써 사상 예술성이 높은 우수한 작품을 더 많이 창작하여야 한다."라는 1980년대 1월 제3차 조선작가동맹대회에서의 김정일 지침으로부터 출발한다.[2] 이는 문예 창작의 실천적 지침으로 초인적인 신념과 힘을 지닌 신격화된 영웅에서, 평범하고 진실한 인물을 형상화한 '숨은 영웅 찾기'와 개성과 철학적 심도를 지닌 '사상 예술성 작품'을 창작해야 한다는 취지로 요약될 수 있다.

'숨은 영웅 찾기'는 임진영의 지적대로 북한이 안정기 사회에 접어들었음을 반영하고 전 시대 문학의 도식적 경향을 극복하는 대안으로서 나타나는 현상이라고 평가할 수 있다.[3] 반면 '사상 예술성 작품'은 과거부터 지속되어 온 도식성과 산문성, 유사성과 미화 불식을 극복하고 진실된 생활 체험을 통한 서정성의 확보와 운율을 살려 내는 일을 주된 내용으로 하는 것이라 평가할 수 있다. 실제로 이 같은 반향은 1980년대 초반 이후 1990년대 중반까지 노동자, 농민, 인민군대원과 같이 숨은 영웅을 형상화한 작품과, 서정시 본래의 기능인 운율과 서정성을 확보하며 미학적 접근이 이루어진 작품들에서 다수 발견할 수 있다.

그러나 이 같은 문예 미학적 실천 지침과 창작 배경에도 불구하고 1930년대 백석과 이용악이 보여 준 바 있는 민중적 정서의 향토적 표출

---

2 홍용희, 「해방 50년 북한 시의 역사적 고찰」, 《시와 시학》, 1995 겨울 재인용, 158쪽.

3 민족문학사연구소 엮음, 『민족 문학사 강좌(하)』(창작과비평사, 1995), 335쪽.

이나, 해방기 공간에서의 유진오, 김상훈, 안막, 오장환 등이 보여 주고 있는 자주 회복을 담은 시와 비교해 보면, 오히려 시적 상상력과 창조성에서 뒤지고 있는 것 같은 인상조차 받는다. 하지만 북한 문학이 당성 · 노동 계급성 · 인민성의 원칙이 철저히 지켜진 기반 위에서 시적 변용을 시도한 것이고 인민의 교양과 대중에 복무해야 한다는 지배 이데올로기에 예속되어 있는 이상 우리의 관점에서 북한 시를 예술적 척도로만 평가하는 데에는 무리가 있다는 것을 염두에 두어야 할 것이다.

이 글은 이 같은 논의를 바탕으로 1980 · 1990년대 북한 시에 나타난 양상과, 불멸의 대저작이라는 『주체문학론』 이후에 나타난 시의 변화를 조선 작가동맹 중앙위원회 기관지인 《조선문학》을 중심으로 살펴보도록 하겠다.

2 주체의식에 따른 시 유형

2 - 1 김정일 송가시

김정일에 대한 송가시는 1980년대에 들어와서 김일성에 대한 송가시와 대등한 편수를 보이다가 1990년대에 이르러서는 양적, 질적 팽창을 보인다. 이는 권력 세습이라는 정치적 의미망을 구축하는 동시에 역설적이지만 사회주의 문학론 건설이라는 한정된 창작 제재에 묶여 있는 북한 창작인에게 시적 다양성을 마련해 주는 계기로도 해석된다. 대표적인 시로는 정서촌의 「조선의 영광」(1983), 전병구의 「정일봉의 해맞이」(1989), 백하의 「하늘에 새긴 글발」(1989), 구희철의 「귀틀집 생가에서」(1991), 한찬보의 「김정일 장군 만세」(1993), 강명학의 「수령님은 우리의 김정일 동지」(1995), 최창남의 「태양만이 보이는 언덕」(1996) 등을 들 수 있다. 이와 같은 시에서 발견되는 특이한 점으로는 김일성에게 바쳐지던 해, 달, 별 등과 같은 천상적 존재의 상징들이 1980년대를 거쳐 1990년대에 이르러 김정일에게도 강도 높게 이어지고 있는 것이다.

즉, 1980년 초반의 시에서 보이던 김정일에 대한 조심스러운 이미지 구축이 1990년대에 들어서면서부터 공식 후계자인 김정일의 찬양 작업에 집중되어 나타나고 있는 것이다. 예컨대 정서촌의 「조선의 영광」(1983)에서는 김정일을 인류의 길을 밝히는 별과 같은 존재로 묘사하며 그가 가는 길 위에는 '생신한 바람이 일'고 '새싹도 그의 품속에서 태어나'는 인류의 청춘으로 묘사된다.

김일성의 70세 탄생을 기념하여 1982년 4월에 제막된 높이 170m 주체사상탑은 북한 인민들에게 종교적 순례지와도 같아 1985년 홍문수의 「미래가 걱정되는 때가 있거든」이라는 시에서는 영광의 절정인 주체사상탑으로 꽃과 분수를 즐기기 위해 오는 사람은 없으며, 자신과 아들 · 딸의 미래가 걱정되는 때가 있거든 주체사상탑을 우러르라고 외친다. 그러면서 "오, 친애하는 김정일 동지/ 대를 이어 완성하시는 새 세계의 모양을/ 가장 가까이 볼 수 있는 곳 예 아니냐/ 가장 깊이 새겨 안을 수 있는 곳 예 아니냐"에서처럼 마치 종교적 형상물과도 같이 그리며, 구원의 주체사상탑을 통해 권력 세습을 순리적 역사의식으로 받아들일 것을 노래하고 있다.

누리를 밝히는
향도의 해발로
가장 밝은
새 세계의 아침을 불러오는 봉우리

그래서 여기 비치는 해빛은
그리도 따사롭고 눈부신 것이냐
여기에 내리는 그 해빛
이 땅에 비끼여
조국의 미래는 그리도 양양하고
인민은 환희에 넘쳐있는 것이 아니냐

아, 시대를 비치고 력사를 빛내이는
은혜로운 사랑의 해빛이여
천만가닥 이땅 우에 비쳐내리는
위대한 향도의 빛발이여

—전병구, 「정일봉의 해맞이」 부분(1989)

이 시 역시, 김정일을 "새 세계의 아침을 불러오"며 '천만해살'을 뿌리며 시대와 역사를 빛내게 하는 인물로 묘사한다. 온 누리를 불태우는 정일봉의 해맞이를 통해 김정일을 공산주의의 아침과 새로운 주체 조선의 역사를 열어 줄 숭고한 지도자의 이미지로 강하게 인식시킨다. 이 같은 김정일 체제 구축 사업은 1993년 김철의 "당은 김정일 동지! 그이는 우리다"라는 표현과 함께 "김정일 식이 우리 식"이다에까지 이른다.

이와 함께 1993년 리정술의 「김정일 동지의 노래」라는 시에서는 "반만년 력사 위에 빛나는 영웅, 조선이 높이 모신 민족의 영웅, 아, 천만세 받들자, 김정일 동지"에서처럼 김일성이 가졌던 절대적 위상을 승계 받기에 이른다. 이것이 다시 김일성 사후 1994년 8월 최영화의 「태양은 여전히 빛난다」에 이르면 인민의 심장이고 인류의 심장인 수령님이 김정일의 모습 속에 살아 계신다며 "우리의 머리 위에서는/ 태양이 여전히 빛나고 있습니다/ 수령님이 모습이신 위대한 김정일 동지/ 그이가 태양으로 빛나고 계십니다"라고 끝맺고 있다.

이와 같이 유일 주체사상 시기인 1967년 이후, 1970년대 혁명 전통의 표상으로 이루어지던 김일성 우상화 작업과 충성의 문예 작업은 1980 · 1990년대에 이르러 김정일의 찬양 작업에 집중되어 나타남을 알 수 있다. 결국 1980 · 1990년대 시는 김정일의 숭고한 위대성과 불멸의 절대성을 인민들에게 침윤시킴으로써 주체 조선의 투쟁적 혁명 정신을 결집하는 교화적 기능을 담당해 왔다는 것을 확인할 수 있다.

2-2 조국 통일의 시

1992년 김정일의 『주체 문학론』에서는 운문학의 관점과 견해를 세우고, 주체 문학의 위업을 성취하여 인민 대중 중심의 문학을 건설해야 한다고 주장한다. 동시에 사실주의 문학이 전통적으로 고수해 오고 발전시켜 온 전형화와 진실성의 원칙을 견지하여, 역사와 현실을 바라보고 주체 사실주의를 고수해야 한다는 당위론적인 원칙을 제시한다. 이 같은 배면에는 마르크스-레닌주의의 기계론적 유물 사관에 대한 반성과 순수 문학을 반동 문화주의로 보는 문학상의 방법론이 깔려 있다.

대표적인 시로는 백인준의 「조국에 대한 생각」(1980), 동기춘의 「인생과 조국」(1986), 김홍권의 「땅을 씻지 말아라」(1989), 김형준의 「통일렬원」(1990), 강기수의 「봄비」(1991), 주광남의 「강화도를 바라보며」(1996) 등을 들 수 있다. 이들 작품에서 발견되고 있는 점으로는 1) 남조선을 잃어버린 낙원으로 상정하고 이에 대한 강력한 회복 의지를 보이며, 어머니로 표상되는 모성적 대지로의 귀환 의지를 보이고 있다는, 점 2) 분단된 조국의 근원이 미제와 '남한 파쇼 원쑤'에 있다고 전제하고, 미제국주의와 남한 정권에 대한 투쟁과 분노를 직접적으로 표출하고 있다는 점, 3) 해방 후 혁명 투쟁 정신의 계승을 통해 체현되는 조국 통일 혁명 의지 등이 수용되고 있다는 점 등을 들 수 있다.

1)의 경우, 오영재의 「분열의 장벽은 무너지리」(1989), 김형준의 「통일렬원」, 동기춘의 「나의 집」(1995)에서는 각각 다음과 같이 노래한다.

만나자 얼싸안자
(……)
장벽 너머 저 남녘엔
나의 어머니와 형제들이 있다

(……)헤어진 나의 어머니는 이제는 여든이 되었다

(……)탱자나무 울타리 곁에서 우리 헤어질 때 마흔도 못되어 젊디젊더니……

—오영재, 「분열의 장벽은 무너지리」 부분(1989)

동요의 예 추억이 사물거리는
들 딸기, 산나리, 개암숲아(……)
피지도록 부르노라, 나의 남녘이여

—김형준, 「통일렬원」 부분(1990)

때없이 어린 시절이 생각나라
해떨어진 산에서
꼴짐지고 내릴 때면

흰김서리는 고삭은 처마 아래서
(……)
닭알 몇 개는 두었다고
그날이면 대글대글 접시에
놓아주던 나의 어머니 계시던 집이여

— 동기춘, 「나의 집」 부분(1995)

그리고 이같이 "나의 남녘"으로 대표되는 낙토에 대한 회복 의지와 어머니로 표상되는 그리운 남쪽은 2)의 경우처럼 남한 정부에 대한 비난과 남한 지도자에 대한 공격성으로 드러난다.

나의 눈
나의 총구 앞에
전쟁의 화약내를 풍기는
원쑤미제
네 놈이 서 있다

— 림종근, 「날뛰지마라」 부분(1986)

미제는 날 강도, 도적놈, 정신거러지

— 문동식, 「이 열쇠를 간직하시라」 부분(1988)

투쟁을 깨우치고 간 그대
복수를 부르고 간 그대
남녘은 서슬푸른 장검을 높이 들고
그대 생전의 념원대로

미제와 로태우 살인마들의 사지를 자르거라
배를 찔러 오장을 탕쳐버리리라
파쑈의 철창과 교수대를 찍어 던지리라

— 장혜명, 「복수의 칼을 들라」 부분(1988)

북한 시에서 나타난 시적 양상으로서의 통일에 대한 의지는 보다 직접적이고 적극적이다. 한민족이라는 자각과 통일을 향한 역사 주체로서의 자각, 그리고 당의 교시 문학으로 대변되는 국수주의적 민족의식이 인민 고취 의식을 목적으로 강하게 시적 문면에 자리 잡는다. 조국 통일의 염원과 반제, 반파쇼와 같은 내용을 담고 있는 이 같은 시는 해방기 시문학에서 보이던 안막의 「그대는 북에서 나는 남에서」, 유진오의 「눈감으라 고요히」, 임화의 「깃발을 내리자」, 김상훈의 「나의 길」 등에서 보이던 시적 테마의 주제적 답습에 불과하다. 그러나 전술한 바와 같이 해방기 문학이 민족주의적 관점에서 조국 통일을 노래한 점에 비해 1980 · 1990년대 북한 시는 주체 사실주의에 입각한 사회주의 리얼리즘 창작론의 관점에서 쓰였다는 점을 고려해야 할 것이다.

아, 그날의 투사들
이 찬바람을 맞으며
가슴 속 피를 끓여
혁명절개 억세게 벼리였으니
이 눈바람 맞으며
봄날의 언덕을 제일 먼저 보았으리

— 강현만, 「백두겨울의 서정」 부분(1993)

돌아보면 혁명의 여명기에
불바다 피바다를 헤치며
정말 고생도 많이 한 혁명전사들
백번 쓰러지면 백번 다시 일어나
어떻게 이 길에서 삶을 빛내였던가

전쟁의 깊은 상처를 안은 채
간고한 50년대가 어떻게 흘렀고
어찌하여 이 땅 우에선 한밤중에도
개척지의 우등불이 타올랐던가

—리광제, 「우리는 배낭을 벗지 않으리」(1985)

3)의 경우에 해당하는 조국 통일의 시는 항일 혁명 투쟁 기념일이나 조국 전쟁 시기의 숭고한 사상, 혁명 전적지나 사적지를 형상화하는 작품 속에 잘 드러나 있으며, 비단 1980 · 1990년대뿐만 아니라 항일 혁명 무장 투쟁의 정신적 유산을 내세우던 천리마 시기, 그리고 종자론과 속도전이 나타난 1970년대 유일 주체사상 시기에도 지속적으로 나타나 주제적 전통의 맥을 잇는 시 양식으로 자리 잡는다.

2-3 현실 주제의 시

이미 문학 방법으로 고착된 사회주의 리얼리즘 창작론이 현실 주제의 창작론을 내세우는 것은 결코 우연이 아니다. 이것은 첫째, 문학 내부적 조건으로서는 이미 사회주의 창작방법론이 가지고 있는 심각한 도식성과 상투성에 대한 반성적 표현이고 둘째, 외부적 조건으로서는 소련과 동구권 체제 이데올로기 붕괴에 대한 위기에서 비롯된 것이다. 1980년대의 시보다는 1990년대의 시에서 현실 주제의 시가 많이 보이는 것도 1980년대가 안고 있는 문학 내부의 결함을 1990년대에서 새롭게 개진하고자 하는 문학 의지로 파악할 수 있다.

현실 주제의 시는 대체로 정치적 사건이나 상황에 따른 시사적 문제와 북한 내의 문화와 사회 변동의 문제를 담고 있는 것으로 크게 대별할 수 있다. 우선, 정치적 · 시사적 상황의 시로는 남녘 형제들의 통일 넋을 그린 김홍권의 「땅을 씻지 말아라」(1988), 광주 항쟁의 청춘 투쟁을 그린 문재건의 「붉은 잎사귀」(1986), 조성만 열사의 희생을 그린 장혜명의 「복수의 칼을 들라」(1988), 전대협의 림수경을 노래한 남태범의 「수경아 다시 돌아 오너라」(1990), 범민족 통일 음악회 감상을 노래한 림공식의 「예와서 보시라」(1991), 강경대의 죽음을 노래한 동기춘의 「피의 금요일」(1991), 전 인민군 종군기자였던 비전향 장기수 리인모가 남쪽 독방에서 '님에 대한 변함없는 나의 사랑을 승리로 넘어섰다'며 《조선문학》에 직접 기고한 「진달래의 마음」과 「개나리의 노래」(1991), 코리아 유일 팀 경기를 보며 쓴 작가 미상의 「박수를 치자」(1992), 해외 동포의 그리운 조선을 향한 동경을 담은 림공식의 「말하고 싶소」(1992) 등이 있다. 다음으로 북한의 문화와 사회 변동의 문제를 담고 있는 내용으로는, 냉엄한 세계사의 현실 속에서 시대적 요구에 맞는 주체적 문화 유산의 계승을 통해 현대 정신을 발양하고 제국주의 사상의 틈입을 막기 위한 북한 내부의 사회, 문화에 대한 재조명이 그것이다. 이를 위해서 평양으로 대표되는 주거 공간에 대한 깊은 애착과, 인민 병사에 대한 칭송과 격려 등을 다음과 같이 담아내고 있다.

즐거워라, 5월 단오

그네 씽씽 띄워 보자

하늘 훨훨 날아보자

(……)

내향촌이 제일일세 내조국이 제일일세

—백의선, 「5월 단오」 부분(1990)

아, 나는 지금

새로 받은 광복거리 나의 집 창가에서

황홀한 수도의 야경을 바라 본다

내 앞에 열린 불야성의 거리

아름다움의 극치를 이루고

저하늘의 별들과

이땅의 행복을 속삭이는

무수한 들불의 바다

—변홍영, 「평양의 모습」 부분, 1993

조국의 전초선을 들었다 놓는

힘찬 병사의 노래소리

격동에 찬 병사의 시

기백넘친 병사의 춤

아, 옛추억을 불러오며

어제날 병사도 어서오라

—박근원, 「초소의 문화 오락시간」 부분(1995)

북한은 1980년대 고도 성장을 이룩한 남한에 대한 위기 의식과 김일성 부자의 세습 체제를 공고히 하기 위해 사회주의 우월성을 발양하고, 김정일의 위대성에 대해 깊은 인식과 양심화된 주체사상을 형상화하는 한편, 역사와 시대 앞에 사회주의 현실 주제의 작품을 왕성하게 창작해야 하는 것을 고무, 추동시킨다. 이에 따라 당과 수령이 주는 과업의 절대성과 무조건성의 정신을 강조하며 "사회주의 현실 주제 작품 창작에 당면한 당정책 요구를 철저히 구현하는 것은, 전적으로 작가들의 책임성과 역할에 달려 있다."라며 주체 조선의 영웅적인 혁명 정신을 구현할 참신한 전형을 찾아내야 한다고 주장한다.

이와 같은 내용은《조선문학》1992년 6월호에서도 그 단초를 확인할 수 있다. 이에 따르면 혁명적 수령관에 기초한 혁명적 세계관 속에서 신념화, 량심화, 도덕화되는 순결한 충실성의 전형, 이를테면 주체화된 새로운 인간 전형과 공산주의적 인간의 모습을 형상화한 작품이 문학의 나아갈 길이라고 주장한다. 그러나 이 같은 논의 중 장르상의 특성상 공산주의적 전형화는 소설에서 용이할 듯싶고, 실제로 1991년에서 1996년까지 실린《조선문학》평론은 소설 중심으로 다루고 있다. 시를 사회 변혁과 예술적 실천을 통합하여 대중적 교양과 교화력을 용이하게 할 수 있는 장르라고 규정할 때 북한의 현실 주제의 시는 그 문학적 특성으로 말미암아 다양한 시적 주제를 지닌 채 북한 시의 근간을 이루어 내고 있다.

2-4 노동 의식 고취와 연애시

북한에서의 자연은 노 · 장에서 말하는 귀의로서의 대상이 아니며, 우리 문학에서 보이는 서정 의식의 대체물이 아니다. 그것은 반드시 정치와 결합되거나 인민 교양이라는 시적 활용 방법에 입각해 있다. 즉 시적 대상으로서 자연은 즉자적이지 않고 언제나 조국 강산의 아름다움을 고취시켜 주체사상의 내밀화를 이루게 하는 교양적 소도구로 이용된다. 예컨대 북한 시에서 자주 보이는 '폭포'를 제재로 한 시만 보더라도 폭포가 지닌 속성을 통해 조국에 대한 강직과 절조, 폭포의 수직적 이미지를 통한 상과 하의 명령적 전달, 그리고 자기희생의 교시적 관계 설정에 차용되고 있는 것이다. (백하, 「금강의 팔달」, 《조선문학》, 1989) 마찬가지로 북한에서의 연애시도 연애 그자체로 묘사되지 않는다. 세월과 사랑에 대한 감상주의적 인생론을 용납하지 않고 전진과 속도로써 "가슴에 북을 달자"라며 노동의 진취적 목표를 함께 고취시키는 것이다.(서진명, 「세월과 인생」, 1989)

1980 · 1990년대에 들어와 주목할 수 있는 것은 서정성의 확보라는 시적 의미의 확장이다. 그러나 이 같은 경우에도 당성 · 노동성 · 인민성 등의 이념을 어김없이 실천해 나간다. 청춘 남녀의 사랑을 읊더라도 그 공간적 배경은 노동의 장소이다. 사랑의 연정이 싹트는 조건도 "가슴에 끓는 그대의 열정/ 바이트 날에 불꽃으로 튀긴다면"(안정기, 「사랑의 조건」, 1985)에서처럼 '횃불'만 있으면 '키'도 '얼굴'도 탓하지 않는다고 노래한다. 이러한 사랑과 노동의 결합 모티프는 1980 · 1990년대의 시적 방법을 이루고 있는데 이 같은 창작 배경에는 서정과 운율 획득이라는 문예창작 방법의 미학적 측면과 현실 주제와 공산주의적 인간의 전형화라는 목적적 측면을 동시에 포함한다.

탓하지 않으리
키는 늘씬하지 않아도
나무라지 않으리
얼굴은 번뜻하지 않아도

그대
말주변은 비록 없어도
꾸밈새없는 소박한 말로
내 심장 울려 준다면

고백은 해서 무엇하랴
맹세 해서 무엇하랴
가슴에 끓는 그대의 열정
바이트 날에 불꽃으로 튀긴다면
탓하지 않으리
차림새는 수수해도
나무라지 않으리
화려한 례물은 없어도

꺼지지 않는 심장의 홰불을 들고
걸어갈 인생의 먼길에
그 어느 한자욱도 부끄럼없는
영원한 동행자로 된다면

— 안정기, 「사랑의 조건」 전문(1985)

풀잎에 맺힌
이슬 내리는 소리도 들릴 듯
고요한 새벽
다만 벌한 끝 어디선가
가까이 들리다가는 멀어지고

멀어졌다가는 다시 들리는 뜨락똘소리

그 소리
단잠든 마을
집집을 에도네
에돌아 유독 한집의 창문을 세차게 두드리네

동음 소리에 심장의 말을 담다
짖궂게도 처녀를 찾네

어서 나오렴
내 사랑 내정든 사람
그만에야 잠을 깬 처녀
서둘러 집을 나서네
그 총각과 남몰래 만나던
버들 방천과 비길 수 없는
아름번 행복이 기다리는 논벌을 향해

그 총각이 전조등불빛으로 불러온
그 새벽빛 보고 싶어
그 총각이 고루어 놓은 논벌에
모내는 기계의 동음
선참으로 울리고 싶어……

— 서진명, 「새벽」 전문(1990)

이와 같이 1980·1990년대 시의 북한 시는 서정성을 확보하며 사랑과 노동의 교호 작용을 통해 북한 인민 대중 중심의 문예관을 표명한다.

3 시의 양식으로서 북한 시

서정시와 함께 북한 시에서 보이는 특이한 양상은 서사시, 장시, 담시, 풍자시, 정론시, 우화시, 산문시, 벽시 등의 등장이다. 일반적으로 서정시가 인간의 사고와 감정을 운율 있게 표현하는 것이라 할 때 서사시는 줄거리를 가지고 인물이나 성격을 형상화하는 것이라 규정할 수 있다. 이처럼 서정시가 서사시와 장르상 대별이 된다고 가정할 때 이 중에서 서사시의 하위 범주로 묶을 수 있는 것은 장시와 담시이다. 이 두 형식의 시가 서사 장르 방식에 의존하여 인물과 성격, 이야기를 창조하고 있기 때문이다. 따라서 서정시의 하위 범주로는 풍자시, 정론시, 우화시, 산문시, 벽시 등을 들 수 있겠다. 북한의 서사시는 1947년 조기천의 「백두산」에서 출발하여 강승한의 「한라산」(1948), 박세영의 「밀림의 역사」(1962), 4·15 문학창작단의 「조국의 진달래」(1980), 장건식의 「지평선」(1987), 민병준의 「꽃세상」(1993), 오영재의 「인민의 아들」(1992)에 이르기까지 조국 해방 투쟁과 항일 혁명 정신의 건설 그리고 사회주의 낙원을 위한 숨은 영웅의 형상화 작업에 몰두해 왔다.

그러나 서사시는 민중·민족의 역사적 방향 모색이라는 근대 서사시의 개념이 상실된 채 사회주의 문예 원칙인 '로동 계급 문예관'·'사회주의 문예관'·'주체 문예관'의 범주에 갇혀 북한식 주체 리얼리즘 정책에 예속된다. 장시와 담시 역시 서사시와 마찬가지로 사회주의 건설에 대한 굳은 의지와 맹세를 담아낸다. 신흥국의 장시 「장군」(1994)은 미제국주의자에 대한 저항과 분노를 걸출한 어조로 담아내고 있고, 김병만의 「포로 심문 속기록」(1994)과 림공식의 「표창에 대한 이야기」(1994) 역시 서사시가 지니고 있는 대화와 줄거리 방식에 의탁하여 인민의 사상적 무장을 고취시킨다.

북한 시에서의 서정시는 생활에서 환기된 정서를 서정으로 개념화하고 있다는 점에서는 우리 시의 정의와 별다른 차이가 없어 보인다.

서정시란 생활에서 환기된 정서를 형상으로 재현한 것이다. 정서란 말은 일상생활에서 널리 쓰이지만 서정이란 말은 주로 예술 형상 분야에서 쓰인다. (……) 시인은 전형적인 감정을 잡아 작품의 특성과 요구에 맞게 재가공하게 되는데 시는 감정과 사상의 지향을 결합시킨 형상적 사유의 산물이다. 시문학의 서정성을 높이려면 시대의 주도적인 감정을 깊이 있게 담아야 한다.

『주체문학론』에 제기된 위의 논리를 분석해 보면 북한의 서정에 대한 개념은 일반적 서정의 개념과 유사하다고 할 수 있다. 그러나 "감정과 사상의 지향을 결합시킨 형상적 사유의 산물"이라고 규정하는 데에서 당의 정책과 노선에 의거한 정치적 전략으로서의 시가 존재한다는 것을 알 수 있다. 이와 같은 맥락은 1991년 《조선문학》에 실린 글에서도 발견할 수 있다.

작가들 자신이 우리당의 주체사상으로 튼튼히 무장하고 당적 작가로서의 정치사상적 준비를 갖추어야 당이 요구하는 작품을 쓸 수 있으며 당의 참다운 협력군이 될 수 있다. 작가들은 우리 당의 주체사상으로 자신을 철저히 무장하여 주체적 문예사상을 뼈와 살로 만들고 오직 주체적 문예사상의 요구대로만 창작하는 참된 당의 문예 전사가 되어야 한다. 작가들은 친애하는 지도자 동지의 친위대가 되어야 하며 언제 어떠한 환경 속에서도 당의 사상만을 옹호하고 보위하는 결사대로 되어야 한다.[4]

이런 연유로, 함축과 암시, 상징과 기호의 대상화 등과 같이 시가 지니고 있는 시적 장치는, 인민의 투쟁과 사회주의 낙원 건설을 위한 사회주의 예술관에 가려 기능으로서의 역할을 충실히 해내고 있지 못하다. 『주체문학론』은 음악성과 서정, 그리고 사상미학이 결합된 훌륭한 시를 창조해야 한다는 '주체시 창작 방법론'을 제시하고 있는데 이는 문예로서의 예술적 목표보다는 인민의 교양을 위한 복무 수단으로서의 시 인식적 태도를 보이는 것이라 할 수 있다.

반면, 1993년 《조선문학》 3월호에 발표된 한춘실의 「민들레꽃」은 종래에 보이던 사상미학 대신 서정성 확보라는 서정시 본래의 문학성과 운율의 미감을 동시에 보여 주고 있어 주목을 끈다.

꽃망울같이 가슴 부풀던 시절
나는 사랑했네 이른 봄의 민들레를
피였다 스러짐이 아쉬워 씨앗에 날개 달아 멀리멀리 나는
정열의 그 꽃을
한철에 지여도 뜻을 남기고
한철에 지여도 래일을 기약하는 꽃
따스한 봄계절 이 땅의 산과 들 오솔길마저 선참으로 곱게 장식하는 그 모양이 고와
뭇 사람들 눈길 끄는 화려한 꽃밭에

4 류만, 《조선문학》 머리글, 「사회주의 현실 주제 작품 창작에서 당면한 당정책적 요구를 철저히 구현하자」, 1991. 3, 4쪽.

한 번 제 얼굴 내보이진 않아도
다발의 꽃으로 련인의 가슴에 안겨
사랑과 희망의 상징으로 애무 받진 못해도
나는 사랑하네 머리흰 오늘까지
남모르는 곳에 홀로 펴도 향기를 남기는 꽃
나는 사랑하네 정열의 그꽃을
소박해도 변색없이 피고 피는 민들레를

이 시는 먼저 북한 시에서 보이고 있는 혁명적 사회주의 문학 건설과는 어느 정도 거리가 있다. 민들레를 어버이 수령이나 지도자 동지로 환치시키는 대신 소박한 향기를 품은 형상으로 그려 내고 있을 뿐, 형식 면에서도 단정적이고 격앙된 어조를 지양하고 '~하네'와 같이 차분한 어조로 '민들레꽃이 이 땅의 산과 들을 곱게 장식하고 있다'라고 노래한다. 첫 연의 "사랑했네"와 마지막 연의 "사랑하네"라는 반복적 수사를 통해 영원성을 강조하는가 하면, '씨앗에 날개 달아 멀리멀리 나는 정열의 꽃'에서와 같은 표현에서는 의미를 확산하는 비유적 표현을 사용함으로써 서정성을 간취한다. 더욱이 "남모르는 곳에 홀로 펴도 향기를 남기는 꽃"이 숨은 영웅을 지칭하고 그 주체적 의미로, 새로운 인간형의 창조라는 뜻으로 확대하여 읽을 때에는 한층 성숙한 방법상의 단면을 발견할 수 있다.

이와 함께 1980년대 이후 운율을 통한 산문화 극복 양상은 1990년 이후 우후죽순 발표된 짧은 시가 이를 잘 반증해 준다. 6행 시인 김재원의 「당에 대한 생각」(1993), 7행 시인 김송남의 「하루와 인생」(1994), 6행 시인 주광남의 「말로 하지 말라네」(1996)에 이르면 예전 시에 비해 현저히 길이가 짧아졌음을 감지할 수 있다. 이처럼 최근에 올수록 북한의 시는 연의 반복을 통한 운율적 효과, 상투적인 영탄법의 배제, 정치적 의미의 은유화 등과 같은 시적 장치를 배치함으로써 그 이전의 시와는 다른 양상을 보인다. 서정시의 변화 양상과 함께 서정시의 하위 범주로 분류할 수 있는 풍자시와 우화시, 그리고 벽시는 표현상의 차이에도 불구하고 비판과 야유, 조소와 경멸의 내용을 지니는 점에서 공통점을 갖는다.

1996년에 발표된 박세일의 「감방맛이 어때?」라는 풍자시에서는 "태우, 두환이/ 너희들 요즘/ 감방맛이 어때?/ (……)/ 더 좋기는 네놈들 못지 않은/ 도적 왕초 영삼까지 아예/ 감방으로 초청하는게 어때?/ 아무렴, 그 좋은 맛을/ 네놈들만 독점하면 안되지 뭐/ 삼형제가 사이좋게 냠냠해야지"라며 조롱과 야유를 보이고 있다. 이와 같은 태도는 리상수의 「사형수 1번」(1996)이라는 시에서도 잘 드러난다.

네 놈은 쇠고랑에 채워진
사형수 1번이다

(……) 역도야
너는 면사포 가리워진 독재광
군부독재의 이불속에서
태줄을 달고 나온
'문민' 파시스트

(……) 홀딱 벗고 나서라
사형수 1번

이와 함께 1993년 2호 《조선문학》은 비료의 생산 수준을 위해 흥남

비료련합기업소에서 노동 계급들이 일터에서 애송하고 있다는 몇 편의 벽시를 소개하고 있는데 이는 노동 의식을 서정적으로 표현하고 있다는 점에서 서정시의 하위 범주로 분류할 수 있다. 서사시가 사상과 종자의 문제를 실현하기 위해 인물의 형상화와 성격 창조를 깊이 있게 구현한 데 비해 풍자시와 벽시는 각각 시적 어조의 냉소와 비꼼을 통해 인민 대중의 언어 구사라는 사실주의 원칙과 인민 주체의 인간학 수립이라는 창작 실천 방도를 구체적으로 구현한다.

그러나 서정성의 확보라는 북한의 1990년대 문예 논리와 관련지어 생각해 볼 때 가장 두드러진 변화로 꼽을 수 있는 것은 역시 풍경시이다. 풍경시는 과거의 시와는 달리 자연적 소재 그 자체를 주로 다루고 있다.

녕변이라 녕변의 약산동대는
노래도 많고 시도 많소
좋은 철 진달래 꽃철에 찾아오니
시 한 수 저절로 떠오르오
바위우에 층층 꽃은 웃고
꽃 속에 겹겹이
바윗돌 솟았으니
꽃과 바위 천층이요
꽃과 바위 만겹이라고

오르는 길 우에고 울긋불긋
금잔디 그 우에고 울긋불긋

—김정철,「약산의 진달래」부분(1994)

이 시에는 송가시나 현실주의 시에서 보이는 사회주의 혁명 건설이나 정치적 전략이 내재되어 있지 않다. 자연의 아름다움에 대한 흥취가 함의되어 있을 뿐이다. 이러한 풍경시에서 보이는 순수 서정성의 확보는 앞으로 북한 시의 진로 방향을 제시해 주는 한편 탈이데올로기적 시의 전개라는 하나의 교두보를 제시해 주는 표징으로 읽을 수 있다는 데 큰 의의가 있다.

4 북한 시의 전망과 민족 현실의 발견

《조선문학》 1990년 12호에 실린 한중모의 평론[5]은 "남조선 진보적 문학이 조국 통일을 위한 인민 투쟁을 가속화하는 가운데 민중 문학에 대한 논의가 활발히 전개되고 있다."라고 전제하고 민족 통일, 민족 해방, 민주 쟁취의 삼민 이념을 기초로 한 남조선 민중 문학에 대해 고무, 격려하는 내용을 담고 있다. 이 같은 글은 다시 1996년 8호[6]에 박노해 시집 『노동의 새벽』을 평가하면서 시집 『노동의 새벽』이 식민지 군사 파쇼 통치의 사회 정치적 모순을 각성한 노동 해방과 남조선의 민중 문학을 주도할 수 있는 도표를 세웠다고 높이 평가하면서도 민족 해방 민주주의 혁명 단계의 과업과 반제 · 반미 투쟁의 시적 형상화를 찾아볼 수 없다고 비판한다. 아울러 1990년대의 남한 문학을 개량주의와 병든 부르주아 문학이라고 폄하하면서 각성된 계급 미학인 민중적 리얼리즘 문학의 확립과 확보를 주장한다. 따라서 우리가 여기서 상기해야 할 것은 북한

---

5 한중모, 「남조선 진보적 시문학에서의 조국통일 지향의 예술적 구현」, 《조선문학》, 1990. 12, 72쪽.

6 박종식, 「〈로동의 새벽〉과 열리는 새 시대의 지평」, 《조선문학》, 1996. 8, 64쪽.

문학이 남한 문학과의 외견상 뚜렷한 차이를 극복하고 통일 문학의 접점 가능성과 연계성을 조심스럽게 모색하는 길이다.

즉, 남한의 자유 민주주의 또는 자본주의 체제에서 민중적 내용의 민족적 양식화를 추구하는 민중 문학과, 북한의 사회주의적 사실주의에 바탕을 둔 계급적 문학이 서로 목적과 지향성은 상이하지만, 분단 상황과 인간 소외의 극복을 목표로 민족적 특성을 강조한다는 점에서 공통성을 내포한다.[7]

량덕모의 「이별로 오시라」, 로영우의 「흰 연기 흐름 속엔」의 시는 김남주의 「조선의 딸」, 이청리의 「막장에 부는 바람」과 마찬가지로 노동과 민중적 낙관주의, 그리고 절망을 이겨 내려는 끈질긴 생명력을 그리고 있다. 이 점은 고은, 김지하, 신경림, 조태일, 정희성, 박노해, 백무산이 보여 준 사회적 모순에의 항거와 민중적 비애와 고난의 형상화 그리고 노동자 농민의 노동 계급 의식의 쟁취 등에서 다시 발견할 수 있고, 민족문학의 원형성을 확대했다는 점에서 북한 시에서 나타난 인민 대중 중심주의 문예 원칙과 동궤한다.

이처럼 분단의 현실 속에서, 문학이 이질화된 남북한을 혈연적 동류항으로 묶을 수 있을 것으로 판단할 때 남 · 북한 문학의 접점 가능성은 결코 가볍게 간과될 수 없다. 이와 함께 1980 · 1990년대의 시를 검토하며 파악할 수 있었던 것을 대략 세 가지로 요약해 보면 첫째, 남북한 통일 지향 문학의 관점에서 매우 중요한 현실 인식이라고 할 수 있는 북한 시에 나타난 민족과 민족 현실에 대한 이질적 인식이다. 북한은 이미 마르크스 · 레닌주의의 방식을 주체사상으로 전화, 민족을 주체사상의 영도 아래 있는 것으로 보고 분단의 비극을 제국주의와 남한 정권의 파쇼

---

7 김재홍, 『북한의 문학』(을유문화사, 1990), 260~265쪽.

와 봉건사대주의에 있다고 이해한다. 이 점은 김정일 송가시나 조국 통일 주체의 시에서 여실하게 나타난다. 둘째로는, 북한 문예 이론에 나타난 시 창작 방법에 대한 이질성이다. 예컨대, 시의 내용과 형식에 있어서도 작품 내용의 기초는 객관적 현실 세계이고 형식은 다만 사회주의 혁명 예술과 공산주의 정신을 무장시키는 부차적 미학으로 파악하고 있는 것이 바로 그것이다. 문예 사조 역시 모더니즘이나 주지주의, 초현실주의를 반동 부르주아 퇴폐 예술로 규정하고, 민족적 자주 의식을 마비시키는 사상적 침투의 수단으로 이해하고 있는 점 또한 시에 대한 차이를 반영한다. 마지막으로, 북한 시에서 보이는 것은 시어의 미감과 가속화된 언어 이질화 현상이다.

오영재의 「끝없는 동뚝길」에서 보이는 '숫눈'(아무도 건드리지 않은 깨끗한 눈), 황성하의 「기다린 봄」에서의 '우등불'(추위를 막기 위해 땔나무 등을 쌓아 놓고 피우는 불), 김철민의 「스승의 모습」에서의 '해비'(해가 나와 있는데도 내리는 비) 등에서와 같이 한자와 외래어를 배제한 채 고유어의 사용을 통해 언어의 미적 특징을 잘 살려 내고 있어 우리 시로서는 눈여겨보아야 할 대목이다. 반면에, '재우'(매우 빠르게), '유보도'(가로수길), '재부'(재물), '치차'(톱니), '총화'(결론), '로대'(베란다), '제마끔'(제각기) 등의 시어는 문맥을 통해서도 이해가 쉽지 않아 언어학적 측면에서 세심한 연구가 필요하다고 본다.

1994년 김일성 사후 북한의 시는 김일성에 대한 회고와 김정일에 대한 충성의 맹세로 이어지고 있다. 1994년 7월 '조선작가동맹 중앙위원회' 명으로 된 '위대한김일성동지령전'을 시작으로 김열규의 「위대한 영생」에 이르기까지 영생 불멸의 신념과 충성을 맹세하고 있다.

이와 함께 김정일의 『주체문학론』 간행 이후 1990년대 북한 문학에 나타나는 주목할 만한 특징은 자주 국방의 대외적 선전과 함께 대내적으로는

반미 사상을 재차 강화하는 급박한 현실을 집약적으로 반영하고 있다는 것이다.[8]

문학은 정치 · 문화의 단면을 집중화하여 보여 준다. 그러나 시문학상으로 나타난 북한의 내부는 아직 와해나 체제에 대한 회의의 기미가 보이지 않는다. 오히려, 인민의 결속과 주체 혁명의 위업을 부르짖으며 투쟁의 연대를 가속화하고 있는 것처럼도 보인다. 황장엽 비서의 망명을 넋을 잃은 인간 쓰레기로 간주하고 심장을 도려내야 한다고 통렬하게 비난하고 있는 최창만의 시는 (「양심과 분노」, 1997. 4)사회주의적 사실주의 문학의 단련된 관성이 얼마나 첨예한가를 보여 주는 극명한 예라 할 수 있다.

8 이성천, 「『주체문학론』 이후 북한 시의 행방」, 『북한 문학의 이해 · 3』(청동거울, 2004), 52~53쪽.

주체사상과 최근 시의 시적 변화

—2000년대를 중심으로

1 서정의 다양성과 입체의 문제

세계사적 변동과 북한을 둘러싼 정치의 민감한 변화에도 불구하고 북한의 시문학은 '주체사상'에 입각한 문예 이론이 여전히 작동하고 있는 것처럼 보인다. 오히려 '신자유주의'로 대표되는 미국의 패권주의와 남북의 첨예한 문제인 통일에 대해 투쟁과 자각의 고삐를 더욱더 바투 잡고 있는 것으로 보인다. 이는 문학 예술 활동이 대중의 정치적 교화 기능에 복무하고, 인민이 투쟁의 선도에 앞장서야 한다는 북한 문학의 기본 틀에 말미암은 바가 크다. 사랑을 통해 계급과 노동 의식을 고취하려는 의도를 드러내거나 고향과 어머니를 통해 통일에 대한 의지를 다지고는 있으나, 이 역시 김일성 사망 이전의 문학과 비교해 볼 때 뚜렷하게 달라진 점이 없다. 참된 주체형의 혁명적 문예 전사로서 숭고한 사명을 자각하고, 사상 예술성이 높은 다양한 주제나, 다양한 종류의 성과작을 창작해야 한다는 '김정일의 문예 창작 방법'에도 불구하고, 인간의 복잡한 내면에 대한 서정이라든가 일상에 대해 깊이 있는 성찰이 이루어지지 않는 것으로 보아, 그들이 내세우고 있는 주제의 다양성이나 표현의 다양성은 우리가 생각하고 있는 문학적 개념과는 거리가 있어 보인다.

류만은 「시인은 누구나 시를 쓰고 있다. 그러나……(3)」(《조선문학》, 2003, 1호)[1]에서 '서정의 다양성'을 강조하며, '서정의 다양성'이 시인의 창작적 개성과 뗄 수 없이 연관되어 있어, 시인은 항상 새로운 대상을 잡고 거기서 체험되고 환기된 느낌을 가지고 시를 써야 한다고 주장한다. 또한 아무리 서정시가 인간의 서정을 담아내는 것이라 할지라도 시는 '주체사상'적 내용을 담아 그것을 다시 구체적 형상이나 미세한 정서적 색깔로 표현해야 한다고 역설한다. 이는 개성이라는 것이 서정의 다양성 속에서 더 잘 살아난다는 뜻을 포함하며, 개성이란 시대 혹은, 시대정신과는 별개로 생각할 수 없다는 의미로 읽힌다. 그가 다양성의 새 경지를 보여 준 작품으로 들고 있는 것은 오영재의 「한 비전향 장기수에게」(《조선문학》, 2001, 5호)라는 8편의 연시(連詩)로, 류만은 이들 시가 그 이전에 창작되었던 비전향 장기수들을 노래한 시들 「불사조들이 조국에 돌아 왔다」(정성환), 「받으시라 이 꽃다발을」(정혜경), 「태양의 빛발엔 어둠이 없다」(박근원) 등에 비해 혁명가의 양심, 변심 없는 마음의 진정과 순결함, 무서운 옥고와 고독을 이겨 낸 힘, 인간의 아름다움과 참된 삶과 관련한 문제를 깊은 사색을 펼쳐 노래하고 있다고 높이 평가하면서, 오영재의 시는 단순하고 명백한 사색이 철학성 있게 도출되어 지성도가 높은 작품이라고 추켜세운다. 김정곤의 「전야의 사랑가」(《조선문학》, 2001, 1호)에 대해서는 고상하고 아름다운 사랑의 감정이 청년들의 사상과 정신세계를 더욱 윤택하게 하여, 서정의 다양성에 보탬을 주며 제대 군인과 처녀와

---

1 《조선문학》, 2003, 1호, 55쪽.

의 사랑을 노래한 이 시가 선군 시대의 혁명적 군인 정신이 맥박치는 시대 감정으로 승화되어 있다고 역설한다. 또한 김석주의 「고향과 추억」(《조선문학》, 2002, 7호)에 대해서도 시적 사상이 생경하게 드러나거나, 표상적 주정 토로를 절제 없이 쓴 일부 시에 비해, 이 시는 자신의 의도를 극력 형상 뒤에 감추고 독자로 하여금 형상적 느낌 속에 시를 감수하려고 애를 썼다고 평가한다.

그러나, 시가 격동하는 시대의 역사적 흐름을 힘 있게 선도함으로써 혁명의 사명을 다하고 시대의 감정 정서와 융합되고 토로되어야만 진실한 교양적 가치를 지닌다는 북한 시문학의 본래 취지를 염두에 둔다면 류만의 이 같은 평가는 '서정의 다양성'이라는 개념을 보다 확장한 것으로 해석된다. 따라서 '서정의 다양성'이란 우리가 일반적으로 인식하고 있는 개념과는 분명 차이가 있다. 이 점은 류만이 김석주의 시 「고향과 추억」을 서정의 다양성에 한층 접근하고 있는 시라고 높이 추켜세우면서도 이 시가 '주체 시문학'에서 벗어난 채 개인적 감정의 토로로 그치고 있다고 비판하는 것에서도 발견된다. 문학 예술이 마땅히 시대와 함께 전진해야 하고 자주성을 위한 인민 대중의 투쟁을 선도하여, 생활의 참된 교과서로 인민 대중을 혁명과 건설로 힘 있게 불러일으키는 사상적 무기로서의 역할을 원만히 수행하여야 한다[2]는 주체 사실주의 이론에 비추어 볼 때, 서정의 다양성에 관한 문제는 주제나 소재의 다양성에 있기보다는 표현이나 수사의 다양성에 머무를 공산이 크다. 비록 '입체'의 문제[3]를 전거하고는 있지만 이는 어디까지나 시의 사상적 심오를 적시하는 '사상의 입체'라는 것을 감안한다면 서정시의 기능이라 할 수 있는

2 방형찬, 「선군 혁명 문학은 주체사실주의 문학 발전의 높은 단계이다」, 《조선문학》, 2003, 3호, 15쪽.
3 위의 책, 57쪽.

'내면의 입체'를 가리킨다고 단정 짓기에는 아무래도 무리가 따른다.

류만이 김석주의 「고향과 추억」에 대해 언급하면서 "시인의 의도가 직선적으로 도출되어 시적 사상이 생경하게 드러나고, 정서적 느낌보다 표상적 주정 토로가 절제 없이 씌어졌다."[4]라는 표현에서도 짐작할 수 있듯이 '서정의 다양성'을 표현이나 수사의 다양성으로 인식하고 있는 듯한 인상이 크다. 그러나 새로운 문예 미학을 강조하는 류만의 이 같은 발언은 북한 시문학 내부에서 문학 자체의 반성과 분발을 촉구하며, 사상을 표현하되 시가 지니고 있는 본래의 정서적 기능을 손상시키지 말아야 한다는 것을 강조한다는 점에 주목해야 한다. 이는 리학철이 한정실의 가사 「나는야 선군 시대 총대 처녀」라는 작품을 평하면서 "주체의 총대관에 기초하여 총대 중시의 사상 감정을 작품의 창작 목적과 사상 미학적 의도에 잘 맞게 창작하여 약동적인 정서가 흐른다."[5]라고 말한 대목에서도 발견된다.

2 서정과 개성의 확산

'주체 문학'은 항일 혁명 문학을 토대로 김일성을 영생토록 칭송하는 '수령 영생 문학'으로 발전한다. 수령 영생 문학은 주체 사실주의 문학 발전 과정에서 특출한 지위를 차지하는 문학적 성과이자 수령 형상 창조의 가장 높은 경지에 올라선 것으로, 주체 사실주의의 높은 단계인 선군 혁명 문학의 사상적 기초를 밝혀 주는 문학[6]이라 할 수 있다. 심장의

---

4 앞의 책, 《조선문학》, 61쪽.

5 리학철, 「무게 있는 내용을 밝은 정서로 인상 좋게 노래한 시적 형상」, 《청년문학》, 2003, 2호, 45쪽.

6 방형찬, 앞의 책, 15쪽.

고동은 멈추었으나 오늘도 인민들과 함께한다는 수령 영생 문학은 주체 철학의 계승 의지를 다지는 동시에 미제국주의자들의 반공화국 압살 책동과, 천만부당한 '악의 축'론, 그리고 미제가 내흔드는 '핵 의혹설' 등에 대한 분노와 증오를 가열화하며, 인민 대중의 위업과 사회주의 위업을 끝까지 완성해 나가자[7]라고 주장한다. 1950년대 조국 결사 수호 정신과 사생결단의 각오를 가지고 사회주의를 압살하려는 미제와 끝까지 싸우겠다[8]는 결의를 다지고 있는 '주체 문학'과 '수령 영생 문학'은 그 위용에 있어 2000년대에 들어서도 여전히 맹위를 떨치고 있다.

축복의 꽃송이런가
소담한 함박눈 내리고 내리는
영광으로 빛날 주체 92(2003)년
새해에는 더 큰 승리를 새기라고
내 마음속에도 흰 눈이 내리는가

무적의 서리발총검이 지켜서
맘 놓고 행복이 꽃 펴나는 조국의 뜨락우에
펑펑 내리는 축복의 흰 눈
그 어떤 사연, 그 무슨 행복이
저 눈송이에 어려 있는 것입니까

내리는 눈을 보며 생각합니다

---

7 《청년문학》, 2003, 3호, 3쪽.

8 위의 책, 4쪽.

왜 간밤에 온 나라 집집의 창가마다
고운 웃음 피우며 불빛 환했는가를
은은한 제야의 종소리 들으며
숫눈우의 발자국들은 어디로 향했는가를

……

그이만 계시면
그이만 건강하시면
수령님나라는 김정일시대에
기쁨도 행복도 우리 앞날처럼 끝 없으리니

강성대국건설로 불타는 심장마다
위훈의 큰 날개 달아 주시며
인민군초소와 과학원, 공장과 농촌으로……
장군님 이어 가신 전선길은 그 얼마?!

제국주의자들의 압살과 흉계를 짓부셔
친선과 평화의 만년초석 다지시며
장군님 이어 가신 길 님 정녕 천리입니까? 만리입니까?
낮에도 밤에도 가고 가신 그 길은

반세기가 넘도록 오도가도 못한
북남의 끊어졌던 철길도
그이의 거룩한 손길 따라

김일성민족의 피줄처럼 이어지게 되었나니

—김남호,「새해의 흰눈 우에」 부분(《청년문학》, 2003)

선군 사상을 고취시키며 미제국주의자들에 대해 타도를 외치고 있는 이 시는 '눈'을 모티프로 하여 수령 영생과 김정일 시대의 축복을 비장하게 노래한다. 시인이 인간에게 참답게 복무하기 위해서는 시대와 함께 전진해야 하며, 인민들을 교양하고 동원하는 역할을 수행하는 선도자가 되어야 한다는 주체 문학의 논리를 떠올려 볼 때 이 시 역시 여타의 시와 마찬가지로 시대와 현실이 요구하는 문제를 첨예하게 농축해 놓고 있다. 그러나 "축복의 꽃송이", "그 어떤 사연, 그 무슨 행복이/ 저 눈송이에 어려 있는 것입니까", "집집의 창가마다", "고운 웃음 피우며 불빛 환했는가를", "은은한 제야의 종소리", "숫눈우의 발자국들은 어디로 향했는가를" 등과 같은 표현에서와 같이 서정적 기반 위에 대중 교화와 교양의 임무를 수행하려는 의도가 깔려 있다. 통일에 대한 염원과 사회주의 위업을 완성하고자 하는 신념을 바탕에 깔면서 '눈'이라는 자연적 소재를 통해 밝은 서정을 노래한 이 시는 '주체사상의 정서적 지향'에 한층 다가선 느낌을 준다. 다시 말해 '눈'의 서정을 형상적으로 전환하여 시대가 요구하는 제국주의자들 타도나 통일에의 열망, 그리고 수령 영생에 대한 확고한 믿음 등이 미학적으로 가공되어 공민적 자각이 일도록 하는 것이라 하겠다. 다음의 시 역시 비록 단시에 불과하지만 서정과 사상이 잘 결합되어 '서정의 다양성'이 밀도 있게 그려져 있다.

꽃은 피네
꽃은 피네

꽃은 지네
꽃은 지네
이 땅우에 알찬 열매 맺어주려

피며 지며 꽃이 묻네
나에게 묻네
너는 어떻게 이 땅을 받드느냐고

—천일수, 「꽃이 묻네」 전문(《조선문학》, 2003, 2호)

위 시는 '꽃'을 소재로 하여 북한 시문학의 전범이 되다시피 한 표현의 직접적 노출이 제거된 채, 시적 감수성이 문면에 나서는 특징을 보인다. 최근 북한 시문학이 내세우고 있는 서정과 표현의 다양성이라는 문제와 긴밀하게 연결되어 있다는 느낌을 줄뿐더러 "시인은 한 편의 시를 써도 자기 얼굴과 자기 목소리가 뚜렷한 서정 세계를 펼쳐 놓아야 한다."라는 주체 문예 이론을 고려해 볼 때에도 이 시에는 시인의 개성과 상상력, 비유와 주제 의식이 시의 미적 태도와 갈무리되고 있다는 인상을 준다. 특히, 시의 기본적 장치 뒤에 메시지를 전달하는 방식은 최근 변화하고 있는 북한 시의 양상을 알 수 있게 해 준다. 혁명적인 문학을 통하여 혁명 투쟁과 건설 사업을 다그치고 있는 북한 시문학의 이 같은 변화는 분명, 생활의 구체적 체험이나 강성 대국 건설의 투쟁 의지가 약화되었다는 비판을 받을 소지가 있다. 선군 기치에 따라 인민들의 투쟁을 고무 · 추동해야 할 본래의 임무를 잊고 자칫 감상에 빠질 수도 있기 때문이다.

인민 대중의 자주 위업 수행에 이바지하는 것은 북한 시문학의 근본적 사명이다. 따라서 북한의 시문학은 반미 자주화, 사회의 민주화, 조국 통일을 위한 투쟁과 같은 현실에 당면한 문제들에 민감하게 반응하며 현실에서 부딪치는 문제들을 작품 안에 수용하려고 애써 왔다. 그러나 앞서 언급했듯이 북한의 시문학은 주체 이론적 틀 안에 문학의 제측면을 용해하고 있기 때문에 시적 본질이 훼손되거나 축소되는 위험을 내포하고 있다. 역사적 흐름을 선도하고 사회주의 혁명 앞에 사명을 다하는 길은 혁명에 대한 투철한 자각과, 인민에 대한 헌신적 복무 없이는 이룰 수 없는 까닭이다. 이런 가운데 인용 시는 류만이 제기한 개성의 확산이라는 측면에서 상당한 성과를 거둔 것으로 평가되며, 주체 문학의 사상 예술성에도 한층 다가서고 있다는 느낌을 준다. 다음과 같은 시들도 예외는 아니다.

1)

문패를 다네
정히 쓴 내 이름 석자
뜨거움에 소중히 받쳐 들고
내 오늘 문패를 달자니

보여 와라 이 문패너머
물고기 욱실대는 양어장
물결 출렁이는 발전소언제를 지나
언덕우에 풀 뜯는 하얀 염소떼

허리띠를 졸라 매며 터전을 닦을 땐
아득히만 그려 보던 이 선경
이렇듯 꿈같이 황홀하게

내 사는 우리 집 우리 마을에 펼쳐졌으니

생각나라
우리 마을 찾아오신 장군님
새집들이 하나같이 멋있고 똑같으니
주인들도 문패를 달아야 제 집을 찾을 거라고
호탕하게 웃으시며 하시던 말씀

문패를 다네
어제날 머슴군이었던 나의 할아버지에게
수령님 손수 문패를 써주시더니
오늘은 또 우리 장군님
내 집에 달게 해주신 사랑의 문패

— 지희경,「문패를 다네」 부분(《청년문학》, 2003, 3호)

2)
인생은 기다림이라 하더라
바라는 것이 없다면
기다리는 것이 없다면
삶이 허무하리라
굽이굽이 머나먼 한생이 힘겨우리라

금방 찾아올듯
손에 닿을듯
가슴 울렁이며

더 좋은 더 아름다운 래일을
기다림속에 나는 사노라
목마르게 기다리는 그것은
예고도 없이 집집의 문을 두드리기도 하며
때로 늦어지기도 하고
안개속에 쌓인듯 희미한 때도 있거니

믿음이 없으면 기다릴 수 없으리
험난한 길 웃으며 갈 수도 없으리
우리의 래일은 어떻게 왔던가
고난의 시련속에서
눈보라길의 진거름썰매행렬에 실려왔고
마대전, 등짐으로 쌓아 올린
발전소언제우에 받들려 오지 않았던가

저 멀리 그려 보던 강성대국의 래일을
벌써 흐뭇이 안아 보는 오늘이여
끊임없는 장군님의 선군길 자욱자욱우에
련이은 준공식과 새집들이 경사 —
기다릴 사이도 없이
또 새것을 기다리는 숨가쁨이여

(……)

오오 래일! 래일은

멀리에서 오지 않나니
홍건히 땀배인
우리의 손에 받들려 오고 있다

—송명근, 「래일」 부분(《조선문학》, 2003, 3호)

'문패'를 통해 주제의 확산을 가져오는 1)의 시는 명료한 이미지가 시적 기반을 이룬다. 문패를 달고 나니 물고기가 욱실대고 언덕 위에는 풀 뜯는 하얀 염소 떼가 한가하게 노닐어 "이렇듯 꿈같이 황홀하게/ 내 사는 우리 집 우리 마을에" 선경(仙境)이 펼쳐지는 이 모두는 수령님과 장군님의 덕택이라는 것이 이 시의 핵심이지만 이 시는 주제를 전달하는 방식을 시적 미의식 속에 잘 버무려 놓고 있다는 점에서 주목을 요한다. '문패'를 달며 '장군님 은덕으로 새집의 주인이 된 생각', '무릉도원에서 살게 된 생각' 그리고 '내 조국에 강성 대국 문패를 달 기쁨을 그려 보'는 화자의 행위와 희원이 생동감 있는 수사적 표현을 통해 시 전면에 확산되어 있기 때문이다. 생생한 이미지와 구체적 풍경을 통해 그려진 선경, '집'과 '주인'이라는 주체사상에 기반한 자주 의식, '강성 대국의 문패'라는 조국에 대한 숭엄한 자존 의식 등이 풍요로운 서정과 소재의 특이성 그리고 생활 체험을 바탕으로 하는 폭넓은 공감이 서로 긴밀하게 얽혀 시적 성취를 이룬다.

2)는 북한 시에서는 좀처럼 만나기 어려운 추상적 어휘를 사용하고 있다는 점에서 눈길을 끈다. 제목에서부터 범상치 않은 이 시는 '인생', '기다림', '허무', '믿음', '래일'과 같이 추상적 어휘들을 반복하며 시련과 고통이 계속되더라도 참고 기다리면, 반드시 강성 대국의 내일이 오고야 만다는 강렬한 주제 의식을 담고 있는데 인생론적 통찰을 통해 현실과 시대의 문제를 살리고 있다는 점에서 주목할 만하다. 감상이나 낭

만에 빠져 있다는 비판의 소지에도 불구하고 이 시는 인생의 기다림이 강성 대국을 바라는 기다림이며 이 기다림 속에 사는 것이 곧 조국의 경사를 맞이하는 것이라는 폭 넓은 통찰을 차분하면서도 설득력 있게 그려냄으로써 비판이 될 만한 소지를 비껴가고 있다. 더욱이 삶은 "예고도 없이 집집의 문을 두드리기도 하고/ 때로 늦어지기도 하고/ 안개속에 쌓인듯 희미한 때도 있"다와 같은 비유적 표현은 이 시의 아름다움을 한껏 고양시키고 있으며 "오오 래일! 래일은/ 멀리서 오지 않나니/ 홍건히 땀배인/ 우리의 손에 받들려 오고 있"다와 같은 부분에 이르러서는 이 시가 단순히 기다림만을 강조한 것이 아니라, 그 기다림 끝에 오는 것이 '땀'에 의한 것이라는 인생론적 의미를 강조하고 있어, 단순히 구호적 차원에 머무르는 시와 거리가 있음을 보여 준다.

1)과 2)의 시는 각각 '강성 대국에 대한 희원'이라는 공통 주제를 담고 있으면서 서정과 시적 장치들을 동원하여 미적 완성을 성취한다. 서정을 바탕에 깔고 주체 위업이라는 사상을 담고 있는 이들 시에서는 소재의 다양함뿐만 아니라 주제에 접근하는 데에서도 표현이 순치되고 정화되어 북한 시의 앞날에 어떤 방향을 제시해 줄 것으로 기대된다. 다만 화자의 내면이 단순화된 채 표현되고 있다는 점은 '인간학'을 내세우는 북한 시문학이 앞으로 개척해야 할 과제로 남는다.

3 주체사상의 정서적 지향

주체사상에 입각한 주체 사실주의 문학은 북한 시문학의 기본 노선이다. 그간 북한의 시는 이 같은 경향을 충실하게 수행한 것이 사실이다. 인민의 앙양된 혁명적 열의와 일심단결된 위력을 조직 · 동원하여, 혁명과 건설을 다그쳐 나가는 데 있어 문학 예술이 이를 수행해야 한다고 강조하는 김정일의 문학 교시, 그리고 최고 사령관인 김정일 동지의 사상과 령도를 높이 받들어 우리식 사회주의 위업 수행에 적극 이바지하는 작품을 창작하자는 북한 시인들의 다짐은 시가 시대와 역사에 대해 숭고한 임무를 지니고 있음을 말해 준다. 불타는 애국의 열정과 창작 정열로 웅대한 전략적 구상과 애국의 뜻을 작품 형상에 전면적으로 구현해 나가야 한다[9]는 주체 사실주의는 그러나 최근 서정성을 바탕으로 인민들을 교양시켜야 한다는 시 창작 방법론에 의거, 새롭게 변화하려는 시도를 엿보이고 있다.

류만이 제기하는 '서정의 다양성'은 이를 뒷받침하는 것으로 그는 '서정의 다양성'을 위해 '표현의 변화'를 요구한다. 즉 시인의 의도가 시적 문맥에 직접 드러나 시적 묘미를 감소시키기보다는 시가 지닌 본래의 서정 위에 시대와 시대정신이 요구하는 것을 잘 형상화하는 것이 절실하다고 주장한다. 이는 시가 지닌 미적 요소나 내면에 한층 접근하는 것으로 앞으로의 북한 시의 변화에 관심을 끌기에 충분하다. 비록 과거의 시에 비해 그다지 큰 변화를 보이고 있지 않은 점은 북한 시가 가지고 있는 특수성에 말미암은 바가 크지만 최근 북한 시가 점점 깊이와 넓이를 더하고 있다는 점은 분명 간과해서는 안 될 것이다. 미세하지만 표면에서 내면으로, 생경에서 미의식으로 점진적으로 이동하고 있는 것도 시가 성취해야 할 목표인 동시에 북한 시가 내세우고 있는 '주체사상의 정서적 지향'과 잘 맞아떨어지기 때문이다.

9 방형찬, 앞의 책, 4쪽.

시간의 영혼을 찾아서

1 열려 있는 시간 혹은 시간성

시간은 손으로 만질 수 있거나 눈으로 확인할 수 있는 감각적 대상이 아니라, 의식 현상 속에 지각되는 추상화된 물로 존재한다. 실재하지만 실재하지 않는 비가시적 존재로서, 이데아의 그림자이면서 정신적 표상으로 삶에 의미를 부여한다. 즉 사유, 감정, 경험 등에 의해 파생되는 인식과 밀접하게 관계하여 지속과 변화를 계속하는 운동하는 흐름 속에서 존재의 원초적인 자료를 형성한다. 언제 무엇을 했는가 하는 기억과 반성적 의식 혹은 무엇을 할 것인가 하는 기대와 미래에 대한 예기 등은 모두 시간의 측면과 연계되어 있다. 인간은 시간 속에서 자신을 둘러싸고 있는 세계에 대해 생각하는 존재로서 자리매김한다. 시간 속에서 유기적이며 심리적인 성장을 의식하며, 인격 역시 시간적인 계기들과 변화들의 연속 속에서 경험되고 인식된다.(마이어호프) 결국 삶이란 무엇인가 내지는 인간이란 무엇인가라는 물음은 시간이란 무엇인가라는 물음과 밀접히 관련되어 있으며, 이는 존재에 대한 탐구가 곧 시간에 대한 탐구라는 것을 명시한다.

후설은 시간을 대상으로 의식의 존재 지향성을 역설한다. 그에 의하면 주체와 대상 사이에는 환원할 수 없는 어떤 거리가 존재하는데 이는 반드시 시간성(temporality)과 매개한다고 한다. 시간성은 과거와 미래를 지향하며 참된 의미를 발견하고자 하는 '탈존(ex-stase)'으로서의 의지이며, 시간의 흐름 속에서 주체와 시간이 서로 진지하게 응시할 때 보다 근원적으로 자기 동일적인 순수 본질에 다가설 수 있다. 베르그송 역시 시간을 흐르는 것이라 규정하고, 외재성을 통해 등량화된 시간에 비해 '지속(duration)'은 내적인 삶과 의식 속에서 포착되는 참존재로 시간의 본질에 속한다고 역설한다. 그는 시간 속에서 흐르지 않는 의식은 의식이 아니라고 말한다. 그러면서 그는 행동으로 변형된 '습관적 기억'과 내적인 삶 한가운데로 이끄는 '순수 기억'으로 나누고, '순수 기억'이야말로 삶과 생명체 그리고 우주의 모든 힘을 활성화하는 열림의 세계에 도달할 수 있다고 주장한다.

시는 경험이 내면화된 전유의 산물로 정신적인 약동에 '열려' 있으며 시간과 관계한다. 시는 시간 속에 소여(所與)된 의식이 다질적인 시간 인식을 반영함으로써 시의 법칙성을 얻는다. 시간이 환경과 상황에 따라 각자의 길이가 다를 뿐 이니라 밀도 역시 다르듯이 시 역시 회상과 기억을 통해 시간이 주는 의미와 전망을 내용에 투사하며 시간을 정향(定向)한다.

2 기억의 시와 무시간적 시

시간과 문학과의 만남을 밀도 있게 분석하고 있는 마이어호프는, 시간의 측면들을 1) 주관적인 상대성 혹은 불균등 분포, 2) 연속적인 흐름 혹은 지속, 3) 경험과 기억에서 인과적 순서의 역동적 융합 혹은 상호 침투, 4) 자기 동일성과의 관계에서 기억의 지속과 영원, 5) 죽음을 향한 무상(無常) 등으로 준별한다. 이는 시간이 인간 의식과 불가분의 관계를 맺고 있으며, 의식이든 무의식이든 인간의 삶 속에 깊이 뿌리를 내리며 실질적 뼈대를 이루고 있다는 것을 담지한다. 소설의 철학적 의미를 미학적으로 다루고 있는 루카치 역시 시간을 숭고한 서사적 시정(詩情)을 담는 그릇이라 정의하며, 시간이 가치 실현으로서의 삶을 지양하고 이 삶이야말로 시간의 충만성에 대한 지양이라고 역설한다.

그해 겨울은 춥지 않았네. 그해 겨울은 아무 일도 없었네. 새끼손가락 걸었네. 다시는 오지 않을 겨울이었네. 눈 오지 않고 해 뜨지 않고 밤만 계속되었네. 종일 비만 내리고 다시 밤이 되어 잠들지 못했네. 그해 겨울이 가기 전에 房을 비웠네. 마르지 않는 꽃, 꽃을 보았네. 그해 겨울 내내 켜둔 형광등 부르르 떨고 있었네. 거울에도 時計에도 辭典에도 책꽂이의 빈 칸에도 나는 숨었네. 밤비 오는 소리 창문을 때리고 나의 입술은 이제 아프지 않네. 半지하. 습기 올라와 꽃 마르지 않던 그해 겨울 房 한 칸. 형광등 흑점 점점 커지던 그해 겨울은 춥지 않았네.

—이윤학, 「잠만 자는 방(房)」 전문

기억은 각인 또는 흔적을 보존하거나 다시 끄집어낼 수 있는 생명체의 능력으로서, 이를 통해 행동을 수정하거나 참된 자아성(selfhood)을 갖게 한다. 또한 기억은 자아를 과거로 돌이킴으로써 현재적 의미가 갖는 존재성을 확인해 주며 미래적 자아와의 동일성을 유지하도록 만든다.

위 시의 화자는 과거로 의식을 확장시켜 과거의 순간을 현재화한다.

'그해'라는 어사와 '~었네'와 같은 시제의 활용이 바로 그것이다. 시는 단순히 경험을 실재화하는 것만이 아니라, 선택적 인식을 통해 정서나 가치를 표현한다. 따라서 이 시 속에서 '기억'은 화자가 처한 현재 상황을 은유하고 있는 것으로 절망, 음울, 고립 등과 같은 감정적 기억들이 화자의 의식 속에 선택적으로 침투하고 융합하여 화자가 처한 현재 상황이나 정서를 대신한다. 이는 시라는 것이 현재의 심리에서 촉발된 과거 경험의 산물이라는 점에서 더욱 그렇다. 특히 '겨울'과 '밤'은 현재적 정서를 규정하는 선택적 시간들로 이는 화자의 심리적 정서와 관계한다. '겨울'과 '밤'은 시련과 성찰이라는 원형적 의미와 매개한다. '방(房)' 또한 화자 의식의 선택적 배경소에 의해 밀폐된 내면인 고독, 소외, 절망과 같은 고립된 시간과 연관된다. 프라이는 '겨울'을 아이러니와 연관시키면서, 아이러니가 굴욕, 좌절, 부조리와 같은 애가적 성격을 띤다고 주장한다. 따라서 시간 속에 놓인 밀폐된 삶으로부터 번져 오는 불안과 고통을 축자하고 있는 이 시는, 기억이란 단지 기억으로 존재하지 않고 반드시 현재의 심리나 정서적 상황과 밀접하게 연관되어 있으며, 그럼으로써 자신이 꿈꾸는 미래적 시간과 동일성을 이루려는 의지를 보여 준다.

이와는 달리, 물리적 시간을 넘어서 시간 순서에서 해방된 시간 '밖'에 있는 영원성(eternity) 혹은 무시간적으로서 정끝별의 시는 항구적인 '지금'이라는 시간을 담아낸다.

……은 옷에 두건을 쓴 무리들이 끝없이 내려가요 가물대는 촛불을 들고 바닥 모를 동굴 속을 가요 지네 이끼 깨진 돌들이 피투성이 맨발을 파먹어요 찌익 찍 — 달려드는 박쥐떼에게 촛불마저 먹히면 한발짝도 뗄 수 없어요 날 기다리는 사람들은 이 썩은 창자 밖에 있는데 나는 검은 행렬을 따라 자꾸만

창자 속으로 가라앉아요 다시는 돌아올 수 없으리라 울며 떨며 떠밀리며 영원처럼 더디게

—정끝별, 「길섶 꿈속」 부분

영원은 계기(繼起)의 개념을 포함하는 시간과는 달리, 시간 '밖'에 있는 시작도 끝도 없는 무시간적 시간이다. 무시간과과 초시간성은 다르다. 무시간이 시간을 초월하는 것이라면, 초시간은 시간과 무관하다. 위의 시는 '내려가요', '파먹어요', '가라앉아요' 등과 같이 심리나 정서 상태를 '현재'라는 시간에 고정시켜 놓은 채 탈시간적인 시간의 혼돈을 보여 준다. 화자의 상흔을 시간에 깊숙이 침투하여 현재를 무화하는 환상적 방법으로 무시간적 영원과 만난다. 무의식적 심리 안에서 흐르는 이미지와 관념은 합리적 사고와는 구별된다. 환상은 현존이나 심리로부터 유래하여 내적 세계와 외적 세계를 이어 준다.(융)

정끝별의 시는 행위들의 비연속적 동작과 단절이 의식의 흐름을 통해 과거와 현재를 넘나들며 화자의 의식을 열어 거기에서 풀려 나오는 것들을 암호화한다. 이때 의식에서 풀려 나오는 하나하나의 구문은 논리적 사고를 위해 존립하고 있는 것이 아니라, 비논리적인 환상과 분열에 의해 화자의 의식이 불안과 공포에 빠져 있다는 것을 의미화한다. 환상과 분열 방식에 의해 시간의 구속에서 벗어나고 있는 이 시는, '검은 옷', '깨진', '썩은', '울며 떨며' 등의 어휘와 어울려 화자의 파열된 의식과 내면의 상흔을 보여 준다.

3 가현재와 순환론적 시간

시간을 자본의 가치로 다루고 있는 근대의 기획은 인간으로 하여금 삶을 보다 복잡한 방향으로 이끌어 급기야 영혼의 상실(loss of soul)을 가져왔다. 화이트헤드는 근대 과학의 진취적 사상과 혁신은 세대교체의 빠른 시간상의 이동을 가져왔는데 그것은 마치 해도 없이 바다를 모험하는 것과 같은 위험성을 내포하고 있다고 경고한다.

구름에 걸려서 사람들이 넘어진다
그렇게 많은 사람들을 덧없이 죽여 놓고
구름들이 조용히 여름 대낮을 흘러간다
보라! 큰 감자 모양의 구름
어떤 구름은 상어를 닮았다

구름은 넘어지는 법이 없다
넘어진 사람들을 넘어서
구름들이 낮과 밤을 흘러가고
남대문 시장에 북적거리던 인파가
오늘은 동대문시장에서 시끌벅적 출렁거린다

옷, 옷들, 옷가게의 점원들,
하나의 몸뚱이를 휘감는 천들이 있고
흘러가는 구름 아래 수많은 옷들이 있다
벌거벗지 않고 사람들은 모두 옷을 입고 돌아다닌다
그러나 구름을 걸친 채 누워 있는

알몸뚱이를 보았는가

—최승호, 「구름들」 전문

위 시에서 '구름'은 불안이며 강박(obsession)이다. 그것은 불길한 그림자(shadow)로서 빛과 대립하는 삶의 어두움이다. 구름의 이마고(imago)는 신비주의 주술처럼 사람들을 구속시킨다. '죽여 놓'고 '흘러가'는 구름은 '북적거리'고 '출렁거리'는 시장에서 '넘어진 사람들을 넘어'서 어디론가 흘러간다. 구름은 완강한 자본의 어떤 것으로 그것은 외상이라기보다 우리의 의식과 영혼을 휘감는 정신적인 내상이다. 그것은 시간의 경과 속에서 내면에 침투되어 있는 심리적 실체로서 존재한다. 따라서 구름의 파동은 시간의 파동이다. 시간의 파동은 삶의 파동이며 강박의 파동이다. 그 속에서 인간은 자본의 시장에서 이리저리 헤매는 시끌벅적한 존재들일 뿐이다. '죽여 놓'고 '흘러가'는 구름의 연속성을 통해 또 미래에 연장되어 있는 '가현재(假現在, specious present)' 속에서 현재는 현재로서의 빛을 잃고 '헛것'만이 가득 차 있는 상으로 존재한다.

사막이 운다
길고 긴 밤바람에 모래들이 운다
거대한 모래언덕이 출렁이며 끝없이 펼쳐진
환한 달빛 아래 고요한 세계

고요한
어둠 속을 사자가 간다
멀고 먼 나라의 法을 찾아서
들리지 않는 音과 볼 수 없는 像을 찾아서

마음속의 부처를 찾아서

끝없이, 그래 너무도 끝없이
우리는 모두 가고 있다 광화문 네거리
맑게 튕겨 울리는 옛 악기의 진동 소리에
문득 날아오르는 것은 천녀의 옷자락인가
한 마리 흰나비인가

혜초여 탈을 쓰고 추는
북청사자의 고독한 춤이여
아득한 옛적의 서역에서 지금 이곳까지
우리는 모두 외롭다
우리는 모두 외롭다고 속삭인다
나팔꽃처럼 시들은 아내를 안고

—남진우, 「비단길」 부분

위 시는 "사막", "모래언덕", "멀고 먼", "들리지 않는" 등의 부정적 어사를 통하여 화자의 의식이 세계와 간격이 있음을 보여 준다. 이 간격은 "운다", "고독하다", "외롭다" 등을 이끌어 낸다. 인간은 죽음이라는 자각으로 내면의 상처를 받는다. 인간에게 죽음은 불안의 원천이자 시간의 지평 위에서 맞게 되는 생의 무덤이다. 불안의 원천으로서 죽음과 죽음을 향해 정향된 삶의 비루함과 황막함. 따라서 화자가 "들리지 않는 音과 볼 수 없는 像을 찾"아 "마음속의 부처"를 만나고자 하는 초월 욕망은 시간의 욕망이다. 그리하여 "문득 날아오르"는 "천녀"의 환상을 보거나, "한 마리 흰나비"를 보는 것도 지향하는 시간의 방향이 세속적인 삶을 뛰어넘어 시간 '밖'에 있는 가현재에 있음을 상기해 준다. 사막 속에서 고도와 마주치며 자신 속으로 걸어 들어가 '부처'와 '나비'를 찾아 헤매는 열망 속에서 시간은 죽음과 탄생, 소멸과 생성을 거듭하며 시간 바깥인 영원에 대해 순환적인 운동성을 보여 준다.

4 의지 실현의 장소인 시간

시간은 불안의 기원이자 기대와 희망의 기원이다. 탄생과 죽음의 가시적 양태뿐만 아니라, 탄생과 죽음의 과정 안에서 우리는 시간과 한 몸을 이루며 실존하는 인간으로 살아간다. 보이지 않지만 실재하고, 실재하지만 드러내지 않는 시간은 기억으로부터는 통찰을, 기대로부터는 영원과 만난다. 행위의 장이자 의지 실현의 장소인 시간은 '지금, 여기'에 있는 '나'를 '나'답게 만들어 초월과 영원을 꿈꾸게 만든다. 그러나 시간은 모든 현상들을 조율하고 통제하는 절대적인 준거틀이 아니다. 레비나스가 그랬듯이 시간은 홀로 있는 것이 아니라 인간들 사이의 상호 관계 속에 있으며, 그리고 역사 속에 있다. 그 속에서 인간은 신을 확인하며 세계를 확장하며, 시간의 침묵 속에서 숨은 의미를 발견한다. 시간은 시간을 둘러싸고 있는 관계들의 상대적 체계이며, 경험에 존재하며 감성적인 형식으로 변화할 수 있는 세계와 매개한다. 따라서 시간은 인간이 이루어 낸 역사의식과 함께 유의미한 논리를 지속한다.

시는 시간 속에 있는 삶을 양식화하며 의미를 깨닫게 한다. 이 깨달음을 통해 우리는 미래를 향해 자신을 투여하고 삶의 풍요로움을 꿈꾼다. 그것은 공감을 이루려고 하는 창조적 노력이며, 힘을 활성화하는 정신의 역동성이다. 시간이 상품적 가치로 전락하고, 시간의 따뜻한 온기가 사라져 가고 있는 오늘날, 시간이 지니고 있는 의미를 다시금 되새겨 보는 일은 잃어버린 영혼을 되찾기 위한 생명의 노력이자, 평화에 이르는 일이 될 것이다.

역동성과 정합(整合)의 언어

—남성시를 중심으로

시를 굳이 남성시와 여성시로 구분 짓는 것은 이제 부질없는 것처럼 보인다. 한때 여류시라는 말이 있기도 했지만, 이 말에는 여성시에 대한 편견이 작용했음이 분명하다. 누군가의 말처럼 화류라는 말로도 들릴 수 있고, 대립하는 남류라는 말이 존재하지 않는 까닭에서이다. 그러나 여류시에서 여성시로의 명명은 단순히 용어의 이동에 머물지 않는다. 그것은 존재에 대한 구획의 이동이며, 사회와 역사의 이동이다. 여성의 지위 이동은 가족 · 성 · 자본 등과 같은 변혁의 동인과 함께 한다. 사회 구조의 변혁이 인간의 의식을 동반하는 것에 주목해 온 페미니스트들은 가족의 기능과 성별 분업, 성 역할과 고정된 성 관념과 같은 전형적 이데올로기에 비판을 가하며 불평등한 정치와 사회 제도에 반론을 제기한다.

시를 생산하는 주체의 입장에서는 남성이냐 여성이냐가 중요하지 않을 수 있다. 양성성이 자리를 잡고 있고 독자 입장에서도 맥락이 중요한 부면을 차지할 수 있기에 더욱 그렇다. 성이 생물학적 특성과 함께 형성된 본질적 속성과 사회적 조건 속에서 규정된 경험, 의지, 가치, 신념 등을 지니고 있으며, 이것이 시의 생산 조건에도 영향을 미친다고 볼 때 우리 시에서 유교적 이데올로기나 파시즘적 남성성을 발견하는 것은 그리 어렵지 않다.

페미니즘은 남성성이 정체성을 바탕으로 굳어진 것이 아니라, 근본적으로 여성을 배타적으로 구분함으로써 구조된 차이라고 주장한다. 그들은 여성을 타자로 규정하는 가부장제, 인종 차별주의, 제국주의 등과 같은 다중적 지배 체제와 정치적 힘을 권력화하는 것을 비판한다. 언어를 정의하는 데에 있어서도 마찬가지다. 언어를 성에 따른 사회적 역할과 지위 분포의 지표로 받아들이는 그들은 여성의 언어가 존재하는 것은 그것을 여성의 언어로 명명했기 때문이라며, 여성 특유의 글쓰기를 강조한다.

그러나 반영론적 입장에서 시는 사회와 역사를 수용하며 시인의 사유를 담아낸다. 이때 시는 생산 주체의 생물학적 속성뿐만 아니라 의식과 무의식적 저변에서 솟구쳐 오르는 다양한 경험들의 사유를 길어 올린다. 이런 의미에서 개별성이 가지고 있는 고유성은 무시되기 어려우며 그것은 화자, 거리, 어조, 음운 조직, 나아가 주제에 이르기까지 그 형식과 내용이 개별성에 광범위하게 포섭되며 자장력을 발휘한다. 역설적이게도 최근 여성시가 사회적, 문화적 지표들을 재생산하고 있다는 긍정적 평가에도 불구하고, 여성시만이 지닌 특성들로 차이성을 강화하고 있는 것도 그 단적인 예의 하나라 하겠다.

푸른 하늘에 다을드시
세월에 불타고 웃둑 남아서셔
차라리 봄도 꽃피진 말어라.

날근 거미집 휘두르고

끝없는 꿈길에 혼자 설내이는
마음은 아예 뉘우침 안이리

검은 그림자 쓸쓸하면
마츰내 湖水속 깊이 거우러저
참아 바람도 흔들진 못해라.

……SS에게……

—이육사, 「교목(喬木)」 전문

육사가 활동했던 1930대는 제국주의적 수탈이 최고조에 이르고 대륙 침략 전쟁이 극에 달하던 시기였다. 위의 시는 바로 이러한 시기에 「꽃」, 「절정」, 「한개의 별을노래하자」, 「해조사」에서와 같이 공동체의 회복을 노래한다. 이 시는 '꽃피진 말아라', '뉘우침이 아니리', '흔들지 못해라'와 같은 강한 부정 어사를 사용하여 생명에 대한 강한 의지를 표명한다. 또한 불의(不義) 존재에 대한 수직적 저항 의지를 보여 주며 '차라리', '아예', '마침내', '차마' 등의 단호하고 결연한 어휘와 결합하여 강인한 정신성을 드러낸다. 「깃발」, 「바위」, 「생명의 서」, 「절도(絶島)」와 같은 시에서 삶의 본질적 가치들을 부정하려는 시도를 쇠멸하려 한 청마 역시, 시대와 사회에 가해졌던 폭력을 초극하려는 의지를 지닌다. 특히, 만주 체험을 담은 『절도(絶島)』와 종군 체험을 담은 『보병과 더불어』는 역사 속에서 영원한 것을 노래하며 절대를 꿈꾸었다. 마찬가지로 육사가 체현된 외침을 시 속에 각인시켜 질곡을 거침없이 뱉어내고 있는 것은 체화된 경험과 의식을 역사적 층위에 놓고 삶을 위협하고 있는 것들을 정면으로 바라보고자 함이었다.

모든 것은 그 자체로서 참이 아니다. 그것은 의식의 경험을 통해서 현실화되고 감각의 과정을 통과하는 부정의 논리를 통해 이루어진다. 부정을 통과하면서 생명 그 자체는 참으로서 존재하며 참으로서 존재를 현시한다.

겨울 산을 오르면서 나는 본다.
가장 높은 것들은 추운 곳에서
얼음처럼 빛나고,
얼어붙은 폭포의 단호한 침묵.
가장 높은 정신은
추운 곳에서 살아 움직이며
허옇게 얼어터진 계곡과 계곡 사이
바위와 바위의 결빙을 노래한다.
간밤의 눈이 다 녹아버린 이른 아침,
山頂은
얼음을 그대로 뒤집어 쓴 채
빛을 받들고 있다.
만일 내 영혼이 天上의 누각을 꿈꾸어 왔다면
나는 신이 거주하는 저 天上의 一角을 그리워하리.
가장 높은 정신은 가장 추운 곳을 지향하는 법.
저 아래 흐르는 것은 이제부터 결빙하는 것이 아니라
차라리 침묵하는 것.
움직이는 것들도 이제부터는 멈추는 것이 아니라
침묵의 노래가 되어 침묵의 同列에 서는 것.

—조정권, 「산정묘지(山頂墓地) · 1」 부분

조정권 시의 기본 충동의 하나는 위엄과 기품의 성취로 요약되는 고사(高士) 지향이다. 그는 낙관론을 가지고 있지 않다. 그의 유일한 덕성은 산정의 높이와 청정을 지향하는 것이다.(유종호) 그의 시는 구원의 욕구를 장중하게 노래한다. 타협을 단호히 거부하고, 자신의 순수 정신을 세계에 투여하여 주체에게 소여된 빛을 발견하며 고독의 견인을 노래한다. 그리하여 그의 고독은 '천상(天上)'과 '가장 높은 정신'을 소유하고, '단호한 침묵'을 행사한다. 고독은 절망이고 버림받음일 뿐 아니라 남성적인 오만이며 주권이다.(레비나스) 자신으로부터 발생되는 힘을 바탕으로 세계를 힘의 장으로 만드는 위의 시는 지상의 극복과 영원성으로의 귀환을 꿈꾸며 빛과 신의 거주지인 천상을 오르고자 침묵한다. "움직이는 것들도 이제부터는 멈추는 것이 아니라/ 침묵의 노래가 되어 침묵의 同列에 서"는 침묵만이 존재에 뿌려진 생목의 향기를 맡을 수 있을 터. 따라서 존재 저편의 지평을 열고자 하는 그의 정신성은 '육신이란 바람에 굴러가는 헌 누더기에 지나지 않는다'는 삼엄과 염결의 시간 속에서 존재의 무한성을 드러낸다.

광주리에 씻어놓은 막창 대창처럼
세상의 길들 안개 속에 가지런하고,
보이지 않는 담낭처럼 죽음은 혹독한
즙을 흘린다 이제 해가 뜨면 꽁치 굽는
냄새, 참외 물러터지는 냄새 축농증
앓는 코를 찌르고, 햇빛은 쏟아놓은
이쑤시개처럼 피 덜 마른 뼈다귀들과
함께 종량제 쓰레기봉투 속으로 들어갈
것이다. 당신은 어디로 들어가려는가?

—이성복, 「쏟아놓은 이쑤시개처럼」 전문

이성복의 시는 있었던 것들의 힘을 전복하고 그 위에 자신의 처소를 세운다. “시는 스스로 만든 뱀이니, 어서 시의 독이 온몸에 퍼졌으면 좋겠다.”라고 말하는 그는 문명과 야만의 시간에 도전하여 오류의 신화와 거짓을 폭로하며 미답지에 표지를 세운다. ㅆ, ㅃ, ㄲ, ㄸ, 등과 같은 경음 조직과 ㅊ, ㅌ, ㅋ, ㅍ 등과 같은 격음 조직을 전면에 내세워 긴장을 이끌어 내고 있는 위의 시는 막창, 대창, 혹독한 즙, 물러 터지는, 축농증 앓는 코, 피 덜 마른 뼈다귀들 등과 같은 자극적 어휘와 자극적인 이미지를 통해 역동적 장면을 연출한다. 마찬가지로, 노동 속에서 육체를 세계에 투여하고 있는 백무산의 시 역시 생존의 원천적인 힘으로서 건강하고도 의욕적인 생기를 보여 준다. “나는 거리로 나서네/ 사람들 물결 속으로 가네/ 잠과 밤의 깊이에서만 길어올리지 않으려네/ 수많은 발길 속으로 나는 가네/ 불빛 속에서 어둠도 건져올려야 하네/ 나의 노동은 더 깊고 더 넓어야 하리/ 사람들 물결 속으로 불빛 속으로 나는 가네”(「다시 공구를 잡고」 전문)에서와 같이 부정을 끌어안는 용기와 포용을 보여 준다. 이성복과 백무산이 야만과 욕망의 불안한 공기를 인식론적 틀 안에 껴안으려 했다면 김기택의 다음과 같은 시는 압제되어 있는 구속적인 힘에 대해 도전과 저항을 계속한다.

젖 빠는 입처럼 작고 동그란 빨판들
주둥이를 들이대고 헛되이 유리벽을 빨고 있네
빨면 빨수록 유리벽은 더 세게 빨판을 잡아당기네
말랑말랑하던 낙지다리 이제 바위처럼 딱딱하네

빨판에 더 힘을 주어라
횟집 어항 유리벽에 붙어 있는 낙지들아

빨판의 힘으로 저 먼 갯벌이 달려오도록
갯벌 속에서 오래오래 익은 짠물과 비린내의 단맛
빨판에 깊이깊이 스며들던 진흙의 공기
진흙의 바다 진흙의 하늘 미친 듯이 달려오도록

빨판의 힘으로 유리벽이 깨질 때까지
어항의 물이 사방으로 터져 쏟아질 때까지
유리 파편들이 물방울처럼 사납게 튀어나갈 때까지
그 사나운 파편들이 빨판으로 빨려 들어올 때까지
파편의 칼날에 빨판들이 너덜너덜 찢길 때까지
흰 흙먼지 뒤집어 쓴 너희들 거리에 굴러다닐 때까지

—김기택, 「어항의 유리벽에 붙어 있는 낙지들아」 전문

김기택 시는 사물에 대한 관찰력을 통해 그 안에 숨어 있는 힘을 포착한다. 그의 시는 환정적인 언어보다는 대상의 세부에 주목하는 묘사 언어에 의존하고 있는데, 그것은 표피적인 묘사를 넘어서 대상의 본질적인 국면을 관통하려는 상상적 언어의 힘을 보여 준다.(이광호) 삶이 내지르는 웃음과 울음, 비명과 침묵을 인화시켜 현대인의 초상을 예리하게 포착해 내고 있는 그의 시는 조용한 전위(나희덕)라고 부를 만큼 '육체에 의하여 또는 그런 육체를 위하여' 쓰인다. 다시 말해 사물의 외재와 본질을 정면의 언어로 돌파함으로써 위협하는 것들에 예리한 칼날을 가하며 단단한 역사(力士)가 뿜어내는 빛에 생의 욕구를 추스른다. 위의 시는 공간과 시간에 갇혀 있는 낙지를 알레고리로, 죽음에 대항할 것을 권고한다. 인간은 자신이 언젠가 죽어야 한다는 것을 의식하는 유일한 동물이며 이 점에서 죽음은 불안의 원천이다. 죽음을 정면으로 응시하며 죽음의 지평

위에서 “파편의 칼날에 빨판들이 너덜너덜 찢길 때까지/ 흰 흙먼지 뒤집어쓴 너희들 거리에 굴러다닐 때까지” 저항하라고 외치고 있는 그의 절규는 이 점에서 생의 욕구를 끝까지 끌어올리는 칼날을 인화한다.

남성성은 근대사에 점철된 질곡의 역사와 같이하며 근대사가 밟아 온 환경에 의해 해체되고 변형되었다. 자본에 따른 여성 지위의 향상과 가족 이데올로기의 변모, 그리고 성 의식과 성 담론의 변화 등은 복잡하고도 다양하게 남성성을 변화시켜 왔다. 여성시가 여성의 정체성을 바로 보며 권리의 명제들을 실천하는 것처럼, 남성시 역시 인간에 의해 수립되는 모든 것들에 자율성과 가치를 확보하려고 노력하며, 개별 주체로서 겪는 경험을 시에 착목하고자 시적 윤리를 실천해 왔다. 이제 긍정적이든 부정적이든 시 속에 녹아 있는 남성적 가치를 찾아내는 일은 우리 시의 가치를 검토한다는 측면에서 뜻깊은 일이라 생각된다.

탈근대의 우주 영성

— 황동규론

시는 미적 체계를 바탕으로 소통 가치를 담지한다. 기호의 구성물이자 정서와 인식의 실체적 결과물인 시는 객관적이고 기술적인 범주이자 시인 개인의 심층적인 신념의 산물이다. 황동규의 시는 표현하고자 하는 것과 표현된 것과의 거리, 쓰는 자와 읽는 자와의 거리, 기호의 중심과 주변, 표층과 심층의 심급들을 추방시키며 의미의 난경인 아포리아(aporia)를 징후적으로 보여 준다. 황동규의 시적 언어는 언어가 쉽게 명명할 수 없는 것에 대해, 혹은 경험과 실재 사이의 관계에 대한 언어의 의식들에 대해 고민하고 좌절한다. 그는 언어가 기표와 기의의 통일 속에서 생산될 수 없음을 보여 준다. 선(禪)의 언어처럼 그의 시는 대상과 세계에 초월과 포월의 자세를 취하며 인식 너머의 것에 사유를 관조한다. 고요와 적멸, 공과 허의 세계를 지속하는 시간 속에 펼쳐 놓고, 그 속에서 성과 속, 유사와 무사의 세계를 현묘하게 전각한다.

주체를 열어 놓고 실체의 깨달음을 노래하고자 한다는 의미에서 그의 시는 무문별지하는 증득의 미학과 닮아 있다. '세계의 본질'에 닿고자 하는 시인은 초언어적 걸림 없는 시의 자재(自在)로 사물과 세계의 운동성에 반응하며 초월적 시선을 견지한다.

오래 살던 곳에서 떨어져내려
낮은 곳에 모여 추억 속에 머리 박고 살던 이파리들이
오늘 아침 은(銀) 옷들을 입고 저처럼 정신없이 빛나는구나.
말라가는 신경의 참을 수 없는 바스락거림 잠재우고
이따금 말 더듬는 핏줄도 잠재우고
시간이 증발한 눈으로 시간 속을 내다보자.
방금 황국(黃菊)의 성대(聲帶)에서 굴러나오는 목소리.
저 황금 고리들, 태어나며 곧 사라지는
저 삶의 입술들!

—「가을 아침」 전문

삶과 죽음의 계기성과 영원성을 순도 높게 담아내고 있는 이 시는 '떨어지다', '말라 가다', '바스락거리다', '사라지다' 등의 하강 이미지를 "오래 살던 곳"으로 표상되는 과거 시간과 "말라가는 신경의 참을 수 없는 바스락거림"으로 표상되는 현재 시간 속에 입체적으로 배치한 뒤 나뭇잎이 떨어지는 그 촉발에 의해 생을 지각한다. 시적 주체는 "시간이 증발한 눈으로 시간 속을 내다보"며 시간 속에 투여된 생과 사의 의미를 담아내고자 생김과 없어짐, 더러움과 깨끗함, 선과 악을 원(圓)의 시학으로 보여 준다. '사라지는(죽음)' 것과 '태어나는(삶)' 것을 '황금 고리'로 인식하는 주체의 시선은, 실체의 의미인 연속적인 생명 의식에 닿아 있다. 그것은 "가만히 둘러보면 인간은 기실/ 간신히 깨지지 않고 존재하는 어떤 것이다./ 시방 같은 봄 저녁/ 황혼이 어둠에 막 몸 내주기 전 어느 일순(一瞬)/ 홀린 듯 물기 맺힌 눈 아니고는 제대로 쳐다볼 수/ 없는/ 어떤 것이다.”(「슈베르트를 깨뜨리다」)이거나 “아 사방의 굴레./ 그걸 벗기 위해 여기까지 달려왔는데! 순간/ 빛 고리가 하늘 한가운데 솟았다가 꽂히”(「사방의 굴레」)는 포월적 시선이다. 그런가 하면 “몇 십 년 조율해온 마음의 줄들을 풀어주”고(「비인(庇仁) 5층탑」) “삶이 뭐냐 따위는 묻”지(「누구였더라?」) 않으며 생사가 곧 열반인(生死卽涅槃) 세계를 감득하는 우주론적 시선과 맞닿아 시간이 증발한 고요한 정관(靜觀)의 세계에 내재한다.

누군가 안에서 속삭인다.
'네 삶의 모든 것, 고요 속의 바스락처럼
바스러지고 있다.
자, 들리지?
허나 후회는 말라.
부서짐은 앞서 무언가 만들었다는 게 아니겠는가?'

환한 달빛 속에서 화암 뻥대들이 대신 화답한다.
'만든 것은 결국 안 만든 것으로 완성된다.
꽃이 지며 자기 생을 완성하듯이.
때로 우리도 가슴 언저리를 내놓아
애써 만든 상(像)을 부서뜨린다.
하나 부서진 곳 떨어져나가면 또 새로운 상,
쉬지 않고 쉴 곳 세상 어느 구석에도 없고,
(나를 향해 가슴 약간씩 돌리며)
아 그대 안에 내장되어 있다.'

나는 간신히 말한다, '달을 그만 가게 하자.'
언제부터인가 올빼미가 혼자 울고 있고
여울을 건너며 달이
잔물결에 깔았던 은비늘을 쓸어 담는 기척을 낸다.

—「정선 화암에서」 부분

인식은 그 자체로 존재하지 않는다. 그것은 '무엇인가'로 존재한다. 그것은 주체와 만나 적멸이 되거나 절대적인 것 혹은 진여(眞如)가 된다. 주체의 시선이 끊임없이 '다른 것'과 접촉하고 '나', '너'가 각기 '나'의 힘이거나 '너'의 힘이 될 때 그것은 흔적을 남긴다. 현존하고 경험하는 '나'가 다시 '너'가 되고 독립된 실재인 '너'가 다시 '나'가 되어, 종국에는 개개의 관계 속으로 녹아들어 '서로'로 변할 때 인식은 흔적을 지운다. "무언가 만들었다"는 인식 그리고 "만든 것은 결국 안 만든 것으로 완성된다"는 인식 그리고 "꽃은 지며" 생을 완성한다는 인식은 모두 이로부터 비롯한다. 그럴 때 생은 미망을 빠져나와 무변과 영원 속에 머문다. 세계가 언제나 새로운 외관으로 존재하며 지속할 때 변화하는 실체를 그려낼 수 없다. 그것은 마음이 이치를 총괄하며 〔心以統理〕, 마음이 사생화복을 주재할 때 〔心宰死生禍福〕 가능하다. "날기 위해 새들처럼 뼈 속을 비웠을"때(「천시의 새」) "팔을 타타 끊"어(「허공의 불타」) 버릴 때 가능하다.

시작이 있을 뿐 끝이 따로 없는 것을
꿈이라 불렀던가?

작은 강물
언제 바다에 닿았는지

저녁 안개 걷히고 그냥 빈 뻘
물새들의 형체 보이지 않고
소리만 들리는,
끝이 따로 없는.

누군가 조용히
풍경 속으로 들어온다.
하늘가에 별이 하나 돋는다.
별이 말하기 시작했다.

—「홀로움」 전문

천과 지, 나와 너, 주와 객의 소통과 합일을 기반으로 하는 노장 사상은 인식 주체와 인식 대상을 이분법적으로 파악하는 인식론적 접근 방식을 근본적으로 반성한다. 도는 자연으로 '스스로 있는 것' 혹은 '스스로 그러한 것'으로 천지가 구별되기 전 섞여 있는(有物混成 先天地生) 그 무엇이다. '무'는 '허'의 '비움'과 만나 '고요'의 세계를 이룬다. 기운의 본래의 상태 혹은 생명의 근거인 도는 물질과 생명, 육체와 정신 등이 영성에 의해 통합되어 있는 도법자연(道法自然)의 세계이다. 따라서 "끝이 따로 없"고 "별이 말하기 시작"하는 세계는 언어에 의해 구별되기 이전의 세계로, 인간의 의식과 대립되지 않는 도법자연(道法自然)의 세계이다. 시인은 자신의 의식을 소거한 채 언어로 표현될 수 없는 세계를 표현하며 이름이 없는 도(道常無名)와 이름을 붙일 수 없는 도(道隱無名)에 풍경을 입힌다. 마음의 소요를 그려 내며 "누군가 조용히/ 풍경 속으로 들어"오는 '무위(無爲)'와 감응한다.

일고 지는 바람 따라 청매(靑梅) 꽃잎이
눈처럼 내리다 말다 했다.
바람이 바뀌면
돌들이 드러나 생각에 잠겨 있는
흙담으로 쏠리기도 했다.
'꽃 지는 소리가 왜 이리 고요하지?'
꽃잎을 어깨로 맞고 있던 불타의 말에 예수가 답했다.
'고요도 소리의 집합 가운데 하나가 아니겠는가?
꽃이 울며 지기를 바라시는가,
왁자지껄 웃으며 지길 바라시는가 ?'
'노래하며 질 수도……'
'그렇지 않아도 막 노래하고 있는 참인데.'
말없이 귀 기울이던 불타가 중얼거렸다.
'음, 후렴이 아닌데!'

—「꽃의 고요」 전문

'꽃이 지는 소리'를 두고 불타와 예수가 주고받는 문답은 초언어적 사유의 세계이다. 그것은 '나'와 '너' 혹은 '우주'와 '신성'이 만나는 세계로 공동체적 사유 혹은 우주 영성체저 사유이다. 이 생명과 영성체적 사유는 인간 구원에 대한 희원과 인생의 근본적인 성찰과 같은 평화의 철학을 담아낸다. 주체를 자신의 실체 속에 열어 놓고 세계와 만나 세계 속에서 존재의 확신과 만나려는 이 과정 속에서 주체는 성과 속을 넘어 아득한 사유의 지평을 발명한다. 현상(色)에서 깨달음(空)을 인식하는 방편으로 불타와 예수의 문답은 존재의 의미나 실체를 초월적 언어와 시선으로 노래해야만 체득할 수 있다. "꽃 지는 소리가 왜 이리 고요하지?"라는 불타의 말에 "고요도 소리의 집합 가운데 하나가 아니겠는가?"라고 예수가 화답하는 것에서처럼 고요와 소리는 하나가 된다. 하나가 된다는 것. 동시에 "노래"가 "후렴"이 된다는 것. 그것은 생을 덧입히고 있는 세속의 진애를 벗어나고자 하는 "입술들"과 "애써 만든 상(像)을 부서뜨릴 때" 만날 수 있다. "시작"도 "끝도 없"는 시간 속에 바람이 불고 "돌들이 드러나 생각에 잠"기기 때문이다. 이처럼 황동규의 시는 기호의 의미가 부재하고 있다는 관점에서 의미의 아포리아를 보여 주며, 명명할 수 없다는 것에 명명하며, 초월적 시선으로 세계의 운동성을 바라본다. 현묘하게 때로는 자재롭게 생사가 열반인 우주론적 영성을 초언어적 사유로 노래한다.

신성과 인성, 기계성과 생태성
— 최동호론

동양적 사유라고 부를 수 있는 정신주의 시는 일정 부분 초월적, 형이상학적 태도를 지향한다. 서양의 반성적 담론으로 중도의 묘오한 경지와, 존재와 존재자에 대해 하나의 가능성을 탐문하고 있는 정신주의 시는, 인식적 측면에서는 마음이 이치를 선명하게 통어(心以統理)하는 적연부동(寂然不動)한 세계를 그려 내고, 가치적 측면에서는 뜻을 고명하게 세워(立志高明) 현실과 생의 의미를 염결하게 담아낸다. 마치 검신(檢身)과 경계(警戒), 명결(明潔)과 호연(浩然), 절조(節操)와 개심(開心) 등을 옥조로 삼았던 선비의 맥을 잇는 것으로 "무릇 군자들아, 의로움을 행하고 위의를 지켜라."(凡百君子 行義且儀)라고 했던 이규보의 말처럼, 칼끝 같은 정신을 견지하고자 한다.

최동호는 지속적으로 정신주의 시를 확대, 심화해 온 시인으로 평가된다. 시인은 삶의 미망과 깨달음, 그리고 세속 저편 너머의 소요의 세계를 과거적 상상력과 미래적 상상력을 현재의 사유 안에 원융하며 정신성을 강화한다. 시인은 서정주가 『삼국유사』를 읽고 『신라초』에 신라적 상상력을 담아냈듯, 『삼국유사』에 숨 쉬고 있는 "시적 상상을 오늘의 문제와 접맥시"킨다. 이 배경에는 "상상이 책 속에 잠들어 있는 것이 아니라, 책 속에서 걸어 나와 오늘도 살아 움직이고 있"으며 "야성적 인간성이 한국인들의 심성 속에 살아서 숨 쉬고 있"을 때 "서양적 이성의 파괴가 몰고 온 지적 혼돈 속에서 미래를 헤쳐 나가는 힘"을 얻을 수 있는 것이라는 기획이 깔려 있다.

성스러운 임금이 잊지 못해
오색구름 지붕 아래
이상한 넋의 향기가 떠도는
도화녀의 방에서 태어난
비형랑은
코가 없는 비운의 사나이

깊은 밤 황천 언덕에서
귀신 떼와 노닐며
하늘 피리를 지상에 불어
하룻밤에 다리 놓고
인간과 영계를 넘나들며 살았는데

귀신 중에 어리석은 귀신 길달이
여우로 둔갑해
인간을 배신하고 도망치자
다른 귀신에게 명하여 죽이니

모든 귀신의 무리가
우두머리 비형랑 두려워하여
그 이름만 들어도
꼬리 감추고 도망가는
비형랑은 잡귀 쫓는
성스러운 넋 가진 신라의 귀신

풀길 없는 서러움 많은 사람들아
황천의 언덕에
영기가 피어오르는 달밤
비운의 사나이 비형랑과
하늘 피리 불며 마음껏 뛰어놀아
코 빠진 서러움 다 풀어헤쳐 보아라

—「비형랑(鼻荊郎)과 마술피리」 전문

『삼국유사』는 중국 중심주의를 버리고 자주 문화적인 아시아적 전망을 보여 준다. 『삼국사기』가 화이(華夷) 관념을 기술한 기전체 역사서라면, 『삼국유사』는 민족적, 민중적 자각을 보여 주는 탈(脫)유가적 가치관에 바탕을 둔 것이었다. 즉 신화, 전설, 민담, 일화, 사상, 종교 등의 사료들을 두루 싣고 있으며, 서사적 구성뿐만 아니라 주제에 대한 다양한 설정, 플롯의 안배와 극적 효과 등의 운용(運用)을 보여 주는 문사일체(文史一體)인 '문학의 역사, 역사의 문학'을 설파하고 있다.(『삼국유사』, 김원중 옮김, 을유문화사, 2003) 「비형랑과 마술피리」는 『삼국유사』의 권1 「기이제일(紀異第一)」 편에 나오는 「도화녀와 비형랑」 설화에 바탕한다. 비형랑은 꿈속에서 신라 25대 왕인 진지대왕(眞知大王)과 도화녀 사이에 난 아들로 귀신들과 놀며 하룻밤 사이에 귀교(鬼橋)를 놓는 등 전형적인 도깨비이다. 같이 어울리던 길달(吉達)이 각간 임종(角干 林宗)의 자식으로 있다 여우로 둔갑하여 도망치자 비형랑은 귀신을 시켜 붙잡아 죽였는데 사람들은 다음과 같은 노래를 지어 귀신을 쫓곤 했다.

성스러운 임금의 넋이 아들을 낳았으니,
비형랑의 집이 여기로세.
날뛰는 온갖 귀신들이여,
이곳에는 함부로 머물지 마라.

'도깨비'가 원형적 정서를 반영하는 속신적(俗信的) 경향을 띠면서 친근감을 주는 존재라 할 때 '도깨비'는 도덕적 인과론에 의한 초월적 원조자, 징계자, 진실과 허위의 변별자 등의 역할을 맡는다. 시인이 『삼국유사』를 되살리며 '도깨비'를 시 속에 등장시킨 시인의 의도는 무엇일까? 그것은 다음과 같은 시인의 시화(詩話)에서 그 단초를 발견할 수 있다.

가상과 현실이 구분되지 않고, 인간과 귀신이 구분되지 않는 원초적 상상력 속에서 한국인 특유의 진취적 역동성이 발휘된다는 것이다. 이 역동성은 불가능을 가능으로 바꾸는 에너지를 갖고 있는 까닭에 어떤 시련이나 난관도 돌파해 나가는 신통력을 가진 것이다. 나는 그것을 도깨비적 상상력이라고 부른다. 인간이자 도깨비라는 양면성을 가진 것이 한국인의 독특한 생명력이다.

—「디지털 코드와 도깨비적 상상력」, 《현대시학》, 2006

에드워드 사이드(E. Said)가 문화는 순수하고 고결한 것이 아니라 정치적이고 사회적인 이념들의 혼성체라고 말할 때 그것은 권력과 지배의 욕망을 갖는다. 정치적이고 이념들의 혼성체로서의 문화는 인터넷 망처럼 다른 문화 속에 파고들어, 고유한 것들을 흔들어 놓는다. 시인은 원형적 기호이면서 문화적 상징인 '도깨비'에 대해 "진땀 흘리며 씨름하는데/ 부엌귀신 마당귀신 뒷간귀신/ 발목 휘어잡는 공터에서/ 밤새 온갖 난장 다 떨다가/ 식은땀 흠뻑 젖어 깨어나니/ 몽당 빗자루 씨름하다 가기까지/ 얼마나 사연들이 많았을까"라며 안쓰러워하다가 "어쩔거나/ 정다운 도깨비들아 돌아와라/ (……)/ 어쩔거나/ 신명나는 더 큰 잔치판 벌여라"(「도깨비 소금」)라며 부추기기도 하고 "디지털 코드 세상은/ 야릇한 도깨비 모두 모두 불러 모아// 신명나는 굿판을 차리려고/ 폭죽을 터트리며/ 사람들을 놀라게 하고/ 불꽃놀이 요괴처럼 화사한 밤하늘/ 점성술사 비단 책처럼 펼쳐 보이고 있"(「도망친 도깨비 굿판에 돌아오다」)다며 '도깨비'를 통해 디지털 세상을 냉엄하게 비판하기도 한다.

종이책 속의 활자를 풀잎처럼 씹으며
맛있다고 울 때마다
까만 염소 똥은 하얗게 염색된다

엉덩이 맴도는 꼬랑지로 결코 몸뚱이
가릴 수 없어
복제된 염소가 디지털 코드 책을 읽는다

점박이 유전자 코드가 박힌 풀잎 먹어야
염소는 염소가 된다
염소 똥의 코드는 옛 성서 표지처럼 까맣다

귀신처럼 날던 풀밭 비닐봉지 먹어
배불뚝이 염소가
신이 만든 옛 표지 까만 똥 코드 잊고

숫자 판에 새로 입력된 코드를 먹는다

—「복제된 염소의 똥」 전문

'복제된 염소', '디지털 코드', '유전자 코드'는 모두 21세기적 기호들이다. 이들은 '도깨비'가 지니고 있는 환시, 환각, 환청 등의 심리적 태도와 연결되면서 '가상', '시뮬레이션', '원격 현전(telepresence)' 등의 기호들과 맞물린다. 들뢰즈는 '가상'이 하나의 사건이나 상황이 전개되는 힘이며 또 다른 실재를 현실화한다고 말하며 이 '가상'이 인간의 감정과 사유를 지배한다고 갈파한다. 시인이 문제시하고 있는 것도 이와 멀지 않다. "어둠을 찾아 들판에 나서면/ 타인의 코드 숫자로 일고 있던/ 또 다른 타인들의/ 무수한 눈길 스쳐간다// 늑대 가면 쓰고/ 얼굴 바꿔 숨어 있는 그 마음/ 혼불 잉잉거리며 날아가던/ 검은 유리창"(「늑대의 천기누설」)에서처럼 가상이 실재를 대신하는 현실을 우려하거나, "도깨비와 함께 살던/ 호롱불의 시대가 전설처럼 꺼지고/ 형광등은 어둠에서 도깨비를 추방하였는데/ 디지털 코드의 세상은/ 야릇한 도깨비 모두 모두 불러 모아"(「도망친 도깨비 굿판에 돌아오다」)에서와 같이 디지털 사회의 노마디즘을 희롱조의 어조로 담아낸다. 신화와 디지털 사회는 허구와 실재를 변별하는 것이 무의미하다는 것에 공통점이 있다. 그러나 시인이 문제 삼는 것은 이 둘의 대립에서 발생하는 간극이 아니다. 그것은 일찍이 그의 논저에서도 밝힌 바 있는 다음과 같은 글에서도 드러날 터이다.

인간의 본성이 만물을 화육하는 자연으로부터 왔고 하늘이 그 주재자가 된다는 것은 자연과 인간을 분리시켜 생각지 않는 동양적 사고는 물론이고 한국적 사고의 근원이 되고 있음은 두말할 필요가 없다. 한국인들에게 유(有)와 무(無)는 물론이고 생(生)과 사(死) 또한 하나로 사고하는 경향이 일반적이며, 음(陰)과 양(陽)의 화육운동 속에서 인간과 자연이 조화를 이루는 것을 이상적 목표로 삼고 있다고 할 것이다.(「생태묵시록적 시대와 신인간의 한계 상황」, 『디지털 문화와 생태시학』, 문학동네, 2000)

결국 최동호의 시는 새로운 지평의 확대를 모색하려는 동적 시학을 지향해야 하고, 한국적인 신성함을 추구하며 인간 존재의 고귀성을 고양해야 한다(「현대시의 정신사와 탈근대적 지평」, 위의 책, 39쪽)는 그의 지론을 적극적으로 수용하고 있는 것으로 파악된다. '도깨비'가 한국 전래 신격의 하나로 신성과 인성의 혼합체인 것처럼 '디지털' 역시 기계성(器械性)과 생태성(生態性)이 중화를 이룰 때, 인간 회복이라는 인류사적 과제를 해결할 수 있을 것이다. 이런 의미에서 최동호의 시는 문명과 문화의 시대성에 대한 자각과 함께 동서 문화의 조화라는 복합적 과제를 적요하게 되돌아본다. 끝으로 과거적 상상력과 미래적 상상력을 현재의 사유 안에 통합하고 있는 다음과 같은 '극서정의 시'는 정신주의 시의 근육질을 선명하게 그려내고 있다는 점에서 뛰어난 시의 하나로 자리 잡을 수 있을 것이다.

겨울 폭포 앞에 서면
마음 갈피에 그냥 접어두어야 했던
말들이 참았던 입김
용틀임하는 석순처럼 길게 토하고
뿌리 끝까지 얼어붙어

겨울 폭포는 소리치지 말라 하고
늠름하게 침묵하는 빙벽을 보라고 한다

말의 뿌리까지 껴안은
겨울 폭포에서
얼음의 숨소리 조용히 들어보면
실바람 얼음 구멍에서 흘러나와
얼지 않은 물소리 들려주며
깊게 살아 있는
겨울 폭포의 곧은 의지 가지라 한다

소리치지 못한다고
함부로 가래침 뱉고 돌아서는 것은
치욕이라 가르친다
소리치지 못한다 해서 말없이
세상 버리는 일은
커다란 치욕이라 가르쳐 준다

어느 날 문득 겨울 폭포 날개 돋아
하늘 높이 날아오를 때
천둥벼락 타고
가슴 때린 말들은
봄 시냇물 흘러갈 때
대지에 아름다운 들꽃 피운다고 한다

—「폭포는 왜 침묵하는가」 전문

[redacted]

4부

[redacted]

[redacted]

[redacted]

얼음과 섬, 절과 숲

—송재학론

송재학은 『얼음시집』을 펴낸 이후 『살레시오네 집』, 『푸른빛과 싸우다』, 『그가 내 얼굴을 만지네』, 『기억들』, 『진흙 얼굴』, 『내간체를 얻다』 등을 상재하며 왕성한 시작 활동을 펼치고 있다. 그와 엇비슷하게 출발한 많은 시인들이 창작 활동을 그만두거나 비교적 뜸하게 활동하는 것에 비한다면 그의 시적 성취는 주목할 만하다. 그는 타인에 대한 기록과 회상을 깊은 마음으로 기록하거나, 마음의 주저와 방황 그리고 현실 내 소외된 타인들의 운명에 따뜻한 의식을 보탠다는 평(정과리)에서부터, 1980~1990년대를 거치는 동안 우리 사회에 편만화된 여러 문제들의 심연으로 거듭 침잠해 들어가, 절망으로 현실의 절망을 넘어서고, 그 넘어섬의 물결 위에, 푸른 서정의 이랑을 다듬어 온 시인이라는 평(우찬제)에 이르기까지 세상의 존재론적 근원을 탐구하는 감각 언어의 시인으로 평가(박수연) 받고 있다.

첫 시집 『얼음시집』에서부터 최근에 이르기까지 주체의 영역 안에 끈질기게 뿌리내리고 있는 윤리적 규범, 정신과 진실의 도정을 위해 스스로를 헌신하는 아름다운 사멸적 삶, 생을 무력화하려는 죽음과 자신을 둘러싼 일상사에 대한 초견인적 상상 그리고 참혹과 환멸을 이기기 위한 타자를 향한 평화로운 시선 등은 모두 그의 시를 구성하고 있는 존재태들이다. 이를 통해 그는 적요한 생의 순간에 진실의 눈동자를 치켜뜨고 자신 안에 꿈틀거리고 있는 주체에 귀를 연다. 송재학 시의 주체는 우울과 울음으로 무거운 주체이며, '어두운 날짜를 스치'며 온갖 야만과 싸우고 내면에 광활한 영토를 개척하고자 하는 아나키스트적인 주체이다. 이를 위해 그는 얼음과 불면, 먼 길과 섬, 죽음과 불꽃들을 불러 모아 시집 곳곳에 퍼뜨려 놓는다. 시집 속에는 감옥의 고문 받는 목소리가, 처형과 치욕의 공포로부터 멀어지고자 하는 생성의 목소리가, 자신으로부터 출발시켜 타자의 고통을 내면으로 껴안는 인자의 목소리가 생명과 무한으로 열린 동일자의 시선을 견지하며 울려 퍼진다.

해체 이후 인간 존재의 의미와 타자와의 관계를 해명하고자 한 레비나스는 주체를 '타인을 받아들임' 또는 '타인을 대신한 삶' 등으로 정의한다. 그러면서 시간이란 주체가 홀로 외롭게 경험하는 사실이 아니라, 타자와의 관계 그 자체라고 말한다. 또한 그는 존재가 우리를 둘러싸고 있으며 우리는 그것들과의 관계를 유지하는 시각, 촉각, 동정, 공동 작업 등을 통해, 타자와 함께 존재해야 하고 이런 이유로, 모든 관계는 타동사적이라고 말한다. 현재 속에서의 미래의 현존은 타자의 얼굴과 마주한 상황에서 비로소 실현된다고 볼 때 얼굴과 얼굴을 마주한 상황은 진정한 시간의 실현이며, 홀로 있는 주체가 아니라 인간들 사이의 관계 속에 있다. 송재학은 자신의 얼굴을 타자의 얼굴에 비추어 자신을 타자에게 드러내게 하여, 타자에게 비친 자신을 성찰하며 유의미한 시간의 조건을 실현시킨다.

아우는 긴 괴로움 사이로 눈물을 밀어놓았다 새벽물빛 같은 투명한 손바닥을 잡았을 때 내 정신은 오랜 기침처럼 무거웠다 아우의 밝은 귀는 알았을 것이다, 그의 편지 행간에 기대었던 내 쓸쓸함을, 어제 내린 겨울비는 병실을 흐리게 하더니 알콜과 섞여 납냄새를 피웠다 죽음은 아우의 얼굴에는 없고 시간을 지키는 내 슬픔에 있을 뿐 그는 차가운 바깥을 보며 무엇을 떠올렸을까 번쩍이는 물굽이 사이에서 피어나는 안개인가 섬의 외로움인가 아우는 돌아누웠고 나는 담당의사를 만나러갔다 우리를 베어오던 날카로운 메스는 아우의 상처를 가로질러 회랑에 긴 그림자를 남겼다 고통의 처음이 섬광처럼 파고들 때 아우는 어떤 하느님께 매달릴까 구랍신문을 보거나 커피를 마시며 病의 밤은 지나간다 지난 시절 그의 허무를 거쳐 나오던 이념의 밤과는 다르게

—「섬 2—병(病)」 전문

『얼음시집』에 실려 있는 이 시는 「섬」 연작시 중 한 편이다. 이 시는 「얼음시」, 「밤길」, 「겨울비」, 「겨울밤」, 「저녁 바다」, 「적막한 사람」, 「먼 길」, 「죽은 여자」, 「썩은 나무」, 「설해(雪害)」 등의 시편들에서와 같이 '밤'과 '비', '환멸의 시간'과 '썩은 육체'가 지배한다. 이 시에서 만날 수 있는 것은 밤이 깊어 눈이 덮인 침엽수들이 새벽을 향해 무너지는 얼음 덮인 황야이며, 가슴 깊이 박힌 대못을 적시며 붉디붉은 녹물로 피어나는 폐허의 얼굴로 그 속에서 '시간'과 '육체'는 세월의 숨 막히는 비애로 태어나고, 더러운 땅과 햇볕 사이의 해협을 누군가 울부짖으며 가는 상처의 속을 가던 "허무를 거쳐 나오던 이념의 밤"을 만난다.

송재학의 시는 처절한 비망록을 바탕으로 가족사적인 것에서부터 사회 역사적 상황에 이르기까지, 몸 곳곳에 균열하는 단애(斷涯)와 생살마저 썩는 시간의 괴로움을 붉게 토해 낸다. 죽음의 욕망은 무정부적 파괴

와 참혹을 완성한다. 가족사적 비애를 다루고 있는 이 시 역시 어머니의 눈물(「먼길 2」)과, 흘러 버린 날짜의 맨 앞에서 책의 첫 페이지에 서 있는 아버지(「하구에서……아버지의 시간」) 등의 풍경과 겹치면서 화자의 춥고 황량한 영토를 구성한다. 이 영토는 무기력과 좌절 그리고 죽음의 영토이다. 세계를 바라보는 송재학의 시적 인식은 망자(亡者)의 목소리, 병이 깊은 채 흐르는 검은 물, 그 물 위로 뚝뚝 큰 소리를 내며 떨어지는 슬픔으로 굳어져 검은 일생으로 바다에 떠 있는 '섬'으로 공간화된 채 시간에 의해 침식당한다. '섬'은 막막한 절애(絶涯)이자 육체의 유암(幽暗)으로 그곳은 얼음, 겨울비, 먼지, 밤, 울음, 술, 뼛가루 등이 안치되어 있는 곳이며, 비애, 적요, 고독, 적막, 번뇌, 죽음 등이 산란하는 장소이다. 육체의 깊은 곳으로부터 뿜어져 나오는 낮은 음조, 대상에 자신을 투여하여 그 혼과 일치를 이루고자 하는 정신, 읊조리듯, 토해 내듯 먹먹한 울음이 배인 언어를 뿔뿔이 흩어 놓는 자폐의 시. 그것이 송재학 시의 족보이다.

눈이 숲을 덮었습니다
지난밤 모든 욕망은 제 속 깊은 곳의
심지를 올립니다
오랜 세월의 입안으로
눈보라는 끝없이 빨려갑니다

알지 못할 슬픔이 숲을 바라봅니다
새벽이 부러뜨리고 가는 소나무 가지의
어떤 삶에도
커다란 허파가 매달려
끔찍한 숨소리는 고요를 뱉어냅니다

앞날조차 폐허를 기억하고
세상은 검은 눈의 추억에 잠깁니다
벗은 나무들이 흰 뼈처럼 보이는
이월을 지날 때 누군가
몸 안의 욕망과 병을 바꾸었습니다
썩은 물과 불을 바꾸었습니다

—「설해(雪害)—1」 전문

"어떤 삶에도/ 커다란 허파가 매달려/ 끔찍한 숨소리는 고요를 뱉어내"고 "세상은 검은 눈의 추억에 잠"긴다고 말하고 있는 화자는 "비애를 만"(「봄 밤」)지며 "몸 안의 욕망과 병을 바꾸"고 "썩은 물과 불"을 바꾼다. 기억이 "고요를 뱉어내고" "오랜 세월의 입안"으로 "끝없이 빨려" 가는 눈보라 앞에 "제 속 깊은 곳의 심지를 올릴" 때 "앞날조차 폐허를 기억"한다. 꿈에 대항하지 않는 고요, 추억과 비애들, 내면에 고여 있는 병과 썩은 물, 그리고 생명 속에 파고드는 폐허를 시간의 근처에 착목시키고 있는 그의 시는 그의 또 다른 시인 「에고이스트 독백」, 「프루동의 초상」, 「청동시대」, 「툰드라에서 툰드라까지」 등의 시에서와 마찬가지로 파괴되고 전복된 파토스를 보여 주며, 사멸 존재와 불멸 존재 사이를 오간다.

부정을 향한 카오스적 질주는 심원한 존재를 통찰하고자 하는 생성의 원리이자 죽음의 그늘 아래 짓눌려 있는 삶을 향한 구출 의지이다. 이 질주는 시간의 계기들이 연속적으로 엉켜 있는 시 개개의 파편 속에 스며들어 꿈틀거리다 호명을 받으면 언제라도 삶의 진실성과 영원성에 대해 입을 여는 헌신을 정향한다. 그리하여 주체의 사유 안에 존재하고 있는 자아의 본성과 세계의 본질을 해명하려는 송재학의 시는 무의식의 근저에까지 닻을 내려 세계의 악령과 싸운다. 경험의 가치 담지적이고 유의

미한 측면들의 단서는 우리가 '인간적 삶의 견지'에서 이해하는 가치들 속에 놓여 있다. 따라서 우리는 시인들로부터 변화, 가치, 영원한 대상, 지속, 유기체, 상호 융합 등을 배우게 된다.(화이트헤드) 송재학이 언어, 형식, 구조, 내용 등의 미학적 구성물들을 긴장시켜 타자의 얼굴들을 응시하며 그 속에서 변화와 가치 그리고 영원성에 대해 질문을 계속하는 것은 시간 속에 확장되고 변화되는 생의 가치들을 영원한 곳에 두고자 하는 열망에서 비롯한다. 그의 시적 구성물들은 이러한 의미에서 시간 속에 탑재된 법칙들을 명료화하는 중요한 질료들이다. 비록 송재학이 개인 가치의 몰락과 혼미스러운 정체, 대지에서 유리된 자의 초상, 사막으로 덮여 있는 '누란(樓蘭)'과 제 몸으로 감옥을 삼는 '섬'을 노래한다 하더라도 그것은 항상 타자에 열려 있다. 그러기에 그는 타자와의 연대와 소통 속에서 고통으로부터 획득되는 가치를 심원하게 노래하며 삶의 어두운 부분을 자명하게 기록한다. 그러나 이 부정의 부정법은 다음과 같이 자신을 가열시킨 예지적 시선에 의해서만 가능할 터.

그는 길 위에서 죽기를 바란다
뼈와 살들이 겉으론 단단하지만 속으로 푹푹 썩어가다가
어느날 무릎과 어깨가 꺾이면서 비로소 흙냄새를 맡을 때
무거운 트럭이 앞날을 덮쳐 뇌수도 흩어지고 마음도
스산해지면서
사람들이 그의 몸에서 망가짐의 의미만 읽어가고
식구들조차 외면하는 죽음을 바란다
고요함이 삶의 마지막 외투이길,
그때 죽음이란 딱딱한 편견이 아닌 흰 빵같이 씹어먹을 수 있는 것을 믿는다
이 앙다문 삶이란 분노에 다름 아닌 것을,

단지 따사로운 햇빛이 뿜어내는 낮은 노래만 듣고 싶을 뿐이다
죽은 이의 현란한 꿈을 보고 싶으면 내가 읽은 책들을
펼치면 될 것이다

—「이 앙다문 어둠」 전문

"사람들이 망가짐의 의미만을 읽"고 "식구들조차 외면하는 죽음을 바란다"는 죽음에 대한 인식은 "죽음이란 딱딱한 편견이 아니라 흰 빵같이 씹어먹을 수 있"다고 말하는 데에서 더욱 빛을 발한다. "죽은 이의 현란한 꿈을 보고 싶으면 내가 읽은 책들을/ 펼치면 될 것"이라는 이 불행한 '운명애'는 음험한 박물관의 고서처럼 저주받은 삶이다. 자책과 자학, 스스로에게 퍼붓는 이 폭력은 죽음을 존재의 정면에 놓고 죽음과 흥정한다. 두꺼운 책의 아가리에 물려 있는 죽음 그리고 무거운 트럭이 덮쳐 뇌수도 흩어지고, 마음도 썩어 가는 죽음. 이처럼 송재학의 욕망은 비관적이다. 그러나 과연 그런가? 욕망은 다른 욕망을 모방하며 순환한다. 죽음에 대한 인식은 단순히 죽음으로 그치는 것이 아니라 부활과 생성이라는 활성을 수반한다. 상승과 하강, 혹은 하강과 상승은 서로 순환적이다. 극단에서 삶의 문제들을 발견하고자 하는 자학이나 피학이 서로 맞물려 있는 것처럼 죽음은 죽음으로서 그치지 않는다. 마찬가지로 자신의 존재를 우월한 것으로 파악하려는 것에 재생의 신화가 숨어 있듯이 자신의 죽음을 열람시키고자 하는 피학에도 생성의 욕망이 온존해 있다.

송재학은 죽음을 담보로 죽음을 치고 나가 죽음의 영역 안에 노획될 수 있는 생의 깨달음을 헌신과 투신으로 확보한다. 그리하여 그는 위암으로 돌아가신 아버지를 만나고(「소래 포구」), 밤을 천수경처럼 환하게 만드시는 어머니를 만난다.(「어머니는 무엇이든 잠재우신다」) 이제 시인은 영산홍의 만개처럼 '섬'을 달래며 「철아쟁」, 「가객(歌客)」, 「노래는 왜 금방 꽃

핀 홀아비꽃대를 찾아가는가」, 「와시표 일축죠선소리반」, 「피리」 등의 시에서처럼 '노래'를 육체 안에 불러들여 시간의 방향을 영원 속으로 돌려놓는다. 「적천사를 지나치다」, 「은해사 길」, 「감은사에 가다」, 「기림사 일몰」, 「수법사라는 곳」과 같이 일련의 '절 시편'들이 많이 보이는 것도 바로 이와 같은 맥락에서이다.

꺼칠한 입술로 핥아보는 내소사 눈이라면
몸 안의 것을 차례차례 버리고
대웅전까지 무르팍으로 기어가려 한다
모든 입이 먼저 눈에 파묻히리라
내소사를 찬양하는 목판본 읽는 새청 입만 남고
눈과 함께 꽁꽁 얼어붙으리라
열 개의 죄악, 열 개의 손가락이 끊어지리라
내가 못하면 나한이 와서 잘라버리리라
뱉어야 할 것마저 마구 삼켰던 위장과
동굴에 가까운 소리의 입구,
내 시선에 들어와서 비로소 악이었던 것들의 배후인
검은 눈알을 꺼내어
전나무숲의 말없음이나 눈 위에 쏟으면
뼈만 남아 내소사 설경과 다름없이 고요해질 몸!

―「내소사 운(韻)」 전문

송재학의 '절'에 대한 천착은 그의 세 번째 시집인 『푸른 빛과 싸우다』에서부터이다. 그는 삶과 죽음의 경계이자 신성 공간인 '절'을 다음과 같은 시에 정감 있게 그려 놓는다. "사월이면 은해사 햇빛 따라간다/

눈 희미한 어머니 절마을까지/ 희고 붉은 복숭아꽃밭, 눈이 부셔/ 눈부셔 돌아가신 아버지 따뜻하다/ 눈물 아니면 적막이 사월을 떠밀리라/ 어둔 각시붓꽃 초록빛과 어울리고/ 먼 산 잔설마저 물맛 비슷하여/ 아지랑이 사월 아지랑이 사월이면/ 극락전까지 타박타박 걸어간다"(「은해사 길」 전문). 그런가 하면 "너른 땅 모두, 내 몸 합쳐 절이라고 부르자/ 그 절간의 주춧돌은 새벽서리 앞세워/ 입김 같은 절을 짓는다/ 가을 갈색을 이기지 못하면/ 내 입김 안에 빈터가 있으니 어서 기둥부터 세워라"(「입김 같은 절」)라고도 말한다. '절'은 송재학에게 마음의 안채이자 '기억들의 죄업'을 닦는 곳으로, 고립적인 숙명과 자신 속에 도사리고 있는 환멸과 허무를 벗어 내는 공간이다.

주체와 타자, 세속과 신성, 삶과 죽음의 무경계적 공간으로 묘사되고 있는 원(圓)의 현상학으로서의 '절'에 시인은 자신의 중심을 세우고자 한다. 중심으로서의 '절'. 혹은 모성으로서의 '절'. 수평과 수직의 접점 그리고 시간과 공간의 접점에 서 있는 '절'. 그것은 원초적이고 내밀한 집의 충족성을 대현한다. 존재의 내부에, 경험의 실체에, 시간의 성소(聖所)에 영혼을 불러들인다. "버들강아지에는 하늘거리는 영혼이 있다/ 봄날을 따라다니며 쫑알거리는 강아지의 흰 털도 버들강아지와 같은 종족임을 알겠"(「버들강아지」)다. 이럴 때 "몸 안의 것을 차례차례 버리"고 '입을 눈' 속에 파묻은 채 '열 개의 죄악, 열 개의 손가락을 끊어' 버려 마침내는 "악이었던 것들의 배후인/ 검은 눈알을 꺼내어/ 전나무숲의 말없음이나 눈 위에 쏟으면/ 뼈만 남아 내소사 설경과 다름없이" 고요해진 몸을 얻는다. 마음이 한 몸의 주재이듯(心爲一身主宰) '절'은 동요가 없는 고요의 본체(寂然不動)이다. 『푸른 빛과 싸우다』에서 출발한 '절'에 대한 사유는 『기억들』과 『진흙얼굴』에 와서 무질서한 실상(實相)을 버리고, 자연의 동력에 몸을 맡기는 성숙한 영혼을 그려 낸다.

누군가 저 숲에는 이제 늑대가 사라져 신성이 없다고 단정합니다 나무들 이뒤척거려도 숲은 기침처럼 헐겁습니다

눈 내린 새벽 숲에서 발자국을 만났습니다 앞쪽 세 개의 발톱은 심장을 움켜쥔 듯 깊고 섬뜩하고, 뒷발톱이 뽐내는 날렵함으로 이건 식육목 갯과의 늑대입니다 뒷산에 아직 짐승이라니! 폭설의 빛깔은 송곳니처럼 날카롭거나 시립니다 짐승이 다니는 길은 숲의 숨결이 부딪치는 경계, 소문은 금방 내 몸으로 번졌습니다 눈의 무게에 제 목을 떠넘긴 생목 부러지는 소리는 짐승의 낮은 울음처럼 섬뜩합니다 풍문만으로도 꽃샘추위는 수은의 아랫도리를 잡아당깁니다 죽은 개를 파묻은 다음날 그 자리가 파헤쳐진 것도 수상하고, 은방울꽃 군락지에서 내 등을 쏘아보던 근육질의 시선도 새삼 떠올랐습니다 다시 숲이 뒤척거리자 산등성이의 등푸른 척추가 날카롭게 드러납니다

—「숲」 전문

최근 시집이라 할 수 있는 『기억들』과 『진흙 얼굴』은 생명 있는 것들로 가득하다. 이 시집들 역시 『푸른 빛과 싸우다』, 『그가 내 얼굴을 만지네』에서와 같이 사투의 흔적을 곳곳에 남기고는 있지만 기억과 얼굴(他者)에 생명을 입히고 그 속에서 '생의 가치'들을 발견한다는 점에서 미학적 변전을 이룬다. 생의 문제들을 생성의 시선으로 감싸인으며 '섬'을 '숲'으로 환치해 놓는 시선은 홍단풍, 햇볕의 숨소리, 민물고기, 초롱꽃 등과 같은 자연적 존재인을 '숲'의 세계에 거느리며 생명 안에 자신을 세운다.

'숲'은 "잎새들의 밀종(密宗)이 햇빛에 흠뻑 빠지"(「잎새들」)는 곳이며, "물고기가 몸의 비린내를 풍기며 비늘을 번쩍이는 곳"(「호수」)이며 "여우비처럼 하늘 한구석이 환해"(「구름」)지는 곳이다. '숲'은 존재의 심연으로

그곳으로 수직의 폭포와 연어의 지느러미가 굽이치고 "종소리 울리는 강물"이 "급기야 내 몸에 산수유의 만개를 알리"고야 마는(「내 몸에서 연어를 잡다」) 심원의 숙소이자 존재의 숙소이다. 후생을 기다리며 "몸 한쪽이 나비가 되"는(「숨쉬는 산」) '숲'은 노래와 햇빛이 수면에 무늬를 만들 때 몸을 열고 '주체'의 몸에 다가선다. 이 '열림' 앞에서 참나무의 옹골찬 수직처럼 혹은 '얼음'과 '비'를 존재의 강으로 만든 수평처럼 송재학은 다음과 같이 노래한다. "늙은 팽나무 우듬지 가까운 빈 둥지,/ 그곳에 내 머리를 얹어두고 싶다"(「빈 둥지」 전문). 회한과 피로의 잔존물을 격렬함과 싸워 평화로 만든 고요. 그 고요 속에 육체와 넋을 거주시켜 '숲'을 자신의 평화로 삼는 상생의 실상. 피로 봄밤의 꽃을 피우고 피로 척수를 세우고 과일을 만드는 신성한 영혼. 이윽고 그는 다음과 같이 말한다.

오후 1시의 골목을 디딘 순간 내 등 뒤에서 먼저 문 닫는 소리, 그늘이 골목의 입구를 잠근 것이다 나른하다 보자기만 한 햇빛도 간결해서 내 몸은 명암으로 뚜렷이 나뉜다 창문 아래 순한 송사리 떼처럼 몰려 있는 햇빛이기에 맨드라미는 황금빛 꽃잎을 가졌다 흑백의 고요가 담 넝쿨을 감아가는 골목은 유쾌해서 몇 번이나 같은 대문을 지나쳤다 달콤하고 씁쓰레하고 매콤하고 쓰디쓴 것들의 맛은 다시 나른하다 매번 향유고래의 회색 등을 디디는 순례자의 발자국을 따라가야만 했다 오후 1시의 긴 시계팔이 삶을 부축해 나올 때 골목을 가까스로 빠져나왔다 훙, 나는 너무 복잡했구나

—「순수」 전문

쓰디쓴 것들을 노래하며 '내 안의 모든 소리를 죽'이고자 하는 점토판에 새겨진 새로운 운명. 송재학의 시는 방황과 고뇌의 절망 속으로 내려가 그 속에서 살과 비벼 꽃잎을 밀어 올리며 존재의 시원을 음각한다. 이를

위해 그는 '주체' 안에 자신만의 기율과 완강한 정신성, 생장 사멸하는 생과 일상의 운행의 법칙을 적요하게 끌어넣는다. 때로는 처형받는 목소리로, 때로는 예술적 장인의 목소리로 생명을 틔워 올리며 결빙시키고 부정을 구출하고자 한다. 영원한 것에 가치를 두고 시간의 이곳저곳과 공간의 이곳저곳을 헤매며 송재학이 발견한 것은 적연부동(寂然不動)의 세계이다. '주체' 안에 얼어붙어 있는 '얼음'과 고립무원의 '섬'에서 자신을 구출하여 '절'과 '숲'의 고요에 세워 놓는 그의 동력은 생의 주름을 운명의 시간 앞에 늘어뜨리며 타자들에 대해 동일자의 시선을 간직한다.

적멸과 불멸

—윤의섭론

윤의섭은 그의 첫 시집 『말괄량이 삐삐의 죽음』에서부터 두 번째 시집인 『천국의 난민』 그리고 이번 세 번째 시집인 『붉은 달은 미친 듯이 궤도를 돈다』에 이르기까지 삶의 원천으로서의 죽음 혹은 죽음의 원천으로서의 삶을 끈질기게 묘파한다. 그에게 삶은 삶 그 자체가 아니며 죽음 역시 죽음 그 자체가 아니다. 삶이 곧 죽음이요, 죽음이 곧 삶이라는 순환론적 원융의 정신 속에는 과거와 현재, 꿈과 현실, 자아와 세계가 서로 충돌하면서 소용돌이친다. 우울이 짙게 깔려 있는 정조, 암울한 이미지, 자의식적인 개인 상징, 생을 해석하는 예지적 시선 등은 윤의섭 시의 중요한 구성물들이다. 그의 시는 무의식과 만나 몽환적이고도 신비로운 분위기를 자아낸다. 현실과 충돌한 신화적인 환상을 영역화한 뒤 그것을 다성적이고도 입체적으로 그리며 행과 행, 연과 연, 제목과 주제, 환상과 현실, 나아가 형식과 내용을 충돌시켜 인식과 사유의 지평을 한껏 확대해 놓는다.

윤의섭 시 인식의 출발은 인간 의식의 복잡성과 심층성 그리고 무한성에서 비롯한다. 그의 시는 명료성과 단일성, 규정성이나 귀결성과 같은 자명한 법칙들을 거부한다. 그에 의해 사물과 세계는 주체의 경험적 내부 인식과 만나 재해석되고 재생산된다. 그는 대상에서 근원적 본질을 선택하여 그것을 자신만의 언어로 구조화한 뒤 자신의 심층 내부에서 흘러나오는 상상력의 빛을 어둠에 싸여 있는 외부에 투사한다. 그의 시는 대상과 실재 속에 도사리고 있는 파열된 삶을 생동감 있는 언어로 노현(露顯)하며 미의미(未意味)를 의미로 바꿔 놓는다.

내가 이 해안에 있는 건
파도에 잠을 깬 수억 모래알 중 어느 한 알갱이가 나를 기억해냈기 때문이다
갑자기 나타난 듯 발자국은 보이지 않고
점점 선명해지는 수평선의 아련한 일몰
언젠가 여기 와봤던가 그 후로도 내게 생이 있었던가

내가 이 산길을 더듬어 오르는 것
흐드러진 저 유채꽃 어느 수줍은 처녀 같은 꽃술이 내 꿈을 꾸고 있기 때문이다
나는 처녀지를 밟는다
꿈에서 추방된 자들의 행렬이 산 아래로 보이기 시작한다 문득
한적한 벤치에 앉아 졸고 있는 나를 발견하다

바다는 계속해서 태양을 삼킨다
하루에도 밤은 두 번 올 수 있다
그리하여 몇 번이고 나는 생의 지층에 켜켜이 묻혔다 불려나온다

―「꿈속의 생시」 전문

윤의섭에게 주체란 사물과 세계에 대해 성찰자로서뿐만 아니라 자신을 타자화한 뒤 타자화된 자신을 끊임없이 위협하고 공격하는 자, 다시 말해 자신과 세계의 정체를 확인하는 해석자로서의 주체이다. 윤의섭은 해석자로서의 주체를 위해 자신에게 소여된 생을 멸각한 뒤 생 뒤에 도사리고 있는 불안한 영혼들의 그림자를 적시한다. 그것은 그의 시가 분열된 주체 속으로 끊임없이 흘러 들어오는 의미들의 문제에 민감하게 반응하며 그것의 본래적 핵심에 도달하려는 의지를 표상한다. 생 속에 엄폐되고 포개져 있는 불안의 그림자를 환각의 언어로 그려 내며 강렬한 상상력과 무의식적 기층이 만나 생의 새로운 가치를 정합하고 있는 그의 시는 '물'의 이미지를 시의 저층에 끌어들여 경험의 지속과 흐름, 혹은 사유의 운동을 실재화한다. 그에게 있어 '물'은 '흐른다'라는 시간의 의미뿐만 아니라 시인 자신 내면 운동이라는 측면을 함께 지닌다.

육체와 영혼을 이루면서 출렁거리는 액체들 — 저수지, 우물, 바다, 육수(肉水), 찌개, 술, 물김치 등에 대한 그의 연상적 반응들. 그리고 떠오르다, 썩다, 취하다, 엎지르다, 넘치다 등의 역동적이고도 실체적인 어사. 이들 모두는 파동 치는 것, 흔들리는 것, 흐르는 것이라는 사유 운동과 포개지면서 저장되어 있던 기억이 재생되고 그 재생된 기억에 의해 과거와 현재의 의미는 유의미하게 치환된다. 앞의 시 「꿈속의 생시」에서 '바다'는 삶 속에 은폐되어 있거나 억압되어 있는 기억과 삶의 발자국을 떠올리는 존재로 작용하여 "파도에 잠을 깬 모래알"은 생의 자취로서의 "발자국"을 사라지게 만들고, "아련한 일몰"은 시적 주체의 닫힌 회로를 열게 하여 "내게 생이 있었던가"라는 절박한 존재성을 인식하게 한다. 그리하여 "꽃술이 내 꿈을 꾸"고 "한적한 벤치에 앉아 졸고 있는 (내가) 나를 발견"하여 생 속의 죽음 혹은 죽음 속의 생이라는 근원적인 인식에 한층 다가서게 한다.

모래 알갱이가 나를 기억해 내고 유채꽃이 내 꿈을 꾼다는 것, 그것은 시적 주체와 대상의 위치가 전도된 형태이다. 이는 "내"가 "졸고 있는 나"를 발견하는 데에서도 목격되는 것으로 이를 통해 주체는 몇 번이고 "생의 지층에 묻혔다 불려 나온"다. 무의식과 접촉하여 의식의 질서를 거느리고 있는 윤의섭의 시는 죽음의 힘이 스민 아버지(「저녁 식사 풍경」), 얼굴에 곰보 자국이 다닥다닥 뚫린 어머니(「외디푸스의 달」), 잡초만 무성한 내 사원(「부석사 붉은 자두」), 좁은 책상과 원시적인 시대의 단칸방(「새벽 네 시의 필사(筆寫)」) 등의 유폐를 거쳐 지상의 지복(至福)으로부터 추방된다. 지복으로부터 추방된 그는 자신만의 광활한 영토를 개간하기 위해 허공에 구르기도(「세발 자전거」) 하고 오래전부터 시작된 초혼제(「기억의 그물 밖」)를 올리기도 하고 자신의 뿔을 북극성에 걸어 놓기도(「아, 티벳」) 한다.

이처럼 윤의섭 시는 눈길 위로 붉은 달이 미친 듯이 궤도를 돌고 있는 것과 같이 균열 주체와 관계한다. 균열 주체는 삶을 균열과 불안으로 몰아넣는다. 이 파열과 불안은 불확정적인 것을 지시하며 흘러가 버린 시간과 함께 현재를 갉아먹는다. 따라서 미래는 현기증 나게 삶의 밑둥을 파고들며 절망을 구획 짓는다. 이 절망은 불화와 망각을 거쳐 내면의 병을 악화시킨다. 윤의섭에게 고요한 자신으로 돌아가는 제의(祭儀)는 이토록 가혹하다. 그리하여 시인은 '현생을 지우며 폐허를 낳'(「사막의 모텔」)다가 "病歷 최후의 란에 오늘까지 살았다는 흔적 없음"이라고 기록(「먼 훗날」)한 뒤 결국 "이 설국에서 나는 추억이며 아름다운 멸망일 수도 있다"(「바다 속의 나무」)라는 비명에 사로잡힌다.

마당이 보이는 마루에 누워
담장 아래 사시나무가 한나절을 서서 듣고 있는 빗소리를
함께 듣는다

슬쩍 졸음에 겨운 눈꺼풀이 잠겼는가 싶었는데
눈을 떠보니 마당에는 함박눈이 내린다
벌써 며칠 동안 내렸다는 듯이 수북이 쌓인 눈밭 위로
토끼 발자국이 피어났다
돌아누워 마루 벽에 걸린 액자를 바라본다
어릴 적 창경원 동물원에 놀러가 찍은 사진
옆에 꽃다발 한 아름 가득 웃고 있는 졸업 사진
빛바랜 영정 다시 돌아누우면 마당에는 빗방울이 튀어 오르고
사시나무 눈부신 가지의 날개가 빗속에 새겨져 있다
나무의 일생으로 따져보면
얼마나 많은 반전과 절정이 몰려왔다 몰려간건지
비도 오는데 이상한 일이지
어머니는 그날 나비 한 마리 마당에 날아들었다신다
한때 나비로 살았던 날이 있다

—「변신」 전문

'물'은 주체 내면의 근원과 존재의 근간으로 흘러들어 그 속에 깃든 삶의 무늬를 발견하게 한다. 욕망과 의지는 언제나 다른 무엇과 관계지으며 생명으로 치닫는 환유적 운동을 계속한다. 이 운동을 통해 주체는 겹핍의 틈에 짓눌려 있는 경험과 기억을 꺼내 그 자신 속에 깃든 삶의 무늬를 증명하고자 한다. 마루에 누워 빗소리를 듣다 깜박 '잠'이 든 주체는 눈을 떠 마당에 함박눈이 내린 것을 본다. 그 눈발 위로 찍힌 토끼 발자국과 마루 벽에 걸린 액자 속의 사진을 본다. '잠'은 시간을 왕래하는 소통의 기제이자 생과 사를 넘나드는 소통의 기구이다. '잠'은 '꿈'과 함께 낙원 귀환이라는 상징적 의미를 지닌다. 기억의 외상(外傷)이 압축되

어 나타나는 '잠'과 '꿈'은 윤의섭 시에 반복적으로 나타나는 모티프로서 이는 "어릴 적 창경원 동물원에 놀러가 찍은 사진"과 "꽃다발을 한 아름 가득 웃고 있는 졸업 사진"과 "빛바랜 영정"을 만나게 한다. 이 만남을 통해 주체는 마치 '비'가 메마른 땅을 적시듯이 기억과 경험의 지층 속으로 흘러 내려가 건조한 내면에 생기를 불어넣는다. 그리하여 '잠'에서 깨어난 화자는 "빗방울이 튀어 오르"고 "날개가 빗속에 새겨져 있"는 것을 본다. 이때 마당은 화자의 시선이 머무는 공간으로 그것은 활력 의지의 내면 공간을 환기한다. 이에 따라 마당에 '나비'가 날아들었음을 환각한다. 환각이 대상이나 사물의 부재에도 불구하고 형상이나 소리를 실재하는 것처럼 인식하는 체험 행위를 가리킨다고 볼 때 접신 행위로서의 환각은 인간의 유한성을 극복하고자 하는 데에서 출발한다. 다시 말해 현실에 미만해 있는 고통을 극복하고 그 내면을 치유하고자 하는 내면화된 시간 속에서 배태하며 역동적인 의지에서 출발한다. 윤의섭에게 환각은 이처럼 의식 지향성을 반영하며 존재의 유한성을 넘어서고자 하는 의지를 표상한다.

떨어지지 않는 빗방울도 저 중에 섞여 있다
생긴 지 오래 되었으나 여전히 물의 날개를 지상으로 기울이지 않는다
다만 산등성이에 기둥처럼 펼쳐진 비안개를 떠올리자
옆구리로 늙은 바람이 지나간다
내 새로 생긴 추억이 안개기둥 속에 잠들었던 바람을 불러낸 것이다
하염없는 설원을 생각할 때는
마당에서 때늦은 동백꽃이 피었다
허리를 베이고 죽은 대추나무를 그리워하면
한밤중에 지붕으로 후두둑 후두둑 대추알 떨어지는 소리가 나고

무인도에서 뱅어돔 낚는 새벽은
붉은 태양보다 살아온 날들로 뭉뚱그려진 新星이 앞서 떠오른다
밤엔 아주 느리게 떨어지는 소나기가 왔고
동시에 나는 이 혹성에 불려온 듯 잠에서 깨어난다
처음 보는 아침이었다

—「소요유(逍遙遊)」 전문

소요란 마음을 허물없이 놓아둔 채 한가로이 거님을 의미한다. 따라서 소요 속의 풍경은 "동백꽃이 피"고 그리운 "대추나무"가 있고 "신성(新星)"이 있는 생의 뿌리로서의 풍경이다. 이때 산등성이에는 "비안개"가 펼쳐져 있고 옆구리로는 "늙은 바람"이 지나가는데 이는 추억이 불러낸 것이다. 이로 인해 나는 "혹성에 불려온 듯 잠에서 깨어난"다. 마치 흐느적거리는 육체의 구멍을 빠져나온 혼이 모든 경계를 넘나들 듯이 환각과 사유의 여정 속을 너울진다. 이 "처음 보는 아침"은 영원하고도 심원한 곳에 나를 데려다 놓는다. '잠'이 고통을 벗어나 영원성을 감각하면서 그지없는 행복한 상태를 지향한다면 경험 속에서건 자연 속에서건 '물'은 생애와 자아의 동일성과 연속성을 복원시킨다. 과거와 현재를 영원성의 시간에 몰입시켜 삶의 진면을 이어 주는 '물'은 이처럼 단절된 경계에 스며들어 꽃을 활짝 열게 하여 '쓸쓸한 무취'에 "살맛 찾아오르게"(「세작」) 한다.

비릿한 빗줄기 사이로
마른 들꽃은 생각난 듯 고개를 들었지
이슬 담뿍 머금은 가을 아침이면
한 세상 건너가던 넋들도 괜시리

미련에 미쳐 꽃잎만 휘날렸지
그때 눈부신 꽃 한 잎 달라붙어 따라간 뒤
지금쯤 누군가의 꽃점으로 피었을까
마른 들꽃 잠시 살아나 제 몸의 향기를 맡는다
이 메마른 향기
언젠가 안겼던 품에 흐르던 따사로운 체취

—「마른 들꽃 향기」 전문

"마른 들꽃"은 활기와 생명력을 잃어버린 존재에 대한 환유이다. '마르다'는 고갈과 수척, 분열과 소외라는 의미를 지닌다. 마른 들꽃에 "비릿한 빗줄기"가 흘러 스며든다. "비릿한 빗줄기"는 생명 존재의 감각적 대유물로 이는 시간의 연속성을 회복하고 참된 생애를 복원한다는 상징적 의미를 갖는다. "비릿한 빗줄기"는 소멸로 치닫고 있는 들꽃에게 "제 몸의 향기를 맡게" 하고 그 향기를 "언젠가 안겼던 품에 흐르던 따사로운 체취"로 인식하게 만든다. 허무와 절망은 결코 그 자체로 존재하지 않는다. 그것은 불안, 고독, 공포, 음울 등과 같은 범주들에 놓여 있으면서 경험, 시간, 의지, 선택 등과 같은 생성적 범주와 함께 놓여 있다. 마른 들꽃이 제 몸의 향기를 맡는다는 것, 나아가 품에 흐르던 따사로운 체취를 느낀다는 것, 그것은 소멸적 범주가 생성적 범주에 의해 지배되고 있음을 보여 준다. 경계와 단절을 이어 주는 생성의 징표이자 생명의 환유물인 '비'는 생명과 자아를 건강하게 탄생시킨다. 인간의 유한성에 대한 허무, 그리고 동일성을 잃어버린 자아에 대한 불안은 윤의섭 시의 블랙홀이다. 하지만 윤의섭이 생을 둘러싸고 있는 것들을 영원한 것에 귀착시키고자 하는 의지를 갖는 것, 그리고 시간의 영원성을 가치화함으로써 허무와 절망을 넘어서려는 태도를 보이는 것, 그것이 바로 윤의섭의 시가 지니고 있는 상승적 내면이다.

구름이 태양을 가리면 비로소 빛의 숨소리를 들을 수 있다
거칠게 몰려가는 바람의 파편이 수면에 꽂힌다

이 풍경은 덧칠이다
바라볼 때마다 겹쳐지는 눈빛의 엷은 채색
폭포처럼 흘러내려 한 꺼풀 벗겨진 산 중턱에

새는 빗방울과 함께 떠 있다 저쯤에 이르러
오랜 여행을 마친 빗방울이 새로 피어 난 것이다

낯선 해안에 밀려온 부유물인 듯 생소하여
지나온 여정을 돌이켜보기도 하고
날갯짓으로 별자리를 가늠하다가

빗속에 떠 있다는 것 빗줄기에 매달려 선회하는
느린 공전 주기에 맞춰 비, 지상에선 꽃 피고 계절이 흐르고

덧칠을 벗겨내면 여전히 빗속을 날아가는 새
무지개의 航跡을 그으며 중력을 만들며
저쯤해서 살 만한 둥지를 튼
낙엽이 지고 다시 꽃이 피기 시작한 해안

—「빗속의 새」 전문

이번 시집에서 두드러진 특징 중의 하나는 사유나 주제 그리고 이를 구성하는 배경이나 어휘가 불교주의적 태도를 보인다는 점이다. 「부처산」, 「아, 티벳」, 「서른 다섯 번째 경야(經夜)」, 「슬픈 득도」, 「신시(神市)」, 「중원(中原)을 떠도는 유랑혼」 등의 시편을 비롯한 수많은 시들은 경전, 보시, 전생, 후생, 성불 등과 같은 어휘를 거느리면서 시집 전체를 장악한다.

위 시에서 새는 빗방울과 함께 떠 있다. 새는 "지나온 여정을 돌이켜 보기도 하"고 "날갯짓으로 별자리를 가늠"하기도 한다. 그때 "느린 공전주기"에 맞춰 지상에서는 "꽃이 피고 계절이 흐"른다. 새는 '물'을 통해 온전히 제 가치를 회복한다. 그 존재의 한가운데는 어두운 기억과 경험, 유배와 망명이 해제되는 곳으로 그곳에는 열매가 익고 실뿌리가 뻗어 나가는 곳이다. '빗방울' 그리고 그 속에 새롭게 비상하고 있는 '새'. 그 천상적 존재들과 혼융된 지상에선 다시 꽃이 피고 계절은 순환된다. "무지개의 항적(航跡)"을 그으며 "살 만한 둥지"를 튼 해안과 여정들은 인간의 생애를 붙잡는 징후들과 대결하며 '그 너머의 것'에 이르고자 그의 영혼과 육체를 꽃에 바친다. 『붉은 달은 미친 듯이 궤도를 돈다』는 불멸과 영원, 생명과 구원 등의 삶의 문제들을 바로 보고자 자신만의 독특한 신화를 구축하며 세계와의 싸움을 치열하게 계속한다. 생을 붙잡고 있는 부정의 것들과의 타협 없는 주체, 생명적 가치로서의 신성, 의식의 저층에 간단없이 파고드는 악령들과의 싸움, 그리고 그로부터 구출된 인간적인 것의 옹호, 처음과 끝, 없는 것과 감춰진 것, 꿈과 생시, 슬픈 것과 기쁜 것 등에서 참다운 생의 원리를 발견하는 그의 시는 그 싸움의 피를 시의 곳곳에 뿌려 놓는다. 그리고 영혼과 육체는 시간의 지속 속에 접면된 의식의 내면 깊은 곳에 영원한 생명을 열어 놓고 '물'처럼 출렁거린다. 자신의 시에 온전히 몸을 바쳐 그 사투의 흔적을 유감 없이 보여 주고 있는 윤의섭의 이번 시집은 이러한 의미에서 우리 시의 한 영역을 새롭게 개척하며 우리 시의 미래를 열어 갈 것임에 틀림없다.

성찰적 인간학

— 이윤학론

주체는 실체로서 존재하는 것 같지만 구체적인 것이 아니라는 점에서 동일한 것으로 표상될 수 없다. 뿐만 아니라 자기 인식을 담지하며 타자와의 관계 속에서 상호 공존하고 있다는 점에서 중심적이며 주변적이다. 오랜 동안 주체는 자율성을 지닌 사유의 근원 혹은 통합적인 형태나 기능으로 파악되어 왔다. 그러나 주체에 대한 근대의 반성은 주체가 언어 혹은 이데올로기 등에 영향을 받으며 변덕스럽게 버무려진 구성체라는 것을 말해 준다. 즉 주체는 사유가 발생하는 곳이라기보다는 발생되는 장소로 사회적 관계에 의해 지배를 받으며 구성된다.

이윤학은 1990년 한국일보 신춘문예에 「청소부」, 「제비집」이 당선된 이래 지금까지 모두 여섯 권의 시집을 상재했다. 그는 고통과 절망, 황폐와 죽음 등과 같은 비극적인 이미지들을 점묘시키며 생의 파토스를 절애에까지 몰고 간다. 그가 그려 내는 기억과 풍경은 황량하거나 쇠락한 울음으로 가득하여 불안, 비애, 자학, 치욕, 부패 등이 맺지 못한 열매처럼 달려 있으며, 진흙탕에 찍힌 바퀴 자국처럼 상처로 선명하다. 시집 『너는 어디에도 없고 언제나 있다』는 지금까지의 시적 세계와 크게 차이가 없어 보인다. 예컨대 하찮고 사소한 것에 집중하거나, 개인적 체험이 녹아 있는 공간에 천착하거나, 일상에서 만난 표정들을 검박하게 옮겨 놓는 것이 그러하다. 그러나 생의 허기짐과 결핍을 성찰적 시선 안으로 끌어들이고 있는 이번 시집은 『먼지의 집』, 『붉은 열매를 가진 적이 있다』, 『나를 위해 울어주는 버드나무』에서 보이던 고통의 이미지가 사라진 대신 『아픈 곳에 자꾸 손이 간다』, 『꽃 막대기와 꽃뱀과 소녀』, 『그림자를 마신다』에서 보이는 관찰자적 시선을 한층 더 강화하여 삶의 여정에서 만난 운명과 영혼들을 불러 그들의 언어를 받아 적으며 상응하고 동감한다.

사유는 시간과 관련하며 자신의 영역을 확장한다. 또한 시간은 감정, 감각, 끊임없이 소용돌이치는 욕망, 가난과 결핍, 분노, 모순, 에로스와 타나토스, 기억, 질병, 콤플렉스 등의 사유와 만나 풍요로워지고 아름다워진다. 한 편의 시는 이 사유와 시간이 조화를 이루는 행복한 완성을 꿈꾼다. 이 과정에서 주체는 내면에서 흘러나오는 음성과 시간의 육체에서 흘러나오는 음성을 운명으로 받아들이며 자신의 제국을 꿈꾼다. 이 제국의 기호는 부정, 죽음, 찬란, 평화, 영원 등의 다채로운 수사를 거느리며 시의 얼굴을 만든다.

상엿집, 녹슨 함석지붕
햇볕은 그곳을 일찍 떠난다
리기다소나무들, 훌쩍 자라 있다
아는 사람들 해마다 줄어든다
아는 사람 없는 세상을 살지 모른다

그는 어디 갔나?

툇마루에 앉아 보면,
그는 항상 집에 가는 길이었다
그리고 어둠이 내렸다, 그는 길가
도랑에 처박힌 것일까?

앞으로 반 발자국, 뒤로
좌로, 우로, 반 발자국

코스모스 꽃잎을 훑어 놓으며
거리낌 없이
자동차들이 지나다니고 있다

—「황혼의 아스팔트」 전문

이윤학 시의 시간 의식은 현재의 기억 경험으로 재생되는 과거에 주로 정향되어 있으며 가정(假定)과 기대라는 미래 의식이 노정되어 있지 않다. 따라서 회상과 재생은 그의 시를 범주화하는 개인 주체의 사유를 기록한다. 이 시의 주체는 상엿집과, 녹슨 함석지붕과 같이 허름하고 낡은 것에 시선을 둔다. 그곳은 햇볕이 떠나고 "리기다소나무만"이 을씨년스럽게 자라 있는 곳으로 "코스모스 꽃잎을 훑어 놓으며/ 거리낌 없이/ 자동차"들만이 지나고 있을 뿐이다. 마치 이용악의 「낡은 집」에서 털보네 가족이 어디론가 떠날 수밖에 없었듯이, 상엿집은 더 이상 영혼의 거소로 존재하지 않는다. 그것은 황폐한 내면과 닮아 있다. 이는 "칠 벗는 간판에서/ 서리 맞은 함석이 드러난다.// 콘크리트 탁자에는/ 상추와 소주병/ 양념된장과 젓가락.// 태엽 감는 시계 불알은/ 먼지와 녹을 닦아낸다.// 뿌연 연기 속에/ 환히 밝아오는/ 담뱃불을 받아먹는다."(「공주

집」)에서도 나타난다. 이처럼 이윤학이 묘사하는 집은 몸을 늘여 사유의 지평을 넓히고자 하는 것도 아니며, 하늘의 신성에 도달하고자 하는 것도 아니다. 중심에서 밀려난 음울한 초상만을 부조하고 있을 뿐이다.

시인은 왜 줄기차게 과거에 집착하고 있는 것일까? 블랑쇼는 시란 불꽃이 활활 타오르며 서서히 죽듯이 삶 속의 죽음 혹은 죽음 속의 삶을 말하는 것이며 삶과 죽음 뒤에 감춰져 있는 것을 여는 것이라고 말한다. 이 열림을 통해 시는 삶 속의 죽음, 죽음 속의 삶과 마주하며 시간에 의해 손상된 영혼의 상흔과 만난다.

점심 무렵,
쇠줄을 끊고나온 개가 곁눈질로 걸어간다.
얼마나 단내 나게 뛰어왔는지
힘이 빠지고 풀이 죽은 개
더러운 꼬랑지로 똥짜바리를 가린 개
벌건 눈으로 도로 쪽을 곁눈질로 걸어간다.
도로 쪽에는 골목길이 나오지 않는다.
쇠줄은 사려지지 않는다.
무심코 지나치는 차가 일으키는
바람에 밀려가듯 개가 걸어간다.
늘어진 젖무덤 불어터진 젖꼭지
쇠줄을 끌고 걸어가는 어미 개
도로 쪽에 붙어 머리를 숙이고
입을 다물고 곁눈질을 멈추지 않는다.
하염없이 꽃가루가 날린다.

—「개 같은 삶으로 돌아가지 않기 위하여」 전문

주체는 홀로 존재하지 않는다. 그것은 객체의 의지나 신념과 관계한다. 다시 말해 주체는 객체와의 저항과 소통 속에서 이탈과 분열, 혹은 접합과 원융을 거듭하며 변화하는 차이를 제 것으로 받아들인다. 그 차이 안에서 주체는 견고한 자기 동일성을 견지한다. 주체가 타자와의 관계 맺기에 의해 내면을 스스로 열어 보이고 대상들과 끊임없이 교호하는 과정 속에 성숙한 주체로 거듭난다고 볼 때 이 시의 개의 이미지는 불안에 쫓기는 시적 주체의 내면과 닮아 있다. 이윤학의 시가 대체로 대상과 세계를 점묘하듯 그려 내고 사유를 개입시키지 않는다는 것을 상기한다면 이는 더욱 확실해 보인다. 즉 그것은 주체가 처한 상황을 객체에 전이시켜 주체의 처지를 대신하는 효과를 가져온다.

그러나 주체를 개와 동일시하는 것으로만 그친다면 진정한 본질에 접근할 수 없다. 그것은 주체가 대상과 세계를 자신의 것으로 파악하고 난 뒤 주체가 다시 자신으로 돌아갈 때 가능해진다. 이 환원의 과정은 주체에게 부과되는 소여들을 내면화하는 과정으로 이 시의 제목처럼 "개 같은 삶으로 돌아가지 않기 위하여" 자신과의 치열한 싸움 끝에 만난다. 죽음의 형식이 시간을 깨워 그 뒤에 숨어 있는 그림자를 생생하게 인식한다는 것. 야만과 폭력을 생명으로 환원시키고자 고통에 찬 의지를 다진다는 것. 그리하여 주체는 죽음과의 싸움을 계속하며 삶 속의 죽음 혹은 죽음 속의 삶을 노래하며 생의 홍망사를 저작한다.

나는 내가 아니었음 싶다.
나는 내가 없는 곳으로 가서
나랑 만나 살고 싶다.

복숭아꽃 핀 언덕을 넘어가고 싶다.

복숭아꽃 피는 언덕으로 가고 싶다.

—「복숭아꽃 핀 언덕」 전문

자기 부정은 육체와 영혼을 송두리째 죽음의 제단에 바친다. 죽음의 제단은 삶의 제물에서 바쳐진 것으로 이때 시인은 세계의 극단과 접촉한다. 시인에게 주체란 매일 죽는 자이며 무한히 죽는 자이기 때문이다. "나는 내가 아니었음 싶"고 "나는 내가 없는 곳으로 가서/ 나랑 만나 살고 싶"은 것은 마치 "파먹을 수 있는 것,/ 나 자신밖에는 없"(『붉은 열매를 가진 적이 있다』 시인의 말)기 때문이다. 생명으로 깊이 파고 들어가 제 목숨을 파먹는 행위는 그 생명이 뿜어내는 죽음의 힘으로 가능하다. "나는 내가 아니었음 싶"고 "내가 없는 곳으로" 갈 때만 "나랑 만"날 수 있고 '나'의 죽음을 통해 "복숭아꽃 핀 언덕"으로 갈 수 있기 때문이다.

오전 내내 마룻바닥에 굴러
볕을 잘 쬔 1.5리터들이
우그러진
환타 페트병을 집어 든다.

피식 웃고 떠난 네 이름. 네 얼굴.
네 뒷모습 떠오르지 않는다.

정수기 꼭지에 대고 찬물을 채운다.
조금 남은 환타 빛 엷어진다.
어떻게 거기까지 들어갔는지
파리 한 마리

찬물 높이로 떠오른다.

파리가 날아간 뒤
환타 페트병
참았던 숨 울컥 토해놓는다.

장미 화분에 찬물을 주는 동안
환타 페트병 전신이 울렁거린다.

—「환타 페트병」 전문

이윤학은 우리가 무심코 스치고 지나갈 수 있는 생활 주변의 것들에 깊은 관심을 갖는다. 사소한 것, 눈길 가지 않는 것, 중심에서 멀어진 것, 도시 변두리나 근대적 풍경 등을 따뜻한 시선으로 생명화한다. 그는 좀약, 솜 공장, 지일, 성환, 판교리, 염전, 버려진 다리, 마을버스 타는 곳, 유리창을 떠도는 벌 한 마리, 이발소, 분식점, 빨랫줄 속에 끼어 있는 옷걸이, 목이 떨어진 석불, 진흙탕 속의 말뚝, 유리컵 속으로 가라앉는 양파, 거꾸로 도는 환풍기의 날개, 기울어진 전봇대, 썩어 버린 연못, 폐비닐, 소가 눈 똥, 절름발이 까치, 닭대가리 등에 주목한다. 언어가 시적 주체의 내면과 상면을 이루며 의미를 발생시키고 주체의 의식/무의식 속에 형상화된 내면성과 동궤하며 의미의 조건을 지향한다고 본다면 이윤학 시의 주체는 앞서 열거한 목록들 스스로가 자신의 언어로 말을 하여 감추어져 있는 내면을 발굴하게 한다.

환타 페트병 역시 주체 내면의 환유물로서 그것은 온전성을 갖춘 대상물이 아니다. 페트병은 '너'를 떠올리게 만들다가 갇혀 있는 '파리'를 만나게 한다. 파리는 주체와 동감을 이루는 것으로 그것은 존재 혹은 실존이라는 의미를 갖는다. 그리하여 페트병은 "숨을 울컥 토해놓"고 "전신이 울렁거"리는 내면의 파동을 일으키게 만든다. '파리'와 '페트병'에서 만나는 내면성. 그것은 주체가 몸을 늘여 만나는 실존의 내면으로 주체의 의식을 투영하는 거울과도 같다. "그는 안에서 긁혀 있었다./ 그 상처 때문이었지/ 들여다보는 사람 얼굴도 긁혀 있었다.// (……) 그는 거울 속 입술에 입을 맞추었다./ 그는 과거에 살았던 삶/ 순간의 냉기가 그에게로/ 거울에게로 전해졌다."(「장롱에 달린 거울」)에서와 같은 시나 "거꾸로 박혀 있는 어두운 산들이/ 돌을 받아먹고 괴로워하는 저녁의 저수지// 바닥까지 간 돌은 상처와 같아/ 곧 진흙 속으로 비집고 들어가 섞이게 되네."(「저수지」)와 같은 시는 모두 대상이 주체에 관여하며 주체의 파동에 간섭한다.

이처럼 바라봄은 객체의 바라봄이자 내면의 바라봄으로, 객체는 주체의 내면을 환기시켜 주는 대상물이자 본질적인 중심이 되는 내면과 만나게 해 주는 생명체들이다. 다시 말해 주체는 바라봄의 대상들인 객체들로 하여금 자신의 내면을 말하게 한다.

낮아지는 수면,
연못 근방 벤치에서 바삭거리는
잠자리 날개를 집어 들었지.
자신에게 집중하는 자세로
한참동안 절하던 잠자리였지. 그동안
나는 나일 때가 가장 행복한 순간이었지.
그걸 잊고 살았지. 잠자리 날개가 움찔할 때마다
내 몸으로 떨림이 증폭되어 퍼졌지.
이제는 오지 않아도 될 애인을 기다렸지.

오래전에 요절한 추억을 기다렸지. 먼지들이

더러운 물에 끌려가는 여름 한낮, 그늘이었지.

—「먼지는 왜 물에 끌리는가」 전문

그렇다면 주체가 바라봄을 통해 얻고자 하는 것은 무엇일까? 앞의 시에서도 그렇듯이 이윤학 시의 특징은 갇힌 공간과 닫힌 공간이 무수히 등장한다. 그 공간은 죽음의 공간이자 침묵의 공간이다. 주체는 이 공간에 닻을 내리고 중심을 측정한다. 그 중심은 시련을 견뎌야만 닿을 수 있는 곳으로 접촉에 의해서만 주체는 자신과 맞닥뜨린다. 갇히고 닫힌 공간에서 죽음의 시련을 견디는 유폐된 주체는 자신을 자신으로 위치시키고자 사투한다. 즉 살기 위하여 죽음을 견디고, 죽기 위하여 삶을 노래한다. 그의 언어는 죽음 속으로 치달으며 죽음의 정면을 응시한다. 그리고 이 응시를 통해 생의 기원을 길어 올린다. 생의 기원은 자신 본래의 얼굴이다. 그것은 "어린애를 곁눈질로 바라보는/ 어른의 환멸"이 소멸된 것이며 "떨어지는 벚꽃 잎"이 "또 다른 벚나무를 지켜보고 있"(「벚나무 한 그루」)을 때 닿을 수 있는 심연이다.

위 시에서 물은 자신을 바라보게 하는 역할을 한다. 바스락거리는 잠자리는 바라봄의 대상이자 사유 구성물이다. 손에 잡혀 움찔거리는 잠자리는 주체의 떨림과 연결된다. 이 떨림은 생명의 떨림이자 죽음의 떨림이다. 그러나 이윤학 시에 나타난 물의 이미지가 그렇듯이 물의 이미지는 주체를 무나 공허에 빠뜨리지 않는다. 영혼과 육체를 절멸시키는 시간의 허기짐 앞에서, 침착하게 "삶은 무엇이고 죽음은 무엇이던가? 그리고 나는 무엇인가?"라고 반문한다. 죽음과 소멸의 깊이. 그곳으로 가는 주체의 모든 것. 그것은 "잊고 살"아온 것에 대한 성찰이며 "나는 나일 때가 가장 행복한 순간이"라는 표현처럼 온전하고도 영원한 자아에 대한 간단없는 요구다. 크고 진정한 주체로 가기 위해 고통을 응시하고 그 고통으로 본질을 새롭게 하고자 하는 이윤학의 시. "오래전에 요절한 추억"이라는 표현은 따라서 시간을 부정하되 공허에 빠지지 않고, 자신을 진실하게 살고자 하는 의지와 손을 잡은 그의 성숙한 초상에서 우러나온다.

흰나비가 바위에 앉는다
천천히 날개를 얹는다

누가 바위 속에 있는가
다시 만날 수 없는 누군가
바위 속에 있는가

바위에 붙어
바위의 무늬가 되려 하는가

그의 몸에 붙어 문신이 되려 하는가
그의 감옥에 날개를 바치려 하는가

흰나비가 움직이지 않는다

바위 얼굴에
검버섯 이끼가 번졌다
갈라진 바위틈에 냉이꽃 피었다

—「봄」 전문

바위는 견고한 내적 상태 혹은 유폐된 세계를 상징한다. 이에 비해 나비는 생명적 존재로 바위에 호흡을 불어넣는 존재이다. 이를 형상화하는 이윤학 시의 어조에는 서두름이 없다. 현실 속에 발을 들여놓고 현실에서 분화되는 감각과 사유를 그리되 저편에 무엇이 있다고 예정하지 않는다. 전망을 괄호 치고 낙관을 부정함으로써 정면을 응시하며 의미의 근원이 현실에 있음을 알린다. 그런가 하면 바위와 나비의 교감적 행위에서 또는 깊은 내면과 만나 무늬가 되는 데에서 그간 주제나 소재적 범형에서 벗어나지 못한 생태시를 확장시킬 수 있는 가능성을 시사한다. 죽음을 주체의 시선 안으로 끌어들여 그것을 생명의 무한한 내면성으로 접근시키고 있는 점은 다음과 같은 시에서 더욱 힘을 발휘한다. "작년에 자란 갈대/ 새로 자란 갈대 사이에 끼여 있다// 작년에 자란 갈대/ 껍질이 벗기고/ 꺾일 때까지/ 삭을 때까지/ 새로 자라는 갈대// 전생의 기억이 떠오를 때까지/ 곁에 있어주는 전생의 모습"(「전생(全生)의 모습」).

이윤학은 이번 시집 서문에서 "현재에서 벗어날 방법은 없다./ 과거와 미래와 타협하지 마라./ 나와 세상과 타협하지 마라."라고 일갈한다. 그러면서 "오직 현재만이 있을 뿐이다."라고 말한다. 『붉은 열매를 가진 적이 있다』 이후 생활을 중심으로 일상을 견고하게 노래하고 『나를 위해 울어주는 버드나무』에서 보여 준 생명 존재의 내면성과 발견의 시학은 이번 시집에서 삶과 죽음을 정면으로 돌파하며 그 속에 숨어 있는 본질적인 내밀성과 감촉한다.

그는 죽음의 이미지가 갖고 있는 부정적 의미를 부정하지 않으며 삶이 지니고 있는 긍정의 의미 또한 부인하지 않는다. 그는 진정한 '나'를 고대한다. 현재의 무늬가 파문을 이루어 미래에 닿았다가 다시 그 미래가 과거로 순환하는 시간 속에서 그는 그가 아닌 것을 노래하지 않는다. 오직 자신의 바라봄을 통해 진실한 것들을 받아 적으으며 그 음성들이 주는 전언에 귀를 기울인다. 저 너머의 세계가 따로 존재하는 것이 아니라 바로 자기 자신 내면에 존재하는 것이며 현실 그 자체에 깃들어 있다는 것을 일깨워 주며 여전히 그는 세상 속에 머물며 세상의 언어로 노래한다. 이런 의미에서 생명들의 깊이를 헤집으며 생의 균형을 노래하는 그의 시는 보다 성숙한 성찰적 인간학에 접근하며 풍요롭고 온전한 생명에 총력하는 예지적 균질성을 깊이 있게 보여 준다.

정관(靜觀)과 원융(圓融)

— 고두현론

시정신이란 시를 쓰는 사람의 정신 즉 시인의 의식을 구성하고 있는 의지, 신념, 목표, 가치 등의 심적 상황뿐만 아니라 시대적, 사회적 상황 속에서 표출되는 시인의 정신을 일컫는다. 최근 시정신이 다시 요구되는 것은 무슨 까닭일까? 그것은 환경이 그다지 우호적이지 않다는 데 있다. 시를 쓴다는 것은 스스로에게 정직하고 올곧은 시대정신을 바탕으로 현실을 바르게 인식하고자 하는 행위이다. 고두현의 시는 바로 이 지점에 놓여 있다. 고두현의 시는 정신의 높이와 깊이 혹은 마음 깊은 곳으로부터 울려 퍼지는 가치들을 감성의 언어로 바꾸어 시적 파장력을 확보한다. 이미 첫 시집 『늦게 온 소포』에서 감성의 정조를 분별 있게 그려내고, 우리 시가 잃고 있는 시의 기원을 아름답게 복원시켜 놓은 그는 결고운 언어로 한국적 성정에 영혼을 불어넣는다. 마치 근대 문학의 성과를 벗고 창신하려는 듯 심미적 경험과 감각적 속성들을 시화한다. 이로 인해 그의 시는 담론을 좇는다거나 유행을 추수하는 여타의 시와는 달리 자신의 영토를 준열하게 확장하는 일관성 있는 시정신을 보인다.

문향루에 앉아 솔잎차를 마시며
삼 면 유리창을 차례대로 세어본다
한 면에 네 개씩 모두 열두 짝이다

해 저문 뒤
무서록을 거꾸로 읽는다

세상일에 순서가 따로 있겠는가
저 밝은 달빛이 그대와 나
누굴 먼저 비추는지
우리 처음 만났을 때
누구 마음 먼저 기울었는지
무슨 상관있으랴

집 앞으로 흐르는 시냇물 앞서거니 뒷서거니
뒤에 앉은 동산도 두 팔 감았다 풀었다
밤새도록 사이좋게 노니는데

시작 끝 따로 없는
열두 폭 병풍처럼 우리 삶의 높낮이나
살고 죽는 것 또한 그렇게
순서 없이 읽는 사람이
먼 훗날 또 있으리라.

—「수연산방에서 — 무서록을 읽다」 전문

수연산방(壽硯山房)은 소설가 이태준이 살던 성북동 옛집으로 지금은 전통 찻집으로 변한 곳이다. 화자는 이곳에서 솔잎차를 마시며 『무서록(無序錄)』을 읽는다. 『무서록』은 이태준의 수필집으로 순서 없이 엮은 글이라 하여 붙인 이름이다. 이 시는 시간과 초시간, 선과 후, 상과 하, 생과 사 등이 함의하고 있는 본래의 규정성을 넘어 그것의 경계 사이에 존재하고 있을 포월의 사유를 보여 주며 '있겠는가', '상관있으랴', '노니는데', '있으리라'와 같은 의고적 어사를 통해 '순서 없음'이 생을 구성하는 원리라는 것을 일깨워 준다. 즉 1연의 "삼 면 유리창을 차례대로 세어 본다"에서의 "차례대로"가 '순서 있음'의 세계를 표상한다면, 이와는 대조적으로 2연의 "무서록을 거꾸로 읽는다"에서의 "거꾸로"와 3연의 "세상일에 순서가 따로 있겠는가"와 4연의 "시냇물 앞서거니 뒷서거니"에서의 '순서 없음'이 5연의 "시작 끝 따로 없"는 '시종(始終) 없음'과 맞물리면서 화자의 의식 속에 구성되어 있는 삶의 깨달음이 무엇인지를 보여준다. 화자의 깨달음은 3연 마음의 넘나듦과 4연 자연적 질서의 넘나듦, 그리고 마지막 5연의 생사 뒤바뀜의 넘나듦을 노래하는 데에서 잘 드러난다. 질서 없음과 분별 없음의 깨달음은 고두현이 노래하는바 "나를 벗고 비우"(「마음의 액자」)고 "아름다운 마음"(「팥빙수 먹는 저녁」)을 인식하는 초탈의 태도에서 얻어진다. 문향루, 솔잎차 등과 같이 고졸미(古拙美)를 바탕으로 생의 무연(無然)한 깨달음을 묘사하고 있는 이 시는 높은 생의 지경(地境)을 노래하며 삶의 높낮이를 돈오돈수(頓悟頓修)한다.

멀리 있는 것이 작아 보이고
가까이 있는 것이 커 보이는
원근법의 원리 이미 배웠지만
세상 안팎 두루 재보면

눈에 멀수록 더 가깝고 크게 보이는 경우도 있지요.
오늘처럼
멀리 있는 당신.

어느 날 문득 내게로 오는 것이
돈오돈수(頓悪頓修), 유리 거울이라면
끊임없이 가 닿기 위해
나를 벗고 비우는 일이
원근보다 더 애달픈 사랑이라는 걸
마음의 액자 속에서 비로소
깨달은 오늘.

—「마음의 액자」 전문

이 시는 세계를 긍정적으로 받아들임으로써 의식에 새로움을 부여하고 "멀리 있는 것이 작아 보이고/ 가까이 있는 것이 커 보"이는 것에서와 같이 본질과 현상의 깨달음을 깊이 있게 노래한다. 즉 본질이 사물과 체계에 필연적으로 귀속되는 불변적인 규정들의 총체라 할 때 현상은 가변적이고 우연적인 속성들의 총체로 화자는 근원적이고 법칙적인 본질을 지향하며 깨달음을 추동한다. 「마음의 액자」는 선적 사유를 기반으로 현상 뒤에 숨은 본질을 찾아낸다. 시간과 의식의 질서를 변화와 교차의 질서로 파악하여 '순서 없음'을 본유한 것처럼 멀고 가까움, 작고 큼이 돈오돈수에 있음을 환기한다. 본질이 현상 속에서 드러나고, 변화 속에서 질서가 자리 잡는 차이성의 의식을 전제하며, 시간의 간격 속에서 파악되는 지각을 구성체로 삼은 이 시는 "나를 벗고 비우는 길이/ 원근보다 더 애달픈 사랑"이라는 사유의 순환 속에서 내적 깨달음을 적요한 언어로 각인한다.

흰 눈가루처럼 백설기처럼
부드러운 얼음이 소복하게 쌓이는 밤
둥근 유리그릇 안에서 그대는
뽀얀 우유와 연한 오렌지 조각 어루만지며
천천히 아주 천천히 몸을 풀고

팥고물처럼 우리 이렇게 달디단 눈빛으로
한 백년쯤 녹아갈 수 있다면

오늘같이 더운 날
이마에 맺힌 땀방울 송글송글 닦아주며
달뜬 마음도 식혀주며
한술한술 서로 입에 넣어주다가
빈 그릇 밑바닥에 얼굴 비춰보면서
시원하지, 참 시원하지 다독여 주면서,
한 그릇 더 시킬까, 마음 써주면서,

오순도순 손잡고 돌아오는 길에는
아, 사각사각 눈 내리는 겨울밤까지
이 길 오래오래 이어지길 빌면서,
내일 또 내일, 내년 후 내년
이 시려 찬 것 더 못 먹는 날까지
손가락 걸고 자박자박
아름답게 늙어갔으면.

—「팥빙수 먹는 저녁」 전문

이 시는 음식이라는 섭생 원리를 통해 나와 타자와의 일체를 노래하며 사랑을 통해 생의 영원성에 가 닿고자 한다. 그에게 사랑은 "우리 처음 만났을 때/ 누구 마음 먼저 기울었는지/ 무슨 상관있으랴"(「수연산방에서」)에서처럼 마음의 경계 없음과 격의 없음을 가리키기도 하고 "봉오리 벙그는 데 17분/ 꽃잎 활짝 피는 데 3분"(「20분」)에서와 같이 생명과 생에 대한 헌신으로 드러나기도 한다. 그런가 하면 "우리가 은밀하게 손금 나누는 밤은/ 왜 한 번밖에 없나요."(「달력과 권력」)에서처럼 사랑이 남기는 아쉬움과 미련을 통해 미래의 소망까지를 담아내고자 한다. 이는 그의 다른 시 「옻닭을 먹은 날」에서도 드러난다. '유난히 눈을 좋아하는 그대'와 함께 옻닭을 먹고는 온몸에 신열이 난 경험은 그에게 사랑의 소중함을 깨닫게 만들어 "부드럽고 따숩게 가 닿기"를 소망하는 의식으로 전화된다.

이처럼 고두현의 시는 순수한 감각 자료로서의 '현상'에서 시간의 지속과 변화, 간격과 차이를 노래하며 '본질'적 깨달음을 형상화한다. 이를 위해 그는 시간을 표상하는 시어들을 시 속에 포진시킨 뒤 그것이 이끄는 사유를 성찰적 언어로 노래한다. 해 저문 뒤, 달빛, 먼 훗날(「수연산방에서」), 20분 여름날 저녁, 17분, 3분(「20분」), 얼음이 쌓이는 밤, 한 백년쯤, 내일 또 내일, 내년 후 내년(「팥빙수 먹는 저녁」), 하루의 시작, 자정의 기점, 4억 년 전, 시간과 역사의 올, 도착과 출발(「달력과 권력」), 새벽, 꽃 지고 열매 지고, 겨울은 오고 눈은 내리고, 한겨울이 오기 전(「옻닭을 먹은 날」)에서 같이 시간에 관한 관심은 자신을 내면화하는 데 바쳐진다. 또한 시간에 대한 관심은 현실의 체험과 내적 의식에 바탕하여 자연 의식을 표상하는 데 기여하며 그 자연적 질료들을 의식 속에 구성하고 그 대상이 촉발하고 확장하는 의미들에 주목한다.

이로 인해 고두현의 시는 감각적이기보다는 사유적이며, 직선적이기보다는 원융적이다. 시간 속에 놓인 자신의 존재와 세계를 넉넉하게 궁글린 뒤, 자연적인 자신의 의식을 해명하며 자신으로부터 뿜어져 나오는 존재태들에 주목하는 그의 시는 삶의 예지를 노래하며 정관(靜觀)의 세계에 맞닿아 있다. 지각된 것을 바탕으로 새로움을 생성하고자 하는 생의 통찰력, 시간과 자연 속에 소여된 깨달음을 담백하게 풀어내고 있는 동양적 시관 등은 모두 고두현의 일관된 시적 작업에서 우러나온 올곧은 시정신과 매개한다. 그가 자신의 길을 묵묵히 걸어간다는 것은 타협과는 거리가 멀다는 것이다. 이와 같을 때 우리 시도 바른길이 모색될 것이며 그럴 때 우리 시는 지금보다 훨씬 다채롭고 풍요로워질 것이다.

생의 불모지에서 피어나는 꽃

— 오규원, 문정희, 최승자, 함기석, 권혁웅, 이수명의 시

루카치는 '현상과 본질의 변증법'이라는 개념을 내세워 현상에 천착하고 있는 자연주의와 모더니즘을 비판한다. 그는 자연주의가 현실을 정밀하게 모사하고는 있지만 보편적인 본질을 그려 내고 있지 못하고, 모더니즘 또한 현실을 추상화함으로써 보편적인 체계를 간과하고 있다고 말한다. 따라서, 문학이 지니고 있어야 할 전망이 이들에게는 반영되어 있지 않으며 이에 따라, 현상과 본질이 통합되어야 할 총체성도 상실하고 있다고 주장한다. 리얼리즘을 옹호하고 있는 그의 발언은 '문학은 현실을 충실하게 반영하여야 한다'라는 인식론적인 미학에 근거하는 것이겠지만 그러나, 그는 현실 인식을 자기화하여 그것을 통해 미적 본질에 접근하고 있는 모더니즘만의 특수성을 간과하고 있다. 루카치는 모더니즘을 비판하며 문학 텍스트 내에 내용을 이루는 현실이 고정되어 있지 않다는 것, 그리고 시인이 현실을 해석하고 바라보는 관점이 언어의 불확실을 통해 이루어지고 있다는 것에서 문제의식을 제기한다. 그러나 시에는 시인의 현실을 해석하고 바라보는 세계관이 내면화되어 있다. 따라서, 독자는 문맥 속에 은폐되어 있는 현실의 침묵과 무의식을 해득해야 한다. 그럴 때만이 시 속에 녹아 있는 현실을 간취할 수 있고, 예술적 관습과 시대적 이데올로기를 올바르게 파악할 수 있기 때문이다.

'문학은 현실의 반영이다.' 혹은 '시란 현실과 삶의 경험을 실천적이고도 당위적으로 드러내야 한다.'라는 명제에 고착된 몇몇 이들에게 모더니즘 부류의 시들은 곧잘 해석이 불투명하다는 이유로 혹은 기법적 측면에 너무 기울어져 있다는 이유로 공격의 대상이 되곤 한다. 그러나 이는 다양성과 개별성과 같은 동시대적 미적 가치를 간과하고 있다는 점에 주지할 필요가 있다. 시는 시인의 각자 다른 개성만큼 다양성을 지닌다. 따라서 시에 당위적 규범성을 내세우는 것은 바람직하지 못하다. 현실을 해석하고 시에 착목하는 것은 전적으로 시인의 미적 기준에 의해서이기 때문이다. 이런 의미에서 오규원, 문정희, 최승자의 시와 함기석, 권혁웅, 이수명의 시들은 시적 내용이나 형식은 다르지만 각기 다른 미학적 코드를 지니고 있고 자신을 둘러싼 현실을 각각 독특한 개성으로 표현하며 현상과 본질의 세계에 천착하고 있다는 점에서 관심을 끈다.

1 가득 찬 사물들의 영혼—오규원의 시

오규원은 새로운 세계를 개척하는 탐험자의 눈빛을 하고 있다. 그는 예리한 시선으로 현상과 본질을 포착하여 경험과 변화에 자신을 투척한다. 그에게 현실은 수용과 화해의 대상이다. 그러나 그것은 현실을 정면으로 바라보며 저항을 통해 얻어진 것이라기보다는 시적 대상들에 대해 자율성을 부여하며 생명의 입김을 불어넣는 것에서 비롯한다. '와'나 '과'를 사용하여 세계와 세계를 통합하고 있는 점이 그러한데 이를 통해 그는 서로에게 열려 있는 세계로 거주시키고자 하는 전회의 의지를 보인다.

허공의 나뭇가지에 해가 걸린다
나무는 가지가 잘려지지 않고 뻗도록
해를 나누어놓는다
가지 위에 반쪽
가지 밑에 반쪽

허공은 사방이 넓다
뻗고 있는 가지
위에 둥근 해가 반쪽
밑에 둥근 해가 반쪽

—「나무와 해」 전문

나무와 해는 각각의 독립된 존재를 표상한다. 그러나 그 존재는 자신의 고유성을 지키며 서로의 존재에 의탁한다. 이 점으로 인해 존재와 존재 사이는 존재들의 상호 가치와 존엄성을 유지한다. 현상을 감각적으로 묘사하며 관찰을 통해 자명성을 강조하는 이 시는 숨어 있던 사물들의 의미를 새롭게 복원하고 생명력을 부여한다. 독립성이 사물의 고유성과 가치를 보존하여 존재를 존재답게 만들지만 대상이 지닌 본질을 자각하고 대상들이 서로 조화와 균형을 이루어 질서와 생명을 얻을 때 그 가치는 더욱 빛난다.

나무 몇 그루가 묵묵히 가지 속에

자기 몸을 밀어 넣고 있다

그 나무들 위로 절(寺)이 한 채 얹혀 있다
나무의 가지 끝까지 올라간 물이
나무에서 절 안으로 길을 내고 있는지
가지가 닿은 벽의 곳곳에 이끼가 끼어 있다

양광은 하늘에 가득하고
부처는 절 안에 있고
사람은 절 밖에서 나무에 잡혀 있다

바람이 불어도 절은 뒤에 있는
하늘에 붙어
흔들리지 않는다

—「절과 나무」 전문

이 시 역시 시적 대상을 즉자적으로 파악하여, 독립된 개체의 존재성을 인정하는 한편 상호 수평적 인식을 바탕으로 일원론적 상생의 원리를 현시한다. 의미를 의도적으로 걷어 내며 사물의 폐쇄성과 고립을 넘어서고자 하는 이 시에서 '절'은 신성이 자리 잡고 있는 곳이며 '나무' 역시 생명 존재로서 시원적 가치를 지닌다. 따라서 은폐되어 있는 존재성을 끄집어내 서로의 존재에게 완전한 개체로 존재하게 하며 '너'와 '나' 사이에 온존해 있는 완전성에 이르고자 한다.

장미를 땅에 심었다

순간 장미를 가운데 두고
사방이 생겼다 그 사방으로 길이 오고
숨긴 물을 몸 밖으로 내놓은 흙위로
물보다 진한 그들의 그림자가 덮쳤다
그림자는 그러나
길이 오는 사방을 지우지는 않았다

—「사방과 그림자」 전문

'길'은 존재와 존재를 연결해 주는 통로이다. 그 통로는 대화와 공감의 장소로 단절과 무관심에 대비되는 사랑의 혈관이다. '길'을 통하여 사물과 사물, 생명과 생명은 이어져 서로 상생하고 조화한다. 직박구리, 쥐똥나무, 들찔레, 절과 사람, 장미와 그림자는 모두 '길'을 통해 서로의 존재 속에서 생명을 발견한다. 세계 안에 실재하는 존재의 독립성과 전체성을 균형 있게 보여 주며, 보다 완전한 통일을 이루고자 하는 오규원의 시는 이처럼 사물들 스스로 말하게 하고 있다는 점에서 영혼으로 가득 차 있는 시라 하겠다.

2 신성하고 충만한 심연—문정희의 시

문정희의 시는 생의 경험을 진실하게 녹여 건강한 그리움의 시학으로 복원해 놓는다. 야생의 핏방울이 묻어 있는 그의 시는 자재로움과 만나 거칠게 숨을 몰아쉬며 영원과 만나기를 꿈꾼다. 그의 시가 사랑의 경험을 직정의 언어로 환언할 때 빛이 난다면 그것은 그에게 존중받아야 할 그 어떤 것이다. 그는 사랑을 구출하고자 삶에 깊은 뿌리를 두고 지혜를 길어

올려 과일을 키우듯 온몸으로 대지의 수분을 빨아들인다. 그리하여 그에게 사랑이란 영원으로 가는 통로이며 그리움으로 가는 필생의 생명이다.

추운 겨울날에도
식지 않고 잘 도는 내 피만큼만
내가 따뜻한 사람이었으면
내 살만큼만 내가 부드러운 사람이었으면
내 뼈만큼만 내가 곧고 단단한 사람이었으면
그러면 이제 아름다운 어른으로
저 살아 있는 대지에다 겸허히 돌려드릴 텐데
돌려드리기 전 한 번만 꿈에도 그리운
네 피와 살과 뼈를 만나서
지지지 온 땅이 으스러지는
필생의 사랑을 하고 말텐데

—「알몸 노래 — 나의 육체의 꿈」 전문

'나'는 생명과 육체를 반성하며 '너'라는 사랑에 도달하고자 한다. '나'는 외화된 육체로서 '너'라는 영혼과 결합을 욕망한다. 그 결합은 '온 땅이 으스러'지는 필생의 사랑이다. 죽음을 바치기 전 '사랑의 카니발'을 꿈꾸는 결핍에서 출발하지만 그러나 그 결핍은 마음의 유한성을 벗어난다. 그것은 신성하고 충만한 세계로의 이행이다. 알몸으로 육체의 꿈을 꾸는 그의 욕망은 생명과 보존이라는 생산의 의미를 담지하며 겸허한 자신과 만난다.

윗옷 모두 벗기운 채

맨살로 차가운 기계를 끌어안는다
찌그러지는 유두 속으로
지독한 에테르 냄새로 파고든다
패잔병처럼 두 팔을 들고
맑은 달 속의 흑점을 찾아
유방암 사진을 찍는다
사춘기 때부터 레이스 헝겊 속에
꼭꼭 싸매 놓은 유방
누구에게나 있지만 항상
여자의 것만 문제가 되어
마치 수치스러운 과일이 달린 듯
깊이 숨겨왔던 유방
우리의 어머니가 이를 통해
지혜와 사랑을 입에 넣어 주셨듯이
세상의 아이들을 키운 비옥한 대자연의 구릉
다행히 내게도 두 개나 있어 좋았지만
오랜 동안 진정 나의 소유가 아니었다
사랑하는 남자의 것이었고
또 아기의 것이었으니까
하지만 나 지금 윗옷 모두 벗기운 채
맨살로 차가운 기계를 안고 서서
이 유방이 나의 것임을 뼈저리게 느낀다
맑은 달 속의 흑점을 찾아
축 늘어진 슬픈 유방을 촬영하며

—「유방」 부분

경험을 처연하게 노래하고 있는 이 시는 시간이 낳은 존재성을 검토한다. 유방은 에로스적이면서도 여성성의 발상지이다. 그는 유방을 "세상의 아이들을 키운 비옥한 대자연의 구릉"이라고 말한다. 그러나 '축 늘어진 슬픈 유방'에서 발견되는 것은 텅 빈 주체의 뼈저림이다. 세대론적 음성이 비장하게 깔리며 목숨의 노래와도 같이 심연에 정박하여 밤새 뼈 부딪치는 소리를 내는 이 시는 기쁨과 상실의 처연을 비장하게 노래한다.

잘 가거라, 이 가을날
우리에게 더 이상 잃어버릴 게 무어람
아무것도 있고 아무것도 없다
가진 것 다 버리고 집 떠나
고승이 되었다가
고승마저 버린 사람이 있느니
가을꽃 소슬히 땅에 떨어지는
쓸쓸한 사랑쯤은 아무것도 아니다
이른 봄 파릇한 새 옷
하루하루 황금 옷으로 만들었다가
그조차도 훌훌 벗어버리고
초목들도 해탈을 하는
이 숭고한 가을날
잘 가거라, 나 떠나고
빈 들에 선 너는
그대로 한 그루 고승이구나

—「지는 꽃을 위하여」 전문

'지는 꽃'은 생명의 소멸이다. 그는 생명의 소멸 속에서 비애에 빠지지 않고 그것을 초탈하게 받아들임으로써 현재적 상심을 극복한다. 잃어버릴 것이 아무것도 없다고 말하는 음성에는 초목의 해탈처럼 고승의 눈동자가 박혀 있다. 뭉클하면서도 스산하게 생의 처연을 말하고 있는 문정희의 시는 세상을 숭고한 사랑으로 물들여 놓으며 굴복하지 않는 자재로움으로 따뜻한 윤리를 영혼에 서식시킨다.

3 달이고 우려낸 즙의 시 — 최승자의 시

고행과 핏방울이 묻은 사유를 책 속에 감금한 뒤 어느 곳에서 침묵의 검은 울음을 우는가. 어두운 밤, 나무들이 폭풍에 몸을 맡기고 지붕 위 눈 먼 까마귀들은 세상을 증거하기 위해 죽음의 가락들을 토해 낸다. 활자들은 꼿꼿이 일어서 제 몸의 끝으로 불을 밝히고, 이곳저곳에 묻혀 있던 봉분들은 뚜껑이 열리며 우주의 중심으로 상승한다. 그 핏방울로 나방과 바퀴벌레는 흙으로 부서지고, 마침내 미세한 먼지는 불모를 지탱해 주는 하늘의 흰자위로 날아오른다. 달이고 우려낸 즙의 시학을 보여 주는 최승자의 시는 몸을 갈아 쓴 흰 뼈의 기록과 기도서의 페이지가 펄럭거린다. 그의 시에는 시간 속에 놓인 삶을 거슬러 올라가는 여행자의 모습과, 생의 비밀을 향한 탐험의 흔적이 곳곳에 배어 있다. 고통과 허무, 죽음과 깨달음이 서로 교합하여 텅 빈 중심을 이룬다. 그리하여 박복한 땅의 폭풍과 육체적 떨림으로부터 공명되는 수많은 언어들은 생의 주름 속에 재워져 있다가, 강팍하고도 유려하게 그의 입속에서 뽑아져 나온다. 그는 자기만의 언어로 시간을 여닫고, 텅 빈 공간을 비상한다. '죽음의 비극적 의식'을 건조하면서도 극명하게 보여 주며 땅의 박복과 교접한 깊은 의식을 꽃으로 보여 주는 다음의 시를 보자.

다리 다쳐 절룩거리며
한 무리의 엉겅퀴들이 산비탈을 내려온다.
봄의 내세를 믿자며,
한 덩이의 진보랏빛 울음으로 뒤엉켜,
그들은 병든 저희 몸을
으슥한 낙엽 더미 속에 눕힌다.
그들의 몸뚱아리 위에 곧
눈의 흰 이불이 덮이고,
그러나 돌아오는 봄의 천국에
그들은 깨어나 합류하지 못하리라.
그 겨울잠이 마지막 잠일 것이므로.
오는 봄을 분양받기 위해
또다른 엉겅퀴들이
저 내세까지 줄지어 서 있으므로.

—「마흔두 번째의 가을」 전문

죽음의 세계를 극화하고 있는 이 시는 최승자의 세계 인식 방법으로 생의 '저편'을 노래하며 무한한 시간 속에 흐르는 생명과 그 유한의 으슥한 사멸을 담담하게 풀어 간다. 최승자의 허무주의적 실존은 그러나 "가진 것 하나 없이 내 몸뚱이 하나만/ 커다란 집으로 들어앉"아 (「상경」) 빈 집을 채우는 자신에 대한 염오와 생에 대한 현기를 짙게 깔고 치욕을 견디고자 하는 데에서 비롯한다.

흔들지 마, 사랑이라면 이제 신물이 넘어오려 한다.

(……)

새해, 한겨울, 바깥 바람도 내 마음만큼 차갑진 않다.
내 차가운 내부보다 더 차가운 냉수 한 잔을
마시며, 나는 차갑게 다시 읊조린다.

흔들지 마, 바람 불지 마, 안그러면
난 빙하처럼 꽝꽝 얼어붙어버리겠어.

창문 밖으로 사람들이 하나씩 오고 가면서
내게 수상한 바람 소리들을 보낸다.
그때마다 나는 접시 깨지는 소리로 대답한다.
"접근하면 발포함" 그러나 내가 가장 두려워하는 게
뭔지 나는 안다. 그것은 외부를 향한 게 아닌
내부를 향한 내 안의 폭탄이다.

—「흔들지 마」 부분

무력한 자아를 단련하기 위해 혹은 감옥과 우주를 떠도는 미확인 물체에 불과한 이승의 삶을 버티기 위해 그는 가학하고 자학한다. 날을 세우고 자신을 결빙시킨다. 거역을 통해 구원의 핵심에 침투하고자 하는 존재적 욕망은 자신을 고문하고 파괴하는 잔인한 가학성과 관련하며 "내부를 향한 내 안의 폭탄"을 자신의 정면으로 향하게 한다.

한 여자가 잠긴 문을 열고
들어가 도로 잠근다.
불시에 여자의 몸무게를 빼앗긴 문밖 공간이
잠시 어찔, 휘청하다가 균형을 찾는다.

(……)

시종 당당한 것은 그 여자.
항성만 한 그 여자의 몸무게이다.
여자는 블랙홀 같은
거대한 원터치 깡통을 따고 들어가
어둠 속에서 딱 한 번 영원히, 뚜껑을 덮는다.

블랙홀 속, 불꺼진 항성의 잠,
천년 지복

—「천년 지복」 부분

'창문' 밖은 사막이다.(「더스트 인 더 윈드, 캔자스」) 아울러 그에게 길은 돌아가는 길이고 여행은 돌아가는 여행이다.(「제주기(濟州記)」) 그리고, 산다는 것은 싼다는 것의 비루함에 지나지 않는다.(「"그릇 똥값"」) 그것은 "목발 같은, 불구의, 불구대천의 리듬/ 이 수세기 늙은 굳은 껍질을 벗겨내다오."(「이 시」)에서와 같이 자신에 대한 부정이나, "이제는 낡아 못쓰는 악기/ 그것으로 나는 얼마나 많은/ 각설이 타령을 불러왔던가"에서와 같이 삶에 대한 비소에서 출발한다. 그러나 이는 '허물 벗기'(「돈벌레 혹은 hanged man」)를 위한 희원이며 "모든 고통들이 정화된 그 자리에/ 백합 한

송이"(「백합의 선물」)를 피우기 위한 몸부림이다. 꺼지지 않는 희원과 처절한 몸부림만이 자신의 육체 속으로 마음이 귀환할 수 있는 까닭에, 최승자는 자신으로의 귀환과 세계와의 융합을 위해 화해와 용서의 방식을 택한다. "이봐, 그것도 꿈이야. 꿈에서/ 아무리 죽인들 무슨 소용이야, 그저 그 꿈을/ 용서하는 게 최상이지. 용서가 가장 완벽하게 빠져나오는 길이야."(「구토」)에서와 같이 용서를 말한다.

나는 용서한다. 지나간 세기들을,
다가올 모든 세기들을, 모든 환영들을,
나는 용서한다. 지구를, 태양을, 달을,
천왕성을, 명왕성을, 해왕성을, 빌어먹을 빅뱅을,
(……)
나는 용서한다. 네 몸, 내 몸을,
나의 눈, 나의 귀, 나의 코, 나의 입을.
나는 용서한다. 모든 형용사들, 부사들을,

—「나는 용서한다」 부분

최승자의 용서는 자신에 대한 용서이며 자신을 둘러싸고 있는 세계에 대한 용서이다. 그러나 그 용서는 화해나 타협에서 오는 것이 아니라, 죽음도 불사하는 투혼의 카니발리즘에서 나온다. 그럴 때만이 다음과 같이 절정의 진경에 도달할 수 있기 때문이다.

끝 모를 고요와 가벼움을 원하는
어떤 것이 내 안에 있다.
한없이 가라앉았다

부풀어오르고,

다시 가라앉았다
부풀어오르는,

무게 없는 이것,
이름할 수 없이 환한 덩어리,
몸속의 몸, 빛의 몸.

몸속이 바닷속처럼 환해진다

—「연인들 3」 전문

4 세계개안수술집도록(世界開眼手術執刀錄) — 함기석의 시

함기석의 시는 독자의 관여(involvement)를 내용에서 분리시킴으로써 심미성을 얻는다. 적어도 전달의 측면에서 그는 초연성을 유지한다. 일종의 이화 효과(異化效果, alienation effect)를 지속시키며 정전적인 글쓰기를 거부한다. 대신 그의 시는 환각적인 이미지를 사유화하여 자신만의 제국을 건설한다. 이로 인해 만나는 무수한 이미지들의 잔해는 내용 없는, 혹은 내용을 분간할 수 없는 공포들이다. '나'는 있지만 없고 '내용'은 있지만 없는 각각의 살점에 생명을 불어넣고 있는 그의 시편들은 아우성으로 가득 차 있다. 그의 시는 '~다'와 같은 종결 구문을 연속적으로 몰고 가 관념과 사유를 개별화시키고 그것을 다시 충돌시키는 잔혹한 상처를 잉태한다.

전깃줄엔 창자 담장엔 낫
계단엔 잘린 귀 지붕엔 비명하는 입술
계단을 따라 계단을 따라
톡 톡 톡
사람의 눈알 하나가 굴러 떨어진다

우물엔 주황색 달
달의 계곡엔 샘솟는 피
정원 가득 늑골들이 쑥쑥 자라고
달빛을 따라 달빛을 따라
굶주린 들쥐들이 빈집 마당으로 몰려든다

현관엔 피 대문엔 폐허
앞마당엔 하반신 뒷마당엔 상반신
우물 가득 소리 없이 핏물이 차 오르고
계단을 따라 계단을 따라
톡 톡 톡
사람의 눈알 하나가 굴러 떨어진다

—「착란의 돌, 학살」 전문

인간과 세계, 현실과 환상 등을 불안한 질서의 갈등으로 묘파하고 있는 그의 시는 정서를 팽팽하게 부풀린 뒤 그것을 다시 터트려 놓는다. 그의 극단주의(ultraism)는 사적 언어를 통해 세계와 현실에 대해 냉소하며 조롱한다. 창자, 낫, 잘린 귀, 굴러 떨어지는 눈알, 핏물 등은 극단과 황폐를 표상한다. 이에 따라 비명을 지르고, 굴러 떨어지고, 몰려들고, 차오르는 행위들은 모두 공포의 세계를 구성한다. 이 공포는 탁음과 섞이며 절규를 뿜어낸다. 마치 헛것의 세상에서 그가 할 수 있는 일이란 "굶주린 들쥐들이 빈집 마당으로 몰려들"고 "우물 가득 소리 없이 핏물이 차오르"는 것을 그저 지켜만 볼 뿐이라는 듯이.

생체실험실 복도에
투명한 유리상자가 놓여 있다
해부실험용 생쥐들이 갇혀 있다
하나는 반쯤 죽어 있고
둘은 빙빙 원을 그리며 돌고 있다
어떤 놈은 발톱으로 끝없이 유리벽을 긁어대고
어떤 놈은 창가의 달에 홀려 있다
어떤 놈은 털이 뜯겨 붉은 살갗이 드러나 있고
어떤 놈은 미친 듯 절규하고 있다

또각 또각 또각
캄캄한 복도를 따라 복도를 따라
푸른 가발을 뒤집어쓴 수술칼이 하나
걸어가며 웃고
지붕 위엔 지붕 위엔
거대한 가위
밤하늘을 자르며 초록색 피를 흘린다

—「안녕! 닥터 펌프킨」 전문

함기석에게 세계는 '생체 실험실'이자 '해부 실험용 생쥐들'의 세계이다. 그곳에는 절규와 피를 흘리는 웃음이 있을 뿐이다. 그의 시가 구문을 전치시키거나 반복을 거듭하여 기하학적 언어를 구조하는 것도 바로 이에 기인하는 것으로 이 기형의 세계상은 착란의 심연 속으로 빠뜨리며 '칼과 가위'가 있는 서스펜스와 맞닥뜨리게 한다.

갑자기 지상은 차디찬 얼음으로 뒤덮이고
하늘에선 우수수 우수수 검은 재만 쏟아져 내린다
내 숨결 내 체온을 먹고 자라던
정원의 꽃과 나무들은
밤마다 흰 피를 토하며 시들어가고
그 아름답던 들판과 해변은
마취대 위 뇌수술 환자처럼 의식을 잃어 간다
길들은 모두 새가 되어 어디론가 사라지고
어린 숲은 갑자기 늙는다
그대가 없다면
벼랑 아래로 벼랑 아래로
폭포수는 떨어져 내리고
폭포수와 함께 내 가슴도 떨어져 내리고
지상의 모든 숲이란 숲에는
한 마리 새조차 날아오르지 않는다

—「태양은 돌로 변한다」 전문

태양이 돌로 변하고, 길이 새가 되어 어디론가 사라지는 세계는 불가해한 세계이다. 불가해한 세계는 불확실과 닿아 있다. 마취대 위 뇌수술

환자처럼 아무런 감응이나 생기를 지니고 있지 않은 채 삶은 밤마다 피를 토한다. 확신 없이, 희망 없이, 불가해한 힘에 의하여 "한 마리 새조차 날아오르지 않"는 세계를 배회한다. 자신을 옭아 죄고 있는 현실에 대해 끊임없이 파토스적 충동을 내보이는 헛것들이 가득한 함기석의 시는 이런 의미에서 세계를 바로 보는 눈과 온전한 세계를 위해 수술을 기록한 집도록(執刀錄)이라 할 수 있겠다.

5 논리와 긴장—권혁웅의 시

『황금 나무 아래서』에서 시적 의장과 내용이 균형을 이루며 자아와 세계의 감응을 선도 높게 그려 낸 이래 권혁웅의 시는 자아가 중심을 이룬다는 점에서 내면 지향적이지만, 내면에 함몰되거나 과도하게 자신의 내면을 탕진하지 않는다는 점에서 타자 지향적이다. 세계를 내면으로 수렴시켜 다시 세계로 확산시키는 대응 방식은 세계의 미세한 떨림까지 읽어 낸다. 소통과 불통 사이를 적절히 오가며, 자아의 영역과 세계의 영역을 긴장시키는 것이야말로 권혁웅 시의 묘미이다.(유성호) 그의 시는 낙관적 희망이나 비극적 세계 인식의 외피를 두르고 있지 않다. 그것은 우리의 삶이 언제나 슬픈 것이 아니며 언제나 즐거운 것이 아니라는 복합적 인식에서 출발한다. 이는 생을 응시하는 그의 미결정적 표정에서 나오며 미적 감각과 의식 체계에 대해 계량화되고 균제된 수사에 의해 상기된다.

황금나무를 본다
저 나무는 세계수, 하늘을 향해 직립한 채
부채 모양의 금빛 葉片들을 쏟아낸다

나무가 이곳에 뿌리내린 것은 아주 오래전의 일이다
저 금빛 환상이 없었다면
우리는 여전히 나무 위에 집을 짓는 족속이었을까

아까부터 젊은 연인이 서로의 손을 잡고
계단에 앉아 있다 저 신성한 이들의 황금시대를
기록할 문자가 나에겐 없다
다만 나는 내 안에 기식하는 너무 많은 것들을
금빛 바람 위에 실어 보낼 뿐이다

내 몸을 온통 물들이는 황금나무를 보며
나도 몇 번의 제의를 거쳐온 듯하다
마르고 헐벗은 가지가 푸르고 노란빛으로
거듭 생을 치장하는 동안
내게도 두어 편 격절과 비약의 연대가 있었다
이제 나무에 기대어 나는 내가 꾼 꿈들이
신화의 어느 먼, 지금은 잊혀진
하나의 家系였다고 생각하며

투두둑 떨어지는 황금의 알들을 줍는다
저것들을 버리면 새들이 날개로 덮거나
마소가 피해가리라 진동하는 냄새는
새로운 탄생의 後景이었던 셈
나도 언젠가 卵生의 꿈을 꿀 것이다

—「황금나무 아래서」 전문

은행나무는 수령이 길며 수형(樹形)이 크고 가을에 열매가 성숙하기 전 정자를 생산하는 장란기(藏卵器)에 들어간다. 잎은 노랗게 물들어 아름답고 예로부터 사찰, 문묘(文廟), 묘사(墓祀) 등에 많이 심어 신목(神木)의 역할을 했다. 은행나무의 속성에 근거하고 있는 이 시는, 나무의 본래적 속성에 충실하면서 나(자아의식)와 세계(사물)와의 관계를 균형 있게 묘사한다. 1연에서 은행나무는 "세계수"로 정신적 가치를 상징하며 2연에서 '신성'과 '나'의 겹쳐진 의식은 3연에 이르러 오랜 세월의 풍상을 겪으며 나무가 생을 치장하는 것처럼 '나' 역시 '격절과 비약의 연대'가 있었다고 고백한다. 마지막 4연에 이르러 "새로운 탄생의 後景"이라는 시적 인식에 도달한다. 그리하여 마침내 이에 이르러 은행나무가 오랜 세월의 시련과 악취의 고통 속에서 수많은 난생을 잉태하는 것처럼 나 역시 "언젠가 卵生의 꿈을 꿀 것이다"라는 시적 성취에 이른다.

태릉에서 태릉까지 803번 버스는 길을 올가미처럼 말아 쥐고 달린다 습관은 먼 곳과 먼 곳을 이어 붙인다 이 길은 지도가 아니라 약도다 땅이 오그라들었다 펴졌다 오그라들었다 펴졌다 한다

태릉에서 태릉까지 버스는 노래하는 꽃마차다 어느 자리에서나 방위들은 끄벅이고 청소년들은 수나를 넌다 이 길엔 커브가 많다 그건 803번의 트위스트다

태릉에서 태릉까지 길에는 대학이 네 곳, 여대가 두 곳 있다 그들과 그녀들이 내리고 타고 내리고 타고 한다 왕복이란 버둥거리는 다리와 같다 버스는 뚱뚱하고 그들과 그녀들은 날씬해서…… 차에서 내려 바퀴처럼, 잽싸게, 흩어진다

태릉을 출발한 버스는 석계를 지나면서 두 길로 갈린다 이문 보문 돈암 미아 혹은 미아 돈암 보문 이문…… 어느 쪽 길이든 태릉으로 돌아온다 태릉에는 능이 불룩하고 버스 안에는 방위들, 학생들이 오글오글하다

—「올가미」 전문

이 시는 길이 두 갈래로 둥그렇게 갈라지다 다시 돌아오는 노선의 형태적 특성을 통해 생에 대한 통찰력을 보여 준다. 이 시의 그 주제적 방법은 귀납적이다. 1연에서는 버스의 노정을 '올가미'로 그리며 운동성을 부여한 뒤 2연과 3연에서는 버스 안의 풍경을 사실적으로 묘사한다. 4연에서는 올가미에 걸려 있는 오글오글한 군상들을 보여 주며 삶이란 결국 올가미에 지나지 않는다는 것을 보여 준다.

우리 집은 골목과 골목, 다시 골목과
골목을 지나쳐야 해 머리와 목을 늘어뜨리고
천천히 걸어야 해
구불구불 늘어선 담장들을 걷다보면
거대한 짐승의 내장을 지나치는 느낌이야
내가 소화되고 있다는 거
하루하루가 녹아서
내 뒤에 젖은 발자국을 만들고 있다는 거
집으로 가는 길은 누구에게나
內面이야 헐어버린 위벽을 훑어간 듯
담모퉁이에는 범퍼가 긁힌 자국이 있어
나는 이탈리안 베이커리에서 식빵,
방학 약국에서 겔포스, 버드나무 슈퍼에서

디스 플러스를 사가고 있는 중이야
이미 골목과 골목에 관해서는 말했군
머리와 목을 늘어뜨리고 천천히
걷는 것에 관해 이야기했군
골목과 골목은 길이 아니야 그건
집들이 비워놓은 울짱 바깥이야
내 안의 구멍으로 식빵과 겔포스,
담배 연기가 천천히 흘러가듯
나는 다시 골목과 골목을 지나치고 있어
저기가 내 집이야 나는 문을 닫고
양변기처럼 구부려 잠들거야

—「집으로 가는 길」 전문

골목을 거쳐 집으로 가는 길이란 결국 내장을 거쳐 내면에 이르는 것이다. 이는 "구불구불 늘어선 담장들을 걷"는 것에서 "거대한 짐승의 내장을 지나치는 느낌"과 "내가 소화되고 있다는 거/ 하루하루가 녹아서/ 내 뒤에 젖은 발자국을 만들고 있다는 것"에서 그렇다. 이렇듯 권혁웅의 시는 사물과 세계에 대해 논리적 긴장을 잃지 않으면서 일상을 균형 있는 시선으로 응시한다.

6 무의식과 침묵—이수명의 시

시는 미적 개념을 문맥화하여 텍스트를 이룬다. 뿐만 아니라 시는 시적 언어와 비시적 언어를 뒤섞으며 담화를 실현한다. 이수명의 시는 관습적인 통화 체계를 무너뜨리며 독해 관습을 끊임없이 위협한다. 그의 시는 서사의 인과성을 깨뜨리는 '열려 있는 텍스트'다. 시가 기호들의 역동으로 의사소통하기를 기다린다면 그의 시는 시적 의장을 왜곡시켜 놓으며 도상을 다시 세운다. 이 때문에 독자는 텍스트와 동일 관계를 형성하지 못한다. 단어와 구문, 행과 행의 비연속성, 연과 연의 분산적인 결합 등은 읽는 이를 미결정화된 텍스트 속으로 몰아넣는다.

사과를 던지자 최초의 벽이 생긴다. 사과는 벽에 맞아 떨어진다. 벽에 맞는 순간 보이지도 않는 작은 조각들로 흩어졌다가 사과는 다시 뭉친다.

사과를 던지자 벽이 뚫린다.

푸른 사과들이 도로 양변에 늘어서 있다. 그중 하나를 집어 올리려고 몸을 숙인다. 머리 위로 내가 던진 사과가 날아간다.

—「푸른 사과」 전문

이 시는 아무런 인과성이 고려되지 않은 채 사과가 가지고 있는 존재의 의미를 거세시킨다. 사과는 사과가 아니다. 사과와 벽, 사과와 나 사이의 관계가 불연속적으로 그려지며 의식과의 접촉을 회피한 채 침묵으로 일관한다. 침묵은 논리적인 언어로 치환되지 못한다. 벽에 맞아 흩어졌던 사과들이 다시 뭉치고, 그 사과로 인해 벽이 뚫리는 이 존재에 대한 부정은 세계성의 부정이다. 기표를 통해 의미가 지워지고 침묵의 빈틈으로 사유를 유도하며 의식을 중단시키는 그의 시는 이런 의미에서 섬세한 독서가 놀이의 한 요소라는 말은 유효하다.

빛이 옷을 입는다.
트럼펫 속에서 벌레가 울고 있다.
벌레는 아주 조금씩
트럼펫을 먹는다.
트럼펫이 먹히는 동안
나는 빨간 손으로 트럼펫을 연주한다.
빛이 옷을 입는다.
허공에서 거대한 벌레가 숨죽여 울고 있다.
나는 한 마리 벌레 속으로 사라진
트럼펫을 연주한다.
나의 손은 빨갛다.

—「트럼펫」 전문

벌레가 트럼펫을 먹고 다시 벌레 속으로 트럼펫이 사라진다는 것은 현실 세계에서는 불가능하다. 트럼펫과 벌레, 나와 트럼펫 등의 환영(幻影)적 세계는 이미지의 비인과적 결합에서 파생된다. 그런데 이 환영을 통해 만나는 것은 존재의 소멸이다. 이수명에게 존재는 베어지고, 깨어지고, 허물어져, 걸어다닐 수 없는 존재들이다. 이를 통해 이수명은 존재의 하찮음과 환멸을 노래한다. 환멸은 세계에 대한 부정에서 출발하지만 자신을 능멸하는 데에서 끝난다.

모래주머니를 베고 누워 잠든다. 나의 귀에서 모래들이 쏟아져 나온다. 눈에서, 손가락에서, 잠의 문을 열고 자꾸 모래들이 쏟아진다. 어제 먹은 우동 가락이 아무리 내 목을 칭칭 감아도 입에서 쏟아지는 모래를 막을 길 없다. 나는 모래바람이 부는 이 언덕의 뜨거운 목구멍을 통과한다. 나는 여기

가장 많은 모래를 보태고 있다. 나는 지금 가장 많은 모래를 죽이고 있다. 나는 잠에서 깨어난다. 길을 막던 모래주머니 한 덩이가 내게 달려들고 있다.

—「모래주머니」 전문

눈과 입에서 쏟아지는 모래는 불모의 파편이자 환멸의 알갱이들이다. 그 알갱이들은 창백한 주체가 만들어 낸 수많은 울혈의 가루로, 분열의 침울한 꿈에서 쏟아져 나온다. 길을 막던 모래주머니는 앞으로 나아가려는 힘과 죽음의 힘들이 섞여 있다. 불모와 환멸을 털어내려는 생의 본능과, 모래주머니가 달려오는 죽음의 본능이 혼성을 이룰 때 섬세한 교란은 빛난다. 이처럼 이수명의 시는 미결정화된 텍스트에 좀 더 가까이 갈 것을 요구하며 주체로서 호명하지 않는 타자화된 개인과 기의들의 끊임없는 확장 속에서 해독을 기다리는 다성의 목소리를 들을 것을 요구한다.

| 찾아보기 |

ㅇ

ㅈ

ㅊ

ㅋ

박 주 택　1959년 충남 서산에서 태어나 경희대학교 국문과 및 동대학원을 졸업했다. 1986년 《경향신문》 신춘문예로 등단했다. 시집 『꿈의 이동 건축』, 『방랑은 얼마나 아픈 휴식인가』, 『사막의 별 아래에서』, 『카프카와 만나는 잠의 노래 』, 『시간의 동공』과 시선집 『감촉』, 시론집 『낙원 회복의 꿈과 민족 정서의 복원』, 평론집 『반성과 성찰』, 『붉은 시간의 영혼』 등이 있다. 현대시작품상, 편운문학상, 이형기문학상, 소월문학상 등을 수상했다. 현재 경희대학교 국문과 교수로 재직 중이다.

현대시의 사유 구조

1판 1쇄 찍음 2012년 9월 7일
1판 1쇄 펴냄 2012년 9월 14일

지은이 박주택
발행인 박근섭·박상준
편집인 장은수
펴낸곳 (주)민음사

출판등록 1966. 5. 19. 제16-490호
주소 (135-887) 서울시 강남구 신사동 506번지
강남출판문화센터 5층
대표전화 515-2000 | 팩시밀리 515-2007
홈페이지 www.minumsa.com

ISBN 978-89-374-8577-0 03810